U0096975

民國文化與文學_{研究文叢}

十一編

李　怡　主編

第 **1** 冊

民國廣東與中國現代文學（上）

李怡、黎保榮　主編

國家圖書館出版品預行編目資料

民國廣東與中國現代文學（上）／李怡、黎保榮 主編 ― 初版
― 新北市：花木蘭文化事業有限公司，2019〔民 108〕
序 2+ 目 4+214 面；19×26 公分
（民國文化與文學研究文叢 十一編：第 1 冊）
ISBN 978-986-485-787-6（精裝）
1. 中國當代文學 2. 文學評論
820.9   108011469

特邀編委（以姓氏筆畫為序）：

ISBN-978-986-485-787-6

9 789864 857876

丁 帆　　　王德威　　　宋如珊
岩佐昌暲　　奚 密　　　張中良
張堂錡　　　張福貴　　　須文蔚
馮 鐵　　　劉秀美

民國文化與文學研究文叢
十一編 第一冊　　　　　ISBN：978-986-485-787-6

民國廣東與中國現代文學（上）

本書主編　李 怡、黎保榮主編
叢書主編　李 怡
企　　劃　四川大學中國詩歌研究院
總 編 輯　杜潔祥
副總編輯　楊嘉樂
編　　輯　許郁翎、王筑、張雅淋　美術編輯　陳逸婷
出　　版　花木蘭文化事業有限公司
發 行 人　高小娟
聯絡地址　235 新北市中和區中安街七二號十三樓
　　　　　電話：02-2923-1455／傳真：02-2923-1452
網　　址　http://www.huamulan.tw 信箱 hml 810518@gmail.com
印　　刷　普羅文化出版廣告事業
初　　版　2019 年 9 月
全書字數　581878 字
定　　價　十一編 12 冊（精裝）新台幣 23,000 元　　版權所有・請勿翻印

民國廣東與中國現代文學（上）

李怡、黎保榮　主編

編者簡介

李怡，1966 年 6 月生於重慶，祖籍湖北，1984 年就讀於北京師範大學中文系，2003 年獲得文學博士學位。現為中國現當代文學專業博士生導師。先後擔任西南大學文學院教授、四川大學文學與新聞學院教授、北京師範大學文學院教授，2017 年 9 月起任四川大學文學與新聞學院院長，兼任北京師範大學文學院博士生導師。

黎保榮，70 後，男，廣東肇慶人，2009 年博士畢業於暨南大學中文系，2014 年博士後出站於四川大學文學與新聞學院。肇慶學院文學院教授，校級學術團隊負責人，學術帶頭人，學術委員會委員，中國新文學學會會員，中國魯迅研究學會會員，廣東省作家協會會員，廣東省中國文學學會會員，任華南師範大學、喀什大學、廣州大學兼職碩士導師，主要研究中國現當代文學。

出版專著有：《「啓蒙」民國的「暴力」叫喊：「暴力敘事」與中國現代文學的審美特徵》《影響中國現代文學的三個關鍵詞》《青春，就是用來追問的——一位大學老師的答問日誌》，詩集《一張相片的自畫像》；參編《漢語新文學通史》（朱壽桐主編）。

在《文學評論》《中國現代文學研究叢刊》等權威、核心學術期刊發表學術論文 80 餘篇，十多篇文章被《新華文摘》《人大複印報刊資料》《中國社會科學文摘》等權威文摘或年鑑轉載轉摘。

榮獲中國文聯第三屆「啄木鳥杯」中國文藝評論年度優秀作品獎（著作類）、第十屆廣東省魯迅文藝獎（藝術類）、肇慶市社科獎一等獎等獎勵，以及廣東省師德先進個人、肇慶學院科研十佳（第二名）、廣東省南粵優秀研究生等稱號。

提　　要

廣東現代文學是中國現代文學史的重要組成部分，對中國現代的社會與文學發展有著深遠的影響。廣東政治家孫中山、學者康有為、梁啓超、詩人李金髮、詩論家梁宗岱、小說家張資平、凌叔華，散文家秦牧，紅色文學作家丘東平、洪靈菲、戴平萬、歐陽山、碧野、草明、郁茹等等，他們與中國現代文學的關係，都頗具研究價值。近年來，學界與社會都流行「民國風」，如何從民國大歷史的視野深入廣東現代文學研究，是一個值得關注的學術動向。為了推進民國廣東文學與文化研究，為了推進民國廣東文學與當代廣東文學文化的關聯研究，我們在 2018 年 10 月在廣東肇慶學院舉辦了第八屆西川論壇「民國廣東與中國現代文學」全國學術研討會。

本書是按照相關專題，將會議論文精選彙編而成。本書主要內容分為四編：第一編「民國文學形態、觀念與史料」，第二編「民國廣東與中國現代文學」，第三編「民國廣東與當代廣東詩歌」，第四編「民國廣東魯迅與世界魯迅」。每一編的主題都比較集中，第一編是民國文學總論，第二到四編是民國廣東與中國現代文學專論，只不過是以整體論、詩歌論、魯迅論來劃分。本書史料翔實、視野開闊、思想新銳，對民國文學研究有著較大的啓迪意義。

從「純文學」到「大文學」：重述我們的「文學」傳統——《民國文化與文學研究文叢》第十一編引言

李　怡

　　歷史總是在不經意間爲我們增添或減除一些重要的意義，我們今天奉若神明的「文學」也是這樣。自「五四」開啓的百年中國文學的發展可以說就是以「提純」傳統蕪雜的「文章」概念爲起點，以倡導接近西方近代意義的「純粹」的「文學」爲指向的。在「五四」以降的百年來的中國文學史中，「回到文學本身」「爲了藝術」「重申文學性」之類的呼聲層出不窮，構成了最宏大也最具有精神感染力的一種訴求。不過，圍繞這些眞誠的不失悲壯的訴求，我們不僅看到了各種社會政治力量的阻力，而且也能夠眞切地感受到種種「名實不符」的微妙的實踐悖論。這都告訴我們，這看似簡明的「文學之路」絕非我們想像的那麼理所當然，其中包含著太多的異樣與矛盾。本文試圖重新對「五四」開啓的「文學」取向提出反思和清理，其目的是爲了重述長期爲我們忽略的現代「文學」傳統的來龍去脈和內在結構。

　　重述並不是爲了「顛覆」歷史的表述，而是爲了更加清晰地洞察這歷史的細節，特別是解釋那些歷史表述中模糊、含混的部分。我們相信，只有在關於「文學」觀念的細緻的梳理中，中國現代文學的方向和內在機理才能得到眞正的展現，而它的價值也才能夠進一步確立。

　　這樣的清理將形成與目前研究態勢的直接對話，特別是對倡導「回到五四」的 1980 年代的學術方式加以重新審視和觀察，雖然審視和觀察並不是爲了否定那個時代最寶貴的進取精神。

歷史轉折與「文學」地位的升降

自「五四」開啓的中國現當文學是在中外多種文化的滋養中發展壯大的，這是一個不容質疑的基本事實。

鑒於中國現代文學的發生是好幾代中國作家刻意突破傳統寫作方式重圍，勉力「別求新聲於異邦」的重大收穫，在一個相當長的時期內，是否承認外來文化、外來文學之於中國現代文學誕生的特殊作用，幾乎就是我們能否把握這一文學基本特質的最重要的立場，承認了這一事實，我們才有效地打開了進入現代文學的窗口，把握了文學發展的最重要的方向，拒絕這一事實，或者是以曖昧的態度講述這一歷史都可能造成我們視線的模糊，無法真正領會中國文學確立「現代的」「世界性」的目標的特殊意義。甚至，如果我們不能在情感的層面上體諒和認同這些新文學創立者因爲引入外來文化所經歷的種種曲折，付出的種種艱辛，我們簡直也無法深入到現代文學的精神內部，去把捉和揣摩其心靈的起伏、靈魂的溫度。

在長達一個世紀的歷史中，所謂現代中國知識分子的「五四情結」，一切「回到現代文學本身」的熱切的情懷，都只有在這種從理性到感性甚至本能情緒的執著「認同」的層面上獲得解釋。在已經過去、迄今依然令人回味的 1980 年代——有人曾經以「回到五四」來想像這個年代的歷史使命——我們將中國現代文學的精神最大程度地與國家的改革開放，與對待外來文化的態度緊密相連，在那時，通過對中國現代文學吸納外國文學、外國文化的挖掘，現代的文學確立起了前所未有的榮光，「走向世界」的聲音既來自國家政治，也理直氣壯地在中國現代文學的闡述當中得到了有力的支持。〔註1〕

儘管如此，我們卻不能認爲對「五四」、對中國現代文學的闡釋已經接近尾聲，也沒有理由將這一曾經的主流性理論當作永恆不變的前提，因爲，就如同近代作家通過舉起「一代有一代之文學」來突破傳統、確立自我一樣，今天的學人也有必要通過提煉、發現自己的「問題」來揭示文學發展更內在的結構和機理。

〔註1〕參見曾小逸：《走向世界文學——中國現代作家與外國文學》（湖南文藝出版社 1986 年），這是最形象地體現 1980 年代中國現代文學學術精神的著作，不僅著作的正副標題都清晰地標注出了時代的主旨，著作的緒論全面地闡述了民族文學「走向世界文學」的宏大圖景，而且各選文的作者都緊緊圍繞中國現代文學如何在「世界文學（外國文學）」的啓示中茁壯成長加以論述，這些論述都代表了當時學界最活躍最有實力的成果，可謂是 1980 年代學術之盛景。

這並不是如一些人想像的那樣，需要通過否定「五四」、質疑甚至顛覆 1980 年代的學術來彰顯自己。中國學術早就應該眞正擺脫「二元對立」「非此即彼」的思維模式了。自 1990 年代以降，我們不斷指謫「五四」和 1980 年代的進化論思維、「二元對立」思維，其實自己卻常常陷入這樣的思維而不能自拔，如果「五四」的確通過大規模引入外國文學與西方文化完成了對傳統束縛的解脫，如果 1980 年代是在改革開放、走向世界的「鼓舞」下撥亂反正，部分建立了學術的自主性，那麼這種呼喚創造的企圖和方向不也是任何時代都需要的嗎？爲什麼一定要通過否定「五四」的「西化」態度、詆毀 1980 年代「走向世界」的赤誠來完成新的學術表述呢？

事實上，學術的質疑歸根到底還是對前人尚未意識到的「問題」的發掘，而不是對前代學術的徹底清算；學術的新問題的發現和解決最終是推進了我們的認識而不是證明新一代的高明或思想的「優越」。何況，在所有這些「問題」的不同闡述的背後，還存在一個各自學術的根本意義的差異問題：嚴格說來，學術的意義只能在各自的「歷史語境」中丈量和衡定，也就是說，是不同時代各自所面對的歷史狀況和問題的針對性決定了學術的眞正價值，離開了這個歷史語境，並不一定存在一個跨越時空的「絕對的正誤」標準。不同時代，我們對問題的不同認知和解答乃是基於各自需要解決的命題，其差異幾乎就是必然的。

所有這些冗長的論述，主要是想說明一個問題：我們完全可以重新展開 1980 年代對文學史的結論，重新就一些重大問題再行討論，這並不是爲了顛覆 1980 年代的「思想啓蒙」和學術立場，而是爲了更有力地推進學術的深化。

在這裡，我想強調的是，今天，我們對於「文學」的認知其實已經與 1980 年代大有不同了。這不是因爲我們比 1980 年代的人們更高明、更深刻，而是今天的我們遭遇了與 1980 年代十分不同的環境。

在 1980 年代，文學幾乎就是全社會精神文化的中心，甚至國家政治、倫理、法制、教育的巨大問題都被有意無意地歸結到「文學」的領域來加以確定和關注。

回顧歷史我們可以知道，「改革開放」的 1980 年代的中國人民生活，就是在以對新文化傳統的想像當中展開的，是對「五四」傳統的呼喚中開始的。那個時候，中國學術界的很多人，言必稱「五四」，言必稱魯迅。以我們中國語言文學學科爲例，基本上無論是搞外國文學也好，搞比較文學也好，搞現

當代文學也好，搞美學也好，搞文藝理論也好，他們學術興趣的起點幾乎都是從「五四」開始的，從對魯迅的重新理解開始的。甚至普通的中國人也是這樣，那個時候新華書店隔一段時間「開放」一本書，隔一段時間「開放」一個作家，老百姓排著隊在新華書店買書，其中很多是新文學的作品。新文學、中國當代文學的一些探索，一些思考，一些問題，直接成為我們思考、解決當前社會問題，包括解決我們人生問題的重要根據。那個時候講教育問題，我們首先想到的是劉心武的《班主任》。《班主任》的意義不是一本小說的意義而是帶來整個教育改革的啟迪。到後來，工廠搞改革，全國人民都知道一本《喬廠長上任記》，大家是通過閱讀這本小說來研究中國怎麼搞改革的。賈平凹的小說《雞窩窪的人家》，後來被改編成電影《野山》。電影上演後，引發了全社會對改革時期家庭倫理問題的討論，報紙上發表的文章，題目直接就是《改革，就必須換老婆嗎？》。因為賈平凹在小說裡講述了農村改革時期兩個家庭的重新組合問題，大家認為文學作品是一種家庭倫理關係的示範，生活中的家庭關係處理問題直接可以從小說中得到答案。中國人生活中的很多困惑都會通過 1980 年代那些著名的小說來回答，包括那個時候城鄉流動，很多農村人想改變自己的戶口，想到城裡邊來，改變「二等公民」的地位……那時候一部小說特別打動人，那就是路遙的《人生》。在《人生》開篇的地方，路遙引用了柳青的一段話：「人生的道路雖然漫長，但緊要處常常只有幾步，特別是當人年輕的時候。」這樣的文學表述一下子就被當作「人生金句」，成了中國人抄錄在筆記本上的格言，到處流傳。我們的文學就是如此深入地介入了現實社會、現實政治的幾乎一切的領域，直接成為人生的指南！

1990 年代，一切都在發生著變化。一方面是西方的經濟方式繼續在中國滲透，中國人的日常生活開始有了新的娛樂方式，「文學失去了轟動效應」，另一方面，文學也不再探討社會改革的重大問題，不再執著於現代的啟蒙、反思和改造國民性之類的沉重話題，或者這些話題也巧妙地隱藏在各種「喜聞樂見」的娛樂形式之中，「大眾娛樂」的價值越來越受到文學家和藝術家的認可，一些重要的通俗文學地位上升，例如金庸武俠小說開始登上「大雅之堂」，進入了「文學史」。

最近一些年，人們開始提出了另外一個問題，這就是重新思考「五四」，質疑「五四」。其代表性的觀點就是：中國文化發展到今天出了問題，出了什

麼問題呢？我們曾經很長一段時間過分相信西方，「五四」雖然有好處，但是「五四」也犯了錯誤，犯了什麼錯誤呢？就是割裂了我們民族文化的傳統。「五四」的最大問題是以偏激的激進主義觀點，割裂了中華民族文化的很多優秀的傳統。所以說，「五四」那個時候有一個口號成了今天重新被人質疑的一個問題，這就是「打倒孔家店」。有人說今天我們怎麼能「打倒孔家店」呢？你看看今天人人都要重新談孔子，重新談國學，國學都要復興了，那「五四」不是有問題嗎？「五四」知識分子最大的問題就是偏激，他們偏激地引進西方文化，而又如此偏激地割斷了與傳統文化的聯繫。今天，在改革開放 40 年之後，歷史完成了一個循環，而這個循環就是我們這 40 年是以對「五四」的繼承開始的，但又是以對「五四」的質疑告終的。

在這裡，我們暫時不對形成這些歷史轉變的複雜原因作出分析挖掘，而只是藉此正視一個基本的事實：無論我們的情感態度如何，我們需要研讀的「文學」都已經出現了重大的變化；無論我們對這樣的變化持怎樣的遺憾或者批評，都不能不看到它本身絕非是荒誕不經的，也深刻地體現了某種思想文化邏輯的真實面相；在今天，我們只能將「失去轟動效應」的文學表現與曾經如此富有轟動效應的文學夢想一併思考，才能更全面更準確地把握歷史的脈搏，從而對一個世紀以來的「文學」的命運重新作出解釋。

「文學」研究：從大夢想回到小細節

與 1980 年代那些直接介入社會的巨大的文學夢想比較，今天的我們更應該展開的工作就是面對這命運坎坷、「瘡痍滿目」的「文學」的現實，認真地回答它「從哪裏來」，一路「遭遇」了什麼，又可能「走到哪裏去」。

對「五四」以降百年來中國文學的研究將從具體入手，從細節處的困惑開始。

這不是簡單對抗 1980 年代的宏大的夢想，而是將夢想的產生和喪失一併納入冷靜的觀察，理性梳理二十世紀文學之「夢」的來源和局限，同時從外部和內部多個方面來梳理「文學」的機理。

這也不是要否定文學被賦予的「社會責任」，不是為了拒絕這些「社會責任」而刻意攻擊 1980 年代的所謂「宏大敘事」。恰恰相反，我們是試圖通過對文學結構的更細緻更有說服力的探尋來重新尋找我們的歷史使命，重新建構一種介入中國文化問題的可能。

顯而易見，新的追問也不是對 1990 年代以來文學研究日益「學院化」，日益在「學術規範」中孤芳自賞的認同，在正視 1980 年代困境的同時，我們繼續正視 1990 年代以來的新的困境。

今天我們面臨的一大困境在於：文學被抽象化為某種「純粹」的高貴，而這種高貴本身卻已經沒有了力量，更無法解釋自「五四」以來中國現代文學自身就存在的那種干預社會的強大的能量，儘管 1980 年代所寄予文學的希望可能超過了文學本身的能力負荷，但是我們卻不能說當時的「希望」都是空穴來風，是完全沒有歷史根據的臆想。雖然我們今天也無法預測未來的中國文學究竟怎樣在文學的自主性與社會使命之間獲得平衡，比 1980 年代的理想主義更能切實地實現自己的歷史價值，但是重新回到中國現代文學發生發展的事實當中，更細緻更有說服力地清理其內在的精神結構，解釋那些文學家們如何既能確立自己，又能夠真誠地介入社會，而且，這一切的文化根據究竟有哪些？

我們的解釋可能就會擺脫「走向世界」的故轍，真正將中外多種文化都作為解釋中國作家的精神秘密的根據。因為，很明顯，近代以後，單純地強調「純文學」的引進已經不足以解釋中國文學的種種細節，例如魯迅，這位在民初大力引進西方「純文學」觀念的啟蒙先驅，後來又常常陷入「不夠文學」的寫作窘迫之中，而且從最初的無奈的自嘲到後來愈發堅定的自信，這裡的「文學」態度真是耐人尋味：

> 也有人勸我不要做這樣的短評。那好意，我是很感激的，而且也並非不知道創作之可貴。然而要做這樣的東西的時候，恐怕也還要做這樣的東西，我以為如果藝術之宮裏有這麼麻煩的禁令，倒不如不進去；還是站在沙漠上，看看飛沙走石，樂則大笑，悲則大叫，憤則大罵，即使被沙礫打得遍身粗糙，頭破血流，而時時撫摩自己的凝血，覺得若有花紋，也未必不及跟著中國的文士們去陪莎士比亞吃黃油麵包之有趣。〔註2〕

歷史更有趣的一面是：就是這位在新文學創立過程中大力呼喚「純文學」（美術）的先驅者，到後來被不少的學者批評為「文學性不足」，甚至「不是文學」。這裡接受者、解讀者的思想錯位甚至混亂亟待我們認真清理——在現代中國，究竟有什麼樣的「文學觀」？何以出現如此弔詭的現象？

〔註2〕魯迅：《華蓋集·題記》，《魯迅全集》第三卷4頁，人民文學出版社2005年。

至於整個中國現代文學，在當今已經獲得了一個很有代表性的印象：非文學。20世紀的中國歷史幾乎被公認爲是「非文學」的時代：「中國新文學運動從來就和政治浪潮配合在一起，因果難分。五四時代的文學革命——反帝反封建；三十年代的革命文學——階級鬥爭；抗戰時期——同仇敵愾，抗日救亡，理所當然是主流。除此之外，就都看作是離譜，旁門左道，既爲正統所不容，也引不起讀者的注意。這是一種不無缺陷的好傳統，好處是與祖國命運息息相關，隨著時代亦步亦趨，如影隨形；短處是無形中大大減削了文學領地，譬如建築，只有堂皇的廳堂樓閣，沒有迴廊別院，池臺競勝，曲徑通幽。」〔註3〕即便不是出於刻意的貶低，我們也都承認，在這一百年之中，更需要人們解決的還是社會民生的一系列重大問題，「文學本身」並沒有太多的機會隆重登場。這一描述大概不會有太多的人否認，然而，困惑卻沒有就此消除：難道「文學」僅僅是太平盛世的奢侈品？在困苦年代人們就沒有資格談論文學，沒有資格獲得文學的滋養？古今中外大量的歷史事實都可能將這一結論擊得粉碎。這裡，再次提醒我們的還是一個事實，我們必須對「文學」觀念本身展開認真的追問。正如朱曉進所說：「當我們回顧20世紀文學的發展時，我們看到的是這樣一個基本的歷史事實：在20世紀的大多數年代裏，文學的政治化趨向幾乎是文學發展的主要潮流。也許將此稱爲『思潮』並不準確，但文學與政治的特殊關係，卻無疑是其最爲顯性的文學發展的特徵之一。因此，在研究上述年代的文學現象時，首先應關注的也許倒不是純美學、純藝術層面的東西，而是文學的政治化潮流的問題。我們應該從政治文化的角度去看待這些年代的文學，對文學現象得以產生的政治文化氛圍，以及文學以何種方式、在多大程度上與政治文化結緣，政治的因素到底在多大程度上，到底以什麼形式，最終導致了一些文學現象的產生，以及最終支配了文學發展的趨向等等問題給予更多的關注。以政治或政治文化的角度來觀照和解釋20世紀文學發展中的許多現象，我們也許可以從更爲廣闊的範圍來探討其成因。」〔註4〕

其實，在現代中國，「非文學」的力量何止是政治文化，還包括各種生存的考慮，包括我們固有的對於寫作的基本觀念。所有這些力量都十分自然地

〔註3〕柯靈：《遙寄張愛玲》，《張愛玲文集》第四卷 427 頁，安徽文藝出版社 1992年版。

〔註4〕朱曉進：《文學與政治：從非整合到整合》，《社會科學輯刊》1999 年 5 期。

組成了二十世紀中國知識分子的生活與精神現實，不可須臾脫離。或者說，「非文學」已經與我們的生命形態融會貫通了。

於是乎，中國現代文學那些「非文學」的追求總是如此眞誠，也如此動人心魄，我們無從拒絕，也無從漠視，你斷定它是文學也好，非文學也罷，卻不能阻斷它進入我們精神需要的路徑，而一旦某種藝術形態能夠以這樣的姿態完成自己，我們也就沒有了以固定的文學知識「打壓」「排除」它們的理由，剩下的問題可能恰恰在於：我們本身的「文學」觀念就那麼合理嗎？那麼不可改變麼？

這樣的追問當然也不是完成某種對「文學」的本體論式的建構，不是僅僅在知識來源上追根溯源，並把那種「源頭性」的知識當作「文學」的「本來」，將其他的歷史「調整」當作「變異」，恰恰相反，我們更應當關注「文學」觀念如何組合、流動、變異的過程，在這裡，文學的理念如何在西方「純文學」召喚下發生改變的過程更值得清理。

這樣的努力，也將帶來一種方法論上的重要的改進。在過去，我們一般傾向於相信，中國現代文學的發生在很大程度上源於西方文化的衝擊和挑戰，是西方的「人文主義」文化確立了「五四」對「人」的認識，是西方文學獨立的追求讓中國文學再一次地「藝術自覺」，在西方文化還被置於「帝國主義侵略」的一部分而傳統文化理所當然屬於「國粹」的時代，承不承認這種外來影響的作用，曾經是我們能否在一個開闊視野上自由研究的基礎，然而，在今天，當中外矛盾衝突已經不再是社會文化主要焦慮的今天，當援引西方思想資源也不再構成某種精神壓力的時候，我們完全可以建立一種新的更平和地研討中外文學與文化關係的機制，在這裡，引進西方文化資源並不一定意味著更加的開放和創新，而重述中國的傳統資源也不一定意味著保守和腐朽，它們不過都是現代中國人的心理事實，挖掘這樣的心理事實，是爲了更清楚地認識我們自己，讀解我們今天的文化構成，這是對 1980 年代以後中國現代文學研究「主體性」的眞正重塑。

重述現代中國的「文學」觀，就應當從這些歷史演變的具體細節開始。

「文學」研究：從小純粹到大歷史

當強調學術研究從大夢想回到小細節，這個時候，我們獲得的「文學」研究也就從審美的「小純粹」進入到了一個時代的「大歷史」，也就是朱曉進

先生所謂「20 世紀文學發展中的許多現象，我們也許可以從更爲廣闊的範圍來探討其成因。」

在這裡，與傳統中國密切關聯的另外一種「文學」理解方式——雜文學或曰大文學理念不無啓示。雜文學是相對於近代以來被強化起來的「純文學」而言，而「大文學」則可以說是對包含了「純文學」觀念在內的更豐富和複雜的文學理念的描述。

現當代中國概念層出不窮，有外來的，有自創的，有的時候出現頻率之高，已經到了人們無法適應的程度，以致生出反感來。最近也有人問我：你們再提這個「雜文學」或「大文學」，是不是也屬於標新立異啊？是不是在中國現當代文學批評的沈寂年代刻意推出來吸引人眼球的啊？

我的回答很簡單，這早就不是什麼新概念了，相反，它很「舊」，五四時代就已經被運用了，最近十多年又反覆被人提起、論述。只不過，完整系統的梳理和反思比較缺少。今天我們試圖在一個比較自覺的學術史回顧的立場上來檢討它，應當屬於一種冷靜、理性的選擇。

據學者考證，「早在 1909 年，日本學者兒島獻吉郎就曾經出版過一部《支那大文學史》，這恐怕是『大文學』這一名稱見於學術論著的最早例證。稍後謝无量於 1918 年出版的《中國大文學史》，則將文字學、經學、史學等，都納入到文學史中，有將文學史擴展爲學術史的趨勢，故其『大』主要表現爲『體制龐大，內容廣博』。這裡的『大文學史』雖與第一階段的文學史寫作沒有本質的差別，但這一名稱的提出對於後來的文學史研究者卻無疑具有啓示意義。」〔註5〕在我看來，謝无量提出「大」乃是有感於五四時期西方「純文學」的定義無法容納中國固有的寫作樣式，以「大」擴容，方能將固有的龐雜的「文」類納入到新近傳入的「文學」的範疇。《中國大文學史》的出現，形象地說明了兩種「文」（文學）的概念的衝突，「大」是一種協調、兼容的努力。

當然，謝无量先生更像是以「大」的文學史擴容來爲傳統中國的文學樣式留下足夠的空間，也就是說，將早已經存在於傳統中國的、又不能爲外來的「純文學」理念所解釋的寫作現象收納起來，這更接近我所說的對「雜文學」的包容。傳統中國的「文學」專指學術，與當今作爲創作的「文學」概

〔註5〕劉懷榮：《近百年中國「大文學」研究及其理論反思》，《東方叢刊》2006 年 2 期。

念近似的是「文」——用今天的話來說就是「文章」，不過此「文章」又是包羅萬象，既有詩詞歌賦之類的「文學」作品，也有論、說、記、傳等論說之文、記敘之文，還有章、表、書、奏、碑、誄、箴、銘等應用之文，與西方傳入之抒情之「文學」比較，不可謂不「雜」矣。

我們可以這樣來粗略描述這源遠流長又幾經演變的「文學」過程：

在古老的中國，存在多樣化的寫作方式，我們以「文」名之，那時，人們無意在實用與抒情、史實與虛構之間做出明確的區分，因而不太符合現代以後的學科、文體的清晰化追求。但是，這樣的模糊性（尤其是混合詩與史的模糊性）卻不能說對今天的作家就完全喪失了魅力，「雜」的文學理念餘緒猶存。

在晚清民初，西方的「純文學」概念開始引起了人們的注意，人們試圖借助「純文學」對外在政治道德倫理的反叛來解放文學，或者說讓文學自傳統僵化思想中解脫出來，重新確立自己的獨立性，於是，有意識地去「雜」趨「純」具有特殊的時代啟蒙價值。

然而，新的「文學」知識一旦建立，卻出現了新的問題：傳統中國的各種豐富的創作現象如何解釋，如何被納入現有的文學史知識系統當中？謝无量借助日本學術的概念重寫《中國大文學史》，就是這樣一種「納舊材料入新框架」的努力。

進入現代中國以後，中國作家的創作同時受到多種資源的影響。這裡既有傳統文學理念的延伸，又有新的歷史條件下文學在事實上超越「純粹」的趨向，後者就不僅僅是「雜」的問題，更蘊含著現代中國式「文學」精神的獨特發展。我們或可以「大文學」的視野來觀察它們：相對於西方「純文學」而言，這些超出「藝術」的元素可能多種多樣，只能以「大」容之——「大」依然是現代知識分子文學關懷的潛在或顯在的追求，不能理解到這一層，我們就會失去對現代中國一系列文學現象的深刻把握，例如魯迅式雜文。關於魯迅式的雜文究竟是不是文學，曾經有過爭論，我們注意到，所謂非文學指謫的主要根據還是「純文學」，問題是魯迅雜文可能本來就無意受制於這樣的「純粹」，他是刻意將一切豐富的人生感受與語言形態都收納到自己的筆端，傳統「文」的訓練和認知十分自然地也成為魯迅自由取捨的資源。

除了雜文式的文學之「雜」，日記、筆記、書信甚至注疏、點評也可能成為中國知識分子抒情達志的選擇，它們都不夠「純粹」，但在中國人所熟悉的

人生語境與藝術語境中，卻魅力無窮，吸引著中國現代作家。

「大」與「雜」而不是「純」的藝術需求對應著這樣一種人生現實：我們對文學的期待往往並不止於藝術本身，在這個時代，我們需要迫切解決的東西可能很多，現實世界需要我們回答的問題也很多，遠遠超過了作為語言遊戲的文學藝術本身。換句話說，「純粹」並不能滿足我們，我們對現實的關懷、期待和理想都常常借助「文學」來加以闡發，加以表達，「大」與「雜」理所當然，也理直氣壯。現代中國文學不就是如此嗎？猶如學者斷言二十世紀本來就是一個「非文學」的世紀。這一判斷不僅是批評、遺憾，更是一種客觀的事實陳述，我們其實不必為此自卑，為此自責。相反，應該以此為基點重新梳理和剖析現代中國文學的一系列重要特徵。

在這個意義上，所謂的「大文學」也就是文學的寫作本身超過了純粹藝術的目的，而將社會人生的一系列重要目標納入其中。這就不可謂不「大」，或者不「雜」了。

從傳統的「文」到近代的「純文學」，再到因應「純」而起的「雜文學」之名，最後有兼容性的「大文學」，這一過程又與百年來中國學術的發展過程相共生，正如文學史家陳伯海所剖析的那樣：「考諸史籍，『大文學』的提法實發端於謝无量《中國大文學史》一書，該書敘論部分將『文學』區分為廣狹二義，狹義即指西方的純文學，廣義囊括一切語言文字的文本在內。謝著取廣義，故名曰『大』，而其實際包涵的內容基本相當於傳統意義上的『文章』（吸收了小說、戲曲等俗文學樣式），『大文學』也就成了『雜文學』的別名。及至晚近十多年來，『大文學』的呼喚重起，則往往具有另一層涵義，乃是著眼於從更廣闊的視野上來觀照和討論文學現象如傅璇琮主編的《大文學史觀叢書》，主張『把文化史、社會史的研究成果引入文學史的研究，打通與文學史相鄰學科的間隔』，趙明等主編的《先秦大文學史》和《兩漢大文學史》，強調由文化發生學的大背景上來考察文學現象，以拓展文學研究的範圍，提示文學文本中的文化內蘊。這種將文學研究提高到文化研究層面上來的努力，跟當前西方學界倡揚的文化詩學的取向，可說是不謀而合。當然，文化研究的落腳點是在深化文學研究，而非消解文學研究（西方某些文化批評即有此弊），所以『大文學』觀的核心仍不能脫離對文學性能的確切把握。」〔註6〕

〔註6〕陳伯海：《雜文學、純文學、大文學及其他》，《紅河學院學報》2004年5期，
　　　　文章所論「發端」當指中國學界而言。

　　如果我們承認在這一闊大空間之中，活躍著多種多樣的文學樣式，那麼這些文學追求一定是既「大」且「雜」的。為了解釋這樣的文學，我們必須讓文學回到廣闊的歷史場景，讓文學與政治博弈，與經濟互動，與軍事對話，與人生輝映……

　　大文學，這就是我們重新關注百年中國文學之歷史意味所召喚出來的學術視野與學術方法。

　　這樣的新「文學」研究可以做哪些事呢？

　　顯然，我們可以更寬闊地揭示現代中國文學的生態景觀。也就是說，我們將跳出「為藝術」的迷幻，在一個更真實也更豐富的人生場景中來理解現代作家的生存現實，在這裡，除了獻身藝術的衝動，大量的社會政治的訴求、生存的設計乃至妥協都同樣不容忽視，它們不僅形成了文學的內容，也決定著文學的形式。

　　我們也有機會藉此更深入地挖掘現代中國作家精神中的現實與歷史基因。中國現代作家一方面沿著西方近現代文學的鼓勵不斷申張著「文學獨立」「為了藝術」等追求，但是一百年的現實問題並不可能讓他們安然陶醉於藝術的世界之中，從文學的象牙之塔走向十字街頭幾乎注定了就是普遍的事實，最終這種生存的事實又轉化成了精神的事實。

　　我們可以更準確地把握中國文化傳統之於現代文化創造的實際意義。跳出對「純粹」的迷信，我們就會知道，中國知識分子對「文學」的理解另有來源，包括我們「古已有之」的「文」的傳統、「文章」的傳統等等，在這個意義上，我們可以說，真正的古代傳統並沒有在「五四」激烈的批判中失落，作為一種文化血脈，它的確是一直潛藏在一代又一代中國知識分子的精神深處，並成為我們回應「現代問題」的重要資源。

　　當然，我們可以在這種精神資源的梳理中，更清晰地揭示現代中國作家文學觀念的民族獨創性。這也就是我們經常所表述的：無論「五四」一代知識分子如何激烈地傳遞著「西化」的願望，在現實關懷、家國意識等一系列問題上文學的特殊表達形態都依然存在，而且往往還發揮著關鍵性的作用，這種作用也不是「強制性」認同的結果，更屬於知識分子內心深處的無意識選擇，當它因呼應現代中國的生存問題而自然生成的時候，更可能閃爍著民族獨創的光彩，例如魯迅雜文。

　　現代中國作家這種深厚的民族獨創性讓我們能夠在一個表面的「西化」

「歐化」進程中深刻而準確地把握歷史的脈絡，從而對中國文學傳統的傳承和開拓作出更有價值的闡述。在這個基礎上，現代中國文學的豐富的藝術觀將得以重塑，而闡釋現代中國文學也將出現更多的視角和向度。總之，我們將由機會進一步反思、總結和提升中國文學的學術方式。

自然，在借助這種種之「雜」進入文學之「大」的時候，有一個學術的前提必須必辨明，這就是說今天的討論並不是要將中國文學的研究從傾向西方拉回頭來，轉入古典與傳統，這樣的「二元對立」式研究必須警惕，正如王富仁先生在反省現代中國學術時所指出的那樣：「在這個研究模式當中，似乎在文化發展中起作用的只有中國的和外國的固有文化，而作為接受這兩種文化的人自身是沒有任何作用的，他們只是這兩種文化的運輸器械，有的把西方文化運到中國，有的把中國古代的文化從古代運到現在，有的則既運中國的也運外國的，他們爭論的只是要到哪裏去裝運。但是，人，卻不是這樣一部裝載機，文化經過中國近、現、當代知識分子的頭腦之後不是像經過傳送帶傳送過來的一堆煤一樣沒有發生任何變化。他們也不是裝配工，只是把中國文化和西方文化的不同部件裝配成了一架新型的機器，零件全是固有的。人是有創造性的，任何文化都是一種人的創造物，中國近、現、當代文化的性質和作用不能僅僅從它的來源上予以確定，因而只在中國固有的文化傳統和西方文化的二元對立的模式中無法對它自身的獨立性做出卓有成效的研究。」〔註7〕

事實上，從單純強調中國文學與西方的關係到今天在更大的範圍內注意到古今的聯繫，其根本前提是我們承認了現代中國作家自由創造是第一位的，確立他們能夠自由創造的主體性是第一位的，只有當我們的作家能夠不分中外，自由選擇之時，他們的心靈才獲得了真正的創造的快樂，也只有中外文化、文學的資源都能夠成為他們沒有壓力的挑選對象的時候，現代文學的馳騁空間才是巨大的。在魯迅等現代作家進入「大文學」的姿態當中，我們可以比較清楚地看到這一點。

2019 年 1 月於成都江安花園

〔註 7〕王富仁：《對一種研究模式的置疑》，《佛山大學學報》1996 年 1 期。

第八屆「西川論壇」開幕式致辭

李　怡

尊敬的各位來賓、各位學人、各位老師、各位同學：

籌備已久的「民國廣東與中國現代文學」學術研討會今天開幕了，這也是我們「西川論壇」的第八屆，這次會議能夠順利召開，首先應該感謝承辦方肇慶學院，感謝肇慶學院各級領導的全力支持和精心安排。感謝具體的組織者黎保榮教授，我想首先對他們表達由衷的感謝。

不知不覺，「西川論壇」已經進行了八屆，最早的論壇設想，誕生在成都郊區，我記得當時在座的還有張武軍、王琳、錢曉宇。八屆論壇，連同籌備計劃應該已經超過 9 年，一晃 9 年就這樣過去了，如果以研究生學習為期，至少也有完完整整的 5～6 屆博士生從這裡走了出來，而且事實上真的成長起來了，所謂國家級項目也有幾十項，所謂權威核心期刊論文也有數十篇，一個完全在民間、同仁形式上發展起來的學術群體開始成熟，至少輪廓已經分明。

當然，更重要的還是一系列學術命題的提出和發展，這包括「民國文學機制」、「大文學」，也包括對一些研究領域的開拓，如左翼文學、民國社團、茅盾研究、士紳文化研究、抗戰大後方研究、現代日記研究、延安文學研究等等，許多成果都是令人鼓舞的！今天的民國廣東與中國現代文學研究命題也極具開拓性，廣東不僅產生了蘇曼殊、李金髮、洪靈菲、蒲風、馮鏗、馮乃超、戴平萬、馮憲章、丘東平、歐陽山、草明、陳殘雲等重要作家，而且因為特殊的地緣政治，還成為中國現代文學重要運動的策源地和作家駐留地，例如大革命策源地與現代革命文學的興起，抗戰與國共內戰時期廣州的特殊文化氛圍所產生的文學影響等等，都值得深入探討，甚至廣東地區方言

文化與中國現代文學的關係都有較大的展開空間。特別是在座諸位，大多是作為「非廣東」的學者，能夠遠距離觀察廣東區域文化的文學意義，實際上也就超越了將區域當作「孤芳自賞」對象的「自戀式」的學術路徑，在一個開闊的視野中深刻地理解現代文學與現代區域文化的關係問題。

我們期待，在接下來的學術討論中，我們有機會看到對這些問題的深入的討論。

最後，預祝大會圓滿成功，祝各位學者在會議期間身體健康、生活愉快！

2018 年 10 月 20 日

目次

中 冊

第三編：民國廣東與當代廣東詩歌

第四編：民國廣東魯迅與世界魯迅

第一編：民國文學形態、觀念與史料

再造民國與作家南下——《廣州民國日報》及副刊之考察

張武軍

（西南大學）

引言

革命無疑是 20 世紀中國最爲重要的「關鍵詞」，而 1920 年代則是中國革命的「關鍵時期」。中國共產黨、中國青年黨相繼成立，中國國民黨改組新生，三黨都積極投入到革命的動員與實踐，此外，其他黨派團體，甚至一些地方軍閥，也都以革命爲旗幟。這是一個人人都革命的時代，這是一個處處都革命的時代。「在多黨競革的背景下，國民革命最具聲勢」〔註 1〕，動員了包括作家們在內的最廣泛力量，成爲 1920 年代革命的主導方向。無數知識分子受到感召，紛紛南下，成爲革命陣營中的一員，知名作家茅盾（沈雁冰）、成仿吾、郭沫若、郁達夫、王獨清、魯迅等就是其中的代表。

但值得追問的是，到處以革命爲大纛的 1920 年代，國民革命爲何會成爲眾多「革命」的主導方向？南方究竟以什麼樣的革命理念吸引了魯郭茅等作家們？爲何魯迅又說廣州「可以做『革命的策源地』，也可以做反革命的策源地」〔註 2〕？

（一）

吸引眾多作家的南方革命，我們至今仍沒有一個明晰的界定，國民革命、大革命、北伐戰爭、南北戰爭、第一次國內革命戰爭、新民主主義革命等概

〔註 1〕王奇生：《高山滾石：20 世紀中國革命的連續與遞進》，《華中師範大學學報》2013 年第 5 期。

〔註 2〕魯迅：《魯迅全集》第 4 卷，人民文學出版社 2005 年，第 33 頁。

念都在使用。使用最廣的「國民革命」，其內涵與外延，學界也沒有一個明確的共識，且和上述諸多概念含混不清地相互表述，相互界定。

近些年來，一些學者把「國民革命」這一語詞溯及辛亥革命時期〔註3〕，他們認為 1906 年孫中山、黃興、章太炎等人制定的《中國同盟會革命方略——軍政府宣言》最早闡述了國民革命。「前代為英雄革命，今日為國民革命」，「所謂國民革命者，一國之人皆有自由、平等、博愛之精神，即皆負革命之責任」〔註4〕。事實上，依循此邏輯追溯，汪精衛在同盟會刊物《民報》上發表一系列針對立憲派的革命論說，才是「國民革命」這一語詞的最初使用。汪精衛從 1905 年《民報》創刊號的《民族的國民》開始，到 1906 年發表《滿洲立憲與國民革命》，抨擊立憲不過是維繫滿清統治，並針鋒相對地提出了全體國民革命〔註5〕。確定誰是「國民革命」這一概念的首創並非本文重心所在，只是想表明，僅僅考察「國民革命」這一語詞而不顧及其所處的時代，不同的研究者會有不同的所指。畢竟，籠統地說，所有國民黨的革命和事業都可屬於仍需努力的「國民革命」，這樣「國民革命」成為一個無所不包的革命的代名詞，也就失去了討論的意義。因此，我們需要回到當時的歷史語境，來重新認知這場吸引眾多作家的南方革命，毫無疑問，國民黨改組後的黨報《廣州民國日報》及其副刊是探究這一命題的重要材料。

長期以來，學界對《廣州民國日報》一直沒有什麼好感，「廣州《民國日報》的變化則毫無特色可言。有之，則只是一個『亂』字。」「『亂哄哄，你方唱罷我登場』。在光怪陸離的政局變幻中，廣州《民國日報》充當各派的輿論工具，以各派的槍口為俯仰，妻妾事人，朝秦暮楚，毫無定向。這是中國新聞界的悲劇，也是中國國民黨黨報的恥辱」〔註6〕。這樣的評價出自於嚴肅而又系統的「中國國民黨黨報歷史研究」，由此可見大家對《廣州民國日報》之「亂」的痛恨，「亂」也成了不少研究者忽視和貶低這份報紙的緣由。《廣州民國日報》其實很為孫中山所看重，「為總理在粵手創三大事業之一（其他

〔註3〕參見蔣永敬：《從英雄革命到國民革命的辛亥革命》，徐萬民主編：《孫中山研究論集——紀念辛亥革命 90 週年》，北京：北京圖書館出版社 2001 年，第 210～219 頁；姚曙光：《國民革命思想新論》，《江蘇社會科學》，2003 年第 6 期。
〔註4〕孫中山等：《中國同盟會革命方略——軍政府宣言》，廣東省社會科學院歷史研究室等合編：《孫中山全集》第一卷，北京：中華書局 1981 年，第 296 頁。
〔註5〕汪精衛：《滿洲立憲與國民革命》，《民報》第 8 號，1906 年 10 月 8 日。
〔註6〕蔡銘澤：《中國國民黨黨報歷史研究（1927～1949）》，北京：團結出版社 1998年，第 69、70 頁。

二者，一為黃埔軍校，一為廣東省銀行。）為革命策源地最大之日報，日出四大張，銷行東南各省，遠及港、澳、南洋。其言論主張，為海內外矚目，以其為本黨喉舌也。報頭為總理親筆，為本黨改組後第一黨報。」〔註7〕這麼重要的一份報紙，學界的系統關注和研究《廣州民國日報》論著並不多，只有為數不多的幾篇碩士論文，且主要從新聞傳播、廣告學的立場來考察〔註8〕，此外，一些零星的有關《廣州民國日報》的論文，也都集中在某些單一的廣州社會活動的探究，如僑民、法律生態、社會秩序等議題〔註9〕。《廣州民國日報》，尤其是豐富多彩的廣告部分，固然留下了很多廣州地方性社會文化生活形態的記錄，但這樣的研究，顯然偏離國民黨新生改組後第一黨報的歷史定位。這份「混亂」的《廣州民國日報》及其「混亂」的革命言說，的確不合乎後來各家各有遮蔽各有擇選的革命歷史敘述，但這樣未被切割的歷史現場的「混亂」，不正是我們洞悉1920年代革命複雜性與多維性的最好切入點麼？

　　這份「混亂」的報紙留下很多魯迅、郭沫若、茅盾等人在廣州的言行記錄，這些言行記錄，這些在廣州的痕跡，後來不少作家卻極力迴避、改寫，甚至是否定。鍾敬文主要依據《廣州民國日報》及其他一些報刊材料，編著了《魯迅在廣東》〔註10〕，頗有意味的是，魯迅後來一直不滿此書並多次否定。他給友人信中說此書「大約是集些報上的議論罷」，「但這些議論是一時的，彼一時，此一時，現在很兩樣」〔註11〕。後來學界大都依循魯迅「此一

〔註7〕徐詠平：《中國國民黨中央直屬黨報發展史略》，李瞻：《中國新聞史》，臺灣學生書局，1979年，第315～340頁。

〔註8〕如張靖瑤的《20世紀20、30年代廣州社會文化狀況研究——以〈廣州民國日報〉文化類廣告為中心的考察》（華南師範大學2007年）姜燕的碩士論文《消費、欲望與社會生活——1920年代〈廣州民國日報〉廣告研究》（暨南大學2012年），金宏奎《言論與時局——〈廣州民國日報〉（1923～1927）論說研究》（南京師範大學2012年），肖樂的《〈廣州民國日報〉香煙廣告研究》（暨南大學2015年）。除了金宏奎的論文，這些碩士論文不僅集中在新聞傳播和廣告學領域，而且更強調廣州地區社會形態的意義。

〔註9〕具體論述參見葉錦花：《1924～1928〈廣州民國日報〉對海外華僑社會的報導》，《神州民俗》2010年第2期；方靖：《廣州國民政府對社會秩序之整飭——基於〈廣州民國日報〉的考察》，《理論月刊》2010年第2期；許峰：《表達與回應：民國廣東地區民間法律生態——以〈廣州民國日報〉「法律問答」欄為中心》，《晉城職業技術學院學報》2011年第1期。

〔註10〕鍾敬文：《魯迅在廣東》，《北新書局》1927年。

〔註11〕魯迅：《270919致翟永坤》，《魯迅全集》第12卷，北京，人民文學出版社2005年，第68頁。

時」的態度而忽略了廣州革命時期「彼一時」的複雜性。邱煥星對此進行了非常細緻地辨析，認爲後來魯迅的否定原因在於「自我歷史的遮蔽與重敘」，他提示我們：「既往認識忽略了一個重要之處，即魯迅的這些自敘都是他清黨之後的歷史追敘，這其實是將『幸存者的視角特權化』了。要想解決這個問題，只有重新發掘魯迅初到廣東的資料並據此重建歷史的敘述，也正因此，鍾敬文在《魯迅在廣東》中搜集的那些魯迅初到廣州發表在報刊上的演講稿，就有著極重要的歷史價值。」〔註12〕事實上，不只是因爲魯迅從清黨後的視角來否定《魯迅在廣東》，即便在「清黨」之後，魯迅仍和已經是「清黨」輿論先鋒的《廣州民國日報》有關聯，言行頻頻出現在正版或副刊。1927 年 7 月 23、26 日魯迅受國民黨廣州市教育局的邀請，在「廣州夏期學術演講會」上演講，內容就是非常有名的《魏晉風度及文章與藥及酒之關係》，最初的演講稿就刊載在 1927 年 8 月 11～17 日的《廣州民國日報》副刊。7 月 16 日他在廣州知用中學的演講《讀書雜談》，也刊登在 8 月 18、19、22 日的《廣州民國日報》副刊，這些演講及其他相關報導並沒有收錄進《魯迅在廣東》。魯迅給友人信中說道，「在廣州之談魏晉事，蓋實有慨而言」〔註13〕，但除了早期魯迅研究者籠統地把此文視爲對蔣介石四一二反革命的控訴之外，現在很少有人注意到魯迅的「蓋實有慨而言」和廣州革命的「亂」之間的內在關聯。《魯迅在廣東》遺漏了魯迅很多清黨之後的重要言論，這樣的「魯迅在廣東」顯然並不完整，「清黨」之後的「魯迅在廣東」更是一個值得探究的命題。更重要的是，當從後來編著的「選集」「全集」中去審視《魏晉風度及文章與藥及酒之關係》，我們很容易僅從學理上來考辨魯迅精神和魏晉風度的關係，可是，當把它放置在原初的生成「場域」《廣州民國日報》中來審讀，感受和理解完全不一樣。報紙上的這篇演講稿，保留了很多符合當時廣州語境和演講現場的言詞，「和後來各版本（包括『全集本』）之間的差異共有 202 處」〔註14〕。此外，我們把《魏晉風度及文章與藥及酒之關係》《讀書雜談》和《廣州民國日報》七八月份鋪天蓋地的「清黨」「討共」快訊一起閱讀，諸如「汪精衛孫

〔註12〕邱煥星：《自我歷史的遮蔽與重敘——魯迅爲何否定〈魯迅在廣東〉》，《魯迅研究月刊》2014 年第 7 期。

〔註13〕魯迅：《281230 致陳濬》，《魯迅全集》第 12 卷，北京，人民文學出版社 2005 年，第 143 頁。

〔註14〕鮑國華：《魯迅〈魏晉風度及文章與藥及酒之關係〉：從記錄稿到改定稿》，《魯迅研究月刊》2016 年第 7 期。

科叛黨禍國之明證——汪精衛已加入共產黨，孫科搜刮人民財產已達千餘萬」
（7月13日），「省令購緝共黨要犯徐謙鄧演達」（7月21），「馮玉祥驅逐共黨
郭沫若」（8月1日），「漢口槍決共產黨徒」（8月9日），「九江槍決大批共產
黨員」（8月13日）等消息，就特別有意義。

　　除了魯迅，郭沫若、茅盾、郁達夫等同樣有不少演講和報導頻頻出現在
《廣州民國日報》上，此外，魯迅和郭沫若、郁達夫等都曾捲入各種糾紛的
國立廣東大學（後改名中山大學），而這些糾紛也是《廣州民國日報》的重點
話題，這些「混亂」的革命論說材料——看似外圍的材料和議題，反而更有
助於我們走進當時的魯迅和郭沫若等人更為複雜的內心世界，從而洞悉作家
們和廣州革命深層的複雜關係。

（二）

　　嘗試從混亂的《廣州民國日報》革命言說來釐清南方內部革命邏輯之前，
我們先來檢討既往有關國民革命和北伐的重要觀點。「北伐戰爭的結果，人力
物力財力均處劣勢的國民革命軍一舉戰勝處於優勢的北洋軍閥，頗出時人意
料之外，亦令後來的學者困惑。」〔註15〕長期以來，眾多學者圍繞這個困惑，
從各個角度進行闡釋，產生了不少頗有影響的觀點。但基於《廣州民國日報》
及其副刊原始資料的考察，這些主流觀點都有太多的迷思。

　　過去學界普遍認為，二次革命，護國、護法革命的失敗，尤其是陳炯明
的背叛，「使孫中山再次深思反省：光靠軍事的進行，革命事業未必能成功，
而擴張黨務則是有勝無敗的」〔註16〕。因此，面對蘇俄伸出的援手，孫中山
師從其制改組國民黨，國民黨因此煥然一新。胡政之對此曾有明確論述：「自
採用俄國式組織之後，全部民黨，恍若節制之師，政治上之主張儼成宗教上
之信仰，此為國民黨勝人之處。而對抗之者，則為無主張無組織之軍閥政客
官僚。」〔註17〕這一觀點很有代表性，也為時人和後人所認可，成為闡述國
民革命和北伐成功的主流觀點。細究之下，國共兩方側重有所不同，國民黨
一方更強調黨制體系的革新和三民主義的結合，並以此作為甄別革命與否的
標誌，而共產黨一方更側重新的政黨制度與聯俄、聯共、扶助農工「三大政
策」的貫徹實施，並以此來判定革命和反革命。

〔註15〕羅志田：《南新北舊與北伐成功的再詮釋》，《開放時代》2000年第9期。
〔註16〕王奇生：《黨員、黨權、黨爭——1924～1949年中國國民黨的組織形態》，上
　　　　海：世紀出版集團2003年，第4頁。
〔註17〕（胡）政之：《主義與飯碗》，《國聞週報》第3卷第39期，1926年10月10日。

　　不過，三民主義的含混和多元，注定無法建構起一套嚴密整一的信仰體系，這也是後來各方對三民主義的闡釋大相徑庭的緣由，而國共合作更帶來「主義」上的含混與複雜。在以「主義」為主旨的《主義與飯碗》中，胡政之始終也沒闡明「主義」詳細所指，只是籠統說「夫主義之優劣是一事，主義之有無又是一事」〔註18〕，南北方乃有無主義之爭。《廣州民國日報》為我們提供了南方主義「混亂」的可靠材料，1927年2月28日的副刊《現代青年》，登載有青年對於主義的信仰的調查，青年信什麼主義的都有，或者故意追逐主義或發明新名詞，「居然發明了甚麼『馬克思列寧主義』」，「可以證明一般青年不曉得主義是什麼，信仰是什麼」，「這種受過中等或高等教育的人，對於主義，尚且糊裏糊塗，莫名其妙，一般小學生，和沒有知識的群眾，自然更不用說了。〔註19〕」由此可見，南方的主義無法系統化言說，或根本就存有巨大分歧，我們又怎能說南方主義（三民主義）是國民革命勝利的主因呢？

　　是否擁護孫中山的「聯俄、聯共、扶助農工」三大政策，曾是共產黨人判別革命與否的一個重要標準。受「清黨」意識形態的影響，國民黨一方的歷史學者，一直否認國民黨和孫中山提出過「三大政策」。不過，作為國民黨改組後第一黨報的《廣州民國日報》，尤其是其副刊《現代青年》，有關「三大政策」的論說比比皆是。即便一些對共產黨有所批評的言論，也承認「但睜眼一看，批評共產黨的，何嘗反對共產黨呢？孫總理手創三大政策，『聯共』是三大政策之一」〔註20〕。「站在國民黨的立場上，始終信仰三民主義，擁護孫總理手訂的一切政策，尤其是三大政策，遵守孫總理遺囑，去努力國民革命」〔註21〕。當然《廣州民國日報》1926～1927年到處都是對三大政策的擁護，並沒有影響該報1927年5月以後滿篇都是對蘇俄和共產黨人破壞國民革命的指控。更值得注意的是，雖然蘇俄和共產黨人在《廣州民國日報》上的形象有翻轉變化，但該報支持農工的立場並未改變，「農工消息」和「黨務消息」所佔篇幅基本相當。近來，一些學者正是基於《廣州民國日報》上有關各地的國民黨黨務材料的分析，認為改組後的國民黨黨員中，「農民、工人、

〔註18〕（胡）政之：《主義與飯碗》，《國聞週報》第3卷第39期，1926年10月10日。

〔註19〕蒲良柱：《一般青年對於主義的信仰》，廣州《民國日報》1927年2月28日。

〔註20〕逸云：《讀了「中國共產黨的敵人是誰」以後》，廣州《民國日報》，1928年3月21日。

〔註21〕逸云：《辭別孫文主義學會和青年軍人聯合會》，廣州《民國日報》，1928年3月23日。

婦女和學生群眾佔了多數」，「以廣東爲例，民國 15 年黨員的成分，農民占 40%，工人占 25%，學生占 25%，商人不足 10%，其餘軍、警、政、法自由職業及其他人員共占百分之幾」〔註22〕。即便清黨之後的《廣州民國日報》，包括之後的黨報《中央日報》，亦有不少扶助農工的宣傳和強調。也不只是報刊的宣告，王奇生對「三友案」這一勞資糾紛的考察，提供了國民黨 1930 年代仍然秉承扶助農工政策的事實依據。這場引發上海罷市的勞資糾紛中，儘管上海地方政府對資方有所偏袒，但國民黨中央強力介入，延續孫中山的「扶助農工」，一如當年國民黨人對付廣州商團一樣，不惜和上海資方激烈對峙。王奇生通過這一個案表明，「1927 年之後，工人與國民黨政權之間究竟處於一種什麼樣的關係，亦是值得探討的問題」〔註23〕。

依循「聯俄、聯共、扶助農工」來判定，那麼南方最大的反革命陳炯明顯然應該是標準的「革命人物」。國共合作之前，陳炯明事實上的聯俄、聯共和扶助農工，較之於後來的孫中山和國民黨，有過之而無不及〔註24〕。中共不少人曾經一度牴觸和國民黨合作，理由之一就是不願捨棄更有實力的盟友陳炯明〔註25〕，即便在陳炯明「叛變」之後，廣東支部的共產黨人依然站在陳炯明一邊。近些年，廣東一些地方文史機構和學者正是據此爲陳炯明平反，把其樹爲革命的英雄，並稱讚他對海豐及其他廣東地方所作出的貢獻〔註26〕。

〔註22〕 呂芳上：《革命之再起──中國國民黨改組前對新思潮的回應（1914～1924）》，臺北：中央研究院近代史研究所，1989 年，第 560 頁。統計數字見本頁注釋 34。另日本學者深町英夫根據《廣州民國日報》諸多材料，對各地區黨員構成和結構進行了統計分析，雖各地區略有差異，但總體工人、農民黨員數量具有絕對優勢。見深町英夫《近代廣東的政黨・社會・國家──中國國民黨及其黨國體制的形成過程》，北京：社會科學文獻出版社 2003 年。

〔註23〕 王奇生：《工人、資本家與國民黨──20 世紀 30 年代一例勞資糾紛的個案分析》，《歷史研究》2001 年第 5 期。

〔註24〕 吳相湘的《陳炯明與俄共中共關係初探》收錄在他主編的《中國現代史叢刊》第二冊，臺北：正中書局，1960 年，第 97～118 頁；有關陳炯明和陳獨秀關係的探究可參見曾慶榴《陳獨秀與陳炯明關係考釋》，《粵海風》2010 年第 1 期；有關陳炯明和澎湃關係的論述可參見《1921～1924 年前後澎湃與中共及陳炯明之關係》，《復旦學報》（社會科學版），2016 年第 1 期。

〔註25〕 詳見 1922 年 4 月 6 日《陳獨秀致吳廷康的信──反對共產黨及青年團加入國民黨》，中央檔案館編：《中共中央文件選集》第一冊（一九二一～一九二五），中共中央黨校出版社 1989 年，第 31～32 頁。

〔註26〕 可參見林忠佳等人和「汕尾市人物研究史料編纂委員會」主編的系列《陳炯明與粵軍研究史料》，無出版社。

此外，蘇俄決定聯合孫中山及國民黨之前，也曾在北方廣泛地尋找同盟軍。由此可見，聯俄、聯共、扶助農工既不是判定南方內部革命與否的標準，也無法區隔南北之間的革命與反革命。

近些年來，從更廣泛的文化意義為國共合作的南方尋找深層的革命動力，成為國民革命研究中的新趨勢。臺灣的呂芳上在《革命之再起——中國國民黨改組前對新思潮的回應》《從學生運動到運動學生：民國八年至十八年》等一系列論著中，率先揭示了國民黨和新文化運動的密切關聯，羅志田沿此更進一步提出了「南北新舊與北伐成功的再詮釋」〔註 27〕。毫無疑問，把國民革命納入到新文化運動的思潮中來考察，這有助於我們在更廣泛的社會背景下重審新文化、新文學和黨派政治及國民革命的關係。然而，新舊文化之別能否為南方革命提供更深層的支撐呢？能否成為南方革命並北伐成功的主導因素呢？呂芳上有關中國國民黨回應新思潮的論述中，所列舉的國民黨人的新文化報刊，除了上海的《民國日報》《覺悟》副刊和隨之發行的《星期評論》，以及《建設》雜誌等，主要是陳炯明福建廣東所支持創辦的一些刊物，如《閩星》等，包括邀請陳獨秀和《新青年》雜誌來廣州。然而，代表了閩廣地區新文化運動的實踐者陳炯明，雖於「新」貢獻良多，卻被斥為最大的反革命，這說明新舊文化思潮與南方的革命與否之間，並未構成必然聯繫。《廣州民國日報》及其副刊，尤其是《學匯》等副刊，也被視為南方新文化、革命文化的主要陣地。但是，只要我們翻閱《廣州民國日報》，這些「新」的文化和文學，要麼是從上海《民國日報》轉載而來的論說，要麼是南下的文人作家們如郭沫若、郁達夫以及後來的魯迅所帶來的新氣象。《廣州民國日報》及其副刊和讀者互動最多的話題之一，就是如何在保守落後的文化沙漠廣州開闢新文學的陣地，外來作家們來到廣州感受最深的就是廣州文化的荒蕪與守舊。1927 年 4 月魯迅在演講中就毫不客氣地指出：「廣東報紙所講的文學，都是舊的，新的很少」，「沒有對新的謳歌，也沒有對舊的輓歌，廣東仍然是十年前底廣東」〔註 28〕。這都表明，作家和知識分子並非受到南方新文化的吸引而來，而新文化的策源地和中心仍然在北京，恰恰相反，是他們的到來給文化落後保守的廣州帶來了新聲，南北新舊文化變動並非他們南下的

〔註 27〕羅志田：《南北新舊與北伐成功的再詮釋》，《開放時代》，2000 年第 9 期。
〔註 28〕魯迅：《革命時代的文學》，《魯迅全集》第 3 卷，人民文學出版社 2005 年，第 436～443 頁。

「因」，而是他們南下之後的「果」，也是南方革命所帶來的「果」。如果新舊之別不在文化思潮上，那麼南新北舊究竟體現在什麼地方呢？南方究竟是什麼樣的「新」和革命吸引了魯迅、郭沫若、茅盾（沈雁冰）、郁達夫等新文化陣營的作家們？

（三）

1924 年初國民黨第一次全國代表大會召開，對外公開宣言：「吾國民黨則夙以國民革命、實行三民主義為中國唯一生路。茲綜觀中國之現狀，益知進行國民革命之不可懈。〔註29〕」「夙以國民革命」表明了和之前國民黨人歷次革命的延續性，但國民黨一大的確是一個全新的開始，這一點各方各派都基本認可。不過，如前文所述，學界一般都認可「新」在國民黨的改組和兩黨合作，新的黨務體系，新的組織構成，等等。然而，從國民黨一大召開前後《廣州民國日報》的報導記述來看，比政黨改組更為重要的另一個「新」，卻被我們忽略了。

1924 年 1 月 4 日，廣東特別大本營召開內部政務會議，確立「三大問題之解決」，組織正式政府，出師北伐，統一財政，這些內容以「特別紀載」的名義刊載於《廣州民國日報》1924 年 1 月 7 日，並特別加黑加粗字體強調，「故我政府當以革命手段，達建國之目的」〔註30〕。1 月 8 日該報接著有詹菊似的評論文章《用革命的手段以達建國的目的》、「特別紀載」的內容是《建國北伐之決心談》，1 月 9 日的時評《決心》和 10 日菊似的評論文章《覺悟和決心》仍然討論革命建國與軍事北伐……。

通過革命的手段來達到建國的目的，是黨報《廣州民國日報》在一大召開之前的輿論導向，由此，我們來不難理解國民黨一大的真正議題之所在。事實上，孫中山一大「開會詞」就定調，此次代表大會要解決兩個問題，「第一件是改組國民黨的問題，第二件是改造國家的問題」，「我們必要另做一番工夫，把國家再造一次」〔註31〕。然而，學界後來更多依據一些國民黨的政策和綱領，把焦點集中在國民黨的改組革新，卻忽略了更為本質的國家政府

〔註29〕 榮孟源主編：《中國國民黨歷次代表大會及中央全會資料》，北京，光明日報出版社，1985 年，第 15 頁。
〔註30〕 《三大問題之解決》，《廣州民國日報》1924 年 1 月 4 日。
〔註31〕 孫中山：《中國國民黨第一次代表大會‧開會詞》，《中國國民黨歷次代表大會及中央全會資料》，北京，光明日報出版社，1985 年，第 3～5 頁。

轉換與新造。「改造國家」「再造國家」才是頭號議題，大會開始後孫中山親自提交的議案就是《組織國民政府之必要案》，接著提交手寫的《建國大綱》討論表決。「故本總理之意，以爲此次大會之目的有二：一改組本黨，一建設國家。而於建設國家，尚有應研究之問題二：一立即將大元帥政府變爲國民黨政府，二先將建國大綱表決後，四處宣傳，使人民瞭解其內容，結合團體，要求政府之實現。」「今日之事，實緣我們沒有正式組織，沒有明明白白與北方脫離關係，故組織國民政府實爲目前第一問題」〔註32〕。爲此孫中山提出了新的革命方略，「不是再拿護法問題來做工夫」〔註33〕，決議和北方政府爲代表的中華民國脫離關係，通過北伐革命重新再造一個新的國家，新的民國。這樣的革命定位，和民國建立之前的辛亥革命，有頗多相似之處，但和之前的二次革命、護國、護法「框架」內的民主革命相比，無疑是要架構一場全新的「國民革命」或「國家革命」。

《廣州民國日報》一大召開期間重點也是放在了「國」上，開會後第一天的報導「時評一」就是署名「三木」的《組織國民政府》，「特別紀載重」點報導同樣是「造國」「建國」。當然，作爲黨報，《廣州民國日報》也並非沒有重點關注「黨」，但是凸顯「黨」的地方一定關聯著「國」，即後來爲人們所熟知的口號「以黨造國」「以黨建國」。1月22日菊似評論文章《以黨建國》，闡述「且民國已成立十有三年」的「造國說」的合理性與必要性〔註34〕。1月23日的《兩日之國民黨大會》中記錄了21日大會的議題，「將國民黨第一次全國代表大會宣言，及國民政府建國大綱，併案討論」〔註35〕，當天《廣州民國日報》出現了《慶祝國民政府成立》的預告，「國民政府，預料二月一日正式成立」〔註36〕。

結合《廣州民國日報》一大前後的相關報導，我們不難發現，國民黨的政黨改組只是手段，而目的則是再造新國，並不僅僅是政黨改組帶來革命理念的革新，而是再造新國目標的設定重新定位了新的革命。

〔註32〕 孫中山：《關於組織國民政府案之說明》，《孫中山全集》第9卷，中華書局1981年，第101～104頁。

〔註33〕 孫中山：《關於組織國民政府案之說明》，《孫中山全集》第9卷，中華書局1981年，第101～104頁。

〔註34〕 （詹）菊似：《以黨建國》，《廣州民國日報》，1924年1月22日。

〔註35〕 《兩日之國民黨大會》，《廣州民國日報》1924年1月23日。

〔註36〕 《慶祝國民政府成立》，《廣州民國日報》1924年1月23日。

其實，國共兩黨也是基於這樣「新革命」理念，才得以合作。1922 年 8 月底，經過多方協調和溝通，中共中央西湖會議正式確定和國民黨合作，以個人名義加入國民黨，投身這場偉大的再造民國的革命，陳獨秀隨後就在創刊不久的《嚮導週報》發表《造國論》。「我們以爲中國還在『造國』時代，還在政治戰爭時代，什麼恢復法統，什麼速制憲法，什麼地方分權，什麼整理財政，什麼澄清選舉，對於時局眞正的要求，不是文不對題，便是隔靴搔癢。時局的眞正要求，是在用政治戰爭的手段創造一個眞正獨立的中華民國。」兩黨合作的「國民革命（national revolution）的時期是已經成熟了」〔註 37〕。陳獨秀這段基於「造國論」的國民革命新解釋，體現了共產國際、中共和孫中山所達成的共識，李達的有關中共早期活動的回憶錄中，也證實第三國際電報指示，「主張中國應幹國民革命（national revolution）」〔註 38〕。爲此，陳獨秀旗幟鮮明地批判南方內部妨礙國家革命的地方自治，並把矛頭直指曾經有良好合作關係的陳炯明。「陳炯明向來把持以陳家軍爲中心的粵軍，壟斷粵政，只知有廣東，不知有中國，這種部落酋長思想，是國家主義之大敵，是國民運動之障礙，這是我們所以反對他的最重要之點，別的事還在其次。他現在反抗中山先生之陰謀，仍舊利用地方主義煽惑粵軍，……。」〔註 39〕作爲共產黨人的陳獨秀，明明白白地使用「國家主義」來批駁陳炯明，儘管陳炯明在廣東積極踐行新文化，全力擁護德先生與賽先生。畢竟，在陳獨秀和共產黨人看來，「孫先生到底是中國一個人，陳炯明縱然了不起，也只是廣東一個人」〔註 40〕。

再造民國的國家革命，不僅是南方內部革命邏輯，也是當時廣州以外各方包括對立面軍閥們關注的焦點。廣州之外輿論對此很緊張，《盛京時報》1924 年 1 月 13 日有關《設建國政府》的報導，2 月 1 日《建國政府竟爲停頓乎》，2 月 13 日《建國政府進行之情狀》；《晨報》1 月 19 日有《建國政府暫緩籌備》，國民黨一大第一天《晨報》的報導是《孫文組織國民政府》。可以說，有關新

〔註 37〕陳獨秀：《造國論》，《嚮導週報》第 2 期，1922 年 9 月 20 日。
〔註 38〕李達：《中國共產黨的發起和第一次、第二次代表大會經過的回憶》，中共中央黨史研究室，中央檔案館編《中國共產黨第一次全國代表大會檔案文獻選編》，北京：中共黨史出版社 2015 年，第 104～110 頁。
〔註 39〕陳獨秀：《陳家軍及北洋派支配下之粵軍團結》，《嚮導週報》第 24 期，1923 年 5 月 9 日。
〔註 40〕陳公博：《寒風集甲篇》，上海：上海書店出版社，1989 年，第 222 頁。

的「主義」和新的文化文學理念，常常是由上海、北京的報刊傳入廣州，而有關新民國的構想和革命設計，則是由廣州生發，不斷向外傳播。國民黨一大結束後，《廣州民國日報》持續宣傳「再造民國」的必要性和重要性，2 月22 日特意全文刊登了專門的《國民政府大綱草案》，即孫中山一大會議上提交的《建國大綱》。隨後廣州之外的各大媒體競相轉載評論，如《申報》2 月 28 日的《廣東民國政府建國大綱》，上海《民國日報》2 月 29 日的《國民政府大綱及其提案性質》，天津《大公報》3 月 2 日的《孫中山之國民政府大綱》等等。這一時期北京國民黨機關創刊的雜誌名稱就叫「新民國」，後來還辦有一份很有影響帶「新」的刊物《國民新報》，《新民國》《國民新報》雜誌在南方的資助下，以北大和北京教育界爲中心，發起輿論攻勢，積極刊登國民黨一大新理念，新民國的再造，並抨擊北方政府所代表的舊民國，聚集了越來越多知識分子和學生群體的目光。魯迅就曾深度介入了《國民新報》副刊〔註41〕，和北京國民黨人一道，投入再造民國的宣傳與動員。

　　孫中山沒有實現再造民國的理想就因病去世，但他的逝世和喪葬，爲國民黨人再造民國的宣傳與動員提供了一次良好的契機。至今，學界有關國民黨人是否接受段祺瑞執政府「國葬」的安排，仍然爭論不已，持拒絕說的認爲國民黨人完全主導了孫中山的喪葬和悼念活動，並提出「黨葬」說；贊同方認爲從經費的來源到葬禮的規格和實際效果呈現，都是名符其實的國葬，並非一黨之黨葬。也有研究者綜合兩種意見，「認爲孫中山葬禮是國葬的變種──具有黨葬色彩的國葬或國民黨主辦的國葬」〔註42〕，而拒絕國葬說的也承認，「儘管段祺瑞等所掌控的中華民國政府並不是孫中山與國民黨所認同的，但『中華民國』作爲一個國家符號，卻是國民黨政治合法性的重要來源，因此，國民黨在舉行孫中山喪葬儀式時，中華民國國家認同依然是宣傳要點」〔註43〕。事實上，有關黨葬國葬之爭的困擾恰恰在於沒有釐清國民黨人「再造民國」和段祺瑞執政府所代表的中華民國之間的區別，當國民黨黨旗和由

〔註41〕魯迅時任《國民新報》副刊編輯，自己也曾有多篇重要文章在此發表，許廣平亦有不少文章，李大釗在這一副刊有《青天白日旗幟之下》的新民國呼籲。

〔註42〕沙文濤：《孫中山逝世與國民黨北京治喪活動述論》，《中國國家博物館館刊》，2012 年第 6 期，有關孫中山喪葬是否國葬的爭議也可參見此文詳細論述與梳理。

〔註43〕陳蘊茜：《崇拜與記憶：孫中山符號的建構與傳播》，南京：南京大學出版社，2009 年，第 91 頁。

此改制的新國旗覆蓋孫中山的靈柩並升起在北京公祭現場〔註44〕，這無疑是昭告一個新的中華民國，一個屬於國民黨人的中華民國。

1925 年 5 月底的五卅慘案，為廣州國民政府的成立，為再造民國的革命動員與宣傳，提供了又一個良好契機。慘案發生後，全國各地民眾情緒激昂，廣州也不甘落後，《廣州民國日報》時評《上海英巡捕慘殺學生》，強烈抗議並要求收回租界，「英日帝國主義者，今日在上海可殺我同胞，他日亦可在廣東殺我同胞」〔註45〕。但 6 月初的楊希閔和劉震寰叛亂，讓廣州對五卅的強硬反應只能往後拖延，叛亂平息後，廣州國共兩黨開始著手抗爭英帝國主義的動員，決定發動省港罷工。此時北方段祺瑞政府在五卅慘案中的妥協與退讓，使得強硬立場的廣州政府成為國人希望之所在，6 月 14 日國民黨中央政治委員會決定順勢將大元帥大本營改組為正式國民政府，以期更好地代表國家和英日帝國主義交涉。6 月 23 日《廣州民國日報》各版都是罷工遊行與抗議聲討的消息，同時伴隨著一篇特別突出的「組織國民政府之要訊」〔註46〕，6 月 25 日《為沙面英兵慘殺案告國人》的「社論」和《革命政府宣布改組案──定於七月一日成立國民政府》的重要宣告，同時刊登。此後《廣州民國日報》的內容，一邊是肅清楊劉叛亂統一軍政，並改各地建國軍為國民軍，一邊是聲援五卅組織罷工抗議英兵沙面屠殺，要求廢除一切不平等條約。在這內憂外患的艱難時刻，改組成立的中華民國國民政府，承載了人們有關新民國的價值期望與情感寄託，如果說，廣州國民政府的合法性主要來自作為開創民國象徵的孫中山的政治遺囑，那麼，這一新政府的合道性則更多來自五卅及沙基慘案中的強硬表現。很多研究者論及廣州國民政府依然強調它的委員制組織形態，即黨國體制的正式貫徹，可回到《廣州民國日報》的輿論現場，對當時的國民來說，廣州政府所代表的新國家的形象和立場更為重要。

〔註44〕 正是在孫中山殯儀活動中，國民黨人首次掛出了由黨旗改進而來的新制國旗，這一新國旗的出現也成為各方所關注。《晨報》1925 年 3 月 20 日第二版的《孫文殯儀‧一》中記載，「棺上覆以青天白日之國民黨黨旗，及國民黨新創之國旗」，上海《申報》1925 年 3 月 23 日的《孫中山殯儀紀詳》中詳細描繪了新國旗，「棺上蓋以青天白日旗，又蓋以紅旗，右角有青色，中鑲一白日，係國民黨新製之國旗」。《廣州民國日報》有關各地悼念孫中山的活動中也提及了青天白日旗和國旗。

〔註45〕 浮木：《上海英巡捕慘殺學生》，《廣州民國日報》1925 年 6 月 2 日。

〔註46〕 《組織國民政府之要訊》，《廣州民國日報》1925 年 6 月 23 日。

　　事實上，五卅作爲中國歷史的重要節點，一直被低估；作爲中國現代思想史和現代文學史的轉捩點，一直被忽視〔註47〕。五卅，以及作爲五卅一部分的沙基慘案，造就了廣東新國民政府的成立，新舊民國之爭全面展開。對比北方政府在五卅中的妥協，廣州國民政府強硬表現爲新民國的合道增添了砝碼，而三一八慘案則讓北方政府的合道性喪失殆盡，一得一失，南北政府所代表的兩個民國高下之別就很顯然。南方的國民革命和北伐眞有了「湯武革命順天應人」的革命之最初意味，即新民國對舊民國的革命。無數知識分子正是被這樣的革命理念和這樣的新民國所吸引，用「腳」和「筆」在兩個民國間進行選擇，投身於建造新民國的革命實踐和文學書寫。

<h2 style="text-align:center">（四）</h2>

　　近些年來，隨著民國文學相關議題的升溫，有關魯迅、郭沫若等作家的民國書寫，產生了不少頗有影響的成果〔註48〕。但很少有人辨析1920年代作家們筆下「兩個民國」書寫的不同，即對國民黨再造新民國的認同和對北方政府舊民國的否定，以致於不同研究者會對作家們「民國」書寫得出截然不同的判斷，最典型的例子當屬魯迅。1925年2月孫中山病危消息傳開，魯迅「忽然想到」諸多有關「民國」的人與事，「我覺得彷彿久沒有所謂中華民國」，「我覺得什麼都要從新做過」〔註49〕，「現在的中華民國也還是五代，是宋末，是明季」〔註50〕。這樣的感慨既有對舊中華民國的不滿和失望，又有對重新再造民國的嚮往與認同。孫中山的去世，讓魯迅念想「民元的事來，那時確是光明得多」，〔註51〕在《戰士與蒼蠅》《這是這麼一個意思》《中山先生逝世後一週年》一系列文章中，魯迅傳達著對孫中山等革命先賢創造民國的禮讚。誠如前文所說，以再造民國爲目標的國民革命，堪稱又一次辛亥，作爲國民

〔註47〕五卅作爲中國歷史和文學史的轉捩點意義可參見張武軍：《文學革命到革命文學的另一種敘述》，《文學評論》，2018年第2期。

〔註48〕有關魯迅和民國論述較爲充分的可參見張中良：《魯迅世界的多重民國影像》，《甘肅社會科學》2014年第4期；錢理群：《魯迅談民國》，《書城》2011年第5期。

〔註49〕魯迅：《忽然想到（三）》，《魯迅全集》第3卷，人民文學出版社2005年，第16～17頁。

〔註50〕魯迅：《忽然想到（四）》，《魯迅全集》第3卷，人民文學出版社2005年，第17頁。

〔註51〕魯迅：《19250331致許廣平》，《魯迅全集》第11卷，人民文學出版社2005年，第469頁。

革命的「同路人」〔註52〕乃至於急先鋒，魯迅此時的民元建國回想無疑是當時再造民國的鏡象呈現。魯迅暢想新民國的同時，也有對舊民國的批判與否定，五卅之後，魯迅一系列的「忽然想到」和「補白」都是對北方國民政府的強烈不滿，三一八之後，魯迅對失道的北京政府所代表的民國不滿到頂點，針對段祺瑞執政府通緝教員，魯迅諷刺道：「國事犯多至五十餘人，也是中華民國的一個壯觀；而且大概多是教員罷，倘使一同放下五十多個『優美的差缺』，逃出北京，在別的地方開起一個學校來，倒也是中華民國的一件趣事」〔註53〕。「本國政府門前是死地」〔註54〕，則是魯迅對這個民國政府的徹底否定，也是三一八後他離開北京的緣由所在。這篇《死地》和《中山先生逝世後一週年》等文章，就刊登在以宣揚再造民國為宗旨的國民黨刊物《國民新報》。

魯迅南下廣州，零距離觀察和體驗新的中華民國，此時他或主動或「受命」談了不少民國的話題，廣州有關民國和革命紀念的重要節日，魯迅基本都沒有缺席。中山大學開學致語，魯迅第一句就說：「中山先生一生致力於國民革命的結果，留下來的極大的紀念，是：中華民國」。後面緊接著一句，「但是，『革命尚未成功』」〔註55〕。魯迅初到廣州後談論民國，也有不滿，這種不滿是理想和現實的落差，是為了改進，為了建設更好的新民國。不論是在北京，還是在廣州，抑或是中間的廈門時期，魯迅都自認為是新民國和為建造新民國而革命的一方，北伐軍的每一步動向魯迅都很關注，為每一次重要城市的攻克而激動興奮，這從來廣州之前和許廣平的「兩地書」就可看出，從以「滬寧克復的那一邊」作慶祝文章也可看出。

然而，讓魯迅不能接受的是，曾經舊民國政府的擁護者，曾經和魯迅這些反對舊民國努力宣傳再造新民國論戰的論敵，也搖身一變，成為新民國和國民革命陣營的一份子。北伐軍攻克武昌，許廣平給魯迅信中覺得新國民政府「天下事大有可為」，雖研究系北京教育界又得勢，「管他媽的，橫豎武昌

〔註52〕魯迅是國民革命同路人的論述參見邱煥星：《魯迅與女師大風潮》，《魯迅研究月刊》2016 年第 2 期。

〔註53〕魯迅：《可慘與可笑》，《魯迅全集》第 3 卷，人民文學出版社 2005 年，第 286 頁。

〔註54〕魯迅：《死地》，《魯迅全集》第 3 卷，人民文學出版社 2005 年，第 282 頁。

〔註55〕魯迅：《中山大學開學致語》，《魯迅全集》第 8 卷，人民文學出版社 2005 年，第 194 頁。

攻下了，早晚打到北京，賞他們屁滾屎流」〔註56〕。作為經歷過辛亥的魯迅，不像許廣平那麼樂觀，他很為國民黨和新民國擔憂，「研究系比狐狸還壞，而國民黨則太老實，你看將來實力一大，他們轉過來來拉攏，民國便會覺得他們也並不壞」，「國民黨有力時，對於異黨寬容大量，而他們一有力，則對於民黨之壓迫陷害，無所不至，但民黨復起時，卻又忘卻了，這時他們自然也將故態隱藏起來」〔註57〕。頗有意味的是，魯迅後來編輯出版《兩地書》時刪掉了這段，很顯然「民國便會覺得他們也並不壞」指的是國民革命的新民國。到廣州後魯迅把這種意見公開表達出來：「革命的勢力一擴大，革命的人們一定會多起來」，「去年年底，《現代評論》，不就變了調了麼？和『三一八慘案』時候的議論一比照，我真疑心他們都得了一種仙丹，忽然都脫胎換骨。我對於佛教先有一種偏見，以為堅苦的小乘教倒是佛教，待到飲酒食肉的闊人富翁，只要吃一素餐，便可以稱為居士，算作信徒，雖然美其名曰大乘，流播也更廣遠，然而這教卻因為容易信奉，因而變浮滑，或者竟等於零了。革命也是如此的……」〔註58〕作為「滬寧克復的那一邊」，魯迅的「慶祝」，「私自高興過兩回」，一如辛亥紹興時期那樣興奮，但紹興光復之後「咸與維新」的體驗仍然歷歷在目，魯迅在廣州又感受了「咸與革命」「咸與民國」的發生，這正是興奮之餘魯迅痛心疾首又心灰意冷的地方。

　　一方面，我們的確能感受到魯迅到廣州想做些事情的「一點野心」〔註59〕，雖然已是後方，但新民國有很多事要做，魯迅到廣州初期整天忙這忙那，讓人依稀看到了紹興光復時的魯迅。另一方面，紹興光復後的「咸與維新」「不念舊惡」的故事又一次在廣州上演，讓魯迅心灰意冷。魯迅得知廣州有意聘他的同時，還另電請了顧頡剛等人，前往廣州的熱情驟降，他給許廣平信中說，「學校又另電請幾個人，內有顧頡剛，顧之反對民黨，早已顯然」〔註60〕。

〔註56〕魯迅，景宋：《〈兩地書〉原信》，《兩地書全編》，浙江文藝出版社 1998 年，第 501 頁。
〔註57〕魯迅，景宋：《〈兩地書〉原信》，《兩地書全編》，浙江文藝出版社 1998 年，第 508 頁。
〔註58〕魯迅：《慶祝滬寧克復的那一邊》，《魯迅全集》第 8 卷，人民文學出版社 2005 年，第 197～198 頁。
〔註59〕魯迅，景宋：《〈兩地書〉原信》，《兩地書全編》，浙江文藝出版社 1998 年，第 530 頁。
〔註60〕魯迅，景宋：《〈兩地書〉原信》，《兩地書全編》，浙江文藝出版社 1998 年，第 529 頁。

決議接受廣州聘書之後，魯迅提筆寫作了「舊事重提之十」的《范愛農》〔註61〕，
寫出了革命中的冷與熱，與其說辛亥時期范愛農的真實寫照，毋寧說魯迅又
一次辛亥即國民革命的心聲吐露。到廣州後，魯迅熱切地忙碌著想大幹一番，
而投機到新民國陣營的「現代派」分子的到來，無疑給魯迅當頭潑了一瓢冷
水，魯迅立馬動了離開中山大學的念頭。1927 年 4 月 20 日給友人信中說：「我
在廈門時，很受幾個『現代』派的人排擠，我離開的原因，一半也在此」，「不
料其中之一」，「已經鑽到此地來做教授」，「所以我決計於二三日內辭去一切
職務，離開中大」〔註62〕。4 月 26 日他給孫伏園信中說：「我真想不到，在廈
門那麼反對民黨，使兼士憤憤的顧頡剛，竟到這裡來做教授了」。孫伏園把這
封信公開刊登在 5 月 11 日武漢《中央日報》副刊，題為《魯迅先生脫離廣州
中大》。自此，顧頡剛的「反民黨」不再是私人書信中的敘說，而成了公開化
呈現，已經成為「新民國陣營」的顧頡剛憤憤不滿，指責魯迅用心險惡，欲
在廣東狀告魯迅表明自己擁戴新政府的心跡。後來的一些研究者依循顧頡剛
邏輯，尤其顧日記中此時擁護國民政府的材料，指責魯迅企圖用「反國民黨」
的指控迫害顧頡剛。姑且不論魯迅是否授意孫伏園刊登此信，僅就魯迅而言，
他瞭解顧頡剛作為「研究系（現代派）」和「反民黨」的底細〔註63〕，顧此時
振振有詞地表態站在新民國政府一邊，這才讓魯迅最難忍受。順便提及一點，
業已展開「清黨」的廣州並不會把 5 月 11 日武漢《中央日報》副刊的材料來
作「反革命」證據用，恰恰相反，造謠說魯迅已經跑到未清黨的漢口〔註64〕，
發函告魯迅不要離粵，真有「不要讓魯迅跑了」的不良用意。魯迅後來給友
人的私人信件中也一再說道自己離開廣州與「清黨」無關，「不過事也太湊巧，
當紅鼻到粵之時，正清黨發生之際，所以也許有人疑我之滾，和政治有關，
實則我之『鼻來我走』（與鼻不兩立，大似梅毒菌，真是倒楣之至）之宣言，
遠在四月初上也。然而顧傅為攻擊我起見，當有說我關於政治而走之宣傳，

〔註61〕 魯迅 1926 年 11 月 15 日給許廣平信中說收到中大聘書，月薪二百八，18 號寫
成《范愛農》。

〔註62〕 魯迅：《19270420 致李霽野》，《魯迅全集》第 12 卷，人民文學出版社 2005
年，第 29～30 頁。

〔註63〕 魯迅和顧頡剛的關係可參見邱煥星：《魯迅與顧頡剛關係重探》，《文學評論》
2012 年第 3 期。

〔註64〕 1927 年 6 月 10、11 日《循環世界》刊有梁實秋署名徐丹甫的《北京文藝界之
分門別戶》，文中暗示魯迅北京時期和研究系的良好關係，又說魯迅現在到了
漢口。

聞香港《工商報》，即曾說我因『親共』而逃避云云，兄所聞之流言，或亦此類也歟。然而『管他媽的』可也。」〔註65〕

很顯然，魯迅離開廣州的主因是顧頡剛，並非「清黨」，但是，誠如魯迅來廣州絕非「因爲愛情」，而是對新民國的選擇和認同，魯迅的「顧來我走」，也絕非私人恩怨所能涵括，而是作爲體認新民國一方的魯迅，和代表舊民國一方的顧頡剛及現代派，「兩個民國」陣營的革命與反革命之爭。魯迅「是把顧來和將引起整個中大的形勢變化聯繫一起看的」〔註66〕，其實不只是中大，是把此和整個再造民國的國民革命形勢變化聯繫在一起看的。當原來站在舊民國一方反國民黨的搖身一變爲新民國的擁護者，而之前眞正新民國一方的卻因反對這些投機者成爲民國的異見分子，這種說不清道不明的悲愴就像《魏晉風度及文章與藥及酒之關係》的禮教觀。誠信禮教的卻被投機者以毀壞禮教之名所責，所殺，把「禮教」換成「民國」和「革命」就很好理解，魯迅的確「實有慨而言」，演講中講到這段，專門跳出魏晉以北方軍閥掛青天白日旗來作「容易明白的比喻」。果不其然，之後越來越多的「現代評論派」在中大得勢，在新民國中佔據顯赫位置〔註67〕，曾經適於舊民國政府的「好政府主義」，又成爲他們獻媚給新民國、新政府的一劑良方，而魯迅這位曾經眞誠致力於建造新民國的革命者，卻開始不屑於談論民國或又冷嘲熱諷起來……。

和魯迅一樣，郭沫若也是深受再造民國理念的吸引，眞誠地嚮往新民國，擁戴新民國，並置身於新舊民國之別的革命鬥爭。1926年初，創造社刊物《洪水》1卷8期特大刊頭篇文章即郭沫若的《新國家的創造》，不少研究者把它視爲對國家主義的批判。其實這篇文章是想把馬克思主義和創造新國家的目標結合起來，爲此，郭沫若滿懷深情地呼喚曾經國家主義的同伴，「來實行新國家主義」，「眞正的愛國者啊；我們大家覺悟起來，大家團結起來，大家從事新國家的創造罷！」〔註68〕作爲深受國家主義政治和革命影響的孤軍社成員郭沫若，其文藝轉向和革命文學倡導背後的「國家主義」因素，學界已經

〔註65〕 魯迅：《19270530致章延謙》，《魯迅全集》第12卷，人民文學出版社2005年。
〔註66〕 張碩城、張良棟：《魯迅脫離中山大學原因探辨》，《中山大學學報》1982年第3期。
〔註67〕 有關現代評論派紛紛投靠新政府的論述參見孔祥宇的《現代評論派與1920年代的中國自由主義》中「現代評論派成員的結局」部分。孔祥宇：《現代評論派與1920年代的中國自由主義》，北京：中國政法大學出版社2012年。
〔註68〕 郭沫若：《新國家的創造》，《洪水》第1卷第8期，1926年1月1日。

有人開始探究〔註69〕。國家主義的「醒獅派」和「孤軍社」，郭沫若都曾積極介入，大多數國家主義成員都是他非常熟悉的同學或同鄉，多年以後，郭沫若仍然坦承：「我知道他們有好些的確是很有熱誠的人，他們是看見中國的積弱，總想用最良的方法來把中國強盛起來」〔註70〕。這篇《新國家的創造》也的確是郭沫若和孤軍及醒獅同仁漸行漸遠的標誌，文章發表後不久，郭沫若收到南方民國政府的邀請，前往新民國的國立廣東大學。很顯然，新舊國家主義之別，是郭沫若和孤軍及醒獅同仁分手的原因，這新舊與其說用馬克思主義來區隔，毋寧說在於擁護新造的國家還是既有的民國之別。要知道1925年秋冬，國家主義派和共產黨人在反帝運動中為掛舊民國的五色旗還是新民國的青天白日旗，大打出手。後來郭沫若參加北伐時，醒獅派則聯合其他國家主義團體發起「擁護五色旗」運動，新舊民國的革命與反革命之別顯而易見。

和郭沫若結伴南下的郁達夫也有類似認知，《洪水》1926年1卷8期的特大刊，郭沫若《新國家的創造》之後緊接著兩篇重要文章，一篇是孤軍社重要成員漆樹芬的《為日本出兵東三省警告國人》，另一篇就是郁達夫的《牢騷五種》，文中除了對共產黨人和南方接受盧布辯護之外，「因為神聖的目的可以使手段也化為神聖」，還有一個「牢騷」是針對國家主義的，小標題就是「國家主義者，你們的國家在那裡？」，和郭沫若一樣，郁達夫理解和尊敬國家主義，「國家主義者諸君，我對你們的主義是十分的尊敬的。毫沒有訕笑你們的意思，不過我想光是高談主義，是沒有用的」〔註71〕。為一個新國家而實幹，這無疑是郁達夫以及郭沫若等南下的主要動因。

（五）

再造民國的國民革命是通過國民黨的「以黨造國」「以黨建國」，廣州國民政府也的確是黨國機制運行的開始，這和孫中山所宣揚的三民主義，顯然有一定的衝突，各方學者結合後來國民黨訓政時期的一黨專制，對黨國模式進行了有效的反思和批判。然而，這樣的反思和批判都是後來視角的呈現，

〔註69〕 詳細論述見李怡的《國家與革命──大文學視野下的郭沫若思想轉變》，《學術月刊》第2期，2015年；張武軍：《文學革命到革命文學的另一種敘述》，《文學評論》，2018年第2期。

〔註70〕 郭沫若：《北伐途次·七續》，《宇宙風》第27期，1936年10月16日。

〔註71〕 郁達夫：《牢騷五種》，《洪水》第1卷第8期，1926年1月1日。

實事求是地說，二次革命、護國、護法等一系列革命活動中，國民黨「在廣東以外各省人民視之，仍是一爭權奪利之政黨」〔註72〕。當時，共和、民主、議會選舉在各方政黨派系的操控下，都已被經破壞殆盡，「再造共和」甚至是「三造共和」、「國會選舉」都成了軍閥政客爭權奪利的幌子，政黨政治儼然是貶義稱號。就像共產黨人譚平山連載於《廣州民國日報》的長篇論著《國民革命與國民黨》中所說：「而周覽全國公開黨派中，類多以運用陰謀，攘權奪利，憑籍武人，操縱政治，或倚借外力，鞏固地盤，若此類者，何足以語乎政黨？更何足以語乎革命的政黨？無怪乎我國國民，視政黨為不祥之物，而以不談政治為高也。〔註73〕」當時一些專心為國的團體多冠之以學會，如少年中國學會等，就是為了避免當時政黨政治的負面影響。而孫中山和國民黨聯合共產黨「再造民國」的革命理念，激起了國人對新中國的無限暢想；「以黨造國」「以黨建國」與其說是國民黨（或者國共合作後的國民黨）拯救了中國，毋寧說把「黨」和「國」關聯起來的再造民國之革命，重塑了國民黨的形象，改變了國人對國共兩黨的認知和觀感。

文學研究領域，大家也普遍認為，郁達夫、郭沫若、魯迅後來否定廣州政府和國民革命，都源於對黨國模式和政黨專制的牴觸。例如，大家會以郁達夫的《廣州事情》為例來說明作家對黨化教育和黨治的反對，會以郭沫若的《請看今日之蔣介石》來證明他如何反對國民黨的專制統治，就像前文提及，大家也都認為魯迅離開中大、離開廣州，是因為「清黨」的恐怖。實際上，這樣的敘述同樣是反思黨國模式的後來視角呈現，我們依然得回到當時的歷史語境中來重新審視。

南下廣州的作家群體中，郁達夫第一個離開，並寫下引發各方關注的《廣州事情》，不少人都簡單地從中擇取一些片段，認為追求個性自由和反抗專制的郁達夫，實在無法忍受廣州的黨化教育、中大的學生甄別等各種舉措，且常常援引後來「反革命政變」來佐證郁達夫的預見性。然而，只要認真地閱讀《廣州事情》，細緻地分析郁達夫和郭沫若、成仿吾的論爭，我們就不難發現，郁達夫對廣州的不滿同樣是基於新民國立場的不滿，他明確說道：「黨化教育，在今日的狀態之下，是誰也贊成的。現在不是讀死書，做學問的時候。

〔註72〕《陳獨秀致吳廷康的信——反對共產黨及青年團加入國民黨》，中央檔案館編：《中共中央文件選集》第一冊（一九二一～一九二五），中共中央黨校出版社 1989 年，第 31～32 頁。

〔註73〕譚平山：《國民革命與國民黨》，《廣州民國日報》1923 年 9 月 5 日。

然而這一個黨化卻不是正大光明的大多數民眾的黨化，仍舊是幾個有勢力的人在後臺牽線做法的黨化」〔註74〕。正如成仿吾寫批評文章也承認：「由文字看來，曰歸君對於為人民謀利益的政府是抱著熱烈的希望的。但是他把話說左了。〔註75〕」由此可見，郁達夫並不反對廣州政府及其黨化色彩，且深以為然，他不滿的是「黨化」流於表面或為某些人做謀私用，他期望的是應該更加深入的為國「黨化」，為民「黨化」，郁達夫文中批判中大甚至把黨政訓練所的學生開除。很顯然，郁達夫是從更左的立場來寫「廣州事情」，認為做得不夠，而郭沫若和成仿吾的辯護邏輯：廣州和新民國雖不完美，但已經很革命了。郁達夫日記中的記錄也可證實這一點：「接到了郭沫若的一封信是因為洪水上的一篇廣州事情責備我傾向太壞的，我怕他要為右派所籠絡了，將來我們兩人，或要分道而馳的。」〔註76〕

　　事實上，奔赴廣州的郭沫若並非「右派」，和郁達夫一樣，也是「黨化」教育的認同者甚至是推動者。改組之前的國立廣東大學之黨化教育改革，郭沫若是風雲人物，並因此引發了廣大文科風潮。有關此，《廣州民國日報》進行了全方位報導，是我們瞭解郭沫若和廣大風潮的第一手材料。1927 年 3月 26 日，《廣州民國日報》有該報記者的專訪報導，題為「廣大學生歡迎郭沫若」，記者迫切想打聽郭沫若的「整頓文科之計劃」，郭沫若很是謹慎，「關於文科今後之計劃，則因本人初到廣州，對於此間情形，不大熟悉，須俟與褚校長及楊壽昌學長詳細商定，乃能確定云」〔註77〕。後來郭沫若的文科革新方案出來後，仍然引發了一些教師的不滿和抵制，1926 年 4 月 24 日，《廣州民國日報》以「本報專訪」的形式報導了「廣大文科風潮之內幕」「文科學生之選師運動」，對此次風潮的來龍去脈，有較為細緻的說明，關於郭沫若的文科「革新」方案本身，以及其他教師的抵制是否合理，我們今天或可重新討論〔註78〕。更值得我們關注的是，這篇報導中很大篇幅提及了廣大特

〔註74〕 曰歸（郁達夫）：《廣州事情》，《洪水》第 3 卷第 25 號，1927 年。

〔註75〕 仿吾：《讀了「廣州事情」》，《洪水》第 3 卷第 25 號，1927 年。

〔註76〕 郁達夫：《郁達夫日記》，北新書局，1947 年再版，第 91 頁。

〔註77〕 《廣大學生歡迎郭沫若》，《廣州民國日報》，1927 年 3 月 26 日。

〔註78〕 根據國立廣東大學規程規定，學科革新方案等相關事宜應由校務會議決定，開除教師與否更應通過校務會議決定，而選課計劃則由各分科教授會討論決定，然後經由校務會議審議通過。郭沫若文科革新方案在開學已經一月之久，重新選課和設置教學計劃，顯然和《國立廣東大學規程》第 32 條有關各科教授會權限和職責相衝突，這也是各教授罷課的緣由。從某種意義上來說，教

別黨部及各級黨部的態度:「此事關係青年運動,及校務革新前途甚大,昨本黨部已決議擁護褚校長郭學長革務文科計劃在案,凡我同志,毋得放棄,是為至要,廣大特別黨部啓,至於外界之輿論,多認為廣大學生之舉動為新氣象之表現,念中央青年部亦必扶助該校本黨之青年,又聞教育行政委員會中某委員,亦謂此次革新運動甚佳……〔註79〕」《廣州民國日報》也在 24 日和 26 日的黨務消息版塊記錄了這次黨部會議情形,黨部的報告中就有「校長之贊助黨務」「教授郭沫若等之革命態度」〔註80〕等,大會最後通過決議中有 3 條是關於聲援郭沫若文科革新的,「(九)援助文科同學擇師運動,(十)擁護為學生謀利益之褚校長及郭沫若學長改革文科計劃」,(十一)普遍擇師運動於全校」〔註81〕。由此可見,這次文科風潮已經不在教學方案本身,而是這一事件發生時,《廣州民國日報》以及包括廣大在內的各級黨部積極介入,讓一場原本是「教學」領域的改革,成為國民黨黨務工作和黨化教育的一部分。要知道,郭沫若來廣大時正是「黨化教育」討論最熱烈的時刻,一是廣大要改名為中山大學,準備實施更加徹底的黨化教育,一是嶺南大學(南大)排除黨員學生風潮,引發各方尤其是廣大學生抗議和對黨化教育的積極推動。例如 1927 年 4 月 6 日《廣州民國日報》首次登載了「中山大學籌備委員會會議」的報導,「決定中山大學要達到黨化地步,將來凡係黨員入校肄業,一律免費,非黨員則要繳納學費云」〔註82〕,而廣大特別黨部聲援郭沫若文科革新計劃的黨員大會結束時,高呼口號「實現黨化中山大學」「擁護中央黨部」「廣大特別黨部萬歲」「國民革命成功萬歲」〔註83〕等。從 1926 年 3 月 31 日陳紹賢在《廣州民國日報》的《批評創作》副刊連載《教育之黨化問題和中等教育之實行黨化》開始,結合嶺南大學排黨風潮,幾乎每期都有黨化教育的討論,一直延續到《新時代》《現代青年》副刊,《新時代》副刊在 1926 年 5 月 11、5 月 13 專門推出了「收回南大問題專號」和「黨化教育問題專號」,反響巨大。

授罷課背後確有教授治校機制的支撐,畢竟,不論是變革教學計劃還是開除教師,都不能文科學長或校長說了算。相關規程可參見《國立廣東大學規程》,《太平洋》1924 年第 4 卷第 8 號,1924 年。

〔註79〕《廣大文科風潮之內幕》,《廣州民國日報》,1927 年 4 月 24 日。
〔註80〕《廣大黨部黨員大會詳情》,《廣州民國日報》,1927 年 4 月 24 日。
〔註81〕《廣大黨部黨員大會詳情(二)》,《廣州民國日報》,1927 年 4 月 26 日。
〔註82〕《中山大學籌備委員會會議》,《廣州民國日報》1927 年 4 月 6 日。
〔註83〕《廣大黨部黨員大會詳情(二)》,《廣州民國日報》,1927 年 4 月 26 日。

　　因此，我們必須跳出教學改革本身，從黨化教育的氛圍來考察郭沫若的文科學長活動和廣大風潮。郭沫若等人初來廣東，「吃了一次文科教授們的『杯葛』」〔註84〕，這對意圖在南方大展宏圖的創造社諸位來說，無疑當頭一棒。成仿吾在《創造月刊》的「編輯餘話」中特意談到此時創造社諸君的心態，並解釋了《創造月刊》的拖期：「這回眞是有史以來的難產。廣東大學文科的風潮，不時襲來的喉症，昏雨悶人的天時，彼去此來，掃盡了創作的興致。」〔註85〕風潮發生後，郭沫若的反應的確有些沉靜，畢竟初來乍到，一下子遭遇這麼多教授抵制，而且風潮還呈擴大趨勢，校長褚民誼後來也逐漸有所妥協，意圖緩和雙方衝突。但廣大特別黨部的堅定支持，中央黨部的強力介入〔註86〕，給郭沫若對抗罷課教師增添了信心，郭沫若的反擊也越來越強硬，他也因此贏得了青年學生和國民黨各級黨部的支持和肯定，廣大特別黨部的報告中認為，只有文科學長郭沫若「很能增加黨化宣傳的聲勢」〔註87〕。郭沫若後來不僅成為籌備中山大學委員會中一員，參加了委員會第四、五、六次會議〔註88〕，還被聘為廣大黨部的政治研究班教授。廣大特別黨部利用暑假設立政治研究班，「敦請黨中名流教授，以訓練同志造就幹才，將來為黨效力，用意良善，聞該簡章發出後，各同志報名非常踴躍，一日間數達百人」。根據《廣州民國日報》提供的名單，郭沫若不僅被選中，而且排名很靠前，僅次於吳稚暉、顧孟餘、陳啓修幾位重量級理論學人，他後面還有陳公博，張太雷，甘乃光，何香凝等黨內名流，同時入選的還有創造社同人成仿吾和王獨清，但名次都往後很多。也許名次本身意義並沒有那麼重要，但縱覽入選者，黨內的政治地位都很高，由此不難看出，來廣大短短幾個月，因為文科風潮的表現，郭沫若在國民黨內政治地位的迅速攀升。可以說，原本始於教學文化領域革新的郭沫若和創造社同仁，有意無意應和並助推了廣大的急遽黨化教育，文科風潮中郭沫若和各級黨部的相互配合，相互激進，奠定了郭沫若後來參加北伐的政治資本，由此，可理解後來郭沫若在恢復（提高）「黨權」運動的急先鋒行為。

〔註84〕　郭沫若：《創造十年續編》，北新書局，1946 年，第 204 頁。

〔註85〕　成仿吾：《編輯餘話》，《創造月刊》第 1 卷第 4 期，1926 年 6 月 1 日。

〔註86〕　參見《廣大文科風潮之面面觀》中中央黨部的意見，《廣州民國日報》1926
　　　　年 4 月 28 日。

〔註87〕　蔡震：《在與國共兩黨的關係中看郭沫若的 1926～1927──兼論與此相關的史
　　　　料之解讀及補充》，《郭沫若學刊》2007 年第 1 期。

〔註88〕　見《廣州民國日報》1926 年 4 月 29 日，5 月 12 日，5 月 19 日的報導。

　　郭沫若和創造社在廣大的一舉一動和廣大變革的方方面面，魯迅通過許廣平的來信都已知曉，郁達夫的抱怨和最後離開廣東，魯迅也深知其真正用意，畢竟他和郁達夫有多次書信往來。可以說，中大的「黨校」定位和發展方向，魯迅來廣州之前很是了然。許廣平勸說魯迅放下顧慮來廣州，其依據也是改組後的中大將會實行更加徹底的黨化教育，「大約將來中大是好現象，現時教員一概停職從新聘，學生也從新甄別」〔註89〕，「這會改組，絕對左傾」，研究系在廣州將無立足之地。到廣州後，魯迅雖不像許廣平在女師擔任訓育主任那樣，以黨化訓育為主業，但中大的「政治訓育」他也多次參與。

　　探究作家們對廣州「黨化教育」和「黨化宣傳」的參與，並非據此來「翻轉」郭沫若、郁達夫、魯迅的「革命」形象，把他們都描繪成依附「黨權」的妥協者。恰恰相反，我們首先得把「黨權」「黨化」活動放回到歷史語境，從《廣州民國日報》及其副刊來審視黨化、黨權、黨國等諸多概念，這些概念在當時都是「左傾」「革命」「激進」的代名詞，作家們積極介入黨化教育和黨化宣傳，恰恰是他們革命的體現。其次，如前文所述，「黨國」中的焦點是在國而並非黨，我們考察黨化教育與宣傳也應該落腳到「國」上，正因為黨國是一種基於「國家」的更為激進更為革命的立場，就像前文論述魯迅和郁達夫不能接受新民國政府的妥協那樣。然而，頗為弔詭的是，明明此時更為左傾更為激進的郁達夫和魯迅，在後來的「革命文學」論爭中卻被指責為落伍者，也正因為此，我們對魯迅和郁達夫廣州時期的思想和言行才有了諸多誤解和遮蔽。

結　語

　　從國共合作的國民黨一大提出「再造民國」，到 1925 年 7 月成立代表新民國的廣州國民政府，再到之後討伐舊民國的北伐軍事行動的展開，最終新民國徹底取代舊民國，這是中國現代史上的一次巨變，其意義和重要性不亞於之前辛亥革命和中華民國的創建。雖然魯迅、郁達夫、郭沫若等作家的廣州時期太過短暫，但他們見證和參與了這一再造民國的偉大革命。探究魯迅等人和新民國政府，和以黨造國的國民黨的關係，我們不僅可以洞悉他們此時更細緻豐富的心路歷程，亦可理解後來他們加入「左聯」的內在邏輯，這

〔註89〕魯迅，景宋：《〈兩地書〉原信》，《兩地書全編》，浙江文藝出版社 1998 年，第 512 頁。

同時也啓發我們，關注無產階級革命文學的譜系時，「國家」亦是不可忽視的重要因素。

　　1924～1928「兩個民國」道與勢的變遷，所引發的知識分子群體震盪，也不亞於後來的 1949 年。有關後者，學界很是關注，而有關前者，則被完全忽略。知識分子如何在兩個民國之間做出選擇，如何接受（應對）新中華民國和新的國民政府，這實在是一個特別重大卻尚未展開的命題，筆者在此也是拋出命題，希望能夠引起學界的關注和討論。《廣州民國日報》和國立廣東大學（中山大學），是我們探究這一命題的起點，如果說，北大和《新青年》「一校一刊」完美結合，主導了新文化「運動」起來，那麼，廣大（中大）和《廣州民國日報》「一校一報」結合，則讓「革命文化」「革命文學」發展壯大起來。更爲重要的是，北大「一校一刊」結合是基於北洋政府的國家文化歷史形態，而廣大（中大）和《廣州民國日報》「一校一報」背後的支撐則是新造的中華民國。郭沫若、郁達夫、成仿吾、魯迅等作家們南下廣州，執教於廣大（中大），後來又離開，這顯然不能用「走進學院」或「走出學院」來概括，高度政治化（黨化）、的國立廣東大學（中山大學）和之前高校相比，有很大的差異，郭沫若、郁達夫、魯迅等作家們在廣大的活動，恰恰是他們積極投入社會活動和政治革命的標誌。這再一次說明，魯迅和顧頡剛等人的分歧並非是學術理念的差異所導致，也不僅僅是「學院派」和「非學院派」的不同所能涵蓋，而是基於「兩個民國」是政治革命立場的站位與選擇。「兩個民國」的革命與反革命之爭，以及知識界對待新民國的態度變遷，這些或許比主義之辨和階級論爭更應該成爲此時和之後知識分子陣營又一次分化的基點。

粵系第四軍與茅盾小說中的革命正統
——民國軍事史視角下的左翼知識分子精神歷程考察 [註1]

妥佳寧

（四川大學）

　　茅盾早期作品對大革命有非常直接的呈現，但描繪的主要人物卻極少爲革命軍人。早在革命文學論爭中，阿英就曾批評茅盾曾不肯直面各地共產黨起義的戰鬥：「在中國，一九二七年七月以後，各地的反抗也是和當時的俄羅斯一樣的爆發，接著又有了十二月等等的英勇的不斷的戰鬥，在在的都表示了中國革命的前途，然而，茅盾是始終的不肯正面這些現實，反而把這些現實當做非現實。」〔註2〕自此之後，論者往往認爲茅盾不關心軍事而較關注知識分子。就連茅盾自己在《從牯嶺到東京》中反駁阿英時，也坐實了其作品重點在描繪小資產階級知識分子而非革命軍人〔註3〕。然而無論是「大革命」還是「國民革命」之名，都遠不如「北伐戰爭」那樣爲世人所熟知。那麼茅盾是否因自己參與革命的親身經歷所限，在小說中更多地描繪知識分子參與革命的「政治工作」，並對「賣膏藥」式的政治工作感到「幻滅」〔註4〕，而未特別表現轟轟烈烈的北伐戰爭？

〔註1〕本文爲國家社科基金項目「民國史視角下茅盾小說創作的精神歷程研究（1927～1936）」（17XZW004）階段性成果。

〔註2〕錢杏邨：《茅盾與現實——讀了他的「野薔薇」以後》，《新流月報》，1929年第4期，第690～691頁。

〔註3〕「中國革命是否竟可拋開小資產階級，也還是一個費人研究的問題。我就覺得中國革命的前途還不能全然拋開小資產階級。」見茅盾：《從牯嶺到東京》，《小說月報》，1928年第10號，第1138～1146頁。

〔註4〕茅盾：《幻滅》，《小說月報》，1927年第18卷第10期，第27頁。

只要細讀《幻滅》等作品就不難發現，無論是武漢誓師還是強連長的戰鬥經歷，都曾寫到大革命的軍事活動。事實上，《子夜》也曾多次觸及軍事鬥爭，且與大革命期間的軍事史有著密切的關係。以往對《子夜》的研究往往看重國民黨新軍閥「中原大戰」的整體背景，卻絕少注意到其中的具體軍事事件與大革命之間是否存在某種隱秘的聯繫。而回到民國軍事史的視角下則可發現，茅盾一系列小說的相關描繪背後，暗含著對革命正統性的認識。

一、《子夜》與北伐戰爭

《子夜》中最為讀者熟悉的軍事情節，當屬趙伯韜以賄賂馮軍的手段來操控「中原大戰」戰局而影響公債價格。「中原大戰」是 1930 年國民黨馮、閻、桂、張等各派軍事力量聯合反蔣以爭奪中央統治權的內部戰爭，主要戰場在中原，但不限於中原。在《子夜》裏，「中原大戰」的戰局直接影響公債投機，一旦蔣派落敗，失去國民黨中央的統治權，蔣派向民間借貸的巨額資金即中央政府發行的公債，將難以償還，投機市場上的公債持有者急於拋售，必導致公債價格大跌；反之蔣派「中央軍」若勝，則公債大漲。《子夜》並未直接描繪「中原大戰」戰鬥場景。小說中首次出現軍人是在第二章吳老太爺的葬禮上，這是老太爺去世的第二天，即 1930 年 5 月 18 日。吳府客人因公債投機而對戰局頗為關心，在場的現役軍人雷鳴隨即被捲入關於戰局的爭論。雷參謀「左胸掛著三四塊景泰藍的證章」，既往軍功卓著；而「和雷參謀同是黃埔出身，同在戰場上嗅過火藥」的黃奮，卻是一身「西裝少年」的打扮。兩人對戰事的熱心程度和成敗判斷，完全相反。雷參謀對「中央軍」死傷慘重的消息反應漠然，卻熱烈地回憶起「十六年五月我們在京漢線上作戰的情形」，「那時我們四軍十一軍死傷了兩萬多，漢口和武昌成了傷兵世界，可是我們到底打了勝仗呢」。為什麼《子夜》中的軍人雷鳴，討論眼前的「中原大戰」時「有幾分窘了」，卻在回憶民國十六年的那場戰鬥時「臉上閃出紅光來了」？而黃奮冷笑著指出「那和現在是很不同的呀！那時的死傷多，因為是拼命衝鋒！但現在，大概適得其反罷？」〔註5〕既然都是在中原作戰，為何僅僅相隔三年，就會形成「拼命衝鋒」與「適得其反」的巨大反差？究竟是什麼，使得小說中的軍人對戰爭的態度完全相反？

〔註5〕茅盾：《子夜（手跡本）》，北京：中國青年出版社，1996年，第30～32頁。

答案恐怕不能只在「中原大戰」當中尋找，還需回到作為對比的另一場戰爭中去。按照雷鳴的自述，從 1925 年「五卅」起，「我是到廣東進了黃埔！我，從廣東打到湖南，我，從連長到團長，我打開了長沙，打開了武漢，打開了鄭州，又打開了北平」〔註6〕這顯然是指北伐。而民國十六年是 1927 年，雷參謀口中的四軍、十一軍乃是奉武漢國民政府之命繼續北伐盤踞河南的奉系軍閥。《子夜》裏與「中原大戰」形成鮮明對比的，其實正是大革命時期的北伐戰爭。

那麼《子夜》究竟如何以 1927 年的北伐戰爭來反襯 1930 年的「中原大戰」呢？小說第十章寫到唐雲山帶來張桂軍要退出長沙的消息時，吳蓀甫卻向唐雲山核實「鐵軍是向贛邊開拔的，可不是？」〔註7〕這裡出現了「鐵軍」一名，而這一稱呼無疑是大革命時期的產物。據識者考證，儘管「人民文學出版社 2000 年 5 月印刷本為此段話中提到的『鐵軍』做了注釋，說：『鐵軍指北伐戰爭中葉挺所率領的國民革命軍獨立團，以英勇善戰，所向無敵得名。』」但「吳蓀甫關心的『鐵軍』，不是北伐時期的葉挺獨立團，而是『中原大戰』時期的張發奎部隊」〔註8〕。吳蓀甫為何要用北伐時期的「鐵軍」名稱來指稱 1930 年與桂系軍閥聯合反蔣的張發奎部隊？這支部隊究竟和雷鳴、黃奮回憶的那場戰鬥有何關係？又昭示了吳蓀甫怎樣的政治立場？

需要指出的是，儘管葉挺獨立團在北伐中聲名顯赫，但「鐵軍」這一名稱所指的其實是一個軍，而非一個團。「鐵軍」是北伐時期對屢立戰功的國民革命軍第四軍的美譽，葉挺獨立團乃是其中一部。而 1927 年 4 月曾擔任國民革命軍第四軍的軍長的，正是張發奎。

國民革命軍第四軍源自粵軍，正式組建於 1925 年 7 月廣州國民政府成立之時。1926 年第四軍中的張發奎、陳銘樞兩部參加北伐。其中的葉挺獨立團集中了大量中共軍事骨幹，正是由張發奎部下第 34 團改編而來，這時已提前從廣東肇慶出發率先北伐。第四軍因在汀泗橋、賀勝橋等處戰鬥連克強敵，而獲得「鐵軍」美譽。攻克武昌後，廣州國民政府遷都武漢，而張陳兩部擴編為第四軍和第十一軍，「鐵軍」之稱逐漸溢出對一個軍的稱呼，成為北伐以來粵系第四軍系統的共有稱號，黃琪翔、葉挺、蔡廷鍇等部均在其中

〔註6〕茅盾：《子夜（手跡本）》，北京：中國青年出版社，1996 年，第 77 頁。

〔註7〕茅盾：《子夜（手跡本）》，北京：中國青年出版社，1996 年，第 241 頁。

〔註8〕王中忱：《重讀茅盾的〈子夜〉》，《海南廣播電視大學學報》，2002 年第 2 期，第 39 頁。

〔註9〕。隨後武漢國民政府繼續北伐，「鐵軍」諸部在張發奎率領下沿京漢鐵路赴河南進攻奉軍。《子夜》中雷鳴回憶「十六年五月我們在京漢線上作戰的情形」，正是對 1927 年「鐵軍」擴編之後繼續北伐的呈現。

　　然而何以曾經隸屬「鐵軍」的雷鳴，此刻已歸屬蔣派「中央軍」？而張發奎卻與桂系軍閥聯合反蔣？原因就在於雷鳴記憶中那場輝煌的戰鬥結束後，武漢國民政府的北伐戰事暫告一段落，「鐵軍」系統內部卻發生了分裂。在寧漢對立的形勢下，1927 年 8 月 1 日中共策動「鐵軍」系葉挺、蔡廷鍇等部參加南昌起義。隨後蔡廷鍇率部脫離中共起義部隊，投奔蔣派；而張發奎、黃琪翔等未參加起義的「鐵軍」餘部，則因清共不力遭受國民黨內各方排擠，重回廣東，繼續擁汪抗蔣〔註10〕；最終葉挺等起義部隊在潮汕被擊潰，只有朱德等率領起義軍餘部後來在井岡山與毛澤東所部會師，組建中國工農革命軍第四軍（後改稱中國工農紅軍第四軍）。而毛澤東秋收起義所部，亦來自張發奎「鐵軍」系警衛團。1927 年 12 月 12 日，隨「鐵軍」餘部回到廣東的第四軍所屬教導團，又由第四軍參謀長葉劍英率領參加中共廣州起義。簡言之，一同北伐的「鐵軍」系統，此時分裂為三個方向：除中共策動各部起義之外，蔡廷鍇部起義後轉投蔣派，而張發奎餘部後來聯合桂系反蔣，參與「中原大戰」。此外，留在廣東未參加北伐的粵系第四軍原有部分軍隊，與北伐的「鐵軍」系出同源，且都使用第四軍的番號，卻無「鐵軍」的革命正統性〔註11〕。

　　這樣就不難明白吳蓀甫口中的「鐵軍」與雷鳴記憶中的那場戰鬥是何關係了。吳蓀甫和黃奮等人所承認的「鐵軍」，是直到 1930 年「中原大戰」期間仍然堅持反蔣立場的張發奎舊部；而雷鳴則已投歸蔣派，此刻隸屬於「中央軍」。難怪脫下軍裝的黃奮，處處搶白作為「中央軍」現役軍人的雷鳴。在黃奮眼中，此刻的「中原大戰」根本不具有雷鳴回憶中「十六年五月」武漢國民政府派遣「鐵軍」北伐的革命正統性，故而才有黃奮口中「拼命衝鋒」和「適得其反」的鮮明對比。小說中吳府葬禮上的這段雷黃之爭絕非閒筆，

〔註9〕 李景田主編：《中國共產黨歷史大辭典 1921～2011（新民主主義革命時期）》北京：中共中央黨校出版社，2011 年，第 232～237 頁。

〔註10〕 黃琪翔：《大革命洪流中的國民革命軍第四軍》，載中國人民政治協商會議全國委員會文史資料委員會編：《文史資料選輯》第 94 輯，北京：文史資料出版社，1984 年，第 1～10 頁。

〔註11〕 妥佳寧：《從汪蔣之爭到「回答托派」：茅盾對〈子夜〉主題的改寫》，《中山大學學報》，2017 年第 1 期，第 66～67 頁。

背後暗含著非常明確的軍事史事件。《子夜》正是以 1927 年北伐戰爭的革命
正統性，來反襯 1930 年國民黨新軍閥「中原大戰」的非正義性。而吳蓀甫與
黃奮等人，將堅持反蔣的張發奎粵系第四軍舊部繼續稱爲「鐵軍」，則顯示了
其反對蔣派南京中央政府的政治立場。

二、茅盾早期作品中的粵系第四軍

有意思的是，《子夜》第十章吳蓀甫關注的這場戰鬥中，張桂軍攻陷長沙又
被迫退出長沙，與之作戰的「中央軍」正是當年投靠蔣派的蔡廷鍇部〔註12〕；
而另一方面，《子夜》還側面寫到「中原大戰」期間紅軍也趁機圍攻吉安〔註13〕，
恰是沿用第四軍番號的中共紅四軍。那麼，吳蓀甫何以不用「鐵軍」的稱號
來指稱同樣源於粵系第四軍的中共武裝力量，和蔡廷鍇等投靠蔣派的第四軍
舊部呢？既然《子夜》所描繪的 1930 年「中原大戰」，暗含著書中人物對 1927
年北伐戰爭中革命軍隊正統性的認識，那麼對相關問題的思考，就不應局限
於《子夜》，還應注意到茅盾早期小說中的軍事活動，尤其是直接寫到武漢國
民政府北伐的《幻滅》。

在《幻滅》中，1926 年革命軍北伐的消息，最先由醫院裏的黃醫生帶給
女主人公章靜。隨後在「革命軍佔領九江的第二天」，幾個同學在病房裏「靜
聽李克講回馬嶺的惡戰」，最終大家決定「到武漢去」〔註14〕。這些細節描繪
看上去僅是故事發展的背景，但若與《子夜》中諸多情節相聯繫，則可發現
茅盾小說中軍事描繪的某種高度一致性。北伐軍攻佔九江的時間 1926 年是 11
月 7 日，而攻克九江的正是粵系第四軍與桂系第七軍。至於李克口中的「回
馬嶺的惡戰」，則是「鐵軍」攻克武昌後赴江西馳援桂系時的一場激烈戰鬥。
茅盾對「鐵軍」的關注由來已久。足見「鐵軍」一名在《子夜》中的出現，
絕非偶然。

《幻滅》第九章生動描繪了 1927 年 4 月 19 日武漢國民政府派遣「鐵軍」
等部繼續北伐的誓師典禮場景。「滿天是烏雲，異常陰森。軍事政治學校的學
生隊伍中發出悲壯的歌聲，四面包圍的陰霾，似乎也動搖了。」〔註15〕1927
年茅盾本人正在武漢國民政府擔任中央軍事政治學校（即黃埔軍校）武漢分校

〔註12〕《中央軍克復長沙之概況》，《黃埔月刊》，1930 年第 1 卷第 2 期，第 16 頁。
〔註13〕茅盾：《子夜（手跡本）》，北京：中國青年出版社，1996 年，第 391 頁。
〔註14〕茅盾：《幻滅》，《小說月報》，1927 年第 18 卷第 9 期，第 25 頁。
〔註15〕茅盾：《幻滅》，《小說月報》，1927 年第 18 卷第 10 期，第 24 頁。

的政治教官，其中許多學生就是他奉命從上海等地招募而來〔註16〕的。小說中描繪的這段情節，原本就是作家自己的親身經歷。這次誓師典禮之後，張發奎率領黃琪翔部、蔡廷鍇部和原葉挺部等「鐵軍」各部繼續北伐，葉挺本人則留守武漢。《幻滅》裏報上的「鄂西吃緊」消息，也就是《動搖》寫到的夏斗寅叛亂〔註17〕，就發生在這次誓師出征之後，最終由留守武漢的葉挺所平定。而參加誓師典禮的這些黃埔軍校武漢分校學生，在夏斗寅叛亂期間改編爲中央獨立師，隨葉挺平叛；日後又編成「鐵軍」教導團，終在1927年12月由葉劍英率領參加中共廣州起義〔註18〕。這次誓師典禮，不僅感動了這些軍校學生，更感動了小說女主人公章靜，讓她從幻滅的政治工作中重新振作起來。

《幻滅》描繪的軍事活動中花筆墨最多的，還屬強連長的戰鬥經歷。章靜在武漢國民政府的醫院作看護時，遇到了從北伐前線受傷回來治療的強連長。小說詳述強連長的戰場記憶，「他是在臨潁一仗受傷；兩小時內，一團人戰死了一半多，是一場惡鬥」，強連長所屬的70團「擔任左翼警戒」，那天黃昏時開始和敵人接觸，團長「親帶一營人衝鋒，這才把進逼的敵人挫退了十多里」，「團長胸口中了迫擊炮，抬回時已經死了！」而臨潁正在京漢鐵路線上，1927年5月28日，「鐵軍」黃琪翔部在這裡擊潰奉軍，恰與《子夜》中雷參謀熱烈地回憶「十六年五月我們在京漢線上作戰的情形」高度重合。同一個軍事事件在茅盾不同的小說中反覆出現，並且每次都是軍人記憶中最激烈最光榮的戰鬥經歷，足見武漢國民政府派遣「鐵軍」繼續北伐在茅盾心中具有怎樣崇高的意味。

非常耐人尋味的一點是，《幻滅》裏強連長回憶這場戰鬥的結果是「我們的增援隊伍也趕上來，這就擊破了敵人的陣線。」〔註19〕而武漢國民政府派遣「鐵軍」繼續北伐時，臨潁戰鬥是黃琪翔部於5月27日黃昏向奉軍發起進攻。黃琪翔親臨前線，在死傷慘重的情況下終等到援軍，一同破敵。小說中寫到的第70團原屬葉挺部，在此次北伐上蔡、臨潁等地戰鬥後，70團的1營

〔註16〕 茅盾：《一九二七年大革命——回憶錄〔九〕》，《新文學史料》1980第4期，第2～3頁。

〔註17〕 茅盾：《動搖》，《小說月報》，1928年第19卷第3期，第364頁。

〔註18〕 巧合的是，這支由黃埔軍校武漢分校學生編成的第四軍教導團，在廣州起義之後改編爲中國工農革命軍第四師，在番號中同樣使用第四的序列。而該部隊「知識分子氣質濃，民主精神比一般的士兵更強」，「師長是由士兵委員會民主選舉產生的」。見張永：《1929年朱毛之爭與紅軍的權力結構演變》，《近代史研究》，2013年第5期，第34～54頁。

〔註19〕 茅盾：《幻滅》，《小說月報》，1927年第18卷第10期，第32～33頁。

營長董朗升任團長，黃琪翔則升任第四軍軍長。日後董朗率 70 團參加南昌起義，多立戰功〔註 20〕，後曾在湘鄂西任紅四軍參謀長〔註 21〕，終在內部肅反中因被誣爲「改組派」而遭錯殺〔註 22〕。可見小說中的戰鬥場景，儘管綜合化用了「鐵軍」各部的戰鬥經歷，仍有非常多的細節是源自北伐的眞實戰鬥，與軍事史高度相符。而這些描繪不僅寫到張發奎、黃琪翔部，更觸及了日後參加南昌起義的葉挺部〔註 23〕。

那麼，茅盾小說中反覆出現的粵系第四軍，究竟和他本人的革命經歷有怎樣的關係？又爲何成爲革命正統的標誌？

三、茅盾與「鐵軍」的共同革命立場

1924 年初國民黨一大召開，正式開始國共合作，吸收中共黨員跨黨加入國民黨。作爲中共早期黨員的沈雁冰（尚未使用筆名「茅盾」），時任中共上海執委委員〔註 24〕。1925 年茅盾任「國民黨上海市特別黨部執行委員會」宣傳部長，並被上海市國民黨黨員大會選爲代表，於 1926 年 1 月赴廣州參加國民黨二大。會上汪精衛被選爲國民政府主席兼宣傳部長，毛澤東任代理宣傳部長，會後茅盾留在廣州國民政府，擔任國民黨中央宣傳部秘書。1926 年 3 月 19 日深夜，時任國民革命軍第一軍軍長的蔣介石，逮捕了中山艦艦長兼代理海軍局局長中共黨員李之龍，並製造了「中山艦事件」〔註 25〕。當夜茅盾

〔註 20〕 楊牧，袁偉良主編：《黃埔軍校名人傳》下，鄭州：河南人民出版社，2005年，第 1013～1016 頁。

〔註 21〕 湘鄂西的紅四軍並非井岡山的紅四軍，而是中共方面賀龍等人 1928 年在湘鄂西創立的隊伍，同樣以第四軍爲番號，直到 1930 年始改編爲紅二軍；此後 1931年鄂豫皖紅軍改編時也曾以第四軍爲番號。換言之，後來的紅三大主力在各自創建初期均曾以第四軍爲番號。

〔註 22〕 改組派正式成立於 1928 年底，多繼承武漢國民政府的國民黨左派政策，在「中原大戰」期間聯合馮、閻、桂、張等軍閥對抗蔣派南京中央政府。關於茅盾與國民黨改組派的關係，參見妥佳寧：《作爲〈子夜〉「左翼」創作視野的黃色工會》，《文學評論》，2015 年第 3 期，108～118 頁。

〔註 23〕 唐仁君：《試談〈幻滅〉中的強連長》，《揚州師院學報》（社會科學版），1985年第 3 期，第 24～26 頁。

〔註 24〕 茅盾：《文學與政治的交錯——回憶錄〔六〕》《新文學史料》，1980 年第 1 期，第 165～182 頁。

〔註 25〕 關於廣州的國民黨右派組織「孫文主義學會」在「中山艦事件」前夕離間汪蔣的詳情，參見楊天石：《「中山艦事件」之謎》，《歷史研究》，1988 年第 2期，第 116～130 頁。

隨毛澤東往蘇聯軍事顧問代表團會商，毛澤東主張「動員所有在廣州的國民
黨中央執、監委員，秘密到肇慶集中」，然後「開會通電討蔣」，因為「駐防
肇慶的是葉挺的獨立團」〔註 26〕。但毛澤東的意見未獲許可。最終蔣介石清
理了第一軍中的共產黨員，結果促使被清理出來的大量中共軍事骨幹向肇慶
的葉挺獨立團集中。茅盾隨後回滬，並未參加廣州國民政府的北伐，在廣東
期間亦未同粵系第四軍發生特別密切的聯繫。

　　半年後北伐軍攻克武昌，廣州國民政府遷都武漢。茅盾奉中共中央之命，
從上海招了兩百餘名男女學生和三名教官，於 1927 年元旦赴武漢，任黃埔軍
校武漢分校政治教官，和《幻滅》中女主人公章靜奔赴武漢的時間幾乎完全
一致。而茅盾在軍校講政治課，用的卻是「瞿秋白在上海大學時編的社會科
學講義」。調離黃埔軍校武漢分校後，茅盾擔任了漢口《民國日報》總主筆，
在「四・一二」之後寧漢對立的形勢下，發表了大量擁汪反蔣的社論，「漢口
《民國日報》整版整版地刊登討伐蔣介石、號召東征的消息和文章。」〔註 27〕
正是在武漢期間，茅盾結識了范志超，獲得了描繪革命女青年的大量原始素
材。《幻滅》對武漢的描繪，多來自茅盾及范志超等人在武漢的親身經歷。

　　回到小說中即可發現，茅盾對粵系第四軍北伐的英雄事蹟描繪，往往都
集中於武漢國民政府時期。無論是《子夜》中雷鳴的回憶和黃奮的肯定，還
是《幻滅》中強連長的英雄自白，都將軍隊熱烈的犧牲精神體現至極致，而
這種戰鬥場景不會出現在「中原大戰」裏，正是由軍隊本身的革命性決定的。
茅盾與粵系第四軍在武漢國民政府共同參與革命的經歷不過數月，且直接接
觸有限，卻因茅盾與黃埔武漢分校學生的師生關係，及范志超的轉述，而獲
得了大量描繪軍人的靈感。更重要的在於，武漢國民政府堅持國共合作，與
南京蔣派政府對立，是國民黨左派與中共合作北伐、討蔣的「蜜月期」。粵系
第四軍北伐和東征討蔣的革命立場，與茅盾本人作為跨黨合作的中共黨員立
場高度一致。也正因此，茅盾才會在《子夜》中仍為主人公吳蓀甫設置擁汪
反蔣的政治立場。而茅盾之所以在《幻滅》中對章靜和強連長在廬山的愛情
故事描繪如此生動，也多源自范志超向茅盾講述的黃琪翔追求她的浪漫故事。

〔註 26〕茅盾：《中山艦事件前後——回憶錄〔八〕》，《新文學史料》1980 第 3 期，第
　　　　1～14 頁。

〔註 27〕茅盾：《一九二七年大革命——回憶錄〔九〕》，《新文學史料》1980 第 4 期，
　　　　第 1～15 頁。

非常令人驚訝的是，《幻滅》對強連長外貌的描繪極爲細緻：「一對細長的眼睛，直鼻子，不大不小的口，黑而且細的頭髮，圓臉兒，頗是斯文溫雅，只那兩道眉棱，表示赳赳的氣概，但雖濃黑，卻並不見得怎樣闊。」這副樣子，活脫脫是「鐵軍」繼張發奎之後又一位年輕的軍長黃琪翔的寫照。黃琪翔在回馬嶺和臨潁戰鬥中屢立功勳，正與小說中強連長的戰鬥經歷高度重合。

然而茅盾自己在八十年代的回憶錄中卻說「強連長這人有一小部分是有模特兒的，這就是顧仲起。」按照茅盾自述，1925 年他和鄭振鐸曾介紹顧仲起去廣東黃埔軍校讀書，「北伐開始要擴充軍隊，他又提升爲連長，現在在第四軍某師。」〔註 28〕茅盾這些回憶，使學界長期認爲強連長的原型，就是顧仲起這樣一個組織武裝暴動的中共革命者〔註 29〕。回憶錄固然所言非虛，可爲什麼茅盾在五十多年後要刻意突出強連長諸多原型中的顧仲起，而不言及黃琪翔呢？

在共和國時代，茅盾顯然不願強調自己在廣州國民政府及武漢國民政府時期同國民黨左派的關係，自然不願自己作品中反覆出現的粵系第四軍尤其是其國民黨高級將領受到太多關注。而《子夜》中吳蓀甫將國民黨軍閥內戰中的張發奎第四軍繼續稱之爲「鐵軍」，《幻滅》中強連長與章靜愛情故事背後的黃琪翔與范志超原型，也就長期無法爲學界所注意。然而回到國共合作的北伐時期，回到民國軍事史，包含葉挺獨立團在內的粵系第四軍顯然是具有革命正統性的。茅盾小說中大量關於粵系第四軍的描繪，正表明了茅盾對革命認識的深刻，遠遠超越了後來單一視角的革命觀。

四、茅盾小說中的革命正統

儘管強連長身上不乏黃琪翔的影子，可《幻滅》裏章靜與強連長在廬山盡享愛情美妙之後，結局卻是與強連長「同營的一個連長」來到廬山，告知其「日內南昌就要有變動」，要其赴南昌參戰，而作戰目標是「要回南去」，

〔註28〕 茅盾：《創作生涯的開始——回憶錄〔十〕》《新文學史料》，1981 年第 1 期，第 1～10 頁。

〔註29〕 宋聚軒：《也談〈幻滅〉中的強連長》，載《茅盾研究》第四輯，北京：文化藝術出版社，1990 年，第 365～369 頁。

打回強連長的家鄉。而強連長的母親和妹妹都住在廣東汕頭。這段描寫無疑是寫中共南昌起義，就連起義後南下攻取潮汕的目標也高度一致。而這時王女士說：「強連長，我也把東方明託付給你了！」〔註30〕如果不僅僅把這裡的「東方明」理解為小說中一個人物的名字，而是和茅盾自己曾用過的一個筆名「東方未明」相聯繫〔註31〕，那麼「東方明」是否具有隱喻意味呢？茅盾借王女士之口，將東方的光明託付給將赴廬山參加南昌起義的強連長，這一結局設計究竟與他本人對革命正統的認識，有什麼樣的關係呢？

非常有趣的是，茅盾從范志超口中獲知黃琪翔愛情故事而獲得描繪小說中強連長靈感的時刻，正是他本人滯留廬山以致「脫黨」之際。茅盾本人在1927年7月底被中共派往南昌，行至廬山而止，延宕半月之久，「誤過」南昌起義，隨後「脫黨」，成為他一生中永遠說不清的問題，同時也是「謎題」。而就在他與范志超滯留廬山期間，8月12日這一天，他就寫了兩篇作品，一篇是被阿英視為脫黨「自白書」的詩歌《留別》〔註32〕，另一篇則是通訊《上牯嶺去》，分別刊登於8月18日和19日的武漢《中央日報》副刊上。這是中共南昌起義的消息傳開後茅盾8月份首次在武漢《中央日報》副刊重新露面。以筆名「雲兒」撰寫的《上牯嶺去》，借用武漢某軍政治部兩個士兵8月5日去廬山會友的自述，感慨了武漢國民政府發行的貨幣「中央票」到了九江，有如德國馬克一樣不值錢，以及未雇轎子而步行上山的勞累。然後借路遇者之口告知「我們」，軍隊和政治部今天下午四點接到命令，都開走了，路遇者還「把我們引過一旁，把突然開走的緣由如此這般的對我們說」〔註33〕。而讀者僅得「如此這般」四字，仍無法得知部隊開走的具體原因。《上牯嶺去》最後婉轉地向武漢方面透露出陳君（即茅盾）和某女士（范志超）仍在牯嶺並未下山的信息。這篇佚文《上牯嶺去》〔註34〕，和1933年刪節發表的小說

〔註30〕茅盾：《幻滅》，《小說月報》，1927年第18卷第10期，第41頁。

〔註31〕「東方未明」源自《詩經·齊風》，原詩說天還未亮，匆忙應主人召喚，衣褲都穿顛倒了。茅盾用此筆名未必沒有對形勢的整體判斷在內。

〔註32〕玄珠：《留別》，《中央副刊》，1927年8月19日星期五，第146期，第7版。

〔註33〕雲兒：《上牯嶺去》，《中央副刊》，1927年8月18日星期四，第145期，第3～7版。

〔註34〕《上牯嶺去》為茅盾佚文，《茅盾全集》與《茅盾全集（補遺）》均未收錄，詳見張武軍：《國民革命與革命文學、左翼文學的歷史檢視——以武漢〈中央副刊〉為考察對象》，《中國現代文學研究叢刊》，2015年第5期，第170頁。

《牯嶺之秋》〔註35〕，都觸及了茅盾「誤過」南昌起義的事件，但都有所隱晦。

而范志超當時告知茅盾，汪精衛、張發奎、黃琪翔等人正在廬山開會。一直被忽視的是，就在茅盾滯留廬山「誤過」南昌起義的同時，汪張黃等人同在廬山開會商討的內容，正是分共及東征與南下之間的選擇問題。最終中共南昌起義的消息傳來，張黃等人決定「追而不打」，起義的「鐵軍」葉挺部和未起義的「鐵軍」張黃餘部，分別南下廣東，都打算重新北伐，雙方互不侵犯。「鐵軍」陷入嚴重的分裂，在國民黨左派、蔣派和中共之間做出了不同的選擇。最終葉挺部南下潮汕被擊潰，張黃部則回到廣州重掌政權。趁張黃部應敵之際，追隨張黃回到廣州的第四軍參謀長葉劍英，率領黃埔武漢分校學生編成的第四軍教導團，協同在潮汕失敗後秘密潛回廣州的葉挺等人，一同發動中共廣州起義，「鐵軍」內部終於兵戎相見，慘烈至極。而此後張發奎更與一直留守廣東未參加北伐的粵系第四軍舊部，及投蔣的蔡廷鍇等多次交鋒，一敗再敗，幾乎潰不成軍。就在《子夜》寫到的 1930 年 6 月張桂聯軍退出長沙的戰鬥後，張發奎僅餘千人，屢戰屢敗，卻仍被吳蓀甫稱之為「鐵軍」。

與其說是吳蓀甫反對南京蔣政府而認可武漢國民政府及粵系第四軍的革命正統性，不如說是茅盾借吳蓀甫之口，對武漢國民政府的汪派政策及其背後的工業資本家或民族資產階級，予以了飽含熱淚的「追悼」：曾經轟轟烈烈的武漢國民政府早已不復存在，曾經象徵革命的「鐵軍」也已成為四處逃竄的部隊，而國民黨左派的聯共政策亦成為昨日黃花，就連「中央大戰」中聯合馮、閻、桂、張各派反蔣的汪精衛，在《子夜》成書之際的 1933 年也再次與蔣合作。那個企圖振興中國民族工業的吳蓀甫，用「鐵軍」的稱號來指稱粵系第四軍舊部，而國民黨左派和吳蓀甫自己，又何嘗不是這樣一支屢敗屢戰卻依然屢戰屢敗的「鐵軍」呢？

餘論

若將《幻滅》中的相關情節和《子夜》所觸及的軍事事件相聯繫則可發

〔註35〕小說中雲少爺問老明為什麼滯留廬山不肯走，老明不予解釋：「我好像一件消失了動力的東西，停在哪裏就是哪裏了。疲倦！你總懂得罷！我不是鐵鑄的，我會疲倦。我不是英雄，疲倦了就是疲倦，用不到什麼解釋。」見茅盾：《牯嶺之秋：一九二七年大風暴時代一斷片》，《文學》1933 年第 3 期，第 371～379 頁；第 5 期，第 752～761 頁；第 6 期，第 922～925 頁。

現，被認為擅寫「小資產階級知識分子」的茅盾，其實在小說中曾不斷地觸及「鐵軍」的戰鬥經歷，而對南京國民政府的北伐以及「中原大戰」的正面描繪極少，正與作者本人經歷及革命觀密不可分。《幻滅》將結局設計為「鐵軍」強連長和東方明參加南昌起義，未必表明茅盾在小說中嚮往那場被他自己「誤過」的南昌起義，反而更可從中看出作者本人革命觀的複雜。

巧合的是，1932 年「一‧二八」事變日軍轟炸上海，原欲以《夕陽》為題在 1932 年 1 月《小說月報》上發表的《子夜》第一章，連刊物帶謄錄稿隨商務印書館總廠一同焚毀，未得存世〔註 36〕。而「一‧二八」事變中抗擊日軍的十九路軍，正是源自「鐵軍」的蔡廷鍇部。「一‧二八」這樣的重大事件對茅盾的吸引力，顯然不及國民黨內部的汪蔣之爭與實業金融之爭，投蔣的蔡廷鍇部即便再次與汪合作甚至率先抗戰，在茅盾筆下仍不及那支堅持反蔣的「鐵軍」餘部。

經歷了廬山「脫黨」事件的茅盾，最終在《子夜》中將國民黨左派和吳蓀甫寫為堅持抵抗蔣派的悲劇英雄，正如其念念不忘的「鐵軍」一樣；而在小說《提要》中原本設計的結局，恰是吳蓀甫和趙伯韜相會於廬山，因紅軍佔領長沙，「促成了此兩派之團結，共謀抵抗無產革命」〔註 37〕，顯然是汪蔣兩派在寧漢合流後協力清共的重現。茅盾最終認可的，並非吳蓀甫口中的那支「鐵軍」，亦絕非與之作戰的蔣派，恐怕更多地是兩派之外是另一支。在《子夜》成書之後，儘管因瞿秋白的要求改寫了原初設計的結尾〔註 38〕，但此刻的汪蔣不正已「共謀抵抗無產革命」了嗎，吳蓀甫們不正已如趙伯韜一樣買辦化了嗎，「鐵軍」不也已投蔣參與剿共？茅盾對「鐵軍」及國民黨左派與民族工業家的這種悲劇式寫作，本就已經構成了左翼知識分子複雜的精神演變歷程。

〔註 36〕雖因戰火未能在《小說月報》如期連載，但在《子夜》單行本出版前，茅盾還是將第二章和第四章單獨發表在新創刊的《文學月報》上。見茅盾：《火山上》，《文學月報》，1932 年 6 月第 1 卷第 1 號，第 19～42 頁；茅盾：《騷動》，《文學月報》，1932 年 7 月第 1 卷第 2 號，第 79～97 頁。

〔註 37〕茅盾：《子夜（手跡本）》，北京：中國青年出版社，1996 年，第 452 頁。

〔註 38〕茅盾：《〈子夜〉寫作的前前後後——回憶錄〔十三〕》，《新文學史料》，1981 年第 4 期，第 11 頁。

統一戰線中「藝術上的政治獨立」與民族主義立場——論抗戰時期延安文學方向的幾次轉變

田松林

（陝西師範大學）

摘要：

　　抗日民族統一戰線和抗戰時期延安文學方向的演變息息相關。抗日民族統一戰線中的延安文藝界既注重「藝術上的政治獨立性」，又強調民族主義立場（統一戰線立場）的文藝策略，使構建於統一戰線上的延安文學「場域」張力十足。從統一戰線出發，考察抗戰時期延安文學方向的演變，我們不僅可以發現三民主義文學方向在延安「出場」與「退場」的緣由、新民主主義文學方向與「工農兵」文學方向構建的外部因素等諸多問題，也可以在國共政策互動中準確地把握延安文學方向從左翼／蘇區的無產階級文學到三民主義文學到新民主主義文學再具體爲「工農兵」文學的動態演變過程。因此，在統一戰線中考察延安方向的演變，既是對延安文學發展的歷史還原，也是在國共互動的歷史語境中對延安文學發展的新思考。

關鍵詞：抗日民族統一戰線；延安文學；藝術上的政治獨立；民族主義立場

　　一般而言，提及延安文學的發展方向人們自然會想到《在延安文藝座談會上的講話》與文藝的「工農兵」方向，但事實上，延安文藝界在探索中國新文藝發展方向的過程中並非一帆風順，其先後經歷了從三民主義文學方向到新民主主義文學方向再具體爲「工農兵」文學方向的演變過程。這一點卻常常被人們所忽略。因此，考察三民主義文學方向在延安「出場」與「退場」

的緣由，新民主主義文學方向被提出的原因，以及從三民主義文學到「工農兵」文學方向的演變軌跡，成了我們深入理解延安文學豐富性與複雜性的重要節點。同時，延安文學「是不可能關閉在自己的小圈子裏來做的」〔註1〕，它與中共全國性的政治、文化方針交織在了一起。這也一再提醒我們，在考察延安文藝時需要注意到「域外」語境。其實，延安文學方向的演變和確立與當時中共制定的抗日民族統一戰線的政治策略同樣密切相關。在統一戰線中，延安在政策上既注重團結，又強調批評；具體到文學上，則表現為既注重統一戰線的立場，即民族主義立場，也強調「藝術上的政治獨立」。但延安文學在處理二者的關係時，並非「等量齊觀」地「一視同仁」，而是隨著國共兩黨關係的變化有所側重。也就是說，延安文學的方向是在一種動態的發展過程中不斷地調試、修正，並最終確立的。因此，從抗日民族統一戰線去考察延安文學方向的演變，是我們認知延安文學複雜性的重要切入點，也意味著對延安文學發展本身的歷史還原和重新梳理。

一

1935 年，隨著華北事變的爆發，中日民族矛盾成為中國的主要矛盾，中國共產黨自覺地將階級鬥爭合併於民族解放鬥爭之中，其首先在「八一宣言」中號召全國各階級、各階層的人們放棄成見，建立統一的抗日政府和抗日聯軍，共同抗戰。1936 年 4 月 1 日，劉少奇指出，肅清黨內「關門主義與冒險主義」，組建「廣泛的民族統一戰線，區域團結各階級、階層、派別及一切抗日反賣國賊的分子和力量，開展神聖的民族革命戰爭」，〔註2〕是黨的主要任務。1936 年 6 月 20 日，中共中央再次向國民黨及全國其他黨派提議：「『願意拋開一切仇怨，與你們聯合一致抗日』」。〔註3〕隨後在《關於目前政治形勢與黨的任務決議》中，中共根據國內外形勢的變化，尤其是蔣介石對抗日態度的積極轉變，決定修改以前「抗日反蔣」的口號為「聯蔣抗日」，並將努力的

〔註1〕 艾思奇：《兩年來延安的文藝運動》，《群眾》1939 年 7 月 16 日第 3 卷第 8～9 期。

〔註2〕 劉少奇：《肅清關門主義與冒險主義》，中共中央文獻研究室、中央檔案館編：《建黨以來重要文獻選編（1921～1949）》（第 13 冊），中央文獻出版社 2011 年版，第 67 頁。

〔註3〕 《中共中央為提議「停止內戰，一致抗日」致國民黨二中全會書》，中共中央文獻研究室、中央檔案館編：《建黨以來重要文獻選編（1921～1949）》（第 13 冊），中央文獻出版社 2011 年版，第 151 頁。

目標由建立「各個階級聯盟」的國防政府改爲建立「和平統一」〔註4〕的民主
國家。這一決議不僅擴大了統一戰線的團結範圍，也爲建立以國共合作爲基
礎的抗日民族統一戰線打下了基礎。隨著「西安事變」的和平解決、蔣介石
廬山講話的發表，抗日民族統一戰線最終建立了，中國革命進入了新階段。

　　「政治上的聯合戰線，在文學上也有反映」。〔註5〕與政治上的聯合戰線
相仿，文藝上的聯合戰線也積極主張拋棄成見，和全國各階級、流派的文藝
界人士聯合起來。文藝創作上，一切爲了抗戰、一切服務於抗戰的民族主義
文藝，成了文藝界共同的目標。延安的文藝方向也順勢做出了調整。1936 年
11 月，由丁玲提議的「中國文藝協會」在延安成立。作爲邊區第一個文藝團
體，它指出目前的文藝任務爲：「培養無產者作家，創作工農大衆的文藝，成
爲革命發展運動中一支戰鬥力量」，在全國注意團結各派別文藝作家，努力「擴
大無產階級文學的思想領導」。〔註6〕顯然，此時的邊區文學較多地繼承了蘇
區和左翼文學精神，注重文學的階級意識。而到了 1938 年「陝甘寧邊區文化
界救亡協會」成立時，「文協」則倡議「文化界人士需要把自己文化的工作
和抗戰的工作結合起來，而且要一切文化的工作服務於抗戰，服從於抗戰。」
〔註7〕如果說「中國文藝協會」的文學理念還存留著左翼文學的階級遺風，那
麼到了邊區「文協」成立時則全然是「統戰」性質了。文學上的民族主義立
場，成了邊區文學的主要方向。當然在毛澤東看來，這並不是共產黨對階級
鬥爭的放棄，而是在新形勢下階級鬥爭與民族鬥爭的融合，用他的話說就是
「在民族鬥爭中，階級鬥爭是以民族鬥爭的形式出現的，這種形式，表現了
兩者的一致性」〔註8〕。邊區文學的這次轉向，在海倫·斯諾的文中有著更
爲直接的描述：「我在延安時，正値取消蘇維埃之際，一切戲劇武器都搬了
出來，爲這一切改變進行解釋、宣傳……反對國民黨、反對蔣介石的話聽不
見了；任何贊成內戰的觀點不允許說了。一切都朝著促成統一戰線的方面發
展。」〔註9〕

〔註4〕張聞天：《目前政治形勢與一年來民族統一戰線問題》，《張聞天文集》（第 2
　　　卷），中央黨史出版社 1993 年版，第 100～101 頁。
〔註5〕艾思奇：《新的形勢和文學的任務》，《文學界》1936 年 7 月 10 日第 1 卷第 2 期。
〔註6〕《「中國文藝協會」的發起》，《紅色中華·紅中副刊》1936 年 11 月 30 日。
〔註7〕《我們關於目前文化運動的意見》，《解放》1938 年 5 月 21 日第 39 期。
〔註8〕毛澤東：《統一戰線中的獨立自主問題》，《毛澤東選集》第二卷，人民出版社
　　　1991 年版，第 539 頁。
〔註9〕海倫·斯諾著、安危譯：《卓有成效的延安舞臺》，《陝西戲劇》1984 年第 4 期。

統一戰線建立後延安文學的轉變，一方面體現出了文學與政策間的密切
聯繫，一方面則顯示出了此時邊區文學巨大的包容性。在統一戰線中，抗戰
與否成了衡量文藝是否是統一戰線團結目標的唯一標準，藝術的階級性、文
藝的派別、藝術手法等不得不讓位於旨在「團結」的統一戰線。文藝上的統
一戰線，「除了替敵人在文藝上或文學上作漢奸行爲的人以外，不能拒絕任何
一個人參加進來，而且要盡力的去吸收他們，或極力鼓勵他們走進聯合戰線
中來，不管這個作者是資本主義作風的，貴族格式的，封建色彩沉厚的或是
『鴛鴦蝴蝶派』與『哥哥妹妹派』的」，只要他們是抗戰的，「形式和體裁那
倒是不受拘束的」。〔註 10〕1938 年毛澤東在魯藝講話時，同樣表示：「爲了共
同抗日在藝術界也需要有統一戰線，正如魯迅先生所說的那樣，不管他是寫
實主義派或浪漫主義派，是共產主義派或是其他什麼派，大家都應當團結抗
日。」〔註 11〕爲了擴大統一戰線，中共在刊物創建上甚至故意淡化其政治主
張。1936 年河北省委請示中央，可否能辦一個與《大眾生活》相似的刊物，
中央在給予了肯定答覆的同時指出，刊物「可比《大眾生活》灰色一點。至
黨的某種主張號召，不要輕於在我影響下的刊物上登載，以影響該刊物的存
在與嚇跑落後的以至中立的群眾」。〔註 12〕

團結起來的文人們在民族情緒的刺激下，大都暫時放棄了門戶之見和原
來的藝術追求，而以飽滿的民族情緒去擁抱新的生活。雨巷詩人戴望舒就捨
棄了以往象徵派詩歌的美學追求，而寫下了「新的年歲帶給我們新的力量。
／祝福！我們的人民，／堅苦的人民，英雄的人民，／苦難會帶來自由解放。」
〔註 13〕正如艾青所說：「寫這樣的詩，對於望舒來說，眞是一個了不起的變化。
我們在他的詩歌中發現了『人民』、『自由』、『解放』等等的字眼了。」〔註 14〕
何其芳來到延安後，也逐漸放棄了「京派」作家「唯美」主義的藝術追求，
轉而關注現實與革命：「革命，給唯美把幸福帶來！／……讓我們自由地呼

〔註 10〕 L.Insun：《陝北文藝運動的建立》，每日譯報社編輯：《西北特區特寫》，每日
　　　　 譯報社 1938 年版，第 55 頁。
〔註 11〕 毛澤東：《在魯迅藝術學院的講話》，中共中央文獻研究室編：《毛澤東文集》
　　　　 （第二卷），人民出版社 1993 年版，第 121 頁。
〔註 12〕 《中央給北方局及河北省委指示信（節選）》，中共中央宣傳部辦公廳、中央
　　　　 檔案館編輯部編：《中共共產黨宣傳工作文獻選編：1915～1937》，學習出版
　　　　 社 1996 年版，第 1233 頁。
〔註 13〕 戴望舒：《元日祝福》，《星島日報‧星座》1939 年 1 月 1 日第 154 期。
〔註 14〕 艾青：《艾青說詩意人生》，中國青年出版社 2008 年版，第 90 頁。

吸。」〔註15〕然而，文人們的變化也引發了部分延安人的憂慮，尤其是對左翼文人轉變的憂慮。他們認為，在民族主義情緒「包裹」下的左翼文人，「放棄過去自己的立場，表示自己是一個自由主義者；自高自大，拒絕任何批批評，避免集體的行動，沒有明確的目標，時而這樣，時而那樣」〔註16〕的行為，是嚴重的自由主義傾向，是對於資產階級的投降。他們表示，在統一戰線中既要強調各階層作家間的團結與尊重，也要注意區分「自己與別人的思想上的些微色調的不同」，「不能把它弄成模糊」，因為「強調文化運動上的統一而竟抹殺思想上的『左』『右』的差別」〔註17〕是極其危險的行為。雖然毛澤東、張聞天等中央領導人也多次強調統一戰線中既要注重團結，也要注意批評，但在國共合作初期，團結顯然是第一位的。在毛澤東看來，「在統一戰線中，我們不能喪失自己的立場」，「藝術上的政治獨立性仍是必要的，藝術上的政治立場是不能放棄的」，然而「今天第一條是一切愛國者的抗日民族統一戰線，第二條才是我們自己藝術上的政治立場」。〔註18〕這與延安文藝座談會上所強調的政治第一位、藝術第二位的文藝理念恰好相反。

　　延安文學對自身政治立場的弱化以及對統一戰線的重視，引發的結果有兩點值得注意。其一，這給初期的延安文人們帶來了寬鬆的創作環境以及思想上多元化。面對全民抗戰的新階段，延安文藝界在如何讓文藝更好地服務於抗戰上，表現出了高度的理論自覺。這種理論的自覺，最突出的表現就是對創建新文藝理論的焦慮。周揚就指出，文藝理論「成了戰時文藝活動的最弱的一環。我們需要的是有計劃有系統地來開始一個理論的運動」〔註19〕林山在總結延安文藝的情況時也表示：「新的文藝理論沒有建立起來，也是缺點之一。有許多工作，我們已經做過或正在做著，如通俗化和利用舊形式，我們已經在戲劇上詩歌上實驗了好久，但有系統的理論在那裡？」〔註20〕因「理論與批評缺乏」的弊病，「許多抗戰文藝上的問題，不能展開爭論。有聲音，但不太大；有理論，但不強壯。因此阻礙了進步的速度。」〔註21〕方向性理

〔註15〕何其芳：《歌六首‧我為少男少女們歌唱》，《解放日報》1941年12月8日。
〔註16〕李初梨：《十年來新文化運動的檢討》，《解放》1937年11月20日第24期。
〔註17〕周揚：《新的現實與文學上的新的任務》，《解放》1938年6月8日第42期。
〔註18〕毛澤東：《毛澤東在魯迅藝術學院的講話》，《毛澤東文集》第2卷，人民出版社1993年版，第122頁。
〔註19〕周揚：《我們的態度》，《文藝戰線》1939年2月16日創刊號。
〔註20〕林山：《談談延安的文藝活動》，《文藝突擊》1938年11月16日第3期。
〔註21〕《全國文藝界更親密的聯合起來》，《文藝突擊》1939年5月25日新1卷第1期。

論的缺乏，往往讓一些關於文藝問題的討論無果而終。比如在「民族形式」
的討論中，雖然大家都認爲抗戰文藝應該建立自己的民族形式，但在如何建
立、在怎樣的基礎上建立以及如何處理民族形式與外國文藝、民間文藝的關
係上，卻眾說紛紜。蕭三、陳伯達等主張民族形式應主要根植於民間文藝與
傳統文藝，而何其芳、周揚則提出不應過度肯定傳統文藝而否定五四新文藝。
〔註22〕蕭、陳與何、周間的意見分歧表明，抗戰初期延安文藝界雖不乏討論，
思想卻並不統一。正如《文藝界的精神總動員》中所說，「直到現在，文藝界
對於許多具體的問題還沒有做過認眞的討論，如舊形式與新形式的問題，大
眾化的問題，上前線的問題，團結和組織的問題等等，都還在『議論紛紛，
莫衷一是』的態度裏。」〔註23〕

　　其二，爲革命的三民主義文學方向的出場奠定了基礎。由於對文藝發展
的許多問題缺乏統一的態度以及對統一戰線的「遷就」，國共合作的政治綱領
——革命的三民主義，一度被作爲抗戰新文化的方向而被提出。李初梨就曾
說「建立以民族解放、民權自由、民生幸福爲內容的，革命的三民主義的文
化」，〔註24〕是當前延安文藝界的總任務。楊松同樣表示，在目前抗戰新文化
運動的階段，「建立眞正革命的三民主義新文化，這是目前刻不容緩的任務」。
邊區「文協」成立後，立即號召一切文化工作爲抗戰服務，呼籲文化工作者
到前線去，到民間去，「爲保衛祖國和開發民智而服務，展開新啓蒙運動，發
揮科學文化的教養，創造三民主義的文化，創造中華民族的新文化」。〔註25〕
革命三民主義文化被當作中華民族新文化的方向，爲延安革命的三民主義文
學方向的提倡鋪平了道路。《前線畫報》在其「致讀者」中就直接指出，該刊
的文藝目標是「爲著提高部隊的戰鬥力，以達到驅逐日寇出境，建立三民主
義的新中國」。〔註26〕艾思奇在論及什麼是中華民族的新文藝時，也明確表示
「延安建立中華民族文藝的努力，是向著這樣的方向走，內容是三民主義的，

〔註22〕參閱何其芳的《論文學上的民族形式》，《文藝戰線》1939 年 11 月 16 日第 5
　　　　號；蕭三的《論詩歌的民族形式》，《文藝戰線》1939 年 11 月 16 日第 5 號；
　　　　陳伯達的《關於文藝的民族形式問題雜記》，《文藝戰線》1939 年 4 月 16 日第
　　　　3 號；周揚的《對舊形式利用在文學上的一個看法》，《中國文化》1940 年 2
　　　　月 15 日創刊號。
〔註23〕《文藝界的精神總動員》，《文藝突擊》1939 年 5 月 25 日新 1 卷第 1 期。
〔註24〕李初梨：《十年來新文化運動的檢討》，《解放》1937 年 11 月 20 日第 24 期。
〔註25〕《我們關於目前文化運動的意見》，《解放》1938 年 5 月 21 日第 39 期。
〔註26〕《〈前線畫報〉「致讀者」》，《前線畫報》1939 年 3 月 1 日第 8 期。

也即是革命民主主義的，而形式是民族的。」〔註27〕但二者卻並未對三民主義文藝的內涵作出具體的闡釋。眞正將三民主義文藝上升到理論的高度並產生一定影響的，是 1939 年初晉察冀邊區文救會上鄧拓提出的「三民主義的現實主義」的文藝理論。

　　1939 年 2 月 26 日，在晉察冀邊區文救會召開的創作問題座談會上，鄧拓作了名爲《三民主義的現實主義與文藝創作諸問題》的長篇報告，正式提出了「三民主義的現實主義文藝」的創作口號。文章從「三民主義的現實主義在世界文化領域中的地位」「三民主義的現實主義與革命的浪漫主義的關係」「三民主義現實主義的創作方法下的創作自由問題」「創作素材題材與主題」「創作中的典型問題」「作品的舊形式新內容與大眾化問題」等方面，對三民主義的現實主義進行了詳盡的闡述，並力圖用此口號將全國文藝界團結在一起。聶榮臻、彭眞對此表示贊同。邵子南、新路分別撰文《從現實主義學些什麼》《我對於三民主義現實主義創作問題的認識》，對此口號進行了回應。事實上，三民主義文藝方向以及三民主義的現實主義之所以能在邊區被提出，主要原因還是對統一戰線的考慮。一方面「我們統一戰線的共同綱領是抗戰建國，抗戰建國的理論依據是三民主義，因此我們提出三民主義的現實主義，這正是政治對文藝的要求」；〔註28〕另一方面「以三民主義爲旗幟，以便團結不同政治態度的愛國知識分子，結成廣泛的文化抗日統一戰線」。〔註 29〕雖然後來人們對三民主義的現實主義的正確性產生過爭論，但跳出簡單的是非價值判斷，三民主義的現實主義在邊區存在本身，就已經說明了當時文藝界向統一戰線傾斜的總體路線。

　　可見，革命的三民主義文藝觀的提倡，在很大程度上源於那個似乎「無邊無際」的民族主義和以此爲基礎的抗日民族統一戰線。但抗日民族統一戰線具有「團結」與「批評」的雙重屬性，它會隨著政治形勢的變化而變化。也就是說，一旦政治形勢發生改變，革命的三民主義文藝方向就存在被改變的可能。這在一定程度上爲新民主主義文藝理論的構建，埋下了伏筆。

〔註27〕艾思奇：《兩年來延安的文藝運動》，《群眾》1939 年 7 月 16 日第 3 卷第 8、9期。

〔註28〕聶榮臻：《在邊區文藝座談會上的講話》，《邊區文化》1939 年 4 月創刊號。

〔註29〕張學新：《想起那火紅的年代》，天津社會科學出版社 2000 年版，第 44 頁。

二

抗戰進入相持階段後，國民黨忌憚日益壯大的根據地勢力，除了製造一系列旨在「防共」「限共」的軍事「摩擦」之外，也試圖在文化上「有所作為」，其主要手段就是利用三民主義限制中國共產黨自身的發展與文化的構建。為此，國民黨積極推行「一個領袖，一個主義，一個政府」的文化統制政策，希望用三民主義實現統一戰線內的文化壟斷。在國民黨的理論邏輯中，統一戰線與三民主義不可分割開來：「我們對日戰爭要爭取最後的勝利，便要強化民族統一戰線；要強化民族統一戰線，便要全國人民各黨各派均願為三民主義徹底的實現而奮鬥。」而要徹底實現三民主義，其重要前提就「是信仰組織及行動的統一，所以我們要堅決的信仰一個主義——三民主義，擁護一個政府」，「服從一個領袖」。〔註30〕簡言之，統一戰線與三民主義二者互為前提，承認統一戰線，就得無條件地接受三民主義。然而問題在於，一旦中共只承認三民主義與三民主義文化，共產主義和中國共產黨也就失去了存在的必要性和合法性。可見，在國民黨的理論壓制下，曾經作為兩黨團結抗戰的政治綱領，如今卻成了限制中共繼續發展的理論桎梏。這對於「已經走出了狹隘的圈子，變成了全國性的大黨」〔註31〕，且志在取得「抗日救國的總參謀部的職務」〔註32〕的中國共產黨來說，無疑是急需解決的問題。

在1939年12月13日的中共中央政治局會議上，艾思奇作了關於準備召開陝甘寧邊區第一次文代會的報告。會議上他指出，「新文化的性質是資產階級民主主義的文化，特殊地說是三民主義的文化，還有無產階級徹底的民主主義和共產主義的文化。」然而，毛澤東卻認為此時再提三民主義文化已經不合時宜，「因為三民主義的本質就是民主主義」，而民主主義有兩派，「一派是徹底的民主主義，一派是不徹底的民主主義。」〔註33〕毛澤東的擔憂並非空穴來風。

「不徹底的民主主義」理論主要代表是指汪精衛、周佛海、陳公博、葉青等人對三民主義的闡釋，尤以葉青最具典型性。1939年葉青在《時代思潮》

〔註30〕 焰秋：《在三民主義的旗幟下強化統一戰線》，《前鋒》1938年第1卷第9期。

〔註31〕 毛澤東：《發刊詞》，《共產黨人》1939年創刊號。

〔註32〕 毛澤東：《中國共產黨在抗日時期的任務》，中共中央文獻研究室、中央檔案館編：《建黨以來重要文獻選編（1921～1949）》（第14冊），中央文獻出版社2011年版，第186頁。

〔註33〕 中共中央文獻研究室：《毛澤東年譜 1983～1949》（中卷），中央文獻出版社2013年版，第151頁。

上先後發表了《三民主義底創造性》《三民主義底時代性》《三民主義底革命性》《三民主義底階段性》等文章，大肆鼓吹「馬克思主義不適合中國說」和「一次革命論」，企圖在理論上說明有了三民主義中國共產黨和共產主義在中國就失去了存在的必要。對於前者，葉青認爲馬克思的社會主義「是以資本主義爲基礎，以階級爭鬥爲方法的思想。這要資本主義發達、階級分化明瞭的先進國才用得著。」而中國的資本主義并不發達、階級分化也不明顯，所以馬克思社會主義或共產主義並不適宜於後進國的中國，「其出現共產黨乃外力使然。」〔註34〕同時在葉青看來，三民主義中的民生主義的目的和社會主義一樣，都是爲了消除私有制、實現財產的「共有」，只是踐行的方法略有不同而已。民生主義的方法是「國營實業，節制資本，平均地權」三方面。實業指的是工業，它同時支配著農業和商業。國營實業也就意味著國營農業和商業，最後的結果必然是國家的壟斷。因此，「私人資本和地權是要廢除和消滅在國營實業底最後一刹那的」，所以「民生主義就是社會主義」。因此在葉青的理論中，馬克思主義並不適用於落後的中國。而社會主義只是三民主義中的一部分，較之於社會主義，三民主義有著的更爲廣闊範圍，實現了三民主義，也就等於實現了社會主義。因此，他提出「中國有三民主義就足夠，用不著社會主義。」〔註35〕自然，中國也就不需要爲實現社會主義而奮鬥的中國共產黨。

　　在「一次革命論」中，葉青認爲歐美經歷了民族主義、民權主義和民生主義三個相互分開的時代。三個時代之間的進階，經歷了兩次革命，即從封建主義社會到資本主義社會經歷了政治革命；從資本主義社會到社會主義社會經歷的是經濟革命。但中國較爲特殊，「它處在五洲大通的世界中，有歐美爲它底先進國。它們已經行民族主義和民權主義了，又走上將行民生主義的時代」，因此「在中國也需要時」，則只需師法歐美「則可『同時並行』。如此我們便可以把三個主義合成一個了」。〔註36〕葉青得出這樣的結論，原因在於「歐美是先進國，資本主義已經十分發達，問題所在只是『患不均』。因此，要解決社會問題，需暴力的政治手段打破此種不平均的資本制度。中國呢？

〔註34〕葉青：《三民主義底世界性》，《時代思潮》1939 年 11 月 30 日第 10 期。

〔註35〕盛生：《葉青的〈認識三民主義的先決問題〉》，《時代思潮》1941 年 5 月 10 日第 26 期。

〔註36〕葉青：《三民主義底時代性》，《時代思潮》1939 年 7 月 10 日第 3 期。

它是後進國家，經濟依然落後於封建主義的階段，所以問題所在不是『患不均』而是『患寡』。因此，要解決社會問題，用『思患預防』的方法，這即是說，用『和平轉變』的方法，便可成功。」也就是說，在葉青看來，中國「由封建主義到資本主義的時候，就把政治革命與經濟革命合二爲一」，〔註37〕因而中國就不需要進行兩次革命。這就在根本上否定了毛澤東的三民主義屬於現在，共產主義屬於將來的理論建構。基於此，葉青認爲，中國只需要資本主義政黨，進行一次革命，就可以畢其功於一役，進而試圖解構中國共產黨和共產主義學說的合法性。

　　針對葉青的荒謬理論，延安方面連續發文《爲開展國民精神總動員運動告全黨同志書》、《擁護眞三民主義反對假三民主義》（洛浦）、《關於三民主義與共產主義》（王稼祥）、《葉青的假三民主義就是取消三民主義》（黎平）等，號召批判假三民主義，維護眞三民主義，捍衛馬克思主義。與政治上的假三民主義相對，文化上也出現了假三民主義文化。李初梨指出，其內容是「不願意堅持抗戰到底，打到鴨綠江邊，而企圖與敵人妥協投降；不願意給人民思想、言論、出版等等民主自由，不主張思想自由，而主張思想統治。他們害怕眞正群眾的抗戰戲劇運動與歌詠運動」。〔註38〕然而，由於孫中山三民主義的思想體系存在著許多內部矛盾，缺乏嚴正的科學性，可謂博大而不精深，因此很難界定什麼是眞的三民主義，什麼是假的三民主義。任何派別都可以根據自身需要，去闡釋三民主義。正因此，「孫中山逝世後的不多幾年裏，國民黨內部便迅速地裂變出眾多派系和集團，每一個派系和集團都以孫中山的繼承人自居，宣稱擁有思想山的正統地位」。〔註39〕到了抗戰期間，人們對於「什麼是孫中山先生的眞正的三民主義」，在抗日陣線內也「沒有完全一致的立場。」〔註40〕因而，要眞正解決三民主義與共產主義間的爭議，「對於共產當人來說，在抗戰中僅僅區別眞、假三民主義是不夠的，僅

〔註37〕盛生：《葉青的〈認識三民主義的先決問題〉》，《時代思潮》1941 年 5 月 10 日第 26 期。

〔註38〕楊松：《論新文化運動中的兩條路線》，《文藝突擊》1939 年 6 月 25 日新 1 卷第 2 期。

〔註39〕倪偉：《「民族」想像與國家統制：1928～1949 年南京的文藝政策及文藝運動》，上海教育出版社 2003 年版，第 28 頁。

〔註40〕洛甫：《擁護眞正的三民主義反對假三民主義》，《解放》1939 年 8 月 20 日第 81 期。

僅反對假三民主義也是不夠的。共產黨人在抗日民族統一戰線中要堅持自己的信仰，要證明存在和發展的合理性，甚至在一定程度上要爭取領導權，就必須坦率、鮮明的、清楚的說明共產主義、馬克思主義與真三民主義的聯繫和區別。」〔註41〕

正是在這樣的背景之下，「新民主主義」理論在陝甘寧邊區第一次文代會上被提了出來，而「『新民主主義』理論的創造性，正是在這種背景下才更突顯了出來。」正如有學者指出那樣，新民主主義理論的獨創之處就在於，其不僅區分了真假三民主義，更「採用了『時間壓倒空間』的策略」，「消除了三民主義與共產的內在分歧」。〔註42〕針對國民黨三民主義的理論壓制，毛澤東在「新民主主義」理論中將中國革命的發展分成了三個階段，即舊民主主義——新民主主義——社會主義。資產階級民主革命的是為了改變中國半殖民地、半封建社會的社會現實，建立一個獨立的民主主義社會。而中國共產黨領導的革命，在現階段的「基本任務主要是反對外國的帝國主義和本國的封建主義，是資產階級民主主義革命」，因此它和三民主義革命確有相同之處。但是，俄國十月革命的勝利改變了世界的歷史，「任何殖民地半殖民地國家，如果發生反對帝國主義，即反對國際資產階級、反對國際資本主義的革命，它就不再是屬於舊的世界資產階級民主革命的範疇，而屬於新的範疇了；它就不再是舊的資產階級與資本主義世界革命的一部分，而是新的世界革命的一部分，而是無產階級社會主義世界革命的一部分了。」〔註43〕也就是說，由於十月革命的出現，三民主義主導的民主革命已經成了無產階級革命的一部分。換言之，在「新民主主義」理論中，三民主義只是共產主義的階段性目標，實現三民主義被融入到了實現共產主義的道路之中。顯然，在「新民主主義」理論中，毛澤東將三民主義和共產主義間的包含關係扭轉了過來。新民主主義論的提出，一方面消除了三民主義與共產主義間的分歧，使中國共產黨在三民主義面前不再被動；另一方面，也使得所謂的「一次革命論」和「馬克思主義不適合中國說」不攻自破。

〔註41〕 洛甫：《擁護真正的三民主義反對假三民主義》，《解放》1939年8月20日第81期。

〔註42〕 周維東：《抗戰文學的分野與聯動——新民主主義文化理論的形成與戰時區域政治》，《北京師範大學學報（社會科學版）》2015年第3期。

〔註43〕 毛澤東：《新民主主義的政治與新民主主義的文化》，《中國文化》1940年2月15日創刊號。

　　「新民主主義」理論的確立，不僅在政治上釐清了共產主義與三民主義間的關係，也指出了中華民族新文化與三民主義文化間的關係。孫中山三民主義思想體系雖廣博，卻存在許多與新文化相左之處，如「復古的傾向」，「反民主、反大眾的傾向」，「先知先覺、後知後覺、不知不覺的理論」，「唯心的、反科學的傾向」等，「所以不能成為新文化運動的總的理論的與方法的基礎」，「只是新文化運的一個組成部分」。〔註44〕三民主義理論上的缺陷，使之不再適合作為抗戰建國新文化與新文藝的指導方向。民族、科學、大眾的新民主主義方向，成了延安文藝的新方向。正如李維漢在魯藝所說：「魯藝是什麼學校？是文藝學院，是新民主主義的文藝學院」，因此「新民主主義的現實主義就是我們在文藝上的方向。」〔註45〕

三

　　新民主主義文化理論的推出，是中國共產黨在「左聯」解散後，根據新形式第一次明確提出自己的文化綱領，它標誌著延安文藝進入了一個全新的階段。但新民主主義文藝並未改變抗戰初期延安文藝界以大度、團結為主的文藝傾向。一方面在毛澤東看來，國民黨雖然制定了「軍事限共」「政治限共」的方針，統一戰線存在著破裂的危險，但「目前國內國際尚存在著許多有利於我們爭取繼續抗戰、繼續團結和繼續進步的客觀條件」，〔註46〕因而「我們決不悲觀失望，我們是樂觀的。」〔註47〕而更為主要的，是張聞天對以團結為主的統一戰線的積極維護。他認為「我們今天唯一的死敵是日本帝國主義者及其漢奸走狗」，「離開統一戰線而只講鬥爭的立場，好像是很『左的』，很『革命的』，其實，這種傾向的發展，只有害處，沒有好處」。他希望共產黨員能以包容的態度，團結一切抗日力量，「比如在文化教育事業方面，我們就可以進行交朋友的工作」，〔註48〕只有這樣才能團結社會各階層，逐漸向著抗戰建國的目標走去。

〔註44〕張聞天：《抗戰以來中華民族的新文化運動與今後的任務》，《中國文化》1940年4月15日第2期。

〔註45〕李維漢：《在魯藝第二次工作檢查總結大會上的講話》，《延安文藝叢書·文藝理論卷》，湖南文藝出版社1987年版，第812頁。

〔註46〕毛澤東：《克服投降危險，力爭時局好轉》，《毛澤東選集》第二卷，人民出版社1991年版，第712頁。

〔註47〕毛澤東：《團結一切抗日力量，反對反共頑固派》，《毛澤東選集》第二卷，人民出版社1991年版，第717頁。

〔註48〕洛甫：《抗日民族統一戰線中的左傾危險》，《共產黨人》，1940年9月20日第2卷第10期。

因此，在張聞天的闡釋中，新民主主義文化雖具有獨立性卻更注重包容性，即統一戰線的完整性。這在張聞天起草的《抗戰以來中華民族的新文化運動與今後的任務》中，有著突出的表現。文章認爲，「一切文化人，只要他們贊成抗日，均應在抗日的目標下團結起來，不論他們在文化上所做的工作同抗日有無直接關係。」因而，當前文化運動的主要任務在於「打破各種限制」，「組織各種文化團體」，「建立各種文化機關」，「提倡自由研究、自由思想、自由辯論」。新民主主義文化是民族的、民主的、科學的、大眾的，而「任何一種主義，一種學說，只要對上述要求中的一個要求或者一個要求中的一點要求有所貢獻，即可成爲新文化的一個組成部分」。社會主義學說（馬列主義學說）雖然是新文化運動總的理論與方法的基礎，「但是社會主義絲毫也不想壟斷新文化運動」，相反的，「它要同一切願意爲新文化的勝利而鬥爭的各種派別的文化人與知識分子，進行各種各樣的統一戰線」。〔註49〕

張聞天對統一戰線的強調，在一定程度上致使延安文藝界對文藝特殊性的重視，從而導致了延安文藝專業化的發展傾向。雖然延安文藝界對文藝的特殊性並未忽略，而是與抗戰密切聯繫在了一起：「文藝的特殊性和特殊任務目前決不能忽視的，然而不能不密切地聯繫於這抗戰的時代環境來發展它的特殊性和特殊任務」，〔註50〕但在張聞天以前，卻從未使其書面化、政策化。張聞天不僅指出文化統一戰線不同於政治、軍事統一戰線，有其自身的特點，而且還要求在統一戰線內部，應該充分尊重文化統一戰線的特殊性：「凡文化人對於當前某個政治問題或某個文化問題有共同思想上的一致，即可聯合起來，除採取適當方法發表他們的共同意見外，不必有其他行動上的要求與限制。在工作方式上生活方式上不必強同，要避免規定許多條例去限制他們的文化活動。」在文化統一戰線內，「不應有很嚴密的集中的組織生活」，在創作上，也充分保證統一戰線內「文化工作者有發表、辯論、創作與生活的充分民主與自由，並給他們以足夠的單獨工作的時間」。〔註51〕隨後頒佈的《中宣部中央文化工作委員會關於各抗日根據地文化人與文化團體的指示》正是上述講話精神的具體化與政策化。

〔註49〕 張聞天：《抗戰以來中華民族的新文化運動與今後的任務》，《中國文化》1940年 4 月 15 日第 2 期。

〔註50〕 艾思奇：《抗戰文藝的動向》，《文藝戰線》1939 年 2 月 16 日創刊號。

〔註51〕 張聞天：《抗戰以來中華民族的新文化運動與今後的任務》，《中國文化》1940年 4 月 15 日第 2 期。

這一系列的文藝方針,對延安文藝界造成了重大的影響:一方面促使了
延安文化團體、文化活動的活躍;另一方面也讓延安文藝在一定程度上脫離
了政治宣傳的基本目標,轉而專注於專門學術的研究與文藝創作。尤其是在
張聞天將新民主主義文化中的普及和提高工作,分別安排給青年知識分子和
文化人之後,〔註52〕則進一步促使了延安作家,尤其是名作家們走上了專業
化的道路。延安作家們都以創作「紀念碑式的作品」為目標,而逐漸忽視了
文藝的政治功利性。蕭軍此時正集中精力完成自己的小說《第三代》,並表示
自己要做世界第一的作家。周揚在魯藝開始實施「專門化」「正規化」的教學
理念。何其芳對自己抗戰初期上前線收集資料,寫作報告文學的創作方式表
示不滿,轉而提出「寫熟悉的題材,寫心理的話」〔註53〕的創作主張。《草葉》
《穀雨》《文藝月報》《詩刊》《解放日報・文藝》等,一系列偏重提高的專門
化文藝刊物在延安陸續創刊。對於大眾化的文藝,文人們仍舊在創作,卻不
如抗戰初期一般熱心。正如周文所抱怨,真正想讓作家們從事大眾化的寫作
時,「我們的作家卻聳聳肩頭,表示那是別人做的事。他——我們的作家——
弄不來這些!」〔註54〕

張聞天更注重統一戰線的文藝傾向,也是他和毛澤東的不同之處。後者
雖然也強調統一戰線的重要性,但出於偉大政治家的警覺,他的大度和寬容
是有限度的、有原則的。其實,這樣的差異在二者吸收知識分子的態度中,
就已經有所體現。毛澤東在吸收知識分子到延安時,更注重對知識分子的教
育與改造,要求知識分子要為邊區服務:「對於一切多少有用的比較忠實的知
識分子……應該好好地教育他們,帶領他們,在長期鬥爭中逐漸克服他們的
缺點」,從而「使他們為軍隊服務、為政府服務、為群眾服務」。〔註55〕這與
其在1944年邊區文教工作者會議上所作的題為《文化工作中的統一戰線》的
演講,精神基本一致。而在張聞天負責中宣部工作期間,胡喬木為《解放日

〔註52〕 張聞天表示,「一般說來,新文化各部門的提高工作,要由有相當文化素養的
(如在自然科學方面、社會科學方面或文藝方面)文化人來擔任與完成,而
通俗化工作,則要由廣大的青年知識分子來負責。」參見《抗戰以來中華民
族的新文化運動與今後的任務》,《中國文化》1940年4月15日第2期。
〔註53〕 何其芳:《毛澤東之歌》,《何其芳全集》第7卷,河南人民出版社2005年版,
第395頁。
〔註54〕 周文:《「別人」的事》,《大眾文藝》1940年3月29日第1卷第1期。
〔註55〕 毛澤東:《大量吸收知識分子》,《毛澤東選集》第二卷,人民出版社1991年
版,第619頁。

報》撰寫的社論《歡迎科學藝術人才》卻說道：邊區的科學與藝術工作，雖取得了些成績，「然而進步還不夠得很。我們需要進行更廣泛更深入的啓蒙工作」，對於邊區的缺點「也需要從藝術方面得到反映和指謫。我們看重『自我批評』，尤其珍視眞正的『藝術家的勇氣』。」〔註56〕可見，張聞天、胡喬木看重的是知識分子的啓蒙意識和社會批判意識，這在很大程度上是對「五四」和「左翼」文學精神的一種承續。只是這樣的差異，在當時較爲穩定的國、共局勢中，並未引起人們的重視。這也直接導致了整風後文藝界對當時並未眞正理解與實踐毛澤東的新民主主義文化理論的反思。〔註57〕

1941 年 1 月，「皖南事變」的爆發，新四軍損失慘重，這促使了毛澤東不僅開始反思蘇維埃時期的「左」傾錯誤，而且對抗戰初期的機會主義錯誤也提出了質疑。毛澤東在總結新四軍失敗的教訓時指出，「不執行性獨立自主政策，沒有反摩擦鬥爭的思想準備」，「只知道聯合而不知道鬥爭」是失敗的主要緣由。而王明的錯誤則主要表現爲「統一戰線中的遷就傾向，不分左中右，只分抗日與不抗日，『一切通過統一戰線』」，「放棄了階級立場，只有一個民族立場，混同於國民黨，一切遷就國民黨，離開共產主義原則」。〔註58〕在這次思想路線的反思中，張聞天也被認爲是王明機會主義和教條主義的執行者，而受到了嚴厲的批判。尤其是他「對小資產階級知識分子黨員及非黨員有自由主義傾向，只強調其好的一面的團結，而未注意其壞的一面的鬥爭」，〔註59〕成了反思的重點之一，而在其影響下逐漸走向專業化道路的延安文藝界自然難以「獨善其身」。《穀雨》《草葉》《文藝月報》《解放日報·文藝》等刊物的停刊或改版，最主要的原因就在於過分強調提高，走專業化道路，以至於「某種程度地脫離了實際；它不適合於廣大群眾最迫切的需要；它對於戰爭和革命沒有發揮出較多的力量和作用」。〔註60〕延安文藝刊物表現出的問

〔註56〕《歡迎科學藝術人才》，《解放日報》1941 年 6 月 10 日。

〔註57〕整風後延安在總結對文化人的工作經驗時指出：「在邊區文協大會上，毛主席提出了新民主主義的文化，作爲團結進步文化人的總目標」，但「當時許多文化工作同志，並未深刻理解，文委亦未充分研究，使其變爲實際。且強調了文化人的特點，對他們採取自由主義態度。」參見《關於延安對文化人工作經驗介紹》，胡采：《中國解放區文學書系·文學運動理論》（一），重慶出版社，1992 年，第 18 頁。

〔註58〕胡喬木：《胡喬木回憶毛澤東》，人民出版社 1994 年版，第 191、201 頁。

〔註59〕張聞天：《在中國共產黨第七次全國代表大會上的發言》，《張聞天文集》第三卷，中共黨史出版社 1994 年版，第 171 頁。

〔註60〕《致讀者》，《草葉》1942 年 7 月 1 日第 5 期。

題，也是整個延安文藝界在整風中急需解決的問題。因此，毛澤東此時雖然並未放棄民族矛盾是主要矛盾的觀點，但過分強調統一戰線對革命造成的損失，使他在政治、文化理論和實踐上都逐漸增強獨立自主的黨派意識，統一戰線的重心由團結逐漸轉向批評，即「要從理論的、政治的、軍事的、文化的、文藝的」，「各個方面都建立和鞏固我們的作戰陣地」。〔註61〕隨著文藝整風運動的展開，延安文學在指導思想和創作方向上都進行了巨大的調整。

首先，文藝的方向由「抗日民族統一戰線」逐漸向「藝術上的政治立場」靠攏。抗戰初期，毛澤東雖然強調藝術上的政治立場不能放棄，但「抗日民族統一戰線」是第一位的，「藝術上的政治立場」是第二位的。延安文藝座談會以後，情況發生了逆轉。毛澤東一方面指出「只是強調文學藝術的革命性，而不強調文學藝術的藝術性」，「那也是不夠的，沒有藝術性，那就不叫做文學，不叫做藝術」，〔註62〕另一方面他又確立了「政治標準第一，藝術標準第二」的文藝評價尺度，使政治標準優先於藝術標準。其次，文藝上階級話語的「回歸」。抗戰初期，為了擴大抗日民族統一戰線，中國共產黨將階級鬥爭與民族鬥爭相融合，將階級話語隱沒於民族話語之中，文藝中的階級話語被民族話語所消融、取代。文藝整風後，文藝上的階級話語被重新提出。在當時的延安領導者看來，延安文藝界之所以會出現嚴重的問題，原因之一就在於作家的立場問題沒有得到解決。因此，文藝整風的首要目的「就是要把資產階級思想、小資產階級思想加以破除，轉變為無產階級思想」，〔註63〕要求作家們創作時，「必須站在無產階級的和人民大眾的立場」〔註64〕上，為工農兵服務。作家們立場的轉變，也就意味著延安文藝中民族話語反過來隱沒於階級話語之中，並以階級話語為表徵重新出現在文藝作品裏。第三，對延安文化人政策上的改變。1943 年 4 月 22 日，延安發布了《關於延安對文化人工作經驗介紹》的「黨務廣播」，對過去幾年延安對文化人的工作進行了檢討。文章指出，過去對文化人「只著重招待、優待」，「對文化人談話，對黨員文

〔註61〕《中央宣傳部關於展開對國民黨宣傳戰的指示》，中共中央宣傳部辦公廳、中央檔案館編研部編：《中國共產黨宣傳工作文獻選編：1937～1949》，學習出版社 1996 年版，第 224～225 頁。

〔註62〕毛澤東：《文藝工作者與工農兵相結合》，《毛澤東文集》第 2 卷，人民出版社 1993 年版，第 428 頁。

〔註63〕同上，第 426 頁。

〔註64〕毛澤東：《在延安文藝座談會上的講話》，《解放日報》1943 年 10 月 19 日。

化人也是一樣，多半只著重與客客氣氣」，「總是把文化人組織一個文協或文抗之類的團體，把他們住在一起，由他們自己去搞」的辦法是錯誤的，是有害於文化人的，以後應該注重「教育他們」，「分散他們，使之參加各種實際工作」，〔註65〕並在工作中使自己的情感向工農兵靠攏。

文藝整風後延安文藝界在文藝評價標準、話語風格及文人政策上的種種轉變，既是對張聞天時期的文藝政策的修正，也是黨根據新形勢對文藝做出的合理且必要的調整。在這一系列的文藝改革後，抗戰初期被人們所重視的文藝統一戰線的特殊性逐漸被消解，文藝只是黨革命事業中的一部分，文人與從事政治、經濟、後勤等工作的人員一樣，都是黨的工作者，只是「崗位的不同，而沒有什麼地位的差別」。〔註66〕這些都極大地影響了延安的文藝創作方向。隨著這一系列的改變，延安文學的工農兵觀念基本形成，延安文學的工農兵方向最終得以確立。需要注意的是，文學的工農兵方向仍然屬於新民主主義文學的範疇，自然也是新民主主義方向。然而，與之前相比，尤其是與張聞天闡釋的注重團結、包容的新民主主義文學方向相比，毛澤東所倡導的文學的工農兵方向無疑更具具體性與獨立性。最顯著的例子就是，邊區第一次文代會後延安文學呈現出了多元化的價值取向，而延安文藝座談會後文學走上了一元化、體制化的發展道路。因此，我們有理由認為，文學的工農兵方向是新民主主義文學方向的具體化，它既屬於新民主主義文學的範疇，又與之前模糊、寬泛的新民主主義文學方向不同。

當然，影響延安文學方向演變的因素是複雜而多元的，統一戰線中國、共的政策互動，只是其中的因素之一。然而，我們不應該忽視統一戰線對延安文學方向構建的影響。統一戰線中，中國共產黨一方面強調自己政治上的獨立性；另一方面，為了團結抗戰又不得不顧及到兩黨的團結，而向民族主義立場傾斜。這就讓統一戰線本身充滿了張力。處於統一戰線中的延安文學，自然也會隨著政策的變動，而不斷調整自己的發展策略。可見，在研究延安文學時，我們既應該關注文學的內部承續關係，也需要注意影響文學的外部因素。從統一戰線的角度去考察延安文學方向的變動，不僅可以克服從江西

〔註65〕《關於延安對文化人工作經驗介紹》，胡采：《中國解放區文學書系·文學運動理論》（一），重慶出版社 1992 年版，第 18～20 頁。

〔註66〕聶榮臻：《關於部隊文藝工作諸問題——在晉察冀軍區文藝工作協會上的講話》，《群眾》1944 年 1 月 25 日第 9 卷第 2 期。

蘇區／左翼文學到延安文學的刻板印象，也可以在更爲具體的歷史語境中去把握延安文學的演變歷程，使延安文學顯得更爲豐富與鮮活。

作者簡介：

田松林（1986～），男，四川德陽人，陝西師範大學文學院博士研究生，從事於延安文學研究。

在「鋤頭」與「筆桿」之間——以延安魯藝詩人勞動書寫為中心的考察

李揚

（四川大學）

摘要：

　　「勞動」作為延安魯藝師生的一門「必修課」有其特殊的歷史背景和意義。以延安魯藝詩人群為入口考察延安時期勞動生產與詩歌寫作的關係，有助於勘破詩人進入歷史圖景之法則。在延安的語義場內，勞動話語具有強大的感召力和衍生性，它首先是介於物質生產實踐與政治實踐之間的產物，背後則關涉著政治與文學的複雜關係。基於魯藝詩人的勞動書寫，一方面發掘和探查「勞動」如何參與了革命新人的塑造，另一方面也揭示人的主體意識及其表現形式反作用於延安時期「勞動」這一宏大概念。

關鍵詞：延安魯藝；勞動；詩歌

　　1938 年 4 月魯藝於延安成立〔註1〕，「勞動」作為魯藝的一門「必修課程」開設，並未隨著人事流轉和教學目標修改而消失，充分顯示出魯藝的地域特點與教育性質。在這一時期，一方面，鋤頭和筆桿同時耕耘成為知識分

〔註1〕魯藝於 1938 年 4 月在延安成立，全名「魯迅藝術學院」，這是一所專門培養文藝工作幹部的學校，發起人為毛澤東、徐特立、周恩來、林伯渠、成仿吾、艾思奇、周揚。1940 年 5 月改稱「魯迅藝術文學院」；1943 年 4 月併入延安大學，更名為「魯迅文藝學院」；1945 年 11 月魯藝遷離延安，向東北、華北遷移。沙可夫、吳玉章、周揚、趙毅敏先後任院長、副院長，延安時期文學系共招生五屆，音樂、美術、戲劇系共招生六屆，共有 685 人畢業於此，其中文學系 197 人、戲劇系 179 人、音樂系 162 人、美術系 147 人。本文的主要研究對象是魯藝遷離延安之前的主體部分。

子思想改造史上的一道「奇觀」，背後牽涉著中共對勞動意義的不斷詮釋。另一方面，寫作者從勞動生產的話語中爲自己尋求寫作的合法性，寫作甚至反作用於勞動生產的話語機制本身。「勞動」在延安魯藝詩人身上負載了實踐和認識的雙重維度，以這一群體爲個案考察勞動生產與詩歌寫作的關係，實際上是尋找一個管窺解放區文學與政治之間互動關係的立足點，更關鍵的在於，在這所黨的文藝學校裏，「勞動」如何作爲一種話語資源被發現、認識與爭奪。

抗戰時期是許多詩人創作生命的轉捩點，如果說，1930 年代以現代派爲代表的詩人們還流露出頗爲強烈的學院氣質和流派意識，那麼「抗戰」作爲決定 1930 年代詩人發生聚散離合的一個「歷史事件」，觸發詩人不得不在「象牙塔」與「十字街頭」做出選擇，更亟待更新自己介入文學場域的方式。一批詩人與「革命」並非一蹴而就地捏合在一起，他們需要在一系列「遭遇」中重新安頓自己的身心，這些「遭遇」對應著中共彼時的文藝生產機制、教育制度和經濟政策等。因此，研究者應該站在更爲廣闊的時空中細緻地發現、考辨和對照以及這些豐富的歷史細節，探索這一歷史境遇中詩人進入革命圖景之法則。

一、曹葆華：從清華園到田野

曹葆華於 1939 年底從成都出發，1940 年 2 月 2 日來到延安，後任教於魯藝文學系。兩個月後，《西北一天》一詩發表在延安《大眾文藝》第一卷第一期。此詩嵌套在「一天」的時間邏輯裏，分別以「早上」、「正午」和「傍晚」爲三小節的標題。從空間上而言，室內—室外的隔膜被打破了，在田野秋收與在室內「翻讀馬克思」構成完整的「一天」，白天室外的勞作與夜晚室內的閱讀分別代表著身體與精神兩個層面的富足。在這首詩中，「勞動」既是「我」發源於內心的自覺，「我」對「勞動」的渴望也被集體的力量所照亮——天還未亮，「塞上喇叭」將「午夜夢想」切斷，「我」便「扛著鐵鋤／向山嶺下／田野去」，這也正是詩人自我人生軌跡的譬喻。

曹葆華出生於四川樂山的一個商人家庭，1927 年考入清華大學外文系，詩歌之路由此開啓，1930 年出版《寄詩魂》，一躍而爲清華的大詩人，1931年進入清華研究院攻讀研究生，期間曾主編《北平晨報·詩與批評》專欄，間隙還翻譯了歐美等人的現代主義詩論。其早期詩歌受新月派影響頗深，後

自覺轉向「僻奧怪罕，奇崛獨出」、「詩意幽晦，詩味冷澀」〔註2〕的「苦吟」風格。對於曹葆華以及其他來自大後方的詩人而言，這種「自我封閉」式的內向化寫作誕生於遠離農耕文明的現代教育空間，也造成了詩人與現實對話的困難。奔赴延安足以構成曹葆華創作生涯的又一個重要轉折點。奔赴革命之地前夕，詩人一方面不斷地自我分裂、自我懷疑：「你的浪漫的手臂／遮得住群眾的風雨嗎？」（《抒情十章──寫在走向西北之前》），一面執意堅持「掙破噩夢」，「去到革命的烽火中／作革命的一環」（《西北道上》）。1939 年底進入中共根據地之後，詩人消散了心中的猶疑，決心鎖起過往的軟弱，並發出了「我是鐵／你是鋼／在時代熔爐中／經過黑夜的紅火／化作一桿矛／或一個炸彈」（《西北酌飲》）的吶喊，也不時流露出大快朵頤地劃拳、與戰友和同志「喝個乾杯吧」（《西北餞飲》）的喜悅。

《西北一天》中的「喇叭」聲並非實指，而是詩人心中的一道道德律令，在這一律令的指引下，勞動就是「敕旨」，「誰縮著頭／像烏龜」，同時，這種律令也消除了實際勞動中身體的疲憊，塑造了「堅強的身體」，「正是希望／照亮上山小徑／年青輕快的腳步」，傍晚背著沉甸甸的「收穫」，「手在歡舞／心在笑」。但詩人知道，身體的「勞作」結束了，精神的「勞作」仍要延續，那便是「一粒燈下／將翻讀馬克思」。

詩中描述的「耕讀」場景是中國文人自古以來的一個「元命題」。傳統中國「耕讀」之精義始終勾連著政教倫理，以科舉制為紐帶，學與政的關係未曾分離。時至晚清，「耕」對於傳統讀書人而言，「在田裏勞作」的實際意義逐漸被弱化，進而在個人身上具體體現為「筆耕」、「舌耕」，即以在書院、學堂教書為收入來源，但之所以仍要講「耕」，目的在於仍要維持一種認同，「以示未曾疏離於土地和農耕行為」。〔註3〕自科舉廢除後，「耕」更是流於虛名，特別是現代教育體制的引入，令越來越多的知識分子選擇留在城市而放棄歸鄉。這種城鄉的隔膜在抗戰時期隨著文化中心的分散與轉移被打破，「耕讀」的意義內涵也隨之發生了巨大的變化。

從運動軌跡來考察何其芳和曹葆華二位活躍在 1930 年代詩壇的現代派詩人，可以找到他們的共通之處。如果將四川─北平─延安視作詩人們的一條

〔註2〕方敬：《寄詩魂》，陳曉春、陳俐主編：《詩人‧翻譯家──曹葆華》（史料‧評論卷），上海：上海書店出版社，2010 年，第 40 頁。

〔註3〕羅志田：《與時偕行的中國農耕文化》，《中華文化論壇》，2009 年第 2 期。

活動路線，無論「出蜀」抑或勸人「出蜀」〔註4〕更多地寓意著詩人試圖擺脫鄉土傳統的束縛而尋找現代之光，但是第一個轉折意味著現代性與異質性文化力量的入侵，對他們而言，如何整合古老的國家與現代文明之間的關係，如何在其中找尋自己的歷史位置，面對1930年代變幻莫測的現實風景與社會秩序，戰爭意外地打破這種困境，借助「全民抗戰」這一集體行動，詩人重新檢視了自己與國家、時代之間的距離。因此，由「北平」到「延安」構成了對「鄉土」和「現代」的二重超克，內蘊著詩人對「自由」、「新中國」（《延安禮讚》）的憧憬與幻想。詩人的「無題詩」誕生於北平的老舊氣息和現代氛圍之間，這種文化語境致使詩人只能「局促在一斗土屋內」，慨歎「幻想的天地怎不狹小」〔註5〕，以「咬著」〔註6〕的寫作方式「寄託自己對人類歷史的宏大反思和現代性焦慮」〔註7〕；《西北一天》則折射出，延安革命語境下的「耕讀」絕非僅僅為了解決生存問題和維繫知識分子「耕讀傳家」的本位思想，也並不僅作為詩人打破迷夢、介入現實的方式之一，而是在「土地」這一介質上注入了革命理想的現代因子，內在地關乎著詩人的存在狀態與對新中國的想像。

誠然，現實勞動與精神理想之間張力的大小程度還需結合《西北一天》等作品的創作背景來探測，只有將其放置在一個較為具體的歷史境況中，在「詩」與「史」之間才能撥開一道光亮。將「秋收」、「開荒」這一題材的詩歌作品放在真實事件中觀察時，詩人筆下的「秋收」就不再是一個單純的勞動情境，而勾連著個體與政治世界的互動。

參加「秋收」是魯藝師生的一項重要任務。每到秋收時節，魯藝便會組織各系學生到農村參加勞動。其實「為了保證自己有吃有穿」〔註8〕，魯藝師

〔註4〕 這裡指曹葆華勸陳敬容離開樂山，到北京上學。（參見陳敬容答覆樂山市志辦公室信件摘要，轉引自陳俐：《詩人・翻譯家：曹葆華評傳》，成都：四川大學出版社，2016年，第65頁。）

〔註5〕 曹葆華：《無題草・第五輯》（之八），陳俐，陳曉春：《詩人・翻譯家——曹葆華》（詩歌卷），上海：上海書店出版社，2010年，第205～206頁。

〔註6〕 方敬：《再憶》，《方敬選集》，成都：四川文藝出版社，1991年，第770頁。

〔註7〕 張潔宇：《荒原上的丁香——20世紀30年代北平「前線詩人」詩歌研究》，北京：中國人民大學出版社，2003年，第116頁。

〔註8〕 宋侃夫：《一年來的政治教育的實施與作風的建立》（一九三九年），谷音，石振鐸：《東北現代音樂史料》第2輯（魯迅文藝學院歷史文獻），內部資料，1982年，第59頁。

生除了正常的教學之外，也要進行開荒、播種、鋤草、種瓜種菜等生產活動。彼時魯藝詩人以「秋收」、「開荒」爲題材的詩還包括賀敬之的《十月》、井岩盾的《在收割的田野上》、戈壁舟的《割穀子》《軍民開荒》等。沙汀曾回憶一次與何其芳一起帶學生參加秋收的情形〔註9〕：

> 下去之前，我們就動員準備隨同我們下去的同學，作爲寫作實習，每個人這次勞動回來都得寫篇文章，其內容則是描寫自己在勞動中熟識的革命根據地的新型農民。對於如何選擇、觀察自己的寫作對象，我們曾經作過多次討論，而其芳更把它們逐條寫成文字，刻印出來發給大家。等到各自注定下來，我們每天晚飯後又分頭到他們所在的農民家裏進行一次檢查，給以必要指導。〔註10〕

這裡需要留意的是，「勞動」和「寫作」有意地被輻輳到一起，表面上是擴大寫作題材的訴求，實則訴諸勞動對自我的改造。〔註11〕據沙汀回憶，這次秋收只進行了一個星期，返校後，沙、何二人將學生們十幾篇「反映當時延安近郊的農村面貌和新型農民」的散文報導集成一本《秋收一週間》。雖然文集的出版情況不詳〔註12〕，但是從文學系學生天藍寫成的《秋收一週間》一文中仍可窺見此次秋收帶給魯藝青年學生的思考。給秋收小組成員留下深刻的記憶的，無論是「割糜子」、民歌民謠還是「王老頭的故事」〔註13〕，對於教

〔註9〕 何其芳、卞之琳和沙汀於 1938 年 8 月 14 日從成都出發，8 月 31 日抵達延安，9 月初，他們在鳳凰山窯洞裏受到了毛澤東的接見，沙汀等人提出「想寫延安」、「想到前方去」、「到華北八路軍活動的地區，去搜集材料，寫報告文學」。一個月後何其芳和沙汀便被分配到魯藝文學系工作，周揚此時擔任邊區教育廳廳長，兼任魯藝副校長及文學系系主任，提出讓沙汀接替自己代理魯藝文學系系主任的願望，沙汀暫時答應下來，而何其芳則直接決定留在魯藝教書。（據吳福輝：《沙汀傳》，北京：北京十月文藝出版社，1990 年，第 207 頁。

〔註10〕 沙汀：《追憶其芳》，易明善：《何其芳研究專集》，成都：四川文藝出版社，1986 年，第 20 頁。

〔註11〕 吳曉東在談論卞之琳的小說《山山水水》時注意到了詩意與政治的悖論：卞之琳在《海與泡沫：一個象徵》一節中描寫到了延安的勞動場景，但政治意識壓倒了個體思想，由此「勞動也似乎表現爲一種祛魅的境界，去除個人性的言語、思想、意象的過程，這也許就是在勞動中自我改造思想的過程，從而證明最深刻的改造是對話語和無意識的改造。」（吳曉東：《〈山山水水〉中的政治、戰爭與詩意》，《文學評論》，2014 年第 4 期。）

〔註12〕 沙汀：《漫憶擔任代主任後的二三事》，任文主編：《永遠的魯藝》（下），西安：陝西師範大學出版總社有限公司，2014 年，第 191 頁。

〔註13〕 天藍：《秋收一週間》，《文藝陣地》，1939 年第 4 卷第 1 期。

員何其芳、學生天藍以及大部分成長在現代都市教育環境中的人而言，其背後的勞動體驗不僅意味著新奇的感受與經驗，而且關聯著審美趣味和文學視野的改變。雖然文章散淡的筆法與緊張的勞動任務之間存在著某種程度的裂隙，但是將「體力生產」與文化人的特長聯繫到一起，用魯藝負責人的話來說，已經實現了魯藝「學習工作緊密配合」的政治要求。〔註14〕

　　《西北一天》依舊延續著曹葆華擅長使用的藝術手法，在情感表達方式上拒絕了口號式的直白，保留了「你願偷懶／喘息一口氣／作時光的扒手嗎」式奇警的譬喻，從整飭的形式中也流露出詩人清華時期摹仿新月派的痕跡，但是全詩的意象已經脫離「無題詩」階段具有詭奇怪誕色彩的幽靈、鬼魂、夢魘等，洋溢著健康向上的氣息，詩歌明快的節奏則與延安整飭的生活步調相得益彰。這首詩寫於1940年初春曹葆華初到延安時，詩人此前並未參加過延安的秋收，秋收情景倚靠的是想像的經營，這表明魯藝「半日生產，半日學習」〔註15〕為他積累了不少經驗。在魯藝，「勞動」直接被納入教學計劃，足見官方對其重視程度，但也自然牽涉出「勞動」因素如何參與進曹葆華這類「現代派」詩人的現實感重建以及自我改造的生成。從戰前「無題詩」時期運用意象跳躍和空間陡轉等方式營造玄妙而神秘的詩歌效果，到抗戰爆發後對「我們是詩作者，／我們是文化人，／我們是戰鬥的一員」（曹葆華《我們是詩作者》）的身份體認，再到延安時期有序地按照早—中—晚、窯洞—田地—窯洞的時空邏輯結構詩歌，這種變化和結構方式背後的支撐動力之一在於，詩人自覺反省了自己與現實之間的位置關係，過去那種無序的、雜亂的生活節奏被整飭的生產、學習計劃所取代，這一體驗發生在詩人身體的感知層面，其中借由身體的「勞動」過渡到詩人生命體驗思考的痕跡十分明顯。除此之外，一大批詩人都通過勞動改造，自動放棄對先前社會分工的體認以及知識的信仰，轉而從過去所極力擺脫的「體力勞動」中獲得認同感與心靈的愉悅。「分不清韭菜和穀子」的「南方城市的孩子」，「再不會以為有米樹子，／知道了吃小米過日子」（戈壁舟《割穀子》），這種喜悅中隱含著的對過去「無知」的慚愧和悔悟，而這種覺悟不借助外部說教而完全升騰於自我內心，不

〔註14〕 宋侃夫：《一年來的政治教育的實施與作風的建立》（一九三九年），谷音，石振鐸：《東北現代音樂史料》第2輯（魯迅文藝學院歷史文獻），內部資料，1982年，第59頁。

〔註15〕 朱聲：《開荒》，《七月》，1939年第4卷第2期。

依賴政治宣講而直接從田地裏、紡織機旁、生產小組中獲得。從都市「退回」田野，將腦力勞動與體力勞動的價值等同起來，甚至認爲後者的價值高於前者，從現代文明演進的角度，看似是一種「倒退」，在革命的視野中卻彰顯著「倒退」與「前進」的張力。

二、勞動的「身體」

延安生產運動的背景根植於邊區的經濟、財政狀況。首先，隨著外來人口的不斷膨脹，邊區的經濟和生產壓力愈來愈大，特別是 1940 年國共關係惡化以後，更是到了「沒有衣穿，沒有油吃，沒有紙，沒有菜，戰士沒有鞋襪，工作人員在冬天沒有被蓋」的地步。〔註16〕文學系井岩盾晚年回憶 1940 年以後艱苦的生活條件時談到了在魯藝的吃飯問題，一個學習小組把菜打在一個盆裏圍著吃，以土豆爲主要的菜蔬，一吃就是大半年。〔註17〕其次，魯藝人自給自足的另一重要原因也與供給制這一分配制度不可割裂開來，艾思奇談及邊區教育時指出「從幼稚園一直到大學專門學院，一律不收學費、教育費，大學專門學校是連衣、食、住也供給的。」〔註18〕在供給制下，一方面，作家的收入來源已經脫離了都市語境下的讀者市場，「賣文爲生」的現實意義得以消解，繼之獲得較爲穩定的「收入」，但當邊區經濟陷入困境，收入來源完全來源於「公家」的文化人不得不投入自給自足的行列中。另一方面，供給制的深層意義在於，依靠「公家」的扶助便使得拒絕做被「豢養的『士』」〔註19〕而繼續做自由主義知識分子變得困難起來，事實正如李楊指出：「供給制保證了鐵的紀律：個人服從組織、下級服從上級、全黨服從中央。換言之，供給制已成爲延安文化政治的經濟基礎。」〔註20〕

〔註16〕 毛澤東：《抗日時期的經濟問題和財政問題》（一九四二年十二月），中共中央文獻研究室、中國延安幹部學院：《延安時期黨的重要領導人著作選編》（上），北京：中央文獻出版社，2014 年，第 229 頁。

〔註17〕 井岩盾：《艱苦還是甜蜜？──關於延安的回憶》，《在晴朗的陽光下》，瀋陽：春風文藝出版社， 1963 年，第 107 頁。

〔註18〕 艾思奇：《抗戰中的陝甘寧邊區文化運動──二十九年一月六日在邊區文協第一次代表大會上的報告》，《中國文化》，1940 年第 1 卷第 2 期。

〔註19〕 蕭軍：《延安日記》（1940～1945）上卷，香港：牛津大學出版社，2013 年，第 129 頁。

〔註20〕 李楊：《「右」與「左」的辯證：再談打開「延安文藝」的正確方式》，《中國現代文學研究叢刊》，2017 年第 8 期。

　　經濟貧弱這一陝甘寧邊區不容忽視的現實問題，也是造就「延安奇蹟」的源頭。1939 年 1 月陝甘寧邊區第一屆參議會在延安召開時，林伯渠在政府工作報告中提到「擴大生產運動」的具體任務，其中就包括「發動一切機關學校和後方部隊實行自己耕種，以達到糧食蔬菜自給」。〔註21〕1939 年 2 月 2 日延安召開生產運動大會，毛澤東、李富春等也分別做了有關生產動員的報告，邊區大生產運動由此開始。〔註 22〕不久後，魯藝副院長沙可夫在工作檢查總結報告中指出魯藝在生產節約方面的不足和努力方向，指出「過去的生產工作，做得太少，只下鄉幫助過一次秋收，雖曾種菜但無收穫。」他規定四項魯藝今後的生產方向，分別為「成立合作社」、「開荒種小米及蔬菜」、「自製文具用品」和「養雞養豬」。〔註23〕據《新中華報》1939 年 4 月報導的《中央直屬機關學校生產提及檢查總結》，魯藝的勞動力等級與馬列學院、黨校、訓練班並列「乙等」，開荒完成率為 77.4%、種菜完成率為 51%，沒有完成規定的生產任務；但參加生產人數為全院 73%，僅次於馬列學院、訓練班和工人學校，可見生產熱情和生產效率都十分高漲。〔註 24〕四年後，毛澤東高度讚揚，1941～1942 年間延安軍隊和機關學校因「自己動手」而解決了大部分的生產、生活需要，這是「中國歷史上從來未有的奇蹟」。〔註25〕

　　身體既是書寫的對象，也是感受的主體，美國哲學家舒斯特曼曾引用胡塞爾的名言「身體是所有感知的媒介」〔註 26〕力圖證明這一點。雖然舒斯特曼是為了反駁傳統學院派哲學家因過於迷戀邏各斯而忽視了肉身操練的重要性，但亦提示研究者在知識分子改造這一命題上聚焦具體的歷史細節，將目

〔註21〕 《陝甘寧邊區政府對邊區第一屆參議會的工作報告》（一九三九年一月），《紅色檔案──延安時期文獻檔案彙編》編委會編：《紅色檔案，延安時期文獻檔案彙編》陝甘寧邊區政府文件選編 第 1 卷，西安：陝西人民出版社， 2013 年，第 142 頁。

〔註22〕 張憲文、張玉法：《中華民國專題史》（第七卷 中共農村道路探索），南京：南京大學出版社，2015 年，第 474 頁。

〔註23〕 沙可夫：《魯迅藝術學院工作檢查總結報告》（一九三九年二月十八日），谷音，石振鐸：《東北現代音樂史料》第 2 輯（魯迅文藝學院歷史文獻），內部資料，1982 年，第 30 頁。

〔註24〕 《中央直屬機關學校生產提及檢查總結》，《新中華報》，1939 年 4 月 22 日。

〔註25〕 毛澤東：《抗日時期的經濟問題和財政問題》（一九四二年十二月），中共中央文獻研究室、中國延安幹部學院：《延安時期黨的重要領導人著作選編》（上），北京：中央文獻出版社，2014 年，第 231 頁。

〔註26〕 （美）理查德‧舒斯特曼：《身體意識與身體美學》，程占相譯，北京：商務出版社，2011 年，第 13 頁。

光拉回、收攏到個體改造的「發生學」維度以及革命開展的次序上去，從「身體」這一基本單位開始，重新審視以魯藝詩人調試姿態、「適應」革命的方式。正如研究者指出，「以身體作爲線索來討論革命的歷史」，「也許不會改寫一場革命的全部歷史，卻能讓我們以新的、更貼近『人』的角度來觀看歷史的發展，認識客觀現實如何限制或激發人的欲想與抗拒，使歷史形成預計或未預計的結果。」〔註27〕與陶行知、梁漱溟等人「失敗」的鄉村教育實踐相比，毛澤東所謂的「奇蹟」確乎眞切，它得益於革命的動員和勢能之下，勞動者將其肉身投注到生產事業中去；但「身體」亦纏繞著情感與理性、國家與個人、民間與官方的複雜關係，就魯藝詩人所處的歷史情境而言又抛出若干問題：誰來主宰身體？詩歌生產機制與身體勞動有何關係？有關身體的操練又如何進入一種藝術境界？

文學系第二期學生葛洛的散文《搬運──魯藝勞動生活散記》一文記敘了魯藝師生一次有驚無險的秋收經歷。〔註28〕隊伍出發前，一些認爲自己年富力強的師生「自動地從隊伍裏站出來報名參加搬運」，但就在大家都在向著「搬完打穀場附近山坡上所有的穀堆」的目標突擊時，日軍的偵察機和轟炸機突然襲來，「我」也險些暴露在敵機之下而喪命，但幸好大家因隱蔽及時順利脫險。最後，搬運隊長說，由於敵機轟炸占去了兩個半小時的搬運時間，爲了奪回時間，提議大家犧牲午休時間來突擊，得到了大家熱烈地回應。頗爲有趣的是，「身體」的「發現」與「隱蔽」構成了這個生活片段的兩個轉折，其一，作者基於對勞動強度的判斷來表現自己的政治覺悟；其二，正是危急時刻一聲「不要跑！倒下！」的「命令」挽救了作者的生命。無論是自覺地從事較重的農業活動，還是聽從「命令」「順從地臥倒」，都勾勒出了一個典型的訓練有素的「身體」，而作者對這兩個環節的敘寫，無意識地流露出革命信念是如何注入到個人的身體內部，支配著身體做出反應和動作。

這亦表明，以學校爲單位，一種具體而微的「改造」歷程，除了政治理念的灌輸與專業技能的學習之外，起始於對知識分子身體的重新分工。1940年間，魯藝勞動生產的氛圍已經相當濃厚，不僅表現在口號標語的張貼，「到處牆上壁間，『爭取勞動英雄！』『把學習突擊的精神帶到生產中去！』『生產、

〔註27〕黃金麟：《政體與身體：蘇維埃的革命與身體，1928～1937》，臺北：聯經出版社，2005年，第1頁。
〔註28〕葛洛：《搬運》，《雇工》，漢口：中南新華書店，1950年，第74～82頁。

學習、工作是三位一體！』的標語……」而且將「生產」已經上升到了「政治任務」的高度，魯藝一年的生產計劃也有著明確的規定。〔註 29〕「生產」的方式多種多樣，分工明確，「除了衛生人員交通人員和病員，男同志每日下午參加開荒種地，女同志則經常參加勞動——縫衣，種菜，洗衣服……身體軟弱的同學參加種樹修路，教員參加精神生產——創作。」這種「藝術與勞動結合」的盛況甚至被彼時擔任校長的吳玉章形容為：「拿起鋤頭上田開荒，這是古今中外未先見的。」〔註 30〕但是，這種「藝術與勞動結合」的方式相應地打破了體力勞動與精神生產的隔絕而構建了一組「勞動鏈」，正如「搬穀子」在勞動鏈上高於「收穀子」一樣，重體力勞動對輕體力勞動產生壓抑，由此推理可知，精神勞動處於整個勞動鏈條的最底端。對於魯藝的青年們而言，「每一個覺悟的青年和先進的青年團體必須很好的懂得：用勞動者的實際經驗來教育自己，而同時用新的生產知識來推進生產和教育老百姓是我們的職責。」〔註 31〕為了維持自己精神生產的合法性，他們只好在典型的勞動話語中尋求資源，譬如將文藝工作者與勤勞的農民相提並論：

> 看吧！
>
> 木刻家、
>
> 農民一樣勤勞，
>
> 在他的田野——木板上，
>
> 鋒利的刀子
>
> 在耕耘著。〔註 32〕

1940 年，未滿 16 歲的賀敬之歷盡艱辛來到延安，滿腔熱情地報考了魯藝文學系，因《躍進》一詩被系主任兼考官何其芳選中，成為當時文學系最小的學生。入學後不久，賀敬之以自己安身立命的「魯藝」為書寫對象，先後創作了上述《不要注腳——獻給「魯藝」》和《我們這一天》二詩，後者以「一天」為橫截面展示了魯藝緊張而有序的學習、工作和生活畫面。這兩首詩與《躍進》一詩共同構成了 1944 年歌劇《白毛女》的創作「前史」：從不知晝夜地行走，穿越「彌天的大風沙」、空曠無垠的「黑色的森林，／漫天的大

〔註 29〕程秀山：《魯藝在生產戰線上》，《新華日報》，1940 年 6 月 14 日。

〔註 30〕同上。

〔註 31〕劉光：《組織廣大青年參加生產運動》，《中國青年》，1939 年 4 月創刊號。

〔註 32〕賀敬之：《不要注腳——獻給「魯藝」》，《賀敬之文集》1，北京：作家出版社，2005 年，第 53～54 頁。

霧」〔註33〕到魯藝井然有序的一天──白天討論時事問題、國家、詩歌，夜晚繼續工作，「紅色的招引」（《躍進》）終於變爲現實的革命鬥爭，作者放棄了自由馳騁、漫天瞭望的目光而將其收束於眼前的日常生活；那些靈感的源泉──刹那的感覺也轉化爲長久醞釀的、反映客觀實際的普遍眞理。從這一過程中可見，勞動體驗構成了詩人革命認知的一環，不僅充當了詩人的寫作素材，溝通了詩歌與現實的聯繫，更深入到了他們革命人格的塑造，成爲他們革命理想的樞紐。

誠然，當「主義」變爲「行動」時，「主義」便存在落後於「行動」的可能，曾經爲「主義」奔走呼號的「筆桿子」也墮入了「教條」的嫌疑。1941年 9 月以後，黨對待革命力量的基本方針變爲爭取工農群眾及中間階級，這個策略影響到了中共整個決策的方向。1942 年 2 月 1 日，毛澤東在《整頓學風黨風文風》一文中重新強調了「革命黨」是與「敵人」對立的存在，那麼把這種敵對關係引入現實鬥爭，必須不斷地尋找革命力量的「對立面」，而知識分子「『不勞而食』的剝削階級思想」〔註34〕也成爲了打擊對象之一。對於許多奔赴延安的詩人而言，規訓是從身體開始的，而眞正使他們產生質變的，則來自於頭腦中模糊的「革命」理想一步步得到清晰的答案。從「革命的標準」〔註35〕、「革命的主力軍」〔註36〕到「知識的定義」〔註37〕，無一鉅細關切著詩人思想教育的方方面面。從官方的角度，自然的改造、詩人身體的改

〔註33〕 賀敬之：《躍進》，《賀敬之文集》1，北京：作家出版社，2005 年，第28～29 頁。

〔註34〕 《延安大學概況》（一九四四年六月），谷音，石振鐸：《東北現代音樂史料》第 2 輯（魯迅文藝學院歷史文獻），內部資料，1982 年，第 194 頁。

〔註35〕 「在中國的民主革命運動中，知識分子是首先覺悟的成分。……然而知識分子如果不和工農民眾結合，則將一事無成。革命的或不革命的或反革命的知識分子的最後的分解，看其是否願意並且實行和工農民眾相結合。他們的最後分界僅僅在這一點，而不在乎口講什麼三民主義或馬克思主義。」（毛澤東：《五四運動》，《解放》，1939 年第 70 期。）

〔註36〕 毛澤東在《青年運動的方向》一文中號召「主力軍是誰呢？就是工農大眾。中國的知識青年們和學生青年們，一定要道工農群眾中去，把占全國人口百分之九十的工農大眾，動員起來，組織起來。」（毛澤東：《青年運動的方向》，中共中央文獻研究室中央檔案館：《建黨以來重要文獻選編（一九二一～一九四九）》第 16 冊，北京：中央文獻出版社，2011 年，第 285 頁。）

〔註37〕 毛澤東指出，「什麼是知識？從古至今世界上的知識只有兩門，一門叫做生產鬥爭知識；一門叫做階級鬥爭知識。」（毛澤東：《整頓學風黨風文風》（一九四二年二月一日在黨校開學典禮大會上的演說），解放社編：《整風文獻》，揚州：蘇北新華書店， 1949 年，第 10 頁。）

造與精神的改造三條線索在同時推進，對於魯藝的詩人們而言亦是如此，這就要求小資產階級詩人們纖細的、握筆的「手」放下筆杆子，拿起生產工具。但其中悖論之處在於，作爲「藝術工作者」的他們又不能放棄「精神生產」，因此只能在詩歌中宣判與舊我的決裂。表現在詩歌作品中，較爲典型的是，「手」成爲了他們表白政治覺悟的一個重要意象，恰如何其芳在詩中寫道：「我們用自己的手來克服一切困難。」（《快樂的人們》）在延安，「勞動」總是被「相對」地提出，抬高體力勞動地位與折損「知識」同步進行，此種趨勢在延安文藝座談會之後尤爲鮮明。毛澤東在《講話》中那個有關「身體」的譬喻十分著名——「手是黑的」、「腳上有牛屎」的工農「還是比大小資產階級都乾淨。」〔註38〕魯藝青年詩人戈壁舟 1944 年創作了《我生產了十七石》一詩：「手」解除了與「筆桿子」的聯繫，蛻變爲生產力的象徵，這一意象唯一與主體意志相連的部分便是承載了道德意義上的自我解剖：

> 我生產了十七石，
>
> 我再不是蒼白的知識分子，
>
> 我是鋼筋鐵骨的莊稼漢，
>
> 世界再沒有甚麼叫做困難。
>
> 我生產了十七石，
>
> 比我寫一篇漂亮的文章，
>
> 比我發表一個動人的講演，
>
> 更能減輕老百姓的負擔。
>
> 只是比起勞動人民呵，
>
> 這還是很小很小的一點。〔註39〕

以勞動戰勝困難的理想十分普遍地存在於魯藝詩人的詩歌當中，戈壁舟是魯藝文學系第三期的學員，大生產運動教會他的不僅是「開荒、鋤草、種糧食、紡線線、伐木、拉大鋸」等生產技能，「更重要的收穫是我的思想感情有了變化，由空虛變得充實了一些，由軟弱變得堅強了一些。」〔註40〕在這裡，「堅強」不僅指涉著身體，而且關聯著詩人的靈魂，通過參與勞動生產，詩人想

〔註38〕毛澤東：《在延安文藝座談會上的講話》，《解放日報》，1943 年 10 月 19 日。

〔註39〕戈壁舟：《我生產了十七石》，《延安詩抄》，西安：陝西人民出版社，1978 年，第 51～52 頁。

〔註40〕戈壁舟：《戈壁舟文學自傳》，《新文學史料》，1987 年第 1 期。

像性地實現了「一個階級變到另一個階級」〔註41〕的飛躍。以「勞動」引發的階級劃分作爲標準，那些出身貧寒的詩人開始尋找自己與工農的血脈關係，文學系學生朱衡彬出生於山東省陵縣朱莊的一個農民家庭，《是的，我是農民的兒子》〔註42〕一詩中，他回憶了自己15歲以前與父親辛苦耕種卻不得不將糧食交給債主的悲苦經歷，目的在於以「勞動」爲線索貫穿成長經歷，宣誓自己對無產階級的天然皈依。

1943年，中共把發展生產規定爲邊區的首要任務，在邊區掀起大生產運動。「自己動手，豐衣足食」八個字構成一種「敕令」。在這之前，毛澤東就已經強調生產不是以改良生活爲目的而是「解決一般需要」，因此「動員的範圍也不限於軍隊，而是所有部隊、機關、學校一律進行生產，發出了開展一個大規模生產運動的號召。」〔註43〕1942年底，他將經濟與教育視爲目前陝甘寧邊區的中心工作，「兩項工作中，教育（或學習）是不能孤立地去進行的，我們不是處在『學也，祿在其中』的時代，我們不能餓著肚子去『正誼明道』，我們必須弄飯吃，我們必須注意經濟工作。」〔註44〕所謂「經濟工作」落實爲個人層面，正是以開展生產的形式表現出來，反之，物質條件的困窘激活了勞動的「身體」，而知識分子的身體在履行他們「勞動」義務的過程中也消解著「學也，祿在其中」的傳統讀書觀念，學習不再是無功利地自得其樂，也無關仕途通達，中國共產黨要求學習、教育與發展經濟緊密結合在一起，於是，「教育」就被編織進了「經濟基礎決定上層建築」的原理中，與「勞動」合法地嵌套起來。

1943年4月魯藝雖併入延安大學，但依然沿用「魯藝」的名稱。經過了整風運動的魯藝已經煥然一新，反省了「正規化教學上搬運教條」〔註45〕後，1944年5月魯藝第六屆的教育方針已經調整爲「教育與生產結合，以有組織

〔註41〕毛澤東：《在延安文藝座談會上的講話》，《解放日報》，1943年10月19日。

〔註42〕朱衡彬：《是的，我是農民的兒子》，《草葉》，1942年第5期。

〔註43〕毛澤東：《經濟問題與財政問題》，中共中央文獻研究室中央檔案館：《建黨以來重要文獻選編（一九二一～一九四九）》第19冊，北京：中央文獻出版社，2011年，第624頁。

〔註44〕毛澤東：《經濟問題與財政問題》，中共中央文獻研究室中央檔案館：《建黨以來重要文獻選編（一九二一～一九四九）》第19冊，北京：中央文獻出版社，2011年，第627～628頁。

〔註45〕《延安大學概況》（一九四四年六月），谷音，石振鐸：《東北現代音樂史料》第2輯（魯迅文藝學院歷史文獻），內部資料，1982年，第182頁。

的勞動，培養學員的建設精神，勞動習慣與勞動的觀點。」〔註46〕在1944年6月印行的《延安大學概況》中，「生產運動」作為魯藝的一項重要教學活動得到了介紹。學校還規定教職員必須參加學校的生產活動，生產時間和學習時間的比例是：學習占百分之八十，生產占百分之二十。〔註47〕趙超構訪問延安後將此地的生活特點歸結為一個「忙」字，「緊張的情緒還不止於生產忙，而在『計劃』的嚴格」，在機關學校部隊工廠的人，差不多每人都有一個計劃。〔註48〕這種「計劃性」直接表現在魯藝的生產計劃上。〔註49〕雖然並未停止專業課和政治理論課的學習，但是「勞動」仍構成了魯藝師生生活中的重要部分。1943年經過整風運動後以後魯藝重組，人事上最明顯的變化是艾青、舒群、蕭軍、魯藜等原屬「文抗」的作家被調入魯藝擔任教員或研究人員。1944年3月6日，蕭軍一家搬來魯藝文學系。〔註50〕此後，蕭軍的日記近乎成為個人、魯藝甚至延安的「勞動報告」。從這些日記中可見，魯藝人從事的勞動包括開荒、掘糞窰、種花生、紡毛線等，勞動力的等級有著嚴格區分，37歲的蕭軍竟開始為自己不能奪取「一等勞動力」而感到「暮氣」襲人的痛苦。〔註51〕延安作家此時以勞動標準衡量自己的價值已經內化為一種無意識。

三、魯藝與革命新主體的生成

　　歷史地看，由「五四」前夕蔡元培提出「勞工神聖」的口號開始，經過五四運動、中共成立、新村運動、工讀互助團等一系列「事件」發酵後，「勞

〔註46〕《延安大學暨魯藝教育方針及實施方案》（草案）（一九四四年五月廿一日），谷音，石振鐸：《東北現代音樂史料》第2輯（魯迅文藝學院歷史文獻），內部資料，1982年，第176頁。

〔註47〕《延安大學概況》（一九四四年六月），谷音，石振鐸：《東北現代音樂史料》第2輯（魯迅文藝學院歷史文獻），內部資料，1982年，第186頁。

〔註48〕趙超構：《延安一月》，北京：中國國際廣播出版社，2013年，第78頁。

〔註49〕1944年6月的《延安大學概況》裏制定了這一年中延安大學的生產總任務和具體任務分配情況，魯藝的生產分工十分明確，全校有1613人參加生產，其中1527人參加手工業生產，136人參加農業生產。農業生產以耕種土地為主，工業以紡線為主，副業則涵蓋了經營磨房、豆腐房、屠宰房、商業等。（《延安大學概況》（一九四四年六月），谷音，石振鐸：《東北現代音樂史料》第2輯（魯迅文藝學院歷史文獻），內部資料，1982年，第194頁。）

〔註50〕蕭軍：《延安日記》（1940～1945）下卷，香港：牛津大學出版社，2013年，第377頁。

〔註51〕蕭軍：《延安日記》（1940～1945）下卷，香港：牛津大學出版社，2013年，第380頁。

動」在不同向度上構建意義，由「勞動」引發的實踐可以構成一條脈絡清晰的線索，雖然對「勞動」探討的背後摻雜著諸多複雜的問題，但其核心都不外乎將「勞動」視作一個與近代以來知識分子精神理想緊密相連的現代概念；從周作人的「新村」實驗、梁漱溟的鄉村建設等一系列「失敗」的嘗試也反映出，依靠知識分子的個人力量闡釋及建構一種具有普世意義的新型勞動觀是虛妄的，中共在邊區的實踐恰恰相反，它證明了，馬克思主義理論意義上的「勞動」觀念如何發動包括知識分子在內的革命細胞，在政黨的指引下落實爲實踐，並訴諸文學形式產生動員效果。

面對新的革命任務，新型革命主體的塑造不可一蹴而就，如果說種種路線、方針政策、現實運動鋪展爲時代背景，那麼對各個集體組織的敘寫和布置，則參與了具體政治圖景的展開。對於魯藝師生而言，當「運動」轟轟烈烈地開展時，個人的名字被抹去，只能被冠以「魯藝師生」而出現在報紙、刊物上，並滑落爲一個數字、一個百分比，或一個被表彰的集體名詞，而他們如何遵循自我塑造的技術，如何說服自己，以外在的規範、準則完成身和心的重塑則構成了歷史的「低音」。這種聲音雖然十分微弱，但是一些革命圖景中「不甚和諧」的畫面依然隱秘而模糊呈現在革命事業面前，存在淡化官方敘事的「危險」。換言之，「新主體」的生成並非倚靠一種絕對力量的主導，而是在一系列參差有別的對話關係上中建立起來。作爲研究者，一方面應當發掘和探查「勞動」如何參與了革命主體的塑造，另一方面也不應忽視人的主體意識及其表現形式如何反作用於「勞動」這一宏大概念。

爲配合邊區開展生產運動，文藝界也發揮了巨大的宣傳作用，延安文藝座談會召開以前，《文藝戰線》《文藝突擊》《大眾文藝》《穀雨》等雜誌都發表了以「生產」爲題材的文學作品，不僅如此，一系列徵文活動也以「生產」題材爲重點徵集對象。但是，當「文藝」滲入現實「事件」以後，卻對現實產生了反作用，文藝發揮其運作機制，時而逸出了官方對於「勞動」原理的闡釋，甚至對其產生了反諷。

1939 年 5 月《文藝突擊》推出了「生產特輯」，該特輯發表了魯藝教師塞克創作的《生產大合唱》和嚴文井的小說《春天》，「文抗」作家師田手名爲《勞動日記》的短篇小說也略顯「突兀」地夾在這一專欄中，與其他歌頌生產與戰鬥的文章相比有「唱低調」的嫌疑。小說的主人公管朋——一個認爲生產勞動與革命無關的「革命者」，即使投入到勞動中仍對勞動的意義將信將疑。小說的

主旨在於諷刺這類「冥頑不靈」的知識分子，但也眞實地反映出革命者的革命想像和日常生活之間存在無法耦合的現象。就革命洪流裏夾雜著的「失語」者而言，他們「扭轉」困難的深層動因在於，知識分子面對角色的轉變和歷史使命的突轉，仍感到手足無措。質言之，這篇小說生動地反映了延安整風運動以前，儘管生產運動的聲勢很大，但知識青年中間仍不乏無法完全領會「勞動」之眞諦者，故而游離在「身體革命」與「思想革命」之間的眞空層中。

　　沒有被完全規訓的「勞動」觀念存在於眾多延安青年之間並通過文學作品隱秘地表現出來，譬如魯藝文學系學生井岩盾1941年創作的《在收割後的田野上》一詩，這首詩勾勒了一個「後勞動」的場景：

今天，
我們唱著歌，
走過只剩了莊稼根的
枯葉呻吟的田野，
我的心，
回到我的故鄉去了。

我想起故鄉收穫後的季節，
寂寞而無邊的原野裏，
一個個的旋風慢慢地在飄遊；
一些婦人和孩子，
破爛的衣裳孕滿向晚的冷風，
落葉似的徘徊者，
懷著拾取一個糧食穗子的希望……

你問我爲什麼沉默著，
臉色和照射著我們的陽光
一樣慘淡，
我的朋友啊，
我又一次的吞著淚水，
咀嚼我所親愛的人們的
悲苦的命運！〔註52〕

〔註52〕井岩盾：《在收割後的田野上》，《摘星集》，北京：作家出版社，1958年，第9～10頁。

與其他諸多直接敘寫勞動場景的詩有所不同的是，在這裡，「勞動」被推至遠景的位置上，它僅僅作爲一種「過去式」的動作甚至一個背景，啓動了詩人的情感機制。詩歌開頭與「我們唱著歌」的歡樂氣氛形成強烈反差的是「我」眼中「枯葉呻吟的田野」，這一衰敗場景觸動並喚起了「我」對故鄉下層人民的掛念。這首詩更接近詩人純粹「精神生產」的產物，流露出詩人的人道主義關懷，但是「勞動」的主體並未眞正出場。另外，整首詩多取用頹敗的意象，氣氛充滿感傷與壓抑，抒情和啓蒙的雙重結構疏離了勞動動員的激昂聲調。此詩與《冬夜之歌》《星》等構成了井岩盾的「故鄉」系列，其典型特徵可以概括爲「觀景—思鄉」的固定模式，因此，「田野」只能充當情感的觸發背景而不是歷史的舞臺，因此詩歌顯得十分「多感」〔註53〕。

那麼在中共生產政策主導之下，「勞動」話語的多義性和延展空間是否眞正存在？恩格斯將人類社會區別於猿群的特徵歸結爲勞動〔註54〕，馬克思認爲，勞動是一種實踐活動，具有生產性，不僅生產出肉體生命，而且生產出精神生命，「進而生產出科學實驗、階級鬥爭、倫理活動等其他實踐類型」〔註55〕。新政權入駐延安後，依託無產階級政黨建立新型生產關係成爲可能，因此「自給自足」既是現實要求，也是調動生命主體發揮創造力的必然要求，「把生產和戰鬥結合起來」（毛澤東語）被賦予了一種政治意義。面對那些逸出馬克思主義勞動觀的思想和行爲，從教育界到延安整個輿論界，都出現了強大而統一的反對聲音。正如恩格斯批判地指出：「迅速前進的文明完全歸功於頭腦，歸功於腦髓的發展和活動；人們已經習慣於以他們的思維而不是以他們的需要來解釋他們的行爲」。〔註56〕胡喬木強調，在這種世界觀的指導下，只偏重「精神勞動」甚至有滑入「唯心論」的危險。〔註57〕從勞動動員走向勞動實踐，構成了「新中國的主人」、「中國新青年」的歷史使命。因此便有了這樣的指示：「那一個青年團體，學校，機關，部隊能達到自足自給，他們就對抗戰盡了極重要的貢獻。因此，發展農，工，商業——開荒，種莊稼，辦

〔註53〕 嚴文井在概括井岩盾發表在《草葉》上的詩歌特徵時說：「井岩盾的詩特別顯得多感一些。他在生產運動的秋收時一個人想著故鄉的悲苦而吞著淚水……」（嚴文井：《評過去四期〈草葉〉上的創作》，《草葉》，1942 年第 5 期。）
〔註54〕 恩格斯：《從猿到人類中勞動底作用》，《中國青年》，1940 年第 3 卷第 1 期。
〔註55〕 陳治國：《關於西方勞動觀念史的一項哲學考察——以馬克思爲中心》，《求是學刊》，2012 年第 6 期。
〔註56〕 恩格斯：《從猿到人類中勞動底作用》，《中國青年》，1940 年第 3 卷第 1 期。
〔註57〕 胡喬木：《關於新教育的二三事》，《中國青年》，1940 年第 2 卷第 5 期。

合作社，做手工業，是今天最主要而且光榮的事業。」〔註 58〕從這一角度來看《在收割後的田野上》一詩，這首詩雖然以「勞動」爲題材，但是憑藉詩人強烈的主觀性偏離了勞動實踐和勞動動員的軌道，對於組織作家生產而言，實際上起到了一種「分散」的效果。值得強調的是，這種表現在勞動生產觀念上的「分散」趨勢實際上也反作用於黨的文藝政策，成爲延安文藝座談會召開的導火索之一。〔註 59〕

　　1943 年 4 月艾思奇爲《解放日報》撰寫了題爲《建立新的勞動觀念》的社論，以「勞動光榮」爲主旨，指出「勞動的結果，對於自己，是豐衣足食，過好光景，對於民族，對於全國人民，是爭取抗戰的勝利與民族解放。」〔註 60〕隨著邊區勞動英模製度的建立，表彰勞動英雄的風氣愈演愈烈，所謂「勞動創造一切，模範勞動者正才是我們應該崇敬的英雄。」〔註 61〕一方面，吳滿有等勞動模範的「故事」承載著黨的歷史，將黨在邊區紮根的過程融入個體生命歷程中去；另一方面，通過一整套政治話語對吳滿有人生軌跡進行描述，對文學生產也起到規訓作用。宣傳「吳滿有方向」、激發農民生產的積極性成爲延安文藝座談會結束後的第一個文學寫作浪潮。據何其芳 1945 年的回憶，1943 年吳滿有在魯藝報告了自己「翻身的故事」，隨後在接待室裏休息，「大家都擠進去圍著他問長問短」，令彼時擔任文學系系主任的何其芳印象最爲深刻的是吳滿有「諷刺」「舊社會」縣長的回答。〔註 62〕這個細節透露出，在踐行「吳滿有方向」中，魯藝詩人進一步明晰了「新社會和舊社會的差別」〔註 63〕，1943 年戈壁舟在魯藝寫道：「到處的山頭都在競賽，新社會在競賽中向前。」（《軍民開荒》）

〔註 58〕劉光：《組織廣大青年參加生產運動》，《中國青年》，1939 年創刊號。

〔註 59〕研究者就這一點已經有所認識，譬如張武軍指出：「延安文藝座談會主要解決的是經濟危機下文藝界和幹部之間越來越明顯的對立和衝突，另一個就是我們上述所論述的把知識分子武裝起來從事生產的問題，而並非是延安知識分子脫離群眾的小資產階級階級性問題。」（張武軍：《民國機制與延安文學》，《社會科學輯刊》，2014 年第 3 期。）

〔註 60〕《建立新的勞動觀念》，《解放日報》，1943 年 4 月 8 日。

〔註 61〕《吳滿有——模範公民》（社論），《解放日報》，1942 年 5 月 6 日。

〔註 62〕「有人問他：『從前舊社會的縣長找過你沒有？』他幽默地說：『他找我老吳！我去找他，他還會說：這是哪達來的老漢，給我打出去』！」（何其芳：《回憶延安・吳滿有的話》，《新華日報》，1945 年 11 月 27 日。）

〔註 63〕同上。

值得進一步探究的是，詩人是如何在一個集體中被組織起來的？這裡必須強調魯藝這一教育場域的重要作用。延安魯藝是抗日戰爭時期在中國共產黨的領導之下，爲「培養抗戰藝術幹部，提高抗戰藝術的技術水平，加強這方面的工作，使得藝術這武器在抗戰中發揮它最大的效能」〔註64〕，中共在陝甘寧邊區首府延安建立的第一所綜合性文藝學校。魯藝的成立有其現實背景，抗戰爆發後，大批攜帶不同文化基因的知識分子來延，大多被安排進各種文藝組織或文化團體，這種「安排」背後其實包蘊著組織策略。眾多詩人被組織進黨的文藝學校，形成了一個特殊的詩人群體，首先，它誕生於抗戰烽火之中，又有特殊的鄉土文化背景；其次，它並非詩人主動的集結，而是隸屬於一個文藝「單位」，是黨的文藝戰線的有機組成部分。詩人以魯藝爲單位活動是一個意味深長的問題，在某種程度上構成了他們從「詩人」向文藝「新人」轉變的關鍵。

其一，需要指明的是，一方面，在一個強調「實用」的教學空間裏，詩歌作爲一種「務虛」的文體被許多師生想像爲一種可以波及「上下」和「左右」的書寫物〔註65〕，在聯結個體與國家、黨、大眾，以及書寫自我與他人、時代、現實之間的關係時，顯示出它不可替代的一面，也因篇製的短小適應了彼時的客觀條件，故而受到歡迎；另一方面，這些文學聚合體也自然處於文學與政治的錯動關係之間，「黨的形象」時刻籠罩在「共同體」的背後，成爲他們在發掘自我與諸多「他者」關係時一個如影隨形卻又無可替代的權威一極。其二，「詩人夢」在革命中本就是虛妄的，大多數文學青年在這裡接受學習後按要求將其轉化爲實際工作技能，自覺地認同「共產黨員要服從黨的分配，像算盤珠撥到哪裏在哪裏」〔註66〕，並投身於更廣泛的社會實踐。他們中既有賀敬之這類文化程度不高的中學生，也有以張鐵夫爲代表的接觸過新文學的中小學教員，以及天藍這樣接受過燕大、浙大等高等學府教育的大

〔註64〕《成立宣言》，谷音，石振鐸：《東北現代音樂史料》第 2 輯（魯迅文藝學院歷史文獻），內部資料，1982 年，第 1 頁。

〔註65〕這裡借用民國歷史學家劉咸炘提出的「風」這一史學觀念進行闡釋。劉氏從批判宋代以後的史書「重政治」、「輕民風」的特點出發，重新發現「民風」對於史學的重要性，進而推演出，無論是時代的社會、政治、人事、風俗，一切因素皆在「風」中，他著重強調的是歷史研究要兼顧「上下」和「左右」。（參見王汎森《執拗的低音——一些歷史思考方式的反思》一書第四講《「風」——一種被忽視的史學觀念》，王汎森：《執拗的低音：一些歷史思考方式的反思》，北京：生活·讀書·新知三聯書店，2014 年，第 167～210 頁。）

〔註66〕張鐵夫：《春風秋雨八十年——張鐵夫簡歷》，《張鐵夫詩文集》（下），北京：北京出版社，2003 年，第 1030 頁。

學生，彼時「大學畢業生、詩人、才子」以及自嘲爲「土包子」的文藝愛好者濟濟一堂。〔註67〕雖然文化程度的差異和艱苦卓絕的學習條件並未阻礙他們對於詩歌的探索和熱愛，魯藝濃厚的詩歌氛圍也爲他們提供了良好的寫作環境，但是在這裡，詩歌不再是纖巧的手工藝品，而是時代洪流中的號角，作爲吹號者的他們如何吹奏、吹奏什麼，正是他們在入學後的進一步學習與實踐中時時需要思考的問題。以延安文藝座談會爲界，魯藝文學系在課程設置、校園文化生活、師生互動關係等方面均表現出較大的差異，但是不變的是魯藝爲黨培養文藝「新人」的原則。以頗具詩歌天賦的文學系第四期學生張鐵夫爲例，他接受了教員周揚、何其芳苦口婆心的勸說，畢業後從一名感性的詩人一躍成爲新聞工作者。〔註68〕新聞的眞實性原則要求他突破詩歌「抽象」的「藩籬」，黨的文藝工作者這一身份則要求他把政策與文藝更緊密地結合在一起。1943年6月6日《解放日報》發表了他的《縣長替我種棉花》一詩，此詩以「眞人眞事」爲題材，以第一人稱「我」的口吻表彰了慶陽縣蘇縣長春耕期間親手幫農民種棉花的事蹟。詩歌以口語化的語言勾勒了一個崇尚民主、爲民分憂的縣長形象，特別是他爲解決農民種棉技術匱乏親自爲「我」示範種棉花的一幕令人動容：

> 他把袖子捲起來，
>
> 兩手搓糞拌花籽，
>
> 一顆一顆往地溝裏撒，
>
> 今天他當縣長，
>
> 過去也是個攔牛娃。〔註69〕

這首詩同樣以「勞動」爲主題，目的在於宣傳、讚揚共產黨的英明領導形象，詩歌最後借「縣長」之口道出「共產黨領導人民鬧翻身，／咱邊區，政府和百姓是一家！」〔註70〕從詩人的成長層面考察，張鐵夫在充分深入民間後完成了郭沫若1920年代對革命者的期許。〔註71〕實際上，郭沫若所謂的「理想

〔註67〕 穆青：《魯藝情深》，文化部黨史資料徵集工作委員會，《延安魯藝回憶錄》編委會：《延安魯藝回憶錄》，北京：光明日報出版社，1992年，第580頁。

〔註68〕 穆青：《魯藝情深》，文化部黨史資料徵集工作委員會，《延安魯藝回憶錄》編委會：《延安魯藝回憶錄》，北京：光明日報出版社，1992年，第582頁。

〔註69〕 張鐵夫：《縣長替我種棉花》，《解放日報》，1943年6月6日。

〔註70〕 同上。

〔註71〕 「徹底的個人的自由，在現代制度之下也是求不到的，你們不要以爲多飲得兩杯酒便是甚麼浪漫的精神，多謅得幾句歪詩便是什麼天才的作者……你們

的『革命』生活」永遠是一個「未完成」的狀態，只能隨現實革命的要求不斷「隨物賦形」，當「革命」的定義被黨的意志所壟斷，「理想的『革命』生活」也理應按照黨的構思來進行。

從組織方式延伸開來，「把勞動力組織起來」〔註72〕與把知識分子組織起來〔註73〕是黨在邊區領導、團結農民和知識分子兩大革命力量的重要策略，實際上二者的經驗又相互借鑒，生產方式的變革進一步引發了知識分子聚合方式的變革。《我們笑了》是魯藝文學系學生賈芝 1940 年發表的一首反映生產運動的詩，寫於魯藝開荒生產的過程中。詩中寫道：「如說古代的點金術，／手指觸了河水，／河水變了金的，／手指觸了樹枝，／樹枝變了金枝，／我們笑著說，／我們有這樣的魔力，／我們的勞動／使我們得到要得的東西。」〔註74〕這首詩中，以開荒爲現實背景，生動地闡釋了「生產勞動改造了自然，也改造了人」〔註75〕這一原理。在陝北貧瘠的土地上開荒實屬不易，很大程度上依靠的是詩中象徵集體力量之「我們」的勞動力，詩歌由此彰顯了集體勞動相比個人勞動而言的偉大力量。從集體勞動的經驗特別是成立合作社、生產競賽、「開荒突擊」等成果〔註76〕可見，「互助的集體的生產組織形式，可以節省勞動力，集體勞動強過單獨勞動」。而促成這一勞動成績的，端賴於「互助的集體生產組織形式」，「大大發揮勞動熱忱，增強生產效率，因爲大家一起工作，生動活潑，情緒緊張，互相鼓勵，互相競賽，誰也不肯落在人後」。〔註77〕

應該到兵間去，民間去，工廠間去，革命的漩渦中去……」（郭沫若：《革命與文學》，《創造月刊》，1926 年第 1 卷第 3 期。）

〔註72〕《把勞動力組織起來》，《解放日報》，1943 年 1 月 25 日。

〔註73〕從策略上而言，蘇維埃運動以來中共重新發現了知識分子身上的巨大能量，在抗戰時期憑藉穩定合法的政權組織——陝甘寧邊區政府落實爲相對具體的知識分子組織政策，使得知識分子在黨的領導下被組織起來成爲一條重要的「戰線」成爲可能。

〔註74〕賈芝：《我們笑了》，《中國文化》，1940 年第 1 卷第 2 期。

〔註75〕《延安大學概況》（一九四四年六月），谷音，石振鐸：《東北現代音樂史料》第 2 輯（魯迅文藝學院歷史文獻），內部資料，1982 年，第 194 頁。

〔註76〕譬如，1942 年，延安縣計劃開荒八萬畝，但是 3 月 10 日至 4 月 19 日前只開了 15000 畝，這時時間已經過去 2／3，於是 4 月 19 日下雨後，在以後的 20 天內採取了「開荒突擊」的辦法，完成了 46442 畝。（《把勞動力組織起來》，《解放日報》，1943 年 1 月 25 日。）

〔註77〕《把勞動力組織起來》，《解放日報》，1943 年 1 月 25 日。

　　同時，作爲勞動集體的「我們」更指涉著實際層面上詩人聚合方式的改變。「勞動共同體」打破了教師和學生、詩人和農民的界限，衝擊了詩人之間以文學趣味爲導向的「圈子」式交往。爲了響應生產號召，1943 年春魯藝師生中也出現了競賽熱潮，可見他們已然完全適應了邊區生產的節奏。〔註 78〕這座昔日的文藝殿堂儼然成了「聚集著五花八門的手藝人的小作坊」〔註 79〕。何其芳在整風運動之後反省道：「將來的魯藝也應該不是那種單純的安安靜靜讀書的地方，而是帶著更多革命氣氛的，除了專門學習文學藝術而外還要認眞地改造思想與訓練實際工作能力的學校。」〔註 80〕此時，延安大部分文藝刊物已經停刊，詩歌主要發表園地集中在《解放日報》上，檢視這一時期魯藝的詩人隊伍，青年詩人占多大數；從創作類別上看，無論何其芳撰寫理論批評文章還是曹葆華、天藍幾乎轉向馬克思主義理論翻譯，都與他們在魯藝的職務有關〔註 81〕，而延安文藝座談會召開前活躍在詩壇的青年詩人除了撰寫與政治高度貼合的詩歌之外，也開始創作歌詞、劇本甚至新聞通訊、報導。伴隨著勞動競賽，愈來愈多的詩人加入與「勞動號子」如出一轍的「同聲歌唱」中來，從而消弭了延安文藝座談會召開之前何其芳等人試圖以創辦文學社團、刊物而在文壇「占位」的傾向。〔註 82〕不僅如此，蕭軍曾試圖通過編

〔註78〕 魯藝「李國泰老婆」紡毛小組全由男性組成，向全院提出紡出頭等紗、完成總任務的百分之二百五十的挑戰。（《魯藝生產熱潮，四月製鞋三百雙牙刷五百支》，《解放日報》，1943 年 3 月 25 日。）美術組的「吳滿有」農業生產小組則在學校的生產牆報上報導菠菜下種、增開荒地等消息，更提出完成當年生產任務百分之三百的目標。（《本市機關學校生產熱烈展開，魯藝菠菜已下種》，《解放日報》，1943 年 3 月 23 日。）另外，戲劇部製作紡車和家具；「製牙刷小組」、「製鞋組」也競相比賽生產成績；文學系系主任何其芳更是「自願超過免除一半勞動的規定，訂出了完成百分之二百的計劃。」（《魯藝生產熱潮，四月製鞋三百雙牙刷五百支》，《解放日報》，1943 年 3 月 25 日。）

〔註79〕 李潔非，楊劼：《解讀延安：文學、知識分子和文化》，北京：當代中國出版社，2010 年，第 101 頁。

〔註80〕 何其芳：《論文學教育》，《解放日報》，1942 年 10 月 16 日。

〔註81〕 何其芳任魯藝文學系系主任，曹葆華、天藍就職於魯藝編譯處。

〔註82〕 除了在課堂上講授和獲取知識以外，對於魯藝師生而言，在近乎軍事化的管理體系中，以組建草葉社以及發表作品的方式獲得「作家」的體認，一方面給予他們更大的寫作熱情，另一方面昭示著政治學習之外的自我「赦免」。特別是體現在魯藝文學系主辦的《草葉》上，可見魯藝詩人初期有意疏離於革命話語，而尋找文壇「占位」的努力。「占位」一詞源自布爾迪厄的場域理論，布爾迪厄認爲，場域是一個「爭奪的空間」，而爲了在空間內立足，則需要求得與眾不同的特色，亦即「占位」。

輯《文藝月報》來糾正魯藝人不良傾向——「何其芳的『左傾』幼稚病，立波惡劣作品的影響」以及「周揚的『官僚主義』」〔註83〕，他這種「拉山頭」的意識也是從參與集體勞動開始得到了清理。他於 1944 年加入魯藝文學系之後被編入農業小組參加開荒等集體勞動，在他的日記中有這樣的描述：「這十幾日的勞動過程中，使我和每位同志覺得不獨在工作上更接近、協同⋯⋯而且有了一種接近的感情。因爲他們有對我起始參加勞動曾抱了『他是個作家，一定馬馬虎虎』的觀點，從我實際不斷的工作中，他們承認我底勞動能力，甚至有了『模範作用』。」〔註84〕簡而言之，生產制度的革新重構了生產關係乃至社會關係，改變了人與人的交往方式，互幫互助、互相競賽的生產小組取代了以知識分子爲主體的文藝團體。知識分子之間通過集體勞動改善了「人際關係」，也打破了與農民大眾的隔膜，成爲推動邊區社會秩序變革的重要力量。

四、餘論

認識到魯藝詩人生產實踐背後的主體重塑意義固然重要，但也不能將魯藝的勞動生產經驗脫離開民國教育史的延長線。民國文學研究者常常囿於以文學史帶動教育史的慣性思路，而忽視了在新文化運動的發祥地——北京大學開創的、以培養現代知識精英爲目標的教育傳統以外，還存在一類區別於精英教育、以實用主義哲學爲主導以及提倡社會實踐的教育理念。在這一線索上，黃炎培、陶行知、晏陽初、梁漱溟等人的主張與實驗堪稱典範，而與其在同一時空中產生共振的，亦有毛澤東提倡的農村教育思想。這些集中在社會領域的討論與實踐，回答了 1920 年代初期以來知識輿論界急切要求走出文化、文學議題，並以提出和解決具體社會問題取代小知識分子顧影自憐的感傷氛圍。也正得益於他們「發現」了與都市並行不悖的鄉村社會，將「到民間去」的浪漫激情轉化爲了實幹家的踏實肯幹，才某種程度上催化了革命理論轉化爲革命運動。與陶行知打破傳統儒家構建起來的勞心—勞力的二元程序學說及基於此構築的穩定社會結構〔註85〕不同的是，毛澤東站在階級的

〔註83〕蕭軍：《延安日記》（1940～1945）上卷，香港：牛津大學出版社，2013 年，第 288 頁。
〔註84〕蕭軍：《延安日記》（1940～1945）下卷，香港：牛津大學出版社，2013 年，第 379 頁。
〔註85〕1927 年 3 月陶行知創辦曉莊師範，便是以「學校」爲單位組織勞動生產的先

立場剖析「治人」與「治於人」的分工來源﹝註86﹞。沿著毛澤東的思路，在鄉建的視角下，陝甘寧邊區的生產運動並未致力於打破這種二元關係，而是在此基礎上對傳統社會分工進行了改造，翻轉了「心」與「力」的等級關係。這種綜合性的「改造」進一步證明了，「勞動生產」絕非一項知識分子純粹臻於自我完善或與農民打成一片的手段﹝註87﹞，事實上，它發源自農耕文明本身，在一條未曾斷裂的鎖鏈上，內在地勾連著鄉土中國的倫理關係與現代都市的知識生產，也關聯著現代文明進程中知識者與革命者對於土地的想像，同時，它訴諸一套完整的身體技術，源源不斷地爲馬克思主義社會經濟理論下新的生產關係和社會結構注入活力。當注意力聚焦到邊區這場重新分配社會分工等級的運動中時，無論是政策文件、新聞報導還是文學作品中，一個顯著的現象就是「勞動的身體」不斷出現，構成了以鄉村爲背景、以階級話語主導的勞動敘事大規模出現的一種徵兆。﹝註88﹞

例，但是陶行知倡導普及教育的「大同」理想基於打破勞心者、勞力者和勞心兼勞力者的界限，指向的是「萬物之眞理都可一一探獲，人間之階級都可一一化除」。(陶行知：《在勞力上勞心》，胡曉風等：《陶行知教育文集》，成都：四川教育出版社，2007 年，第 235 頁。)

﹝註86﹞毛澤東在《青年運動的方向》中說：「開荒種地這件事，連孔夫子也沒有做過。孔子辦學校的時候，他的學生也不著，『賢人七十，弟子三千』，可謂盛矣。但是他的學生比起延安來就少得多，而且不喜歡什麼生產運動。他的學生向他請教如何耕田，他就說：『不知道，我不如農民。』又問如何種菜，他又說：『不知道，我不如種菜的。』中國古代在聖人那裡讀書的青年們，不但沒有學過革命的理論，而且不實行勞動。現在全國廣大地方的學校，革命理論不多，生產運動也不講。只有我們延安和各敵後抗日根據地的青年們根本不同，他們眞是抗日救國的先鋒，因爲他們的政治方向是正確的，工作方法也是正確的。所以我說，延安的青年運動是全國青年運動的模範。」(毛澤東：《青年運動的方向》，中共中央文獻研究室中央檔案館：《建黨以來重要文獻選編(一九二一～一九四九)》第 16 冊，北京：中央文獻出版社，2011 年，第 287～288 頁。)

﹝註87﹞譬如陶行知爲了實現鄉村教育建設，首先要求鄉村教師自我改造，使其達到「農民化」，從而與農民打成一片，最終實現「化農民」的目標，但是最終結果如梁漱溟所說「號稱鄉村運動而鄉村不動」。(參見王文嶺：《陶行知鄉村教育改造思想述論》，《南京曉莊學院學報》，2016 年第 7 期。)

﹝註88﹞如蔡翔的系列論文討論了小說中的「勞動」敘述和勞動意識及其包裹的意識形態內涵，討論範圍貫穿了抗戰時期的文學到「十七年文學」，他認爲「正是『勞動』這一概念的破土而出，才可能提出誰是這個世界的眞正的創造主體的革命性命題。」(蔡翔：《〈地板〉：政治辯論和法令的『情理』化——勞動或者勞動烏托邦的敘述(之一)》，《文藝理論與批評》，2009 年第 5 期)。除此之外，蔡翔的系列論文還包括《〈改造〉以及改造的故事：勞動或者勞動烏

綜上，以魯藝詩人詩歌中「勞動」因素為中心進行探查，可以發現通過對「勞動」的書寫與界定，實現了知識分子與農民之間的相互救正：以黨的教育為中介，前者接受了黨所賦予的價值觀念向後者「學習」，後者則作為被書寫的對象實現黨賦予給他們的使命，充當革命的中流砥柱。「新主體」的誕生從「身體」開始，但是這一過程中，「勞動」也大大遮蔽了其他身體姿態，人的欲求與肉體的痛苦被視作消極的、不健康之物被剔除出「新」的肉身序列。這亦提示我們，在閱讀詩人經歷過延安搶救運動後寫下的「老是把自己當作珍珠／就時時怕被埋沒的痛苦／／把自己當作泥土吧／讓眾人把你踩成一條道路」（魯藜《泥土》）這類詩句時，一旦「身體」不加反思地被視作奉獻精神的象徵，詩人曾遭受的肉體與精神淬煉也就一併被過濾出視線之外了。〔註89〕

作者簡介：

李揚，女，1993 年 6 月生於山東濟南，四川大學文學與新聞學院中國現當代文學專業博士生。主要研究方向為中國現當代文學與文化。

托邦的敘述（之二）》，《文藝理論與批評》，2009 年第 6 期；《〈創業史〉和「勞動」概念的變化：勞動或者勞動烏托邦的敘述（之三）》，《文藝理論與批評》2010 年第 1 期；《〈萬紫千紅總是春〉：女性解放還是性別和解：勞動或者勞動烏托邦的敘述（之四）》，《文藝理論與批評》，2010 年第 2 期。

〔註89〕1943 年魯藜進入魯藝參加整風學習，在「搶救運動」中遭遇「清洗」和隔離。期間聆聽毛澤東公開向「搶救運動」蒙冤的同志們道歉後寫下「『親愛的黨，親愛的毛主席……』語言是灰色的，我不能描寫出此時狂亂的情感。讓我默默地記住他吧，記住這偉大領袖的面貌和聲音，直到我死為止。」（魯藜 1944 年 5 月 24 日日記，《魯藜詩文集》第 4 卷，北京：作家出版社，2004 年，第 393 頁。）1945 年任教於魯藝期間，魯藜創作了《泥土》一詩。

搏擊在虛空中
——《呼蘭河傳》閱讀箚記

張均

（中山大學）

　　幾年前一個偶然的機會，得到一部影印的 40 年代寰星書店版《呼蘭河傳》。繁體豎排，土黃書面，彷彿呼吸得到「淪陷了的滿洲」粗糙而荒涼的土地氣息。和許多人一樣，我對數十年來文學史界給予蕭紅的闡釋不太感到滿足。迄今，史界主要給蕭紅勾勒了「四重面孔」：東北抗日作家、國民性批判者、鄉村女權主義者、「還鄉者」，但我仍感到蕭紅還有另外的更重要的東西尚未被揭示出來。的確，蕭紅憎惡日本人，也說過：「我一生最大的痛苦和不幸，都是因爲我是一個女人」，〔註 1〕「作家的責任，無論是現在還是過去，都應當向著人類的愚昧」，〔註 2〕但我仍覺得，某些時候蕭紅很疲憊，沒有氣力去關懷國家或啓蒙，她也想表達另外一些事物：這就是《呼蘭河傳》（以下簡稱《呼》）了。將此傳世之作「壓縮」到女權主義、國民性批判的「框架」裏，儘管能取得局部的證據，實則偏離了其整體精神。趙園認爲，「在中國現代作家中，蕭紅也許比別人更逼近哲學」，〔註 3〕《呼》的整體性即在哲學。遺憾的是，是怎樣的「哲學」呢，基本上無人論及。在此，我希望記述一點自己之於《呼》的某些個人的生命感應，聊作文學史補充材料。

一

　　《呼》的寫作動力，緣於「漂泊者」的鄉愁。若說此前蕭紅多爲國家危亡而作，《呼》則爲自己、爲其「從異鄉到異鄉」漂泊得太久的魂靈而寫。這種私我性的訴求在當時給蕭紅帶來了無形的壓力。其時她不時有另類的說

〔註 1〕駱賓基：《蕭紅小傳》，《呼蘭河傳》，寰星書店 1940 年版。
〔註 2〕蕭紅等：《現時文藝活動與〈七月〉——座談會紀錄》，《七月》1938 年 6 月。
〔註 3〕趙園：《論小說十家》，浙江文藝出版社 1987 年版，第 244 頁。

法，「有一種小說學，小說有一定的寫法，一定要具備某幾種東西，一定寫得像巴爾扎克或契訶夫的作品那樣。我不相信這一套，有各式各樣的作者，有各式各樣的小說。」〔註4〕去世前對駱賓基又說了類似的話。這歷來被視作蕭紅「小說學」的佐證，實則也是蕭紅在爭辯《呼》私我敘述的合法性——內心破碎的她太需要文字的安慰，然而在「民族解放」的律令下，她無法坦言，只好以技術探索爲說辭。

故茅盾的「寂寞論」堪稱準確，但它包含的批評，也是蕭紅研究史上的「公案」。以民族主義衡量《呼》，當然有其特定情境下的合理性。安敏成認爲：「中國知識分子對新文學的召喚，不是出於內在的美學要求，而是因爲文學的變革有益更廣闊的社會與文化問題」，〔註5〕《呼》的「寂寞的悲哀」顯然不算「有益」。然而《呼》短於一時，長於永世。今天我們若仍執於「一時」之標準批評蕭紅「寂寞」，或反過來組織一些勉強的證據證明她不「寂寞」，其實都無甚必要。《呼》的永久價值，恰源於蕭紅「可怕的寂寞」。〔註6〕然而對此寂寞的「可怕」內涵，茅盾認識並不充分。他僅以之爲疏遠革命的知識分子情緒，並假設蕭紅若「能投身到農工勞動大眾的群中」，當能獲釋解。蕭紅的寂寞有此成分，卻又深徹得多。多數知識者的寂寞，或緣於理想暫時不被理解，或因暫時受挫而需重新積蓄力量，但迭經變故的蕭紅的寂寞又何止於此呢？她不但早「沒有家鄉」，而且沒有了愛，甚至沒有了「人生」。她的寂寞，已非「戰鬥者」暫時的不被理解，而是脫出社會政治領域、步入生命本體層次的自我否定。她已疏忘「戰鬥者」的價值和心情。相反，在持續的「逃荒」的夢魘中，她看到了時間的毀滅與破壞——在時間掠過的荒野上，生命與某種不可自拔的虛空不期而遇。這種虛空又不是魯迅式的「唯黑暗與虛無乃是實有」：魯迅疑心一切，而蕭紅對於左翼革命至死信仰，只是她心力憔悴，無力抵擋內心日漸彌漫的中國式的虛無主義，實在無力跟上革命的步伐了。在她身後，學者們盡可用「革命」非議蕭紅，但倘能明白她曾「墮落」到怎樣的「灰白的空虛的生活泥淖裏」，〔註7〕恐怕是對這位已故女作家更大的尊敬。

〔註 4〕聶紺弩：《回憶我和蕭紅的一次談話》，《新文學史料》1981 年第 1 期。
〔註 5〕〔美〕安敏成：《現實主義的限制》，江蘇人民出版社 2001 年版，第 27 頁。
〔註 6〕茅盾：《〈呼蘭河傳〉序》，《呼蘭河傳》，寰星書店 1940 年版。
〔註 7〕石懷池：《論蕭紅》，《石懷池文學論文集》，上海耕耘出版社 1945 年版。

　　這涉及中國古典文學的精神傳統。有關古典傳統，學界論說極多，主流觀點是將和諧、圓融、寧靜等天人合一的藝術特徵作爲古典文藝的最高境界。從馮友蘭「天地境界」，到李澤厚「樂感文化」，到近年黃霖等學者提出的「天然的境地」，皆循此思路。這對部分古典文藝如繪畫、書法、陶淵明、王維詩歌當然恰切，但對另外的許多作品就未必適合，譬如古詩十九首、魏晉詩歌和《紅樓夢》。《紅樓夢》「悲涼之霧，遍披華林」，〔註8〕顯然不是樂感、圓融之作。那麼，古典之中是否另存一種傳統呢？對此，中國學者較少論述，但美國學者斯蒂芬‧歐文卻有獨到見解。歐文認爲，「早在草創時期，中國古典文學就給人以這樣的承諾：優秀的作家借助於它，能夠身垂不朽」，然而因此承諾多少有似於「海市蜃樓」，故引起「嚴重」「焦慮感」，並最終使「對不朽的期望」成爲古典文學的「核心主題之一」。〔註9〕這種解釋有明顯欠缺，因爲對「名垂千古」的追求在《詩經》、漢樂府、古詩十九首的時代並不明顯。但歐文論述中提到的「懼怕湮沒和消蝕的心理」，卻確實是中國古典文學中漫長而引人注目的存在，只是「懼怕」的對象未必是名聲，而更多是個體此在的溫暖生命無可抵擋的「湮沒和消蝕」。這種恐懼，埋藏著古典文學的原初動力：如何抵擋時間對生命的吞噬，安慰個體脆弱的靈魂。這個問題敲打著一代代中國詩人，他們或許疏遠於社會，但卻做不到對死生之痛、對時間毀滅漠然處之。嗟生之痛、薤露之悲遍佈古典詩歌，「人生寄一世，奄忽若飆塵」（《古詩十九首》），「人生處一世，去若朝露晞」（曹植《雜詩》），「人生若浮寄，年歲忽蹉跎」（張華《輕薄篇》），「向之所欣，俯仰之間，已爲陳跡，猶不能不以之興懷。況修短隨化，終期於盡。古人云：『死生亦大矣！』豈不痛哉！」（王羲之《蘭亭集序》），……因爲痛苦於生命在時間中的「湮沒和消蝕」，古代文人寄情於醇酒婦人，也寄情於文字。這是特殊的悲感的寫作動力學：對他們而言，揭示某種社會「病症」甚至提出解決方案，缺乏意義；有價值的寫作，毋寧在於對抗毀滅一切的時間的忘川，通過文字，安慰自己陷入恐懼與虛空的魂靈。《紅樓夢》即源於曹雪芹對於美好事物爲時間所吞噬的痛苦，「（他）痛苦之餘，悲哀之餘，他就拿起筆來，用心血寫起他的場面廣大的故事來。」〔註10〕

〔註8〕魯迅：《中國小說史略》，人民文學出版社1973年版，第201頁。
〔註9〕〔美〕斯蒂芬‧歐文：《追憶》，「導論」，上海古籍出版社1990年版。
〔註10〕史任遠：《賈寶玉的出家‧序》，東南出版社1946年版。

這也是《呼》與國民性批判迥然相異的寫作動力學。不過,與古代文人往往通過佛(道)體驗生命的虛空不同,蕭紅文化素養並不見得深厚,她之陷入那「可怕的」精神境遇,完全因於坎坷而慘屬的人生經歷及「少於世故」、「保有純潔和幻想」的性格。〔註11〕有兩件事情對蕭紅是摧毀性的。一是被人拋棄於哈爾濱東興旅館,二是蕭軍不斷的背叛與「二蕭」最終的分裂。後者尤甚,她在一些書信文字中曾略記述其時心境:「我的心就像被浸在毒汁裏那麼黑暗」,「痛苦的人生啊!服毒的人生啊!我常常懷疑自己或者我怕是忍耐不住了吧?我的神經或者比線還細了吧?」〔註12〕「未來的遠景已經擺在我的面前了,我將孤寂憂鬱以終生。」〔註13〕若說第一次飢餓與死亡的威脅給蕭紅留下了深的創傷(剛 20 出頭的她竟致頭髮花白),那麼後者的打擊更難以逆轉。「二蕭」分裂後,蕭紅性情大變,落落寡合。對此蕭紅留下的文字並不充分。我以為,此後蕭紅逐漸喪失了「戰鬥」熱情,而蹈入了虛空。東興旅館的經歷,雖使她跌入低谷,但內心仍有不滅的抗爭焰火,「二蕭」分手後,她則覺得一切可珍愛的已經毀掉:沒有愛,沒有「人生」了,「民族解放」也難以鼓起她的熱情。對此,葉君先生也數次提到「她的虛無和寂寞」。〔註14〕若蕭紅性格不那麼「少於世故」,不那麼看重情感,而能從名聲、地位等社會因素獲得滿足的話,或許還不至如此,但她不是。她久久困在生命的層面不能自拔:在那裡,她失去了「愛人」,失去了「家」,失去了「家鄉」,她成了一個永遠回不去了的「逃荒」的孩子。這是怎樣的一無所有、空空蕩蕩的人生呵。這種虛空感構成了《呼》的主要寫作動力。《呼》因此逾出一般鄉愁的範疇,也不關心批判,而主要糾纏於生與死的問題:「人生何如,為什麼這樣淒涼」,人要怎樣才能活下去呢?季紅真習於將蕭紅「壓縮」到國民性批判和女權批判的層面,但連她也承認,「蕭紅晚期的作品中,充滿了『人生何如』的疑問。……這是古的憂愁,生命的原始悲哀。」〔註15〕然而是怎樣的「古的憂愁」呢,她未作論述。

〔註11〕 丁玲:《風雨中憶蕭紅》,《名作欣賞》2009 年第 3 期。

〔註12〕 蕭紅:《蕭紅全集》,哈爾濱出版社 1998 年版,第 1306 頁。

〔註13〕 蕭紅:《蕭紅全集》,哈爾濱出版社 1998 年版,第 1507 頁。

〔註14〕 葉君:《蕭紅傳》,中國社會科學出版社 2009 年版,第 362 頁。

〔註15〕 季紅真:《對著人類的愚昧:序〈蕭紅作品集〉》,《小說評論》2006 年第 2 期。

二

對於時間的恐懼，使古代文人陷入虛空與焦慮之中，那麼，他們如何通過文字來抵抗虛空、重新獲得生命的意義呢？歐文認為，其方法在於「往事再現」。他表示，由於「懼怕湮沒和消蝕」，「在中國古典文學中，到處都可以看到同往事的千絲萬縷的聯繫」，「往事再現」的作用在於「用殘存的碎片」使人「設法構想失去的整體」，「把現在同過去連結起來，把我們引向已經消逝的完整的情景」，「它目不轉睛地凝視往事，盡力要擴展自身」，「（往事）為詩歌提供養料，作為報答，已經物故的過去像幽靈似地通過藝術回到眼前」。〔註16〕這一觀察極為深刻。這是古典文學的另一傳統：「抵抗的詩學」。在無法逆轉的流逝面前，詩人通過「往事再現」捕捉逝去的歲月，通過對生命景象的「復活」來抵擋生命的消失。《紅樓夢》甚為典型：所謂「因空見（現）色」，即指因萬事皆空的痛苦而重新回憶往事，而「由色生情」則指通過在曾經經歷的一切事物（「色」）中獨闢出一個「情」的美好世界（大觀園），來安慰此世痛苦的靈魂。

《呼》又何嘗不是「因空見色、由色生情」呢？這個「逃荒」在外的女子，終於被命運撥弄進了「服毒式的人生」。她發現自己一無所有，甚至不能從革命、抗日等「偉大事業」中獲取安慰。〔註17〕唯有童年，唯有童年所經歷的人事以及那也許並不美好的呼蘭小城，能夠為她靈魂的寒夜增添些許光亮。《呼》的寫作可謂自然的結果。對此，研究者指出，「當對一切新家的尋覓歸於失敗和絕望時，身心疲憊的蕭紅把目光投向了呼蘭河老家。她告訴駱賓基此時她好懷念那可愛的呼蘭河的家。在這種心境下，蕭紅起筆創作《呼》，開始了她的『回家』之旅。」〔註18〕她在虛空中的「懷念」使《呼》成為生命自我救渡的「精神返鄉」之旅。《呼》不但以「越軌的筆致」再現呼蘭種種鄉村「風物」（諸如紮彩鋪、野檯子戲、廟會、放河燈等），而且在所有物事

〔註16〕〔美〕斯蒂芬·歐文：《追憶》，「導論」，上海古籍出版社1990年版。

〔註17〕在生命的最後兩三年裏，蕭紅一直希望通過端木蕻良的關係重新回到「偽滿」。倘若這一計劃真的實現，她恐怕還會落下「漢奸作家」的罵名。僅兩三年前，她還曾在譴責周作人的公開信上簽過自己的名字。顯然，在一無安慰的精神困境中，蕭紅已無心力去計較世俗層面的得失。

〔註18〕侯吉永：《〈呼蘭河傳〉：「回家」以及對「回家」的解構》，《洛陽高等工業專科學校學報》2004年第4期。此說略有不確，蕭紅創作《呼》始於結識駱賓基之前，但《呼》主體部分的完成則的確在此時期。

（「色」）中獨闢出一個「蜂子、蝴蝶、蜻蜓、螞蚱，樣樣都有」的後花園（「情」）。如同大觀園之於曹雪芹一樣，「後花園」也給了蕭紅極大溫暖。以下數段，不但蕭紅自己，而且亦為歷代讀者久久不能忘懷，

> 太陽在園子裏是特大的，天空是特別高的，太陽的光芒四射，亮得使人睜不開眼睛，亮得蚯蚓不敢鑽出地面來，蝙蝠不敢從什麼黑暗的地方飛出來。是凡在太陽下的，都是健康的、漂亮的，拍一拍連大樹都會發響的，叫一叫就是站在對面的土牆都會回答似的。

> 花開了，就像花睡醒了似的。鳥飛了，就像鳥上天了似的。蟲子叫了，就像蟲子在說話似的。一切都活了。都有無限的本領，要做什麼，就做什麼。要怎麼樣，就怎麼樣。都是自由的。倭瓜願意爬上架就爬上架，願意爬上房就爬上房。黃瓜願意開一個謊花，就開一個謊花，願意結一個黃瓜，就結一個黃瓜。若都不願意，就是一個黃瓜也不結，一朵花也不開，也沒有人問它。

這種「往事再現」呈現的是一個物、人合一的世界，其中所有自然存在都如孩童一樣，所有物化主語皆跳躍著生命的自由、活潑與一無羈絆的想像力。在這後花園裏，「祖父的眼睛是笑盈盈的」，「祖父栽花，我就栽花；祖父拔草，我就拔草」，這又是對抗著現實的時間毀壞的另一種「時間」，「那裡沒有秩序，沒有邏輯，也沒有起始和終結，往日的時光碎裂成無數片，有的永久沉沒了，有的永久宛在眼前；那些沉沒的似乎不曾在她的『歷史』中存在過，那些閃耀著的，似乎就是她的全部『歷史』，而她對於後者亦不曾用力去整撥，她只是不斷地回味，通過想像之手去撫摸它們，在想像中重新體驗一回。」〔註19〕顯然，蕭紅再現「往事」時經過了某些選擇。「過去不是被保留下來的，而是在現在的基礎上被重新建構的」，〔註20〕由於虛空，由於強烈渴望建立「溫暖和愛」的世界，蕭紅的「後花園」實有一定「建構」成分。譬如在此前的《蹲在洋車上》，祖父見「我」蹲在洋車上，不問青紅皂白地「猛力打了拉車的」，後來我對祖父「心裏總是生著隔膜」，而到了《呼》，祖父的這一層則完全被「濾去」。

〔註19〕 范智紅：《從小說寫作看蕭紅的世界觀與人生觀》，《中國現代文學研究叢刊》1992 年第 3 期。
〔註20〕 〔法〕莫里斯・哈布瓦赫：《論集體記憶》，上海人民出版社 2002 年版，第 71 頁。

　　由生命的虛空而步向有所選擇的「往事再現」，是《呼》的敘事邏輯。與
其說《呼》承續了國民性批判傳統，不如說它接通了自古詩十九首以至《紅
樓夢》的「抵抗的詩學」。那麼，《呼》中比比皆是的國民性呈現與「往事再
現」是否矛盾？實則蕭紅之於呼蘭，與其說「批判」，不如說悲憫。她寫道：
「春夏秋冬，一年四季來回循環的走，那是自古也就這樣的了。風霜雨雪，
受得住的就過去了，受不住的，就尋求著自然的結果。那自然的結果不太好，
把一個人默默的一聲不響的就拉著離開了人間的世界。」即使對其中最「惡」
者（小團圓媳婦的婆婆）、最無聊者（看客似的街坊四鄰），她也懷著悲憫：「她
天天哭，……她變成一個半瘋了。」某些時候，「愚昧」甚至透出幽默、俏皮，
乃至欣賞。故茅盾說：「她不留情面的鞭笞他們，可是她又同情他們」，「這些
屈服於傳統的人多麼愚蠢而頑固，有的甚至於殘忍。然而他們的本質是良善
的」，「他們都像最低級的植物似的，只要有極少的水分、土壤、陽光──甚
至沒有陽光，就能夠生存了。」〔註21〕

　　何以如此？蕭紅寫作之初，受左翼文學尤其魯迅影響極深，這鑄就了她
察人觀事的基本眼光。她由此「發現」了人（尤其女人）的動物式生存並因
此在生前身後備受讚揚，而到《呼》時，她的批判熱情已大半飄散，但「眼
光」仍然保留，不過已從整體性的寫作邏輯下降為技術性的書寫方法。蕭紅
寫《呼》，意在安慰自己：那無法重返的家鄉，是她抵抗內心虛空的憑藉。她
怎會不知道，故鄉並不那麼美好。連她自己也說，「呼蘭河就是這樣的小城，
這小城並不怎樣繁華」，「沒有什麼好記載的」。研究者亦感歎言：「生命的歷
程轉了一大圈，那浸染著血污的呼蘭河，竟成了她永劫輪迴的生死場。」〔註22〕
從她已被「鑄就」的眼光看，呼蘭河確實不算可愛，然而比之無窮漂泊的「異
鄉」和「異鄉」，比之給她無窮傷害的男人們，呼蘭河卻是她唯一能找到的靈
魂歸宿之地。那裡不但有「後花園」，而且還有那些愚昧而可愛的人們呵。以
前她批判他們，現在，「墮落」在虛空的深淵邊上，她卻開始懷念他們。懷念
他們無法改變的命運，甚至懷念他們的愚昧。跳大神的，買麻花的，賣涼粉
的，賣瓦盆的，換破爛的，賣豆腐的，那種種的人們，好像麻木於生與死，
但他們的存在，還是給予了遙遠的異鄉的蕭紅以溫暖。他們讓她重返了以前

〔註21〕　茅盾：《呼蘭河傳）序》，《呼蘭河傳》，寰星書店 1940 年版。
〔註22〕　侯吉永：《〈呼蘭河傳〉：「回家」以及對「回家」的解構》，《洛陽高等工業專
　　　　　科學校學報》2004 年第 4 期。

的美好時光。與「後花園」一樣，呼蘭城的種種「盛舉」，也是「再現」的「往事」之一。換言之，對「愚昧」事實的描寫，並未被安置在批判層面，而是被整合到「抵抗的詩學」之中。

這與《紅樓夢》同樣一脈相承。《紅樓夢》對大觀園外世界的描繪，常被理解爲批判封建社會，這毋寧是學者用 20 世紀西式啓蒙話語強行索解的結果，實則曹雪芹並無啓蒙追求。他不過是「傳情入色」：大觀園外的世界並不那麼可愛，但由於「情」（大觀園）的映像，整個世界（「色」）都匯成一個生動、可親的整體。它們共同構成了作者對於虛空的抵抗。在《呼》中，由於「後花園」的映像，整個呼蘭河也匯成了散發出人間溫暖的整體世界，並構成了蕭紅對內心虛空的抵抗。把「後花園」外的世界割裂出來單獨解讀爲國民性批判，毋寧是對蕭紅寫作邏輯的極大誤解。就此而言，茅盾的細節感受堪稱準確：「可是，仍然有美，即使這美有點病態，也仍然不能不使你炫惑。」〔註23〕「炫惑」於什麼呢？那就是文字背後的虛空：那是每個人都可能有的「古的憂愁」，那是中國人靈魂的最幽深處。

三

中國人靈魂的「最幽深處」是什麼呢？歐文認爲是靈魂的寧靜，當「已經物故的過去像幽靈似地通過藝術回到眼前」〔註24〕時，詩人毋寧會感到安慰，虛空得以抑緩，並由之體驗到生命、時間的同一與永在。歐文的推論符合邏輯，多數古典作品的確如此，曹雪芹也寄望如此。所謂「自色悟空」，即高層次的回歸：從對時間的虛空開始寫作，經過對情、色世界的重新召喚與體驗，最終領悟到生命與時空同一的永恆及特殊的美。然而，《紅樓夢》實現了這一預設目的了嗎？沒有，故歐文尚未能完全理解中國古典文學。實則《紅樓夢》的敘事充滿弔詭。它以「情」、「色」之美抵抗內心虛空，然則「情」、「色」本質皆非實有。佛學以爲，世間一切「色」（含「情」）實皆因各種關係、機緣「因緣合會」而成，是「眾緣所引，自心心所虛妄變現，猶如幻事，陽焰夢境，鏡象，光影，谷響，水月，變化所成」（《成唯識論》），故爲「假有性空」。故色即是空、空即是色。這就使「抵抗」無以完成：既然通過敘事召喚而至的「情」、「色」世界質亦空幻，它又如何能抵抗虛空呢？滾滾紅塵

〔註23〕茅盾：《呼蘭河傳）序》，《呼蘭河傳》，寰星書店 1940 年版。
〔註24〕〔美〕斯蒂芬·歐文：《追憶》，「導論」，上海古籍出版社 1990 年版。

似有實無，以之抵抗虛空，或能使作者得到短暫安慰，但隨即迎來的卻是更大的虛空。在西方文化中，情感可以安慰喪失，歡樂可以彌補悲傷，而中國古典文學卻往往不能如此，它負載著某種深永的傷痛。

《呼》也喚起人深永的傷痛。蕭紅同樣未能夠通過「往事再現」成功抵抗內心的虛空。與時論不同，我以為，《呼》的「精神返鄉」之旅並未真正完成，「蜂子、蝴蝶、蜻蜓、螞蚱」和祖父，並未使蕭紅真正獲得靈魂的寧靜。單從敘事上亦可看出，「後花園」乃至呼蘭城其實都難具備精神家園的意義。季紅真指出，「《呼蘭河傳》的第四章，從第二節起，開頭的第一句話都是『我家是荒涼的』，或者『我家的院子是荒涼的』，形成複沓的節奏，以一唱三歎式的情感旋律，強調基本的語義，將各種細節關聯在統一的語義場中，使以前和以後的敘事都滲透了悲涼的意蘊。」〔註25〕充滿「溫暖和愛」的「後花園」，在蕭紅的筆下，同時又有著永久的「荒涼」。理解此層，應特別注意小說結尾的匆匆，「在小說接近終點的時候，敘述愈發顯得沉重，敘述者的聲音也越來越疲憊，而此時的空間結構似乎才剛剛展開（我一直認為《呼蘭河傳》是一部未完成的小說）。對於讀者來說，敘述顯得過於匆忙，來不及回味就被硬生生畫上了句號。」〔註26〕為何會「硬生生畫上了句號」，讀者或許應反覆品味蕭紅在小說中的最後一句話：

> 以上我所寫的並沒有什麼幽美的故事，只因他們充滿我幼年的
> 記憶，忘卻不了，難以忘卻，就記在這裡了。

既然「忘卻不了，難以忘卻」，蕭紅為何又草草收筆了呢？小說最後彷彿蕭紅越寫越痛苦，越寫越使她陷入某種虛空，越寫越使她的內心為某種東西更深地彌漫。於是她匆匆止筆，感情上不願意再寫下去了。這是歐文未曾料到的「往事再現」的效果。一般而言，「往事再現」能為詩人創造補償性的想像空間，但曹雪芹、蕭紅一類作者反而捲入了更深的精神深淵。

原因何在？若說曹雪芹多少受到佛（道）虛無觀念的影響，那麼蕭紅則直接源自命運的現實摧折，以及她的直覺與體驗。家族關係的毀壞，戰爭的分割，身體的敗壞，使蕭紅在撰寫《呼》時深感她所描繪的一切已永遠無法再睹，也永遠不復存在了。她越懷念「往事」，「往事」的已經喪失與虛幻就

〔註25〕 季紅真：《對著人類的愚昧：序〈蕭紅作品集〉》，《小說評論》2006 年第 2 期。
〔註26〕 施久銘：《疲憊的終點：〈呼蘭河傳〉敘述中的時間悲劇》，《中國現代文學研究叢刊》2004 年第 2 期。

越真切地響徹她的腦際，她也就越痛苦地意識到現實的空空蕩蕩。對此，論者有準確評說，

> 如果說，30 年代日寇侵略下的中國男權社會構成了解構蕭紅精
> 神回家的第一重力量（切斷了回歸之「路」）的話，那麼，時間則構
> 成了第二重解構力量（摧毀了回歸之「家」）。……時光流逝，落花
> 流水春去，後花園的一切，紅的蝴蝶，綠的螞蚱，小黃瓜，大倭瓜，
> 發光的大榆樹，飄香的玫瑰花，還有頑皮的「我」和笑得像個頑童
> 的祖父，都淪為了「以前」「從前」的語彙系統。曾有的神奇、溫暖、
> 光明、自由、詩意，全被拋進了遙遠縹緲的記憶。……精神家園早
> 已淒涼破敗，對它的皈依無疑只是追逐一個逝去的影子。在這裡，
> 蕭紅徹底揭示了精神「回家」的虛無和乖謬。〔註27〕

色即是空，《呼》中的溫暖即是荒涼，「那粉房裏的歌聲就像一朵紅花開
在了牆頭上，越鮮明，就越覺得荒涼」，「磨房裏那打梆子的，夜裏常常是越
打越響的，他越打得激烈，人們越說那聲音淒涼。」小說的「尾聲」則將此
前一切溫暖「往事」的虛幻性說得明明白白，「從前那後花園的主人，而今不
見了。老主人死了，小主人逃荒去了。那花園裏的蝴蝶，螞蚱，蜻蜓，也許
還是年年仍舊，也許現在完全的荒涼了。小黃瓜，大倭瓜，也許還是年年地
種著，也許現在根本就沒有了。……這一些不能想像了。」

「不能想像了」包含著對「往事再現」的否定。小說寫到放河燈的呼蘭
人還說，「他們不知道光明在哪裏，可是他們實實在在地感到寒涼就在他們身
上，他們想擊退了寒涼，因此而來了悲哀。」這何嘗不是蕭紅自己生存與寫
作的寫照呢？「寒涼」之於蕭紅深入骨髓，她希望借助「往事再現」召喚「溫
暖和愛」，然而「寒涼」並未真正退去，而「溫暖」內部散射出的荒涼反使她
跌入更深的悲哀。如果說「敘事虛構就是治療與有變革功能的幻想」，〔註28〕
那麼《呼》的「自救」意圖大致是失敗的，然而它以靈魂的幽深與傷痛展示
了藝術貫穿人心的力量。

〔註27〕侯吉永：《〈呼蘭河傳〉：「回家」以及對「回家」的解構》，《洛陽高等工業專
科學校學報》2004 年第 4 期。

〔註28〕〔英〕理查德・卡尼：《故事離真實有多遠》，廣西師範大學出版社 2007 年版，
頁 53。

餘　論

　　以上所述，並沒有什麼高深的見解，只不過是讀《呼》的一些生命的感應。十數年前，第一次讀到「滿天星光，滿屋月亮，人生何如，爲什麼這樣淒涼」這一句話，那種忽然的震動，至今仍恍如眼前。在那一瞬間我懂得了蕭紅。我認爲《呼》是一個最懷著「憧憬和愛」的人，在無人的夜裏突然瞥見自己無可挽救地墜入虛空的恐怖。它是內心的虛空，以及對虛空的失敗而無望的搏擊。它不關國家，不關女性，甚至不關故鄉。我們尊敬抗日作家，尊敬喚醒民眾的作家，但少數能擊中我們靈魂的優異分子，同樣能激起人無止盡的熱愛。

　　我始終將《呼》與《紅樓夢》相提並論，但我並不認爲蕭紅和《紅樓夢》有直接的關係。的確，蕭紅數度將《呼》自比爲「半部紅樓」，但我覺得二者的「接通」是無意識的、直覺性的。蕭紅並未意識到某種文學傳統的存在並有意識地模仿，她不過是要訴說自己。儘管如此，蕭紅還是天才性地寫出了埋藏在中國人心底的「哲學」，〔註29〕也因此重建了古典文學傳統。無疑，她在文學史上被嚴重低估：她始終被視安置在「東北作家群」的行列。實則蕭紅與她的東北同胞們的區別，是「大作家」與「小作家」的區別。依小說論，蕭紅成就實與魯迅、沈從文、老舍比肩而列，而高於巴金、張愛玲、錢鍾書等。當然，已有學者肯定蕭紅的「偉大」，如林賢治認爲：「蕭紅是現代中國的一位偉大的平民作家。說她偉大，是因爲她在短暫的一生中，始終體現了對窮人和婦女的弱勢者群體的靈魂的皈依。」〔註30〕但林先生的證據實難服人：若論關注婦女，蕭紅並不比丁玲、張愛玲更好；若論皈依窮人，她肯定不及共和國作家。故重新評價蕭紅，應從「傳統的創造性轉化」談起。這並非指文體風格上「抒情傳統」的再造，而是指哲學承傳上悲感文化的現代重

〔註29〕也有學者從西方現代主義尤其存在主義的角度理解蕭紅。林賢治認爲，「在蕭紅有關的人物描寫中，蘊含著存在主義哲學的因素；尤其是後來的小說，對人的生存本質的探詢，顯示了一種靈魂的深。」見林賢治：《蕭紅和她的弱勢文學》。這類觀點難以採信。存在主義懷疑外在的理性，反思現代工業文明對人性和藝術的戕害，以此爲基礎展現人生的荒誕。而蕭紅相信啓蒙，渴望國家獨立與富強，當時中國還沒有現代的工業文明，蕭紅更無從「反思」。二者之無關係是顯然的。但此類誤讀比比皆是，但凡是有點深度的中國作家，總會被學者拉去與卡夫卡、加繆、薩特或海德格爾相比附，不能不說是「文化殖民」的後遺症之一。

〔註30〕林賢治：《蕭紅和她的弱勢文學》，《新文學史料》2008 年第 2 期。

塑。但這毋寧面臨著「言說障礙」：一則文學史撰寫歷來以「最多數者」為原則，既然「感時憂國」和國民性批判是撰史者的「共識」，《呼》就很難獲取適用於「最少數者」的修史準則；二，經過了百年西式教育，讀者、評論家、史家都已將西方啟蒙主義、現代主義、後現代主義「自然化」了，很少考慮在此「三大主義」之外還另有「文學」存在。即便某些時候意識到了中國式「哲學」的存在，也無法像談論西方思想那樣深入、自如。故至少二十年內，蕭紅不會獲得應有的文學史地位。不過，文學史如何書寫蕭紅，到底不是最重要的。蕭紅的價值永遠在於照亮那些行走於「異鄉」、「別處」的魂靈。「每個人的故鄉都在淪陷」，每個人或許都有半夜驚醒不知身在何方的荒涼，然而不是每個人都會像蕭紅那樣不幸地長時間地陷溺其中，也不是每個人都可以像蕭紅那樣有能力通過「敘事詩」抵抗如此的空空蕩蕩。蕭紅讓許多人看見了自己不敢看見的自己，《呼》因此也遠遠不止於「一幅多彩的風土畫、一串淒婉的歌謠」。〔註31〕

　　寫這些有關蕭紅百年誕辰的文字，權且當作奉獻於她的文字之碑上的一束野花罷。

〔註31〕茅盾：《呼蘭河傳）序》，《呼蘭河傳》，寰星書店1940年版。

1928～1937 年燕京大學場域中的女性寫作

王翠豔

（中國勞動關係學院）

摘要：

在政治、教育、文化等多重複雜的歷史酵素的綜合作用下,燕京大學成爲 1928
～1937 年間北平知識女性寫作的一個中心,湧現出以林培志、李素英、李滿桂、
譚超英、郭心暉等人爲代表的一系列女性作家。燕京大學女作家群的聚結,首先
是該校發達的女子教育和活躍的校園文化的產物,同時亦與其借助課堂教學及師
生人際網絡所傳遞的文學資源和寫作經驗密切相關。作爲一個學院風格鮮明的作
家群體,燕京大學女作家群揭示了「五四」女性文學尚來不及提出、三十年代又
被「革命文學」的時代潮流所遮蔽的女性常規性命題,同時也標誌著女性學術傳
統在新的歷史條件下的確立與發展。

關鍵詞：燕京大學；女子教育；課堂規訓；女性文學

基金項目：教育部人文社會科學研究一般項目《燕京大學與中國現代文學的發生》
　　　　　（批准號 16YJA751020）

審視自「五四」以來的中國現代女性寫作傳統,大學場域是一個相當重
要的因素。冰心、廬隱、馮沅君、蘇雪林、石評梅、陸晶清、凌叔華,上述
中國新文學的第一代女作家,同時也是首批在國內接收高等教育的女大學生
（其中,冰心、凌叔華就讀於華北協和女子大學——燕京大學；廬隱、馮沅
君、蘇雪林、石評梅、陸晶清就讀於北京女子高等師範——北京女子師範大

學〔註1〕）。燕大女校和女高師所提供的新式教育，不僅爲知識女性成長爲具有現代意識的寫作主體提供了必要條件，同時還因二者校風的差異導致了不同風格的寫作群體的聚合（如女高師作家頗有「叛女」風采的焦慮直切以及燕京女校作家具有「淑女」風致的溫婉節制），形成了五四女性文學特有的校際群落現象〔註2〕。因而，從某種意義上可以說，「五四」女作家的校園寫作，不僅決定了發生期現代女性文學的主要面貌，也造就了大學場域與女性寫作密切結合的文學傳統。新文學進入第二個十年之後，隨著女性寫作主體來源的多元化和新文學整體由「文學革命」向「革命文學」的轉型，大學場域與女性寫作的聯繫較之「五四」時期有鬆散化的趨勢，但這一傳統並未斷絕。林培志〔註3〕、李滿桂〔註4〕、李素英〔註5〕、趙蘿蕤〔註6〕、楊繽〔註7〕、鄭

〔註1〕 冰心大學預科和本科一年級均爲華北協和女子大學學生，協和女子大學於1920年3月併入燕京大學並被稱爲「燕京大學女校文理科」，冰心遂成爲燕京大學學生；北京女子高等師範成立於1919年，並於1924年升格爲北京女子師範大學。由於冰心在校創作的黃金時間爲燕京大學時期，而盧隱、蘇雪林、馮沅君在校的寫作時間均爲北京女子高等師範時期，爲行文簡練起見，下文指稱兩校時分別以「燕大女校」和「女高師」名之。

〔註2〕 參見拙著《女子高等教育與中國現代女性文學的發生——以北京女子高等師範爲中心》及國家社科基金結項報告《女子高等教育與中國現代女性文學的發生》的相關考察與論述。

〔註3〕 筆名「培志」、「唫佳」、「寶琴」、「楊寶琴」等，燕京大學國文系1926級本科生、1932級研究生，著有小説集《娜拉的出路》，作品廣泛發表於《燕大月刊》、《燕大年刊》、《北平晨報·婦女青年》、《女青年月刊》、《文學年報》、《大公報·文藝》、《國聞週報》、《民眾文學》、《女聲》、《文學（上海）》等報刊，冰心、郭紹虞曾爲其小説集作序。

〔註4〕 即後來享有「臺灣戲劇之母」之稱的李曼瑰，筆名「雨初」，國文系1926級本科生、1933級研究生，在《燕大月刊》、《北平晨報·婦女青年》、《女青年月刊》、《文學》、《太白》等報刊發表劇本、詩歌、小説、論文多篇。

〔註5〕 即後來的香港女作家李素，英文系1929級本科生，1930年轉入國文系並於1933年繼續在該校攻讀碩士學位。其在《燕大旬刊》、《燕大月刊》、《文學季刊（北平）》、《論語》、《北斗》、《宇宙風》、《文藝月刊》、《益世報（天津）·副刊》、《民族》、《大眾知識》、《歌謠週刊》、《文學（上海）》及《禹貢》等報刊發表小説、新詩、舊體詩詞、文史論文多篇，頗受冰心、鄭振鐸、顧頡剛、吳宓、顧隨、錢穆等老師欣賞。

〔註6〕 國文系1928級本科生，1930年轉入英文系就讀，後成爲著名翻譯家和比較文學研究專家。其早年從事詩歌創作，作品發表於《文藝月刊》、《新詩》等報刊。

〔註7〕 即後來享有「紅色才女」之稱的作家楊剛。英文系1928級本科生，爲《傲慢與偏見》的第一個中文譯者，曾協助埃德加·斯諾編譯《活的中國》、與吳世昌等人合作編輯《大眾知識》，有多篇作品發表於《國聞週報》、《上海文化》、《書人》等報刊。

侃嬟〔註8〕、梁珮貞〔註9〕、譚超英〔註10〕、郭心暉〔註11〕等燕京大學女作家
的存在，即標誌著這一傳統在新的歷史條件下的賡續與發展。這一寫作群體
的存在，不但彰顯了二三十年代女性寫作的豐富性和多維性，同時也爲我們
考察民國大學與新文學的關係提供了新的依據。

遺憾的是，由於這些女性絕大多數居於「革命文學」的主潮之外並在五
十年代移居海外或中止文學創作等原因，這一寫作群體已基本爲我們的文學
史敘述所遺忘。她們或者湮沒在歷史的煙塵中絕少爲人們所述及（如林培志、
郭心暉、譚超英、鄭侃嬟）；或者僅被作爲海外女性文學的代表作家、其在民
國時期的創作則被「腰斬」和塵封（如李滿桂、李素英）；或者僅以翻譯家、
學者的身份名世而作爲詩人、小說家的一面則被遺忘（如趙蘿蕤、梁珮貞）。
因而，儘管她們的名字曾經活躍於二三十年代的報刊雜誌，但在海內外眾多
的關於該時期女性文學的研究與論述中，幾乎找不到她們的身影〔註12〕。與
此同時，由於燕京大學已在 1952 年取消建制，學界對於燕京大學校園文化的
研究也極不充分。因而，即便自上世紀 90 年代末以來關於大學文化與中國現
代文學的關係的研究已成學界熱點，也出現了《中國現代大學與中國現代文
學》（上海人民出版社，2011）、《北平的大學教育與文學生產：1928～1937》

〔註8〕 國文系 1931 屆本科生並於 1933 年繼續在該校攻讀碩士學位。在校期間，其
作爲顧頡剛主持的通俗讀物編刊社的重要成員，參加了《大眾知識》的編輯
工作並在《大眾知識》、《小學與社會》、《婦女旬刊》、《婦女與兒童》等報刊
發表歷史人物傳記多篇。

〔註9〕 筆名「渭華」，歷史系 1929 屆本科生，在校期間擔任《燕大週刊》編輯部副
部長，作品廣泛發表於《燕大週刊》、《茶原》、《北平晨報·婦女青年》等報
刊。

〔註10〕 筆名「清溪」，國文系 1931 屆本科生並於 1933 年繼續在該校攻讀碩士學位。
其兼擅新文學與舊體詩詞創作，深得冰心欣賞，曾在《睿湖》、《燕大月刊》、
《小學與社會》、《現代佛教》等報刊發表新詩、小說及論文多篇。

〔註11〕 筆名「郭蕊」，國文系 1933 級本科生，1935 年轉入心理系。在校期間與同學
發起組織「一二九文藝社」並擔任《燕大週刊》、《青年作家》、《火星》編輯，
在上述雜誌及《燕大旬刊》、《燕大年刊》發表新詩、小說多篇。

〔註12〕 楊繽（楊剛）的情形較爲特殊，無論是在新聞史還是現代文學研究領域以其
作爲考察對象的論文都不鮮見，但學界關注的多是其作爲「紅色才女」的革
命性的一面，其曾在顧頡剛指導下編輯《大眾知識》及創作中曾經出現的學
院化的一面則基本被遮蔽。另外，公認的現代女性文學研究的發軔之作《浮
出歷史地表》中曾出現過對林培志《娜拉的出路》的論述，但僅是約略述及。
除此之外，國內數量眾多的中國現代文學史、女性文學史著作中，均找不到
對於上述作家在二三十年代的創作情況的專門論述。

（北京大學出版社，2011）、《中國現代大學與新文學傳統》（南京大學出版社，2016）等約略涉及燕京大學與中國現代文學關係的專著，但對於這一寫作群體的研究依舊付之闕如。筆者對這一群體進行開掘，並非因為她們的寫作藝術有著不容被埋沒的偉大或圓熟之處，而是因為她們的存在昭示了 1928～1937 年間女性文學在「革命文學」主潮之外的另一向度，也再次證明了「文學」與「大學」之間的密切關聯（整個民國時期的北京／北平文學，都與大學場域有著密切的關聯，「五四」時期如此，1928～1949 年也不例外）。本文的寫作任務，即是重回歷史現場，通過對這一群體的出現成因及寫作風貌的發掘，在呈現 1928～1937 年間女性寫作的豐富性與多維性的同時，為揭示民國女子教育與女性解放、大學場域與新文學的互動關係提供參照。

一、作為校園文化創造主體的女生

　　燕京大學女性寫作群體的出現，首先得益於學校穩定的女子教育環境以及由此帶來的女性在校園文化中的主體地位，而這一點，恰好是當時北平其他高校所不具備的。

　　考察 1928～1937 年間北平地區的女子高等教育狀況，有一個明顯的變量是曾經在「五四」時期孕育了廬隱、蘇雪林、馮沅君、石評梅等作家的北京女子高等師範——北京女子師範大學的衰落與式微。在經歷了 1924 年「驅楊運動」的風波後，該校又遭遇了 1927 年南京政府成立後在女子教育、高等教育領域的一系列政策變化而引發的震盪，在十年間迭經「國立女子大學—國立北京女子師範學院—國立京師大學校女子第一部—北平大學的一個學院—北京師範大學的一個學院」的改組後而終至消失。曾經思想激進、創造力活躍、執女子高等教育之牛耳的「女師大作為一個獨立的教育機構已不復存在，女學生的聲音也逐漸消失在 1930 年代日趨緊張和壓抑的政治氛圍中」〔註13〕。與之形成對比的，則是曾經孕育了冰心、凌叔華等作家的燕京大學女校，雖在 1926 年整體遷往海淀之後也喪失了部分獨立性而成為「女部」，但由於燕京大學這一時期疏離於中國政治主潮的相對穩定的教育環境，其依舊保持了自協和女子大學時期形成的女子教育優勢。與此同時，由於燕京大學在該時期採取了一系列順應中國時勢的改革及與哈佛大學聯合成立「哈佛燕京學社」

〔註13〕張素玲：《文化、性別與教育：1900～1930 年代的中國女大學生》第 142 頁，教育科學出版社，2007 年。

等原因，其不但取代聖約翰大學成爲所有在華教會大學的「領袖」〔註14〕，同時也贏得了與北京大學、清華大學並列的「北京三校」〔註15〕的聲名。這樣的整體成就與其較爲成熟的女子教育體系一起，使燕京大學成爲 1928～1937 年間北平知識女性的一個聚集地。錢穆在晚年回憶錄中稱「來燕大，則女生最多，講堂上約占三之一。後在清華上課，女生約占五之一，北大則僅十之一」〔註16〕，雖然僅是一大致的印象，但也反映了燕大女生數量比重較高的事實。根據教育部高等教育司編訂的《全國高等教育統計》〔註17〕所載信息，北京大學、清華大學、燕京大學三校在 1928 年～1930 年的女大學生數量及所佔比例分別爲——

	民十九年（1930 年）		民十八年（1929 年）		民十七年（1928 年）	
	女生數	所佔%	女生數	所佔%	女生數	所佔%
北京大學	21	2.21	18	2.03	22	27.85
清華大學	46	7.81	31	6.38	13	2.56
燕京大學	155	28.03	121	24.35	88	30.90

1930～1937 年，雖然三校女生數量及比重均有上下波動，但燕京大學女生的絕對數量及所佔比重依舊保持了顯著優勢。這一點，構成了燕京大學女生群體創作力活躍的基礎條件。

　　雖然女生數量的多寡並非決定其創造力活躍與否的關鍵因素，但在大學開放女禁僅十年左右、社會環境開化程度有限的 20 世紀二三十年代，卻是一

〔註14〕如胡適 1934 年在《從私立學校談到燕京大學》一文中曾不止一次用「領袖」一詞來指稱燕京大學在教會大學中的地位。如「燕京大學成立雖然很晚，但它的地位無疑地是教會大學的新領袖的地位」、「近年中國的教會學校中漸漸造成了一種開明的、自由的學風，我們應當要歸功於燕大的領袖之功」、「教會大學近年注重中國文史的教學，在這一方面，燕京大學也是最有功的領袖」（胡適《從私立學校談到燕京大學》，《獨立評論》1934 年 7 月 8 日第 108 期）。
〔註15〕將北京大學、清華大學、燕京大學並列爲「北京三校」的提法源自何時暫無文字可考記錄，1951 年全國院系調整期間的相關文字討論中，常見將此三校並稱「北京三校」的提法（參見李均編著《中國高等教育政策史 1949～2009》，廣州：廣東高等教育出版社，2014 年）。
〔註16〕錢穆：《八十憶雙親 師友雜憶》第 163 頁，北京：生活・讀書・新知三聯書店，2018 年版。
〔註17〕《近三年度各大學本科及專修科女生數及占同程度學生數之百分比》，教育部高等教育司《全國高等教育統計》，1928 年 8 月～1931 年 7 月。

個相當重要的因素。對此，我們只需對照作爲新文學發源地的北京大學的女生情況即可知曉。在有關北大的回憶文章中，我們常常看到女生因數量極少而在學校各種活動處於邊緣處境的記述。比如，田炯錦在《北大六年瑣憶》中即記述了開放女禁之初班上男女分坐、女生「態度很莊重，少言笑，更少見其與男生談過話」〔註18〕的情形。此種情形持續到20年代末依舊沒有大的改觀，以至於有位化名「欣俺」的同學對女生的這種自我封閉提出了尖銳的指責：

> 我希望我們北京大學的女同學們，應該放下尊貴的小姐氣，同我們男同學們，攜手前進，很奇怪的，在我們自號爲最高學府的北京大學，竟發現素不相關的男女同學，終年在一個課堂上坐著聽講甚至於在一個凳子上聽講的男女同學，彼此一句話也不談，路上見了面，更沒有點頭的可能……北京大學的女同學呀，我希望在我們的北京大學裏，不要你們小姐的氣太濃重了，你要知道北京大學是一個研究學術的機關，不是小姐陳列所……不是娘娘廟，你們不必當一個女菩薩。〔註19〕

顯然，基於男生視角的「欣俺」，並沒有意識到女生在校園中所感受到的壓力。在這一點上，女生的感覺與男生是完全不一樣的。1928～1934年就讀北大的馬玨，即因爲「當時女生很少，所以我顯得很突出」而感到很不自然，而被男生在課桌上寫「萬綠叢中一點紅」和收到男生求愛信的行爲，則更使她感到不悅〔註20〕。因而，作爲一種被動的自我保護，「女生的孤高自傲」便成爲「她們對令人畏懼的男權文化的一種自然反應」〔註21〕。1931～1935年就讀北大的徐芳1931年曾由同學投票當選爲國文學會代表，名單已登載在《北京大學日刊》之《國文學會通告》，但她旋即在第二天登載啓事宣布辭去該職務〔註22〕。徐芳辭職背後的原因是多重的，女生數量的稀少極可能是其中重

〔註18〕田炯錦：《北大六年瑣憶》，陳平原、夏曉虹編《北大舊事》第238頁，北京：生活・讀書・新知三聯書店，1998年1月。

〔註19〕欣俺：《我的希望》，《北京大學卅一週年紀念刊》第163頁，國立北京大學卅一週年紀念會宣傳股，1929年。

〔註20〕馬玨：《北大憶舊二題》，北京大學校刊編輯部編《精神的魅力》第36～37頁，北京：北京大學出版社，1988年。

〔註21〕（美）魏定熙：《權力源自地位：北京大學、知識分子與中國政治文化（1898～1929）》第209頁，南京：江蘇人民出版社，2015年。

〔註22〕名單及啓事分別見《北京大學日刊》1931年10月13日、10月14日。

要的方面（徐芳爲所在班級僅有的兩名女生之一）。北大的情形如此，1928年方始招收女生的清華大學更是有過之而無不及〔註23〕。在這樣的背景下，在學生中佔有較大的數量比重的燕大女生，就獲得了較北大、清華等學校更多的擺脫男權的機會與可能。當然，這種可能性要變爲現實性，還有賴於學校在組織、行政和管理層面一系列有助於女性成長的制度和措施。

燕京大學女校（女部）是一個擁有相當自主性的機構，曾一度擁有獨立的經費及建築，女校（女部）主任爲院長委員會和教職員委員會的當然成員，十分注意在學校事務中伸張女權。學校除設置專門的女部管理委員會管理女教職工和女生的學習、生活和工作外，同時還擁有女校學生自治會、女校學生會和女校文學會、女校青年會等機構負責處理女生事務，記載女生家庭狀況、個人簡歷、入學成績及每年課程成績的個人檔案亦由女部專門管理。正如曾經在1928～1941年多次代理、擔任女部主任的桑美德女士所說：「女部認爲男女生眞正的平等要基於各自的需要及利益都能滿足才成。燕大女部作爲大學的一部分，其目的是爲了創造男女合校的全部有益因素。諸如：廣泛的興趣、寬闊的視野、正常的社交活動、令人愉快的相互接觸等，並以此來減少女生由於處於少數地位而會偶然地被忽略，或被傷害的可能。」〔註24〕在這樣的指導思想之下，燕大雖然擁有專屬於女生的各類組織，但男女合作、社交公開依舊廣泛滲透於學校生活的各個方面，女生逐漸參與至原屬男校的各種活動中。比如，早在1920年6月協和女子大學併入燕京大學三個月後，由師生共同編輯的《燕京大學季刊》即在顯著位置登載「本社加增新職員」的啓事，啓事稱「本刊是本校唯一出版物，現在既然加添了女校文理科，女校方面，當然是要參預的。女校已選定包（Boynton）教授，韓淑秀女士、謝婉瑩女士和何靜安女士加入本社，共同工作，謹代表舊職員表示歡迎」〔註25〕，此舉被瞿世英稱爲「中國有男女同學以來第一次有男女同學共同工作」〔註26〕。自茲而後，儘管也曾經歷過「廢督」、「男女合演」〔註27〕等各種風波，但男

〔註23〕 參見黃延復《水木清華：二三十年代清華校園文化》263～266頁的相關論述，桂林：廣西師範大學出版社，2001年。
〔註24〕 （美）桑美德《Yenching College for Women》，燕京大學校友校史編寫委員會編《燕京大學史稿》第438頁，北京：人民中國出版社，2000年。
〔註25〕 記者：《本社加增新職員》，《燕京大學季刊》1920年6月。
〔註26〕 瞿世英：《季刊的回顧》，《燕京大學季刊》1920年12月。
〔註27〕 「廢督」即「廢除監督」的制度，燕大建校之初曾對男女生交往的場合作了限制並規定男女交往需向學校報告並請監督在場，這一制度自1923年起即不

女合作逐漸成爲燕京大學校園生活中的常態，原屬男校的週刊社、年刊社、
社會服務團、社會學會、經濟學會、教育研究會、農學研究會、景學會、化
學會、製革會、政治學會、歷史學會、新劇團、歌詠隊、法文文學會等機構，
絕大多數都陸續吸收女同學加入而成爲「男女合組的□□男女間一種合作互
助的精神，爲燕大成就了種種事業」〔註28〕。在 1936 年 9 月《世界日報》刊
載的《北平女學生生活調查》一文中，記者亦在綜合比較各校女生生活狀況
後得出了「燕京學生歐化最甚，故對於男女社交一項頗得風氣之先」〔註 29〕
的結論。

　　正是基於這種男女合作的開放氛圍，女生得以最大程度地參與到校園活
動的各個方面，成爲文化創造的主體。比如，在燕京大學國文學會和「一二
九文藝社」兩個重要的文學社團中，女生都扮演了重要的角色，林培志、李
滿桂系國文學會委員，郭心暉則不僅是「一二九文藝社」的核心成員，同時
也是發起人之一。另外，在《睿湖》、《文學年報》、《青年作家》、《火星》、《大
學藝文》等文學刊物和《燕大年刊》、《燕大月刊》、《燕大旬刊》、《燕大週刊》、
《燕大雙週刊》校園綜合出版物的編輯和作者團隊中，也活躍著眾多女同學
的身影。比如，每年《燕大年刊》的編委組成中，有接近半數的女性委員，
梁珮貞、譚超英、林培志都是其中的核心成員；林培志、譚超英、李素英是
《睿湖》、《文學年報》的作者，其中林培志還擔任《睿湖》的編輯；郭心暉
則是《燕大週刊》、《青年作家》、《火星》等雜誌的編輯和重要作者。更有意
思的是，1934 年 3 月《燕大旬刊》專門出版「女生特輯」，不僅由女生負責刊
物的組稿與編輯工作，同時所發文章也均以探討女性問題爲中心，足見女生
在燕大校園文化創造中的地位。

二、課堂規訓與師生人際關係網絡

　　燕大女生的數量優勢、獨立性和較爲開放的校園氛圍，僅是其成爲 1928
～1937 年間北平知識女性寫作的一個中心的基礎條件，並非充分條件；否則，

　　　斷受到學生各種形式的反對而在 1926 年左右退出歷史舞臺；「男女合演」事
　　　件即 1926～1927 年間燕大學生爲爭取男女合演（在此之前均爲性別「反串」
　　　制）而同校方展開的鬥爭。
〔註28〕張放：《燕京大學——介紹給諸位新同學‧學生組織》，《燕大週刊》1925 年 9
　　　月 26 日。
〔註29〕菁如：《北平女學生生活調查》，《世界日報》1936 年 9 月 16 日。

我們便無法解釋何以同樣女生眾多的金陵女子大學和福建華南女子學院以及同樣男女社交公開的上海地區的一些大學何以沒有出現女作家輩出的局面。燕京大學之成為 1928～1937 年間知識女性寫作的一個中心，還應當有其獨屬於文學的更為內在和深層的原因。其自「五四」時期已經形成的新文學傳統以及課堂教學中對學生文學鑒賞、體悟、創作能力的重視都是非常重要的原因。

「五四」時期的燕京大學不僅以培育了冰心、許地山、熊佛西以及劉廷芳、瞿世英、劉廷蔚、白序之等新文學作者而享譽文壇，同時也是國內大學中第一所開設新文學課程的學校。自 1922 年 8 月正式聘請周作人到校擔任現代國文部主任、開設《國語文學》等課程後，燕大國文系又陸續引入了許地山、俞平伯、謝婉瑩、熊佛西、楊振聲、朱自清等一批在創作領域卓有建樹的師資擔任新文學或寫作課程。與當時國內許多大學國文系「多半偏於考據，對於新文學殊少研究」、重視「歷史研究」而輕視「創造」、「鑒賞與批評」的狀況〔註 30〕不同，燕京大學國文系不僅重視新文學的研究，同時也注重對文學作品的鑒賞、創造與批評。

其一，在燕大國文系的課程體系中，側重作品鑒賞、體悟與寫作技法訓練的課程始終佔有相當重要的位置。僅以 1928～1929 年為例，該年國文系開設有《名著選讀》（講授自唐宋至近代之名著，並討論其體例，尤注重練習，每兩星期作文一次）、《修辭學與作文》（講授辭格的分析、文章的體裁、批評的義例，並注重練習以求實用）、《詞曲》（講授詞選及作詞法、曲選及作曲法）、《習作》（每星期習作一次，以白話文為限，如日記詩歌小說戲劇等。其餘兩小時則選讀中外優美文學作品，以資模範）〔註 31〕四門與寫作相關的課程。由括號中的課程說明，我們不難看出燕大國文系對學生閱讀與寫作能力的重視；而結合該系的課程沿革情況，更是不難看出其日益重視學生創作能力的跡象。比如，《修辭學與寫作》沿襲自 1927 年的《修辭學》課程，《修辭學》課程介紹中雖也標明「注重練習」〔註 32〕，但課程名稱中並未包含對寫作的

〔註 30〕 胡適：《中國文學過去與來路》，《胡適全集》第 12 卷第 218 頁，合肥：安徽教育出版社，2003 年。
〔註 31〕 《燕京大學課程一覽（1928～1929）》，北京大學檔案館藏燕京大學資料，檔案號 YJ1928019。
〔註 32〕 《燕京大學課程一覽（1927～1928）》，北京大學檔案館藏燕京大學資料，檔案號 YJ1927014。

要求，1928 年則明確將「寫作」二字加入課程名稱。再比如，《詞曲》係由 1927 年的《詞》、《曲》課合併而成，在 1927 年的《課程一覽》中，《詞》強調的是「詞史」和「詞選」、《曲》強調的是「曲史」和「曲選」〔註 33〕，二者均未體現對創作的要求；但到了 1928 年的《詞曲》中，「作曲法」和「作詞法」被寫入課程內容予以強調，而「詞史」和「曲史」則從課程介紹中消失了。由上述兩門課程重心的變遷，可以一窺該時期燕大國文系課程改革的大致走向，即相較於歷史考據，更重視對文學作品的涵詠、體悟、鑒賞及相應的寫作訓練。雖然國文系的目標並非培養作家，作家也未必一定出自國文系，但系統的寫作訓練，畢竟更有利於個體文學才能的挖掘和寫作興趣的培養。燕大女性寫作群體的形成，與燕大國文系的人才培養目標之間是有著內在的呼應關係的。

其二，新文學課程在燕京大學國文系的課程體系中佔有相當的比重。最晚在 1928 年，燕京大學已經開出《近代文學》（周作人講授，課程內容為「闡明現代文學的散文之源流轉變，輔以討論，俾於現今新文學之各問題，得有相當的瞭解」）、《新文學之背景》（周作人講授，課程內容為「說明中國文學革命以前的文藝狀態，並略述世界潮流，使學者明瞭『新文學』發生之原因，考察『新文學』上傳統之因革，與外來影響之調和）與《近代文學之比較研究》（楊振聲講授，「參證外國文學作品以求中國新文學之創造」）〔註 34〕等明確以新文學作為研究與教學對象的課程，如果再加上由冰心講授的明確標注「以白話文為限」的《習作》課程，燕京大學國文系 1928 年開出的新文學課程已達四門，這在當時的大學國文系，是極為罕見的。這一點我們只消參照清華大學國文系直到 1929 年才開出第一門新文學課程《中國新文學研究》、北京大學直到 1931 年方以《新文藝試作》作為新文學課程的開端便可知曉。正是借助這樣的課程體系，燕京大學完成了對包括女生在內的新一代知識分子文學趣味的陶冶──「它為新的鑒賞標準的傳播和再生產設立了基礎，並使其紮根於新一代知識分子的生性當中」。〔註 35〕也正因如此，在二十年代末

〔註 33〕　《燕京大學課程一覽（1927～1928）》，北京大學檔案館藏燕京大學資料，檔案號 YJ1927014。

〔註 34〕　《燕京大學課程一覽（1928～1929）》，北京大學檔案館館藏燕京大學資料，檔案號 YJ1928019。

〔註 35〕　（荷蘭）賀麥曉：《二十年代中國「文學場」》，《學人》第 13 輯第 304 頁，南京：江蘇文藝出版社，1998 年。

「文學革命」向「整理國故」的文化轉型及燕京大學在「哈佛燕京學社」建立後尤爲強調傳統國學的背景之下，燕大女作家中雖不乏舊體詩詞寫作的熱愛者，但並沒有影響到她們對新文學文體的選擇與接納。新教育與新文學之間的支持關係，在這一寫作群體身上再次得到了體現。

當然，新教育對新文學的支持關係不止體現爲教師在課堂教學中所傳遞的文學資源和寫作經驗，同時也廣泛滲透在課堂之外的師生交往和人際網絡中。燕京大學這一時期的師資陣容中，不乏周作人、許地山、冰心、俞平伯、鄭振鐸、熊佛西、楊振聲、朱自清、吳宓、顧隨、顧頡剛等文名卓著的作家。這些教師往往同時是有影響的文學刊物的主編（如周作人、鄭振鐸、熊佛西），或者與一些著名的文學刊物保持著密切的聯繫（如冰心），他們在熱心指導學生寫作的同時，也樂於將其中的優秀之作推薦到報刊發表。也正是在他們的扶植與引薦下，燕大女生的創作能夠躍出校園文學的範圍而成爲社會文化的組成部分。

冰心1926～1936年任教於燕京大學，她既是《寫作》、《名著選讀》等課程的任課教師，同時也是由師生共同組成的燕大國文學會的主席以及《燕大年刊》、《文學年報》等校園雜誌的顧問與指導教師。在燕大女生心目中，冰心既是良師益友、知心姐姐，同時也是母校的化身和她們從事文學創作的精神導師，正如她自己在爲林培志編訂的文集序言中所謙稱的：「對於這欣欣向榮的嫩芽，我覺得自己無能多寫作的人，至少有珍護灌漑的責任」〔註36〕。無論是冰心和學生的回憶錄，都留下了其指導學生寫作、介紹學生加入自己的文學圈子以及推薦學生作品發表的許多記載。比如，在《當教師的快樂》中冰心記錄了訓練學生寫作和編輯刊物的情形：「我要學生們練習寫各種文學形式的文字，如小說、詩、書信，有時也有翻譯……期末考試是讓他們每人交一本刊物……必須有封面圖案、本刊宗旨、文章、相片等等，同班同學之間可以互相組稿」〔註37〕；在李素的《燕京舊夢》中，則以更多的筆墨描繪了其在課下與冰心交往的細節——「我竟蒙冰心師關注，有時候會叫我上她家裏去問長問短，也讓我見見世面，兼極力地鼓勵我學習寫作，甚而認眞地『另眼相看』，把我幼稚的習作交給她的朋友們在刊物上發表。此舉不單增強

〔註36〕冰心：《〈娜拉的出路〉序》，《娜拉的出路》，北京：燕京大學印刷所，1939年。
〔註37〕冰心：《當教師的快樂》，卓如編《冰心全集》第8卷第71頁，福州：海峽文藝出版社，1999年。

了我對作文的興趣與信心，並且對我以後的幾年裏在學業及經濟上都大有幫助」〔註38〕。譚超英 1931 年畢業前夕在《燕大年刊》發表長詩《再見罷，燕京，再見罷》表達對母校惜別的深情，詩歌副題即為「獻給冰心」，足見冰心在其心目中的分量。作為蜚聲文壇的著名女作家，冰心自身的榜樣力量及對女生創作的獎掖與扶植，對燕大女生的磁場效應是不難想像的；而借助冰心的影響力，她們的作品也得以在社會上一些影響更廣的報刊發表，進而使她們的創作熱情得到更大的激發。

冰心與譚超英、李素、林培志等人之間以師生關係為基礎的人際網絡，會逐漸積累起一種類似於文學社團的場域效應，雖然它較之「五四」時期專門的校園文學社團要鬆散隨意許多，但在溝通學院與文壇之間，具有相似的效果。也正因如此，賀麥曉將「師生關係」視為一種「對文學場的結構不無影響」、「對老師有利」、「學生們也往往受益匪淺」的重要關係〔註39〕。這種「文學場」不僅見於冰心與學生之間，同時也見於鄭振鐸、熊佛西、顧頡剛、郭紹虞等許多老師與同學的關係之中。比如，1934 年鄭振鐸與靳以創辦大型文學期刊《文學季刊（北平）》即將李素列為重要撰稿人，李素的名字不僅與冰心、老舍、鄭振鐸等著名作家一起出現在封面顯著位置，同時其長篇小說《容的一生》還以連載形式在《文學季刊》創刊號和第二、三期佔據了相當長的篇幅。這在曹禺的《雷雨》都被擱置了一年左右才被登出的《文學季刊》，的確是相當的殊榮。不僅如此，鄭振鐸還親自命題並提供資料鼓勵李素寫成補王國維《唐宋大麯考》之遺的《〈唐宋大麯考〉拾遺》發表於他主持的《文學（上海）》1934 年第 2 卷第 6 期，使其寫作信心大增〔註40〕。正如小群體社會學家西奧多・M・米爾斯所分析的「在人的一生中，個人靠與他人的關係而得以維持，思想因之而穩定，目標方向因此而確定」〔註41〕，作為一種重要的「文學場」，教師在課外對學生的引導，其意義已不止是將其介紹進新文學圈子那麼簡單，同時也在相當程度上達到了啟迪、固化其創作興趣的作用。燕大女作家群的形成，與這種由師生關係構成的文學場域效應有著直接的關係。

〔註38〕 李素：《燕京舊夢》第 134、135 頁，香港：純一出版社，1977 年。
〔註39〕 （荷蘭）賀麥曉：《二十年代中國「文學場」》，《學人》第 13 輯第 304 頁，南京：江蘇文藝出版社，1998 年。
〔註40〕 李素：《燕京舊夢》第 178、179 頁，香港：純一出版社，1977 年。
〔註41〕 （美）西奧多・M・米爾斯：《小群體社會學》第 3 頁，昆明：雲南人民出版社，1988 年。

三、革命歷史潮流之外的女性寫作

　　燕大場域內各種文化力量的綜合作用，不僅孕育了一個女性寫作群體的產生，同時也在某種程度上影響和決定了這一群體的寫作風格。在新文學由「文學革命」走向「革命文學」、作家由「象牙塔」走向「十字街頭」的歷史大背景中，她們所濡染的依舊是北平西郊教會大學由未名湖、博雅塔以及眾多以「文化創造」、「整理國故」為志業的學者所營造出的寧靜安穩的校園氛圍，其作品中沒有時代的風雲、激烈的衝突和深刻的痛苦，人物的生命形態和生存境遇都相對平穩，文本風格趨向溫婉、節制。如果我們延用 1929 年毅眞在《幾位當代中國女小說家》以「閨秀派、新閨秀派、新女性派」劃分女作家的思路〔註42〕，她們無疑應該與冰心、凌叔華一樣屬於「閨秀派」或「新閨秀派」。

　　雖然毅眞在《幾位當代中國女小說家》中將作爲「閨秀派」的冰心與作爲「新閨秀派」的凌叔華進行了區分，但站在今人的視角看，二者之間並無本質界限。她們均在上承古典閨秀餘緒的同時積極接納西方現代觀念，不同於盧隱、丁玲等「新女性派」反叛傳統和既有秩序的決絕態度，其「極爲講究生活和文化的秩序與準則，在規範化的社會運行機制中尋求人生的自由、思想的自由」〔註43〕。燕京大學女作家的創作，既有著與自己前輩相似的特徵，同時又蘊含著新的傾向。爲了在字面上與「古典閨秀」的概念相區分，我們姑且將她們稱爲「新閨秀派」。

　　作爲五四「新閨秀派」在三十年代的繼承者，林培志、李素等燕大女作家的創作與她們的前輩一樣，均不約而同地指向了對女性問題、家庭問題尤其是知識女性問題的關注。正如郭紹虞在爲林培志的小說集作序時所指出的：「這都是以婦女問題爲題材，至少可見出是女作家的特色。所需於女作家者，也正以其能寫出關於她們切身的問題，而這些問題不是男子所易注意的關係」〔註44〕。林培志的小說《娜拉的出路》、《十年》、《沉落》、《無聊》、《女教員》、《奶媽》、《新與舊》、《明霞與慧敏》，李滿桂的劇本《花瓶》、小說《珍

〔註42〕毅眞：《幾位當代中國女小說家》，《婦女雜誌》（上海），1930 年第 16 卷第 7 期。

〔註43〕周海波：《憑欄唱晚：閨秀派作家的文學世界》，《山東省青年管理幹部學院學報》2004 年第 5 期。

〔註44〕郭紹虞：《〈娜拉的出路〉後序》，《娜拉的出路》，北京：燕京大學印刷所，1939 年。

珠》、《豬籠》、《女大須嫁》、長篇通信體散文《給少女們》，李素的小說《祖母》、《深埋》和《容的一生》、譚超英的小說《哥哥》、《歸寧》，都是表現各階層女性的生活與情感苦況的。這些作品中既有書寫青春少女戀愛、情感生活的佳作（如《明霞與慧敏》、《哥哥》）；也不乏揭示底層女性爲陳規陋習和窮困生活所苦的力作（如《豬籠》、《奶媽》、《容的一生》），但其總體成就，皆未能超越其「五四」時代的前輩或是同時代的丁玲、蕭紅等作家。其寫得最深刻、細膩，最不可替代、最能體現「時代的歎息與嗚咽」〔註 45〕的，是那些反映知識女性在告別「女兒」階段成爲「主婦」後在家庭／情感與社會／事業間的兩難的作品。對於這一主題，這一代的燕大女作家有著得天獨厚的優勢，她們既不像蕭紅、白薇那樣被不幸的生活放逐於家庭與婚姻之外，又不似她們的前輩女性僅能借助「想像」來建構現代女性在告別「父親的家」、走入「丈夫的家」之後的新生活。由於時代的機遇，她們目睹和體驗了女性解放高潮十幾載之後「五四」女兒們步入婚姻家庭後的尷尬與困境，並在作品中進行了出色的表達。在這方面，林培志的小說《娜拉的出路》（1934）、《沉落》（1935）、《無聊》（1934）、《十年》（1935）和李素的小說《深埋》（1932）最具代表性。

《娜拉的出路》既是林培志 1939 年出版的小說集的名字（收錄其小說代表作 10 部），同時也是她 1934 年連載於《北平晨報・婦女青年》第 75～82 期上的中篇小說的名字。正如這個標題所寓示的，林培志的小說都有著強烈的探討現代女性出路問題的理性衝動，《十年》、《無聊》、《沉落》、《娜拉的出路》等作品尤其有著這樣的特點。《十年》寫才華橫溢的女大學生芷芬和志超畢業後選擇了不同的人生道路，前者嫁人成爲新式賢妻良母，後者出國留學成就事業，十年後二人再次相見，志超羨慕芷芬生活的「快樂，美滿，幸福」覺得自己「孤苦伶仃」；而芷芬則在丈夫與志超暢聊學問時感慨自己完全成了「時代的落伍者」而「臉漲得像紅棗兒一般顏色」，而唯有她們曾經共同的朋友、芷芬現在的丈夫振華一邊輕吻著兒子的頭髮、一邊「理直氣壯地望望芷芬，又望望志超，嘴角上總掛著幾絲成功的微笑」〔註 46〕。作者以兩名女性和一名男性在畢業十年後的不同人生際遇，提出了女性問題的嚴峻性。《無聊》

〔註 45〕冰心：《〈娜拉的出路〉序》，《娜拉的出路》第 2 頁，北京：燕京大學印刷所，1939 年。

〔註 46〕林培志（唫佳）：《十年》，《女青年月刊》1935 年第 14 卷第 7 期。

中的主人公沒有名字，作者以抽象的「她」作為人物的稱呼。在「結婚對於丈夫眞的發生了極大的力量，更堅定了他向上的意志」的同時，妻子「她」則因爲「沒有一件東西佔據她的心宮」而陷入無聊。在觀察了幾位受過教育的太太或是陷入被母親角色所困的焦慮、或是沉溺於交際生活的享樂，反而是沒有智識的一位太太更能與環境和諧相處時，作者發出了「想不到我們費了許多時間、精神和金錢，得來的學問，一入家庭就沒用了，那麼女人又何必多念書呢？」的詰問〔註 47〕。從某種意義上說，林培志的這些小說也屬於「問題小說」的範疇，其整體風格和敘事筆調都酷似冰心的小說《兩個家庭》、《第一次的宴會》，但提出的問題卻更加引人深思：如果說「五四」時期的中國社會尙未具備接納受過高等教育的知識女性的充分條件，那麼，十年之後，在知識女性的數量已經有了十幾倍的增長之後，亞茜式的「新式賢妻良母主義」是否仍舊是她們的必然歸宿？在作者看來，答案顯然是否定的，但她卻無法找到更好的出路。

李素的中篇小說《深埋》所揭示的問題與此相類似。主人公女作家海瀾（小學校長溫以剛）懷抱「創造一個完整的人格，以增大我靈魂的光耀」的志願，因爲擔心婚姻會使其「犧牲了她的志願、前途、事業、權利、興趣與自由」而離開了心心相印的愛人「涵」。多年之後，海瀾實現了自己的志願，但她無法放下對愛人的情感，於是隱姓埋名去「涵」生活的地方創辦小學，並常常於夜深人靜時去佇望愛人的住所。長期的鬱鬱寡歡和深夜出行，嚴重損害了她的健康，最終海瀾在淒清的氣氛中抑鬱而亡，而將無窮的悵惘留給了在其死後方知曉眞相的「涵」〔註 48〕。與林培志小說第三人稱敘事的冷靜克制所不同的是，李素以比主人公更年輕的「我」的視角進行敘事，筆調沉鬱，情感表達強烈外露，小說通篇都彌漫在濃鬱的悲劇氛圍中。海瀾（第一代新女性）的生活悲劇表明，「新式賢妻良母」的路走不通，獨身主義之路也走不通，原本走在時代前列的「新女性」們彷彿進入了人生的歧路，可謂是「進亦難」、「退亦難」。

承續 1923 年 12 月 26 日魯迅在北京女子高等師範文藝會上「娜拉走後怎樣」的詰問，「娜拉的出路」成為十年之後燕大女作家反覆追問和書寫的主題。而這一問題，恰好是「五四」時期呼喚「新女性」的女權運動尙未意識到同

〔註47〕林培志（寶琴）：《無聊》，《北平晨報・婦女青年》1934 年 9 月 15 日。
〔註48〕李素：《深埋》，《文藝月刊》1932 年第 3 卷第 3 期。

時又爲三十年代轟隆烈烈的革命主潮所忽略或遮蔽的。正如孟悅、戴錦華在評價林培志等人的作品時所指出的:「她們的價值倒不在於她們的創作有多少被埋沒的偉大,而在於她們觸及了『五四』時代不及提出而30年代人們不屑於提出的一些女性常規性命題」〔註49〕。知識女性在家庭與社會、婚姻與職業中的兩難處境以及讀書時奮發有爲的女性在爲人妻母之後迅速走向「沉落」的現實,在冰心的《西風》、凌叔華的《小劉》以及廬隱的《何處是歸程》、沈櫻的《舊雨》中也有表現,以林培志爲代表的燕大作家則對這一主題進行了幾乎是「主題先行」的反覆書寫,文本內外都彌漫著一種深陷其中無法自拔的當局者的焦慮與迷惘。她們已然意識到:女性困境的根源,不止來自一個海爾茂式的自私的丈夫或是涓生式的始愛終棄的戀人,也不止來自尚無力爲知識女性提供更多職位及兒童公育條件的社會,同時更來自於歷史傳統和女性自身。女性永遠無法革除的強大的母性、豐沛的感性以及易於陷入軟弱浮華的「小女人性」,更是導致她們自身困境的根本原因。林培志等燕京女作家書寫的意義,正在於此。套用她們的後輩張愛玲在《自己的文章》中對「人生飛揚的一面」和「人生安穩的一面」的文學內容二分法,燕大女作家所反覆追問的這些話題,因其屬於人生安穩、恒長、素樸的一面,直到今天依舊有其討論的價值。

最後,值得一提的是,燕京大學女作家普遍有著深厚的文學修養並受過良好的學術訓練,她們往往在進行新文學創作的同時兼擅學術論文和舊體詩詞。以李素爲例,在以相當精力從事小說與新詩寫作的同時,其舊體詩和詞賦作品也有著較高的藝術水準而深得吳宓、顧隨、錢穆等老師的嘉許。錢穆晚年在《八十憶雙親 師友雜憶》中仍然記得李素當年以一篇《燕京大學賦》「名播燕大清華兩校間」的情形,稱其「文特佳……亦余之任教國文一最後成績也」〔註50〕;吳宓則不僅將其《逆流集》中的作品與王國維、陳寅恪、梁啓超等人並列收入《空軒詩話》,還爲之寫下了「詩與詞均卓然獨到,能以新材料入舊格律,所作蒼涼悲壯,勁健幽深……深曲盤健,具見才力」的讚語〔註51〕;與此同時,其在顧隨、鄭振鐸、顧頡剛等教師指導下寫作的《詞

〔註49〕 孟悅,戴錦華:《浮出歷史地表:現代婦女文學研究》第151頁,鄭州:河南人民出版社,1989年。

〔註50〕 錢穆:《八十憶雙親 師友雜憶》第163頁,北京:生活·讀書·新知三聯書店,2018年。

〔註51〕 吳宓:《吳宓詩話》第227~228頁,北京:商務印書館,2005年。

的發展》、《北平的歌謠》、《論歌謠》、《〈唐宋大麴考〉拾遺》、《吳歌的特質》、《西藏情歌》、《蘇武》、《明成祖北征紀行初編》等學術論文，不僅在當時受到學界好評，迄今仍是詞學研究、歌謠研究乃至明史研究的重要文獻。

　　與李素英類似的情形亦見於林培志、李滿桂、鄭侃慈等燕大女生。林培志在以主要精力進行小說創作的同時，其論文《水滸戲》及其《「拉馬耶那」與「陳巡檢梅嶺失妻記」》分別發表於燕大《文學年報》和大型文學刊物《文學》（上海），迄今也是水滸研究和比較文學領域常常提及的文獻；李曼瑰在從事劇本創作的同時，在《文學》（上海）、《女青年月刊》、《北平晨報·婦女青年》等雜誌發表了《李笠翁之戲劇研究》、《李笠翁的戲劇特長》、《沙恭達羅與趙貞女型的戲劇》、《田園詩人陶淵明與湖畔詩人華斯瓦特》、《〈大地〉的作者勃剋夫人》、《莫里哀的喜劇與婦女問題》、《基督教與藝術》等評論文章並出版了題為「托爾斯泰研究」的專著，顯示了其在中國傳統戲曲和比較文學研究領域的不俗功力。1933年，尚為碩士一年級學生的鄭侃慈以發表於《燕大月刊》上的一篇《西遊記補》引起顧頡剛的注意，顧在日記中贊其「文筆極清利，且有民眾氣而無學生氣」、「侃嬺女士真是文學天才」、「侃嬺女士是一個極熱烈的人……其堅毅可佩」〔註52〕並聘其擔任學術助手。在此之後，鄭侃嬺成為顧頡剛主持的通俗讀物編刊社的重要成員，在《大眾知識》、《小學與社會》、《婦女旬刊》等雜誌發表了《墨子》、《謝安》、《王安石》、《郭子儀》、《鄭成功》、《費宮人》、《諸葛亮》、《范仲淹》、《寇準》等一系列兼備嚴謹的歷史知識和優美的文學筆法的歷史傳記作品。這些燕大女生的文史論文，說明女性的寫作業已突破古典時期「吟風弄月」的狹窄範圍，而逐漸參與到高深、嚴肅的文化知識的生產與傳播鏈條中。這不僅標誌著中國女性學術傳統在新的歷史條件下的確立與發展，同時也意味著中國「女子無才便是德」的女性觀念已成為過往雲煙。

結　語

　　燕京大學女性寫作群體的存在，充分表明1928～1937年，在以丁玲、謝冰瑩、白薇、蕭紅等人的革命／激進寫作為代表的女性文學主流之外，尚存在一條為我們的歷史敘事所遮蔽或遺忘的、以知識女性的學院化寫作為代表的女性文學支流。無視或誇大這一支流存在的意義，都是不符合歷史真實的。

〔註52〕顧頡剛：《顧頡剛日記》卷3第24、34、36頁，北京：中華書局，2011年。

希冀借助對這一寫作群體尤其是其出現成因的挖掘，既能使中國現代女性文學的豐富性和多元性得到呈現，亦能揭示出 1928～1937 年間北平女子教育與文學教育之意蘊豐富的一角。

附：作者簡介——

王翠豔：女，筆名王珞，1975 年生，山東淄博人，教授。中國勞動關係學院文化傳播學院副院長。主要研究方向中國現當代文學及戲劇影視文化。

促進、限制與突破：文學研究會的社會機制透視*

李直飛

（雲南師範大學）

摘要：

文學研究會作爲現代文學史上存在時間最長、影響力最大的文學社團，在其帶動下，一些地方分會相繼成立，然而，儘管有著總會的支持，各地分會均出現了難以爲繼的情形，其背後的原因，是各分會背後的社會機制有異。與地方分會不同，文學研究會影響力的提升，作爲社會性力量參與的商務印書館極爲重要，在催化研究會成立，提供資金、發行網絡支持，培養專業編輯，精細化的管理等方面或隱或現的影響著文學研究會，同時，商務印書館在刊物定位、限制編輯自主權等方面也限制著文學研究會的發展，爲了突破這種限制，文學研究會做出了捍衛編輯自主權、另辦刊物等努力，顯示了現代文學前行的艱辛與獨特魅力。

關鍵詞：文學研究會；社會機制；突破；廣州分會

文學研究會在 20 世紀 20 年代成爲中國現代文學史上影響最大的文學社團之一，以其理論提倡及文學創作對現代文學進程產生了深遠的影響。與創造社的「打架」，「殺開了一條血路」的「異軍蒼頭突起」[註1]不同，文學研究會立足文壇比較平和，但卻在短時期內獲得了全國性的影響力。文學研究

* 項目基金：國家社科基金「社會體制視野下的《小説月報》研究（1910～1931）」（17CZW054）。

[註1] 劉納：《「打架」，「殺開了一條血路」——重評創造社「異軍蒼頭突起」》，《中國現代文學研究叢刊》，2000 年第 2 期。

會這種影響力的獲得既是作家自身創作優異的表現，也是各種社會因素因緣際會之下與作家共同參與的結果。這些社會因素既可能成為一種穩定的機制，成為可複製的模式，比如文學研究會各地分會對總會模式的借鑒，但一些卻是文學研究會得天獨厚的，並且對文學研究會影響力的持續發揮至關重要，文學研究會各地分會的普遍不成氣候就反證了這些社會因素對文學研究會的作用。「文學研究會簡章」裏面就明確提出「本會會址設於北京，其京外各地有會員五人以上者得設一分會，分會辦事細則由分會會員自定之」，〔註2〕茅盾也回憶說：「到了一九二二年春成立一週年時，不少地方都成立了文學研究會的分會」〔註3〕，但從實際來看，儘管目前所能確認的文學研究會會員覆蓋了全國大部分地區，但除了北京、上海外，文學研究會分會在相關資料中所提到的也只有廣州、鄭州、寧波等幾處，並且一些分會的是否真實存在還有待進一步考證〔註4〕。各地能設立起分會並運轉較長時間的寥寥無幾，比如廣州分會算是在各地分會中較有實績的，1923 年 8 月成立，到 1924 年主要會員便紛紛流失，前後僅一年的工夫，為什麼地方分會難以成立並維持下去呢？其中的社會因素是不得不考慮的。

一、支持：文學研究會對廣州分會的影響

茅盾在回憶中說：「這些分會都是各地一些有志於新文學的青年、學生自行組織的……他們的活動，總會是從來不管的，也管不著」〔註5〕，1926 年茅盾在廣州見劉思慕似乎也印證了這種關係，「會見以後，才知道廣州分會除了劉思慕，還有梁宗岱、葉啓芳、湯澄波，都是分會的負責人」〔註6〕，從中可見作為總會主要負責人之一的茅盾對廣州分會的陌生，但考查廣州分會的實際運行情況，文學研究會總會與廣州分會之間並不是毫無聯繫，至少在如下幾方面文學研究會總會為廣州分會提供了經驗和借鑒：

〔註 2〕《小說月報》第 12 卷第 1 號，1921 年 1 月 10 日。

〔註 3〕茅盾：《一九二二年的文學論戰》，《茅盾回憶錄》（上），華文出版社，2013 年 1 月，第 182 頁。

〔註 4〕比如寧波分會，就有學者對其存在是質疑的。賀聖謨 施虹：《關於文學研究會寧波分會的再審察》，《浙江大學學報》，1999 年第 5 期。

〔註 5〕茅盾：《一九二二年的文學論戰》，《茅盾回憶錄》（上），華文出版社，2013 年 1 月，第 182 頁。

〔註 6〕茅盾：《中山艦事件前後》，《茅盾回憶錄》（上），華文出版社，2013 年 1 月，第 265 頁。

文學研究會爲廣州分會培養了主要骨幹成員。廣州分會成立時的會員有梁宗岱、葉啓芳、劉思慕、陳榮捷、陳受頤、潘啓芳、司徒寬、湯澄波、甘乃光等九人，這些人中，梁宗岱、葉啓芳、湯澄波等人已是文學研究會的成員，並在文學研究會的相關刊物上都有作品發表，比如《小說月報》在廣州分會成立之前就刊登了相當數量的廣州分會會員的作品：

作　者	作品名	體　裁	《小說月報》發表刊號
梁宗岱	《失望》	詩歌	1922 年 13 卷 1 號
梁宗岱	《煩悶》	詩歌	1922 年 13 卷 3 號
梁宗岱	《夜梟》	詩歌	1922 年 13 卷 5 號
梁宗岱	《高興》	詩歌	1922 年 13 卷 5 號
梁宗岱	《森嚴的夜》	詩歌	1922 年 13 卷 6 號
梁宗岱	《小溪》	詩歌	1922 年 13 卷 8 號
梁宗岱	《新生》	詩歌	1922 年 13 卷 12 號
梁宗岱	《感受》	詩歌	1922 年 13 卷 12 號
梁宗岱	《途遇》	詩歌	1923 年 14 卷 1 號
梁宗岱	《恐怖》	詩歌	1923 年 14 卷 3 號
梁宗岱	《舊痕之一》	詩歌	1923 年 14 卷 4 號
梁宗岱	《舊痕之二》	詩歌	1923 年 14 卷 4 號
梁宗岱	《歸夢》	詩歌	1923 年 14 卷 7 號
湯澄波、葉啓芳	《聖經之文學的研究》	論文	1922 年 13 卷 10 號
甘乃光	《戀愛》	詩歌	1923 年 14 卷 6 號
劉思慕	《輓歌》	詩歌	1923 年 14 卷 6 號

文學研究會的相關刊物刊登廣州分會會員的作品，使這些成員才華得到了肯定，鼓舞了他們在文學道路上更進一步，劉思慕就說：「我有時也寄稿給雁冰主編的《小說月報》，經過他的潤色，刊登了出來，這使我深受鼓舞」〔註7〕。後來廣州文學研究會文學成就最高的梁宗岱，更是從文學研究會中受益匪淺，鄭振鐸與沈雁冰二人曾分別給梁宗岱寫信，對他的創作表示讚賞與鼓勵，並邀請他加入文學研究會，同時，通過大量發表梁的作品及出版文集，「在梁宗岱的文學道路上，文學研究會確實起了很大作用，既是他的發現者，

〔註 7〕劉思慕：《羊城北望祭茅公》，收貴植芳 蘇興良等：《文學研究會資料》（下），知識產權出版社，2010 年 1 月，第 813 頁。

又是他的支持者。很大程度上，他的文名是依靠這個文學社團及其刊物而獲得的」〔註8〕。可以說，在廣州分會成立前，文學研究會已經為廣州分會培養了眾多有相當文學素養的人才，為廣州分會的成立奠定了基礎。

2、文學研究會是廣州分會成立的「催化劑」。1923 年 8 月《小說月報》14 卷 8 號在「國內文壇消息」明說：「廣州文學會會員湯澄波，梁宗岱諸君本有在廣州設立分會的提議，後因廣東的擾亂，停頓進行；直至最近才正式宣告成立」，〔註9〕這透露出文學研究會廣州分會的成立不是倉促形成的，而是經歷了相當時間的醞釀。從現有的史料來看，在廣州分會成立之前，不少會員已經跟總會有直接聯繫，比如湯澄波就曾經寫信給鄭振鐸，得到了對方的首肯〔註10〕；醞釀成立廣州分會時，也由葉啓芳出面，「寫信給他比較熟識的上海朋友鄭振鐸要求聯繫。不久，鄭振鐸覆信表示同意」〔註11〕，這些回憶資料表明，廣州分會的成立是經總會允可的，其實，文學研究會總會對廣州分會的成立不僅僅是允可，更是主動「催化」，鄭振鐸就主動委託廣州分會中最具文學成就的梁宗岱促成廣州分會的成立，1923 年夏天，「〔梁宗岱〕升嶺南大學。鄭振鐸囑我在廣州發展文學研究會」〔註12〕。在廣州發展文學研究會，成為了總會主動擴大影響力的措施。

3、廣州分會秉承了文學研究會的寫作宗旨。文學研究會以研究介紹世界文學整理中國舊文學創造新文學為宗旨，認為「將文藝當作高興時的遊戲或失意時的消遣的時候，現在已經過去」，「相信文學是一種工作，而且又是於人生很切要的一種工作」，提倡寫實主義。作為分會之一，文學研究會的這些主張，自然都被認可。廣州分會對文學研究會的主要成員「十分仰慕」，「把他們的作品當作自己寫作的楷模」〔註13〕，廣州分會會刊《文學旬刊》的主編陳榮捷就說廣州文學研究會「目標只在研究小說，多半是西方的，但後來擴展到文學文化運動」〔註14〕，他寫過《詩之眞功用》，指出「文學的責任是

〔註 8〕 劉志俠 盧嵐：《青年梁宗岱》，華東師範大學出版社，2014 年 10 月，第 135 頁。
〔註 9〕 《小說月報》14 卷 8 號，1923 年 8 月 10 日。
〔註 10〕 劉志俠 盧嵐：《青年梁宗岱》，華東師範大學出版社，2014 年 10 月，第 119 頁。
〔註 11〕 賈植芳 蘇興良等：《文學研究會資料》（下），知識產權出版社，2010 年 1 月，第 826 頁。
〔註 12〕 劉志俠 盧嵐：《青年梁宗岱》，華東師範大學出版社，2014 年 10 月，第 120 頁。
〔註 13〕 賈植芳 蘇興良等：《文學研究會資料》（下），知識產權出版社，2010 年 1 月，第 812 頁。
〔註 14〕 劉志俠 盧嵐：《青年梁宗岱》，華東師範大學出版社，2014 年 10 月，第 124 頁。

表現人生和批評人生」〔註 15〕，可視爲廣州分會的宣言了。後來《廣州市志》評價廣州文學研究會時說：「它首先舉起寫實主義的文學旗幟，培養了廣州新文學的第一代作家」〔註 16〕。劉思慕後來也回憶說：「我朝著爲人生的現實主義的方向，從事詩和散文創作的道路邁出的第一步，而茅公可說是我的引路人」〔註 17〕，這些都表明了文學研究會對廣州分會的影響，廣州分會與總會寫作宗旨上保持了一致性。

　　4、文學研究會爲廣州分會提供了辦刊模式。（1）同人性質。文學研究會的相關刊物，如《小說月報》、《文學旬刊》等，一定時期內都表現出鮮明的同人性質，比如革新後的《小說月報》的第一期就幾乎全是文學研究會同人的作品，包括了冰心、葉紹鈞、許地山、瞿世英、王統照等的創作，周作人、耿濟之、茅盾、沈澤民等翻譯，與其說是茅盾在辦《小說月報》，倒不如說是文學研究會的同人一起在辦《小說月報》。其實「『五四』運動以後，所有的新文化陣營中的刊物，差不多都是同人雜誌」〔註 18〕。廣州分會延續了這種辦刊模式，分會成立之後，發起了《文學旬刊》，分會的會員全體上陣，《文學旬刊》前三期文章全部都由他們包辦了。（2）廣州分會發行的《文學旬刊》附刊於《廣州光報》，這種將文學期刊附在新聞報紙發行的做法，正是總會的做法。「這班年青人雄心壯志，一開始便決定模仿北京和上海兩個分會的做法，出版文藝旬刊，附在新聞報紙發行，走向社會，爲新文化運動搖旗吶喊」〔註 19〕。文學研究會的許多刊物，都是附在新聞報後面，比如上海《文學旬刊》附在《時事新報》上，北京《文學旬刊》附在《晨報》後，這種借助新聞報紙雄厚的文化實力、政治背景及發達的發行網絡的做法，可以使文學刊物迅速擴大影響，盡快在文壇立足。文學研究會的很多分會都如此，「又有許多週刊旬刊附在各地日報內，而這週刊旬刊又標明某處文學研究會分會主編的字樣」〔註 20〕，有文學研究會的總會模式在前，廣州分會如此做可謂水到

〔註 15〕易新農　夏和順：《葉啓芳傳——從教堂孤兒到知名教授》，中山大學出版社，
　　　　　2008 年 3 月，第 36 頁。
〔註 16〕易新農　夏和順：《葉啓芳傳——從教堂孤兒到知名教授》，中山大學出版社，
　　　　　2008 年 3 月，第 37 頁。
〔註 17〕賈植芳　蘇興良等：《文學研究會資料》（下），知識產權出版社，2010 年 1 月，
　　　　　第 813 頁。
〔註 18〕施蟄存：《〈現代〉雜憶》，收《沙上的腳印》，遼寧教育出版社，1995 年。
〔註 19〕劉志俠　盧嵐：《青年梁宗岱》，華東師範大學出版社，2014 年 10 月，第 121 頁。
〔註 20〕茅盾：《關於「文學研究會」》，收賈植芳植芳　蘇興良等：《文學研究會資料》
　　　　　（下），知識產權出版社，2010 年 1 月，第 681 頁。

渠成。（3）廣州分會的《文學旬刊》在具體的體例、版式上也受到總會刊物的很深影響，梁宗岱寫給鄭振鐸的信直言，《文學旬刊》「體例與北京上海的相彷彿」〔註21〕，仿照總會的《文學旬刊》版面，簡約大方，右上角報題《文學》，旁印「文學研究會廣州分會旬刊」，下印期數、日期及「廣州光報發行」字樣，目次放在最前面。

5、文學研究會對廣州分會進行了廣泛宣傳。從文學研究會對廣州分會的宣傳來看，總會對廣州分會的成立是給予相當重視的。廣州分會剛剛成立之時，《小說月報》便在「國內文言消息」欄給予宣布：

本月內得到許多可喜的消息：

> 關於文學團體消息，有（一）廣州文學研究會分會的成立。廣州文學會會員湯澄波，梁宗岱諸君本有在廣州設立分會的提議，後因廣東的擾亂，停頓進行；直至最近才正式宣告成立。現有會員九人，通信處，設在嶺南大學。〔註22〕

同時還將梁宗岱寫給鄭振鐸的信也一併刊登出來，詳細介紹分會情況：

> 振鐸兄，
>
> 我們這個分會，已於昨天宣告成立了。會員共有九人，我和澄波兄做幹事。我們決議將於廣州的一家報紙，附刊一個《文學旬刊》，用文學研究會分會的名義，體例與北京上海的相彷彿，由榮捷主任。現在將各會員錄的格式填好寄上，通信地址暫時可由我和澄波轉，下學期則一律寄嶺南大學。請將我們的消息略略在《說報》的國內文壇上報告。
>
> 宗岱 七、八、一九二三〔註23〕

不僅如此，《小說月報》還刊登了鄭振鐸在信後的一段附言：

> 文學研究會原來只有北京上海兩處，現在又有廣州一個分會了！我們謹在此祝賀他們的成立與發展！
>
> 振鐸〔註24〕

〔註21〕《小說月報》14 卷 8 號，1923 年 8 月 10 日。
〔註22〕《小說月報》14 卷 8 號，1923 年 8 月 10 日。
〔註23〕《小說月報》14 卷 8 號，1923 年 8 月 10 日。
〔註24〕《小說月報》14 卷 8 號，1923 年 8 月 10 日。

　　從中不難看出文學研究會對廣州分會的支持與期盼。在廣州分會的持續過程中，文學研究會也借助刊物不斷的為其宣傳，比如《小說月報》對其《文學旬刊》的介紹：

　　　　文學雜誌在本月內出版的也有三種，一是文學研究會廣州分會出版的《文學旬刊》，第一期已於今年雙十節出版，他的內容很優美，由廣州光報發行。〔註25〕

　　文學研究會總會與廣州分會並不是全然沒有聯繫，甚至可以說，文學研究會給廣州分會多方面的支持，廣州分會將總會的許多模式進行了移植，但儘管文學研究會對廣州分會進行了大量支持，相對於總會，廣州分會依然只存在了短短的一段時間，哪些因素制約了廣州分會的發展呢？什麼樣的社會因素是文學研究會在發展過程中至關重要又獨特的？

二、促進：商務印書館影響下的文學研究會

　　細細考查文學研究會總會與各地分會的區別，除了人員不同之外，社會因素方面最重要的就是文學研究會總會與商務印書館的合作。文學研究會成立伊始，便革新了商務印書館已有十一年歷史的《小說月報》，到「一·二八事變」後，「商務印書館發行的《東方雜誌》、《教育雜誌》等刊物陸續恢復出版，惟有《小說月報》不予復刊。文學研究會雖有《叢書》繼續印行，但由於沒有機關刊物為發表作品的陣地，作為文學團體也就無形消散了」〔註26〕。文學研究會可謂始於《小說月報》，散於《小說月報》，而《小說月報》的出資方為商務印書館，從中可見商務印書館對文學研究會的深刻影響，這也正是文學研究會總會與各個地方分會最重要的區別。整體上看，商務印書館在以下幾方面促進了文學研究會的發展：

　　1、從文學研究會的成立來看，商務印書館在其中起到了促進作用的。從現有的材料可知，在鄭振鐸等人創辦的《人道》月刊停刊後，他便很想創辦一個文學刊物，恰逢商務印書館的張元濟、高夢旦等人在北京拜訪胡適、梁啟超、蔣百里等人，蔣百里向張元濟、高夢旦提及鄭振鐸想辦文學刊物的意願，商務印書館以「附入《小說月報》之意告之」〔註27〕。鄭振鐸見自己辦

〔註25〕《小說月報》14卷10號，1923年10月10日。
〔註26〕賈植芳　蘇興良等：《文學研究會資料》（下），知識產權出版社，2010年1月，第867頁。
〔註27〕張元濟：《張元濟日記》，商務印書館，2008年，第241頁。

文學刊物的計劃難以實現，進而想起：何不先成立一個文學會，以後可由這個文學會出面辦刊物，這樣，一來可以使基礎更爲穩固，二來同各書局聯繫時也便於洽談。他的這個想法獲得了耿濟之等人的支持。於是此事便在張、高二位返上海後他們便開始醞釀了。〔註 28〕從中可以看出，正是商務印書館方面的刺激，反而促成了文學研究會的成立，進而開始了對《小說月報》的革新。對於文學研究會而言，與商務印書館的合作，使其一開始就可以借助商務印書館多年來積累起來的公信力，爲自身影響力的迅速提高獲得了良好的基礎。

　　2、文學研究會與商務印書館的結合，使得文學研究會獲得了商務印書館雄厚的資金對相關刊物的支持。在茅盾革新《小說月報》的 1921 年，商務印書館的營業額已達 6858239 元〔註 29〕，成爲中國當時最大的出版機構。這種雄厚的資金有力地支撐著商務印書館旗下的雜誌運轉，讓《小說月報》等期刊雜誌有了相當的騰挪空間，可以經受住一段時期內的編輯、發行的調整，不至於銷路下降就面臨停刊。《小說月報》的革新就是這種見證，革新前的《小說月報》銷售量已嚴重下滑，如果沒有相關的資金支持，停刊亦在所難免，遑論之後的革新。

　　資金支持成爲了刊物連續穩定發行的後盾，而連續發行的出版物對文學研究會這類團體至關重要，是其文學理想得以實現的前提。對比廣州文學研究會，沒有充足的財力作爲後盾，使廣州文學研究會一遇到問題便支撐乏力，迅速消失。

　　3、商務印書館雄厚的資金，使其有能力建立起遍佈全國的發行網絡，先後在全國建立了 36 個分館和 1000 個以上的銷售點保持著聯繫〔註 30〕，如此龐大的發行網絡，使《小說月報》可以擁有其他刊物難以匹敵的影響力，甚至延及海外，《小說月報》成爲文學研究會的陣地之後，自然也將文學研究會的影響力遍及全國。茅盾後來曾回憶說：「我們的『名氣』的擴大的另一個原因是得於商務印書館和《時事新報》遍及全國的發行網，老闆要賺錢，也就連帶替我們擴大了影響」〔註 31〕。從中可見商務印書館強大的發行網絡對文

〔註28〕陳福康：《鄭振鐸傳》，上海人民出版社，1996 年 11 月，第 31～32 頁。

〔註29〕吳永貴：《民國出版史》，福建人民出版社，2011 年 6 月，第 114 頁。

〔註30〕李秀萍：《文學研究會與中國現代文學制度》，中國傳媒大學出版社，2010 年 6 月，第 142 頁。

〔註31〕茅盾：《我走過的道路》，人民文學出版社，1997 年，第 227 頁。

學研究會影響力的重要作用。相比之下，廣州文學研究會的影響力則主要集中於廣州，難以向全國輻射，這與他們沒有自己的發行網絡，而採取請各地書局代售〔註32〕，發行點局限有關。

4、當然，有充裕的資金，有龐大的發行網絡，並不一定就能保證一個文學團體就獲得極強的影響力，最重要的還需要有一批具備相當文學素養的成員精誠團結。在人員方面，商務印書館對文學研究會最大的影響就是通過這個平臺的鍛鍊，文學研究會有了一批專於出版、編輯及其管理的人員。比如茅盾，入職商務印書館不久，便得到了時任商務印書館經理的張元濟等人的賞識，從英文閱卷員改為跟隨孫毓修編譯童話、校訂古籍，並於1917年9月開始每天劃出半天參與商務印書館的刊物《學生雜誌》的編輯工作，這是他期刊編輯生涯的起點。1920年1月，又協助王蘊章主持《小說月報》的「小說新潮欄」，這些工作，無疑讓茅盾得到了相當的鍛鍊，迅速成長為一名優秀的編輯，為他後來革新《小說月報》奠定了堅實的基礎。而鄭振鐸被茅盾認為是「一位搞文學而活動能力又很大的人」〔註33〕，在文學研究會成立之初就顯示出了其極強的社會活動能力，葉聖陶回憶說：「文學研究會的成立，可以說主要是振鐸兄的功績。我參加文學研究會，為發起人之一，完全是受他的鼓勵；好幾位其他成員也跟我相同。有時候我甚至這樣想，如果沒有振鐸兄這樣一位核心人物，這一批只會動筆而不善於處事的青年中年人未必能結合成這個文學團體」〔註34〕。進入到商務印書館後，鄭振鐸先後編小學教科書，創辦《兒童世界》，主編《小說月報》，特別是策劃文學研究會系列叢書，包括《世界文學叢書》、《文學研究會創作叢書》、《文學研究會世界文學名著叢書》、《文學研究會通俗戲曲叢書》等，先後總數在一百五十本以上，完成這一系列浩大的工程，顯然與鄭振鐸的社會活動能力相關，正是在商務印書館這一平臺上，鄭振鐸的組織能力、管理能力得到了全面展現。同時，20世紀20、30年代的商務印書館，培養並留任了文學研究會的許多成員，很多人既是文學研究會成員，也是商務印書館的員工，包括革新後《小說月報》的前後幾任主編沈雁冰、鄭振鐸、葉紹鈞，曾主編《文學週報》的謝六逸、傅

〔註32〕劉志俠 盧嵐：《青年梁宗岱》，華東師範大學出版社，2014年10月，第121頁。
〔註33〕茅盾：《革新〈小說月報〉的前後》，收賈植芳植芳 蘇興良等：《文學研究會資料》（下），知識產權出版社，2010年1月，第772頁。
〔註34〕葉聖陶：《鄭振鐸文集·序》，江蘇教育出版社，1994年，第399頁。

東華、徐調孚等人，還有王伯祥、余祥森、周予同、周建人、顧頡剛、彭家煌、黎烈文、李石岑、章錫深等人，鄭振鐸還是商務印書館元老之一高夢旦的女婿，更在無形之中給文學研究會提供了非常堅實可靠的背景，也使文學研究會與商務印書館之間關係更加密切。而廣州文學研究會則始終未能脫離學校團體，實行的也是業餘編輯，缺乏專業的編輯和管理人員，這也是其難以持久的原因之一。

5、另外，商務印書館較為先進的管理模式也讓文學研究會受益匪淺。商務印書館在其運營中，對用人、財政、組織等方面一直進行革新調整。1902年張元濟加入商務印書館後正式設立編譯所、印刷所和發行所，1915年設立總務處作為商務的決策中心，在一處三所的總框架下，又設立為數眾多的部、科、股、組及附屬公司等各級機構，每一機構都規定了嚴格而細緻的部門章程和組織大綱。1922年王雲五主理編譯所後，又按學科分組將總編譯部細分為21個組別，將《東方雜誌》、《小說月報》、《教育雜誌》等專門管理，「從此，商務日益成為一個大型企業，一個集中的、分層次的管理體制實質上是為了不同部門的緊密合作，保證整個公司各種業務的順利運作。」〔註35〕商務印書館的這種管理，讓各部門各司其職，將《小說月報》的運行整合進整個公司的發展中去，編輯、印刷、發行等各司其職，讓編輯專注於自身業務，而不用考慮其他環節，這是編輯專業化的開始，也是《小說月報》能夠保證編輯質量、長久運營的一個保證。

可以說，在文學研究會的發展過程中，商務印書館作為社會因素的參與作用顯得極為重要，儘管文學研究會編輯的《小說月報》不免受到商務印書館的制約，但《小說月報》對文學研究會的重要性遠勝於對商務印書館，借助商務印書館的資金支持、發行網絡、管理經驗等，文學研究會得以完成自身的文學使命。正是這些因素的參與，使得文學研究會剛成立便獲得了全國性的影響力，進而又持續很長時間。

三、制約：商務印書館掣肘下的文學研究會

茅盾多次強調《小說月報》「始終是商務印書館的刊物」〔註36〕，而不認

〔註35〕葉宋曼瑛：《從翰林到出版家——張元濟生平與事業》，商務印書館（香港），1992年，第146頁。

〔註36〕茅盾在《革新〈小說月報〉的前後》、《複雜而緊張的生活、學習與鬥爭》等文中多次反覆提及。

爲是文學研究會的刊物，這反映出了商務印書館與文學研究會對期刊的不同
態度、不同定位，也是商務印書館作爲社會因素對文學研究會掣肘的表現。

1、商務印書館對《小說月報》的掌控，首先就表現在「他們以文學雜
誌與《小說月報》性質有些相似，只答應可以把《小說月報》改組，而沒有
允擔任文學雜誌的出版」，「內容徹底的改革，名稱卻不能改爲《文學雜誌》」
〔註37〕，從商務印書館不允許出版新的文學雜誌，也不允許將《小說月報》
改名，可見商務印書館在與文學研究會的商談中，佔有主動權，對於商務印
書館而言，《小說月報》創辦已有十餘年，已具備相當的市場號召力，從經濟
的角度而言，顯然不想另起爐灶。而文學研究會發起諸人想出版文學雜誌的
初衷是：以灌輸文學常識，介紹世界文學，整理中國舊文學並發表個人創作
〔註38〕，這種文學理想與商務印書館的市場定位一開始就存在差異。

茅盾在答應革新《小說月報》的時候，向商務印書館提出了三條意見，
其中一條是「館方應當給我全權辦事，不能干涉我的編輯方針」〔註39〕，這
是茅盾對編輯自主權的爭取。從之後的實踐來看，商務印書館對編輯「全權
辦事」是打了折扣的。立足於市場盈利，在保證有利的前提下，商務印書館
並未對編輯方針提出干涉，但涉及到經濟，商務印書館便會全方位介入，比
如在廣告投放、刊物內容甚至是撤換主編方面。

2、在廣告投放方面，將茅盾革新《小說月報》之前的廣告投放與革新之
後的廣告投放做比較，我們不難發現商務印書館對《小說月報》運營的參與：

1920 年《小說月報》第十一卷第十二號廣告

廣告商	廣告內容	廣告性質
《小說月報》	本月刊特別啓事一	啓事
《小說月報》	本月刊特別啓事二	啓事
《小說月報》	本月刊特別啓事三	啓事
《小說月報》	本月刊特別啓事四	啓事
《小說月報》	本月刊特別啓事五	啓事
商務印書館	商務印書館出版：《新體寫生水彩畫》	繪畫

〔註37〕《小說月報》：《文學研究會會務報告（第一次）》，《小說月報》第 12 卷第 6 號。
〔註38〕《小說月報》：《文學研究會會務報告（第一次）》，《小說月報》第 12 卷第 6 號。
〔註39〕茅盾：革新《小說月報》的前後，賈植芳植芳 蘇興良等：文學研究會資料（下），
　　　　知識產權出版社，2010 年 1 月，第 772 頁。

萬國儲蓄會	能力者金錢也 萬國儲蓄會啓	儲蓄
英國聖海冷丕朕氏補丸駐華總經理處	上海江西路七號丕朕氏大藥行披露	藥品
北京中華儲蓄銀行	特別獎勵儲蓄	儲蓄
上海華羅公司	威古龍丸	藥品
商務印書館	商務印書館發行言情小說:《玫瑰花》	書籍
上海商務印書館	上海商務印書館發行《小楷心經》十四種	書籍
國貨馬玉山糖果餅乾公司	國貨馬玉山糖果餅乾公司廣告	食品
上海貿勒洋行	美國芝加哥斯臺恩總公司中國經理上海貿勒洋行、巴黎弔襪帶、威廉修面包	衣物、裝飾
貿勒洋行	固齡玉牙膏	日用品
貿勒洋行	博士登補品	藥品
美國芝加哥高羅侖氏公司	雞眼之消除法 加斯血藥水獨一無二	藥品
貿勒洋行	LAVOLHO 眼藥水	藥品
商務印書館	商務印書館發行張子祥花卉鏡屏	家居用品
商務印書館	商務印書館發行《然脂餘韻》	書籍
貿勒洋行	LAVOL 挂福錄 醫治皮癢諸症	藥品
商務印書館	世界最新地圖、精製信箋信封	文化用品
商務印書館	《教育雜誌》、《學生雜誌》、《少年雜誌》、《英語週刊》目錄	雜誌
商務印書館	《東方雜誌》、《學藝雜誌》要目	雜誌
商務印書館	《世界叢書》	書籍
《小說月報》	《小說月報》第十二卷第一號起刷新內容	雜誌
《婦女雜誌》	民國十年《婦女雜誌》刷新內容 減少定價廣告	雜誌
《英文雜誌》	《英文雜誌》七卷一號大刷新	雜誌
商務印書館	商務印書館發售:新到大批美國照相器具	文化器材
商務印書館	上海商務印書館中國獨家經理美國斯賓塞芯片公司	文化器材
唐拾義	專門治咳大醫生唐拾義發明:久咳丸、哮喘丸等	藥品
商務印書館	商務印書館發行:《新法教科書》	書籍
商務印書館	商務印書館精印:各種賀年卡片	文化用品

1921 年《小說月報》第十二卷第一號廣告

廣告商	廣告內容	廣告性質
上海大昌煙公司	請吸中國煙葉：煙絲最細嫩、氣味最芬芳、價目最便宜、各界最歡迎之雙嬰孩牌好香煙	煙草
丕胅氏大藥行	丕胅氏補丸 清潔血液之補劑	藥業
北京中華儲蓄銀行	特別獎勵儲蓄	銀行
上海貿勒洋行	巴黎弔襪帶：用巴黎弔襪帶者日多，物質優勝故耳	衣物
美國芝加高羅侖氏公司	加斯血藥水其妙入神	醫藥
貿勒洋行	固齡玉牙膏	日用
上海華羅公司	威古龍丸	藥品
新華儲蓄銀行	公共儲金	銀行
貿勒洋行	新式修面皂	日用
貿勒洋行	Lavolho 賴和岡藥水	藥品
吳昌碩花卉畫冊	商務印書館發行：吳昌碩花卉畫冊	文化用品
美國迭生公司	運動用品遠東總經理商務印書館通告	文化用品
中華第一針織廠	菊花牌絲光	衣物
貿勒洋行	Lavolho 賴和岡藥水	藥品
司法公報發行所	司法例規第一次補編出版廣告	書籍
司法公報發行所	實用司法法令輯要	書籍
商務印書館	美國精製信箋信封	文用
商務印書館	教育雜誌、學生雜誌、婦女雜誌、少年雜誌要目	雜誌
商務印書館	英文雜誌、太平洋雜誌、英語週刊、北京大學月刊 要目	雜誌
商務印書館	函授學校英文科招生廣告	教育

　　縱觀上面的廣告，不難發現，茅盾革新後的《小說月報》在刊登廣告方面與革新之前有很多相同的廣告，刊登的廣告商、廣告內容都一樣。這很好地說明了《小說月報》在廣告運營方面跟內容編輯方面有可能是分開來運作的，兩邊並不完全產生交集，《小說月報》在革新方面主要是內容方面的革新，其他方面的變化是不大的。如果考慮到當時期刊雜誌的收入主要來自於廣告收入的話，而《小說月報》是出自於商業與文化之間運作的，那麼，茅盾的

《小說月報》革新，涉及到的只是《小說月報》的文化方面，商業方面則依舊如常。從一個側面表明了商務印書館之所以革新《小說月報》，很大程度上是出於商業考慮的，讓還能帶來商業利益的內容保留下來，而將不能帶來商業利益的內容給予革新了。

3、在刊物風格上，革新後的《小說月報》依然延續了革新之前的穩健溫和的風格，這無疑是商務印書館影響的結果，正如茅盾所說：「也因《小說月報》是商務印書館出版的刊物，而商務的老闆們最怕得罪人，我們隊有些文藝上的問題，就不便在《小說月報》上暢所欲言」〔註40〕。凡刊登內容稍顯過激或批判鋒芒，商務印書館便不再任編輯「全權辦事」，最顯著的例子便是茅盾發表的批判鴛鴦蝴蝶派的《自然主義與中國現代小說》一文，商務印書館要求茅盾「在《小說月報》上再寫一篇短文，表示對《禮拜六》道歉」，同時「對《小說月報》發排的稿子，實行檢查」〔註41〕。而商務印書館同意茅盾辭去《小說月報》主編一職，但又留其仍在編譯所工作，商業考慮無疑也是其中一個因素，「商務之所以堅決挽留我，是怕我離了商務另辦一個雜誌」〔註42〕。而文學研究會同意茅盾辭職，亦可見出商務印書館對文學研究會的掣肘。

作為商業出版企業的「商務」，其過多的看重商業利益的傾向，對於胸懷建設新文學志向的文學研究會而言，顯然具有了相當多的限制與束縛。在某種程度上，革新後的《小說月報》正是文學研究會與商務印書館「合作」辦刊的結果，是二者在合作中彼此調整適應的結果。

四、突破：擺脫限制的努力

從鄭振鐸最初想自己出版文學雜誌，到茅盾同意革新《小說月報》並向商務印書館提出「全權辦事，不能干涉我的編輯方針」，即使在商務印書館允許茅盾辭去《小說月報》主編，茅盾依然在爭取「仍任主編的《小說月報》第十三卷內任何一期的內容，館方不能干涉，館方不能用『內部審查』的方

〔註40〕 茅盾：《複雜而緊張的生活、學習與鬥爭》，收《茅盾回憶錄》（上），華文出版社，2013 年 1 月，第 162 頁。

〔註41〕 茅盾：《複雜而緊張的生活、學習與鬥爭》，收《茅盾回憶錄》（上），華文出版社，2013 年 1 月，第 169 頁。

〔註42〕 茅盾：《複雜而緊張的生活、學習與鬥爭》，收《茅盾回憶錄》（上），華文出版社，2013 年 1 月，第 170 頁。

式抽去或刪改任何一篇」〔註43〕，都可以看出文學研究會為了實現自身的文學理想，不斷突破社會因素的限制，爭取編輯自主權的努力。

由於商務印書館對文學研究會辦期刊的諸多束縛，而現實的境遇又需要文學研究會發出更多的聲音，「《小說月報》出版太遲緩，不便多發攻擊的文章，而現在迷惑的人太多，又急需這種激烈的藥品」〔註44〕，因此文學研究會一方面努力鞏固《小說月報》這一陣地，一方面努力突破限制，進行會刊建設，《文學旬刊》的推出，正是這樣一種努力的結果。《文學旬刊》於 1921 年 5 月 10 日創刊，開始附於《時事新報》，1923 年 7 月 30 日改名為《文學》（週刊），1925 年 5 月 10 日改名為《文學週報》，脫離《時事新報》獨立發行，之後開明書店、遠東圖書公司都曾印行，1929 年 12 月 22 日出版第 380 期後停刊。作為文學研究會的會刊，《文學旬刊》享有相當大的獨立性，尤其是脫離《時事新報》之後，得到了完全的獨立，使其主張得以完全表達，其週期短，反映靈敏，使得相較於《小說月報》平和穩健的風格，《文學旬刊》顯得相對靈活自由，不少文章態度鮮明、風格尖銳潑辣，「不得不盡力從攻擊方面去做就」〔註45〕，成為與鴛鴦蝴蝶派、學衡派、創造社論戰的主要陣地。比如《文學旬刊》在南京高師推出「詩學研究號」宣揚古體詩時，便刊登的對「學衡」派的回擊，葉聖陶就指名道姓地指出「詩學研究號」為「骸骨之迷戀」，對於薛鴻猷發表的一封信，《文學旬刊》則把其題為《一條瘋狗》，並發表了《對於〈一條瘋狗〉的答辯》、《由〈一條瘋狗〉而來的感想》等文展開罵戰，並且發語恭候薛君的「第二條瘋狗」〔註46〕，這種火力全開的罵語，在《小說月報》上是很難想像的，這是文學研究會在獲得期刊編輯自主性之後顯示出的戰鬥性一面。

當然，這種突破似乎只是相對的，暫時的，從後來《文學旬刊》轉為開明書店和遠東圖書公司印行，顯示了在缺乏社會資本參與的情況下，文學雜誌獨立性脆弱的一面。

〔註43〕 茅盾：《複雜而緊張的生活、學習與鬥爭》，收《茅盾回憶錄》（上），華文出版社，2013 年 1 月，第 170 頁。

〔註44〕 鄭振鐸致周作人信，收賈植芳植芳 蘇興良等：《文學研究會資料》（上），知識產權出版社，2010 年 1 月，第 660 頁。

〔註45〕 鄭振鐸致周作人信，收賈植芳植芳 蘇興良等：《文學研究會資料》（上），知識產權出版社，2010 年 1 月，第 660 頁。

〔註46〕 赤：《由〈一條瘋狗〉而來的感想》，《文學旬刊》1921 年 12 月 11 日第 22 號。

　　商務印書館與文學研究會的「結合」，使文學研究會獲得了得天獨厚的社會性力量，這種社會性力量的參與對文學研究會成為現代文學史上影響力最大的文學社團至關重要，使文學研究會行穩而致遠，但同時也帶來了諸多的束縛，使文學研究會難以完全實現自身理想。文學研究會既主動調試自身去適應、利用這種社會性的力量，同時又努力突破這些社會機制帶來的束縛，在實現文學理想與社會束縛之間尋求平衡，顯示了現代文學前行的艱難，同時現代文學又在這種艱難中彰顯自身與古代文學的不同，又獨具魅力。

作者簡介：

李直飛，（1983～），男，雲南宣威人，雲南師範大學文學院副教授，四川大學博士畢業，雲南大學博士後，主要研究方向為現代中國文化與文學。

寄宿學校體驗與「游離」詩人徐訏 [註1]

高博涵

（重慶師範大學）

摘要：

　　徐訏渴望「生活定型」，卻始終「游離」其外。在其詩歌中，「游離」感受體現爲童年回憶與故鄉抒寫，且反覆出現，甚至代替現實，形成徐訏詩歌的元敘事。元敘事的抒寫根源來自徐訏兒童時代的寄宿學校體驗，在回「家」不得的精神創傷中，徐訏獲取了最元初也最根源的「游離」感受。當日後的人生經歷中反覆出現類似體驗，徐訏也便成爲了一個「游離」者，最終形成弔詭的體驗狀態：最鮮活的體驗感最終獲取的卻是最缺失體驗的人生。

關鍵詞：徐訏；詩歌；寄宿學校體驗；「游離」

　　徐訏以小說創作聞名。但其作品絕不僅限於小說，「徐訏無疑是 20 世紀中國最多產、創作最全面的少數幾位作家之一。」〔註2〕詩歌即是徐訏創作的另一大板塊。徐訏的詩歌呈現出與小說相對殊異的抒寫風格。如果說，徐訏的小說是「通過封鎖線的洋場才子」「風行一時」之作，〔註3〕那麼，其詩歌則是雪藏內心的赤誠之作。細究之，徐訏詩歌的抒寫內容與徐訏的童年〔註4〕經歷密切相關，並形成了詩歌的元敘事。討論徐訏的人生經歷，並與徐訏的

〔註 1〕 本文係 2018 年重慶市教育委員會人文社會科學研究重點研究基地項目「兒童教育與徐訏詩歌創作」（項目編號：18SKJD012）的階段性成果。

〔註 2〕 陳旋波：《時與光：20 世紀中國文學史格局中的徐訏》，百花洲文藝出版社，2004 年版，第 3 頁。

〔註 3〕 此形容來源於柳聞的文章：《通過封鎖線的洋場才子：徐訏散記之一》，《遠風》，1947 年，第 3 期。

〔註 4〕 本文中的童年泛指徐訏自出生至寄宿學校體驗階段的全部時光，而不再做嬰兒、幼兒、兒童等時期的進一步細分。

詩歌研究相對接，將會以殊異於小說研究的視角，打開徐訏的精神世界及由此形成的文學創作理路。

一、元敘事：童年回憶與故鄉抒寫

　　詩歌是徐訏的真實之作。詩人曾在《四十詩綜·後記》中說：「我對這些詩篇有比對一切我其他的作品有特別的情感。它忠實地記錄我整整二十年顛波的生命，坦白的揭露我前後二十年演變的胸懷，沒有剪斷，沒有隱藏。」〔註5〕徐訏的詩歌的確存在一位抒情主人公，不斷地傾訴著內心積壓的愁緒，他時常彷徨於時光之中，並表現出疲倦寂寞的旅人氣質：

> 只因為我懷疑那人生的因果，
> 就注定了我一生奔走漂泊，
> 我看盡人間的生老病死，
> 走遍了地球的東西南北。
> ……
> 於是在這茫茫的塵世中，
> 我再也無處立足，
> 萬卷在病患中散盡，
> 半技在閒散中絕望。

（《過客》，《原野的呼聲》，1962 年 11 月 11 日）〔註6〕

在這首詩中，我們尋不到「洋場才子」的瀟灑傳奇，只有倦旅人的疲憊與絕望。徐訏晚年自覺境遇淒涼。他人對晚年徐訏的印象涉及如下語句：「十分沉

〔註 5〕徐訏：《四十詩綜·後記》，上海夜窗書屋，1948 年版。

〔註 6〕徐訏出版有九部詩集：《燈籠集》、《借火集》、《幻襲集》、《進香集》、《未了集》（以上五部集結為《四十詩綜》，1948 年由上海夜窗書屋出版。同年上海懷正出版社又再版這五部詩集，《幻襲集》更名《待綠集》，《未了集》更名《鞭痕集》）、《輪迴》（臺灣正中書局，1977 年版）、《時間的去處》（南天書業公司，1971 年版）、《原野的呼聲》（臺北黎明文化事業，1977 年），最後一部詩集《無題的問句——徐訏先生新詩·歌劇補遺》（香港夜窗出版社，1993 年）則由廖文傑整理徐訏遺作編輯而成。另注：本文引用及參考的徐訏詩歌，主要來源於以上所提上海夜窗書屋《四十詩綜》、臺灣正中書局《輪迴》、南天書業公司《時間的去處》、臺北黎明文化事業《原野的呼聲》、香港夜窗《無題的問句》幾部詩集，另同時參考《徐訏全集》（正中書局，1966～1970 年版）、《徐訏文集》（上海三聯書店，2008 年版）所輯錄詩歌。

默，讓其他人喧嚷。」〔註7〕「飯桌上的氣氛卻因徐訏先生並不多話的緣故而顯得有些拘束。」〔註8〕「他的嘴堅定地抿著，一雙眼珠灰黯黯的，注視著樓外的雨絲，像是深潭一般，蓄滿了落寞。」〔註9〕

這樣的外在印象必然與世界存在一定距離，徐訏與社會人情的關係，在表層層面就已斷裂。徐訏展現給他者的，是一個與世界不相融合、甚至齟齬的人物形象。徐訏有理由成為這樣的人物設定，自中學時代，徐訏便已然開始了漂泊的生涯。1927年，考取北京大學，1933年，離開北京前往上海，從事自由撰稿和編輯工作，1936年，赴法國求學，1938年初，因抗戰歸國，1942年，踏上奔赴大後方之途，1944年赴美擔任《掃蕩報》駐美特派員，1950年，南下香港，直至1980年去世，30年時間，又曾輾轉新加坡、臺灣等多地……徐訏曾做過如下自述：「像我這樣年齡的人，在動亂的中國長大，所遭遇的時代的風浪，恐怕是以前任何中國人都沒有經歷過的。我們經歷了兩次中國的大革命，兩次世界大戰，六個朝代。這短短幾十年工夫，各種的變動使我們的生活沒有一個定型，而各種思潮也使我們的思想沒有一個信賴。」「我同一群像我一樣的人，則變成這時代特有的模型，在生活上成為流浪漢，在思想上變成無依者。」〔註10〕

在自述中，徐訏渴望生活的「定型」，但生活卻只是「流浪」，徐訏渴望思想的「信賴」，但思想始終「無依」。思想是一個人的高級精神追求，〔註11〕而生活則是更為原初的生存需求，可以說是人生而為人的最基本需求。如果將「生活定型」視作生存的「中心」需求，那麼，徐訏則是基於此種認同的「游離」者——渴望中心卻始終徘徊其外。在徐訏的詩歌中，「沒有剪斷」、「沒有隱藏」〔註12〕的，正是詩人對「中心」的渴望，以及「游離」其外的愁緒。

〔註7〕 布海歌：《我所認識的徐訏》，見《徐訏紀念文集》，香港浸會學院中國語文學會，1981年版，第109頁。

〔註8〕 三毛：《徐訏先生與我》，見徐訏紀念文集籌委會編《徐訏紀念文集》，香港浸會學院中國語文學會，1981年版，第36頁。

〔註9〕 鍾玲：《三朵花送徐訏》，見陳乃欣等著《徐訏二三事》，爾雅出版社，1980年版，第173～174頁。

〔註10〕 徐訏：《道德要求與道德標準》，《個人的覺醒與民主自由》，傳記文學出版社，1979年版，第1頁。

〔註11〕 徐訏「思想」「無依」的人生狀態另具討論價值，本文僅對「生活」「流浪」這一層面展開論述。

〔註12〕 徐訏：《四十詩綜·後記》，上海夜窗書屋，1948年版。

值得注意的是，當他生活流浪，獲取「游離」之感時，最多想到的是童年回憶與故鄉抒寫。在徐訏的詩歌中，涉及這一內容的作品信手拈來，僅舉以下四首詩的四個片段為例：

> 他從娘的肚爬到娘的乳峰，
> 他愛搖籃的震盪，
> 他愛睡歌的低唱，
> 他呼吸在娘溫柔的懷中。
> ⋯⋯
> 如今，他對於當年的回想，
> 唱著無意義的歌，含著糖笑，
> 乃是那抓白天際破曉的光明。
>
> （《十四行》，《借火集》，1934 年 5 月 5 日，上海）

> 天邊海角迢迢，
> 應念故鄉池塘。
> 問涓涓江水，
> 今夜流向何方？
> ⋯⋯
>
> （《故鄉》，《燈籠集》1942 年 10 月 23 日，重慶）

> 最可愛是春天裏燕子飛來，
> 寄居在堂前的舊樑，
> 他們唱我們童年的歌曲，
> 讚美我素樸的家鄉。
> 多年來我流落在海外，
> 久久沒有見我家鄉，
> 我家鄉遠在江南
> 寄存著古舊的音響。
>
> （《未題》，《無題的問句》，1975 年）

第一首詩寫於 1934 年上海，抒寫了童年記憶與母子溫情，第二首詩寫於 1942 年重慶，抒寫了對故鄉的懷戀，第三首寫於 1975 年，寫作地點無明確標識，

〔註13〕抒寫了童年與家鄉的生活畫卷。「寫作使回憶轉變爲藝術，把回憶演化進一定的形式內。」〔註14〕跨越不同的時間空間，童年回憶與故鄉抒寫的主題從未更改，並且，每首詩的懷舊目的都直指向現實的失落：如今只能感受「當年的回想」、「唱著無意義的歌」，擁有的只有「抓白天際破曉的光明」；「海角迢迢」，只能「念故鄉池塘」，感歎一江春水向東流；只能「流落在海外」，「久久沒有見我家鄉」。

在常規的閱讀經驗中，徐訏的經歷與相應的感受並不特殊。成年後離開故鄉奔走四方，懷念童年的美好，懷念故鄉的淳樸，這是中國詩歌自古以來重要的抒情母題。「一群」像徐訏「一樣的人」，「則變成這時代特有的模型」〔註15〕，因此在現當代文學作品中，這樣的感受也屢見不鮮。然而，如此大量、持久地抒寫同一母題，並直接表現出它與現實焦慮的對立關係，或甚至代替現實抒寫，仍可凸顯這種抒寫的殊異屬性。1952 年，在香港九龍，徐訏寫了一首《幻寄》：

> 小城外有青山如畫，
>
> 青山前有綠水如鏡，
>
> 還有夏晚明亮的天空，
>
> 都是我熟識的星星。
>
> 大路的右面是小亭，
>
> 小亭西有木橋槐陰，
>
> 木橋邊是我垂釣的所在，
>
> 槐陰上有我童年的腳印。

（《幻寄》，《時間的去處》，1952 年 10 月 28 日，九龍）

1952 年 10 月 28 日的香港與這首詩歌所描寫的場景是多麼的毫無關聯。同樣是 1950 年代，葉靈鳳卻寫出了歡喜香港風物之美的《香港方物志》，鳥獸蟲魚，無不一一細細描繪，如寫野花一篇：「香港的自然是美麗的，尤其是花木

〔註13〕《無題的問句》是詩人香港時期的作品，根據詩人前期的寫作習慣，詩人會將詩歌的寫作地點、細緻到時段的寫作時間作出明確標識，此時未寫地點，似乎暗指詩人不願接受香港生活，帶有定居香港的自我否定意味。

〔註14〕宇文所安：《追憶》，三聯書店，2004 年版，第 129 頁。

〔註15〕徐訏 ：《道德要求與道德標準》，《個人的覺醒與民主自由》，傳記文學出版社，1979 年版，第 1 頁。

之盛。有許多參天大樹，你決料不到它們是會開花的，可是季節一到，它們忽然會開出滿樹的大花來。」〔註 16〕可見此時此地，香港絕非一片蕭瑟，不值一提，而在徐訏筆下，竟只青睞《幻奇》這樣的回憶式描寫。在徐訏眼中，香港不能給他「生活」的「定型」。沒有認同的「中心」，徐訏只是一個「游離」者，香港只是一片無法寄託心靈的文化沙漠：「香港是物質的天堂，沒有精神生活。大家都在爭取賺錢機會，或掙扎活命，沒有人提倡文藝活動，充其量有藝無文，並非只有文學不能自下而上茁壯，其他如音樂、美術等等亦然。」〔註 17〕香港固然不適合純文學的寫作及發展，但徐訏的「游離」者狀態也是造成他不喜關注當下的重要原因。

1952 年，徐訏剛剛安頓於香港，南來的齟齬與孤獨使他更容易或更需要將文字停留於童年回憶與故鄉抒寫。「對鄉土執著的熱愛和繫念，正是某種程度上支撐徐訏漂泊人生的精神支柱。」〔註 18〕無論是「青山如畫」、「綠水如鏡」，還是「熟識的星星」，都不僅僅是回憶式描寫，而更試圖取代當下的生存境遇。當大路的右面展現小亭、小亭西面展現木橋槐蔭，及「我」垂釣的所在時，詩人更將自己帶入畫面，使「童年的腳印」復刻於腦海。「在香港他是一個異鄉人，他不喜歡香港，住在這裡的人與他是那樣的不同，根本對他沒有絲毫反應。他也不講他們的語言，只講自己略帶浙江鄉音的普通話，因此他實在難以維持體面的生活。」〔註 19〕此時，不僅讀者，就連詩人自己也在表面上很難想起當下的香港，而始終停留在對童年回憶的懷想中。

童年回憶與故鄉抒寫，這一母題甚至已構成了「游離」者徐訏詩歌創作的元敘事：任何的現實失落，詩人皆渴望通過童年回憶與故鄉抒寫來消解，反觀之，童年回憶與故鄉抒寫又以理想情境的姿態出現，無情地打擊著詩人的現實境遇與當下感受。是什麼使得徐訏如此長久地停留於童年回憶與故鄉抒寫？除去一般意義上的懷鄉之情，是否還存在其他原因？如若進一步追問這種抒寫的寫作緣起、表現特徵與詩人內在精神境遇的關聯，則需回到該種元敘事的現場──徐訏的童年經歷及發生的重要事件，並由此展開該種元敘事的創作理路。

〔註16〕葉靈鳳：《一月的野花》，見《香港方物志》，江西教育出版社，2013 年版，第15 頁。

〔註17〕陳乃欣：《徐訏二三事》，見陳乃欣等著《徐訏二三事》，1980 年版，第 30 頁。

〔註18〕吳義勤：《漂泊的都市之魂：徐訏論》，蘇州大學出版社，1993 年版，第 160 頁。

〔註19〕吳義勤、王素霞：《我心彷徨──徐訏傳》，上海三聯書店，2008 年版，第 226 頁。

二、根源性「游離」：寄宿學校體驗

徐訏出生於 1908 年的浙江慈谿。「慈城歷史悠久，設治始於吳越句踐時，名叫句章。」「慈城擁有極為深厚的文化底蘊」，〔註 20〕「徐訏的故居，雖不見雕樑畫棟，但經過一個多世紀風霜侵染的老屋，那五開間兩明軒的二層小樓也足見房主昔日的殷實。」〔註 21〕「徐家的祖業曾經繁盛一時，是當時有名的大戶人家」，徐訏的父親「是一位有著傳統學識，眼光又很開放的家長。」徐訏的母親「是一個長期生活在農村，勤儉克家的人。」〔註 22〕徐家一連誕三女，日日期盼兒子的降臨，據徐訏女兒葛原回憶：「我祖母姜燕琴是個身材纖小纏足的老式婦女，在一連生下三個女兒（我的梨如、班如、瑟如三位姑母）之後，她許下了願：祈求菩薩能賜給她一個兒子。終於她得到了我父親這個兒子，從此便以吃素來還願。」〔註 23〕

儘管徐訏的原生家庭環境殷實且平和，儘管徐訏也曾是母親最期待的兒子，但童年徐訏也曾經歷「剋星」陰影、父母離異〔註 24〕等事件，這些事件的出現，將為徐訏的成長經歷帶來負面影響。然而，最為直接且致命地影響了徐訏的性情與人生態度的，則是徐訏童年的寄宿學校體驗。這也即是徐訏成為「游離」者的最初體驗，也是最為根源性的體驗。

徐訏上小學時便開始了寄宿體驗。「那家小學在浙江慈谿的一個鄉下，我入學時候是八歲，十足年齡不過六歲，離我家有一里多路，讀了半年就住校了。」〔註 25〕五六歲的兒童正處於高級神經活動定性的時期，「在兒童五、六歲的時候，他的創造性的活動就特別地加強起來，而這個活動的基本方向也就形成起來了。高級神經活動類型（即思維型、藝術型以及中間型）表現得非常明顯。」〔註 26〕這個時候的體驗與意識將決定兒童終身的發展方向。徐

〔註 20〕吳廷玉編著：《江南第一古縣城再發現：寧波慈城文化內涵挖掘及開發研究》，四川大學出版社，2010 年版，第 6～7 頁。

〔註 21〕王靜：《尋找徐訏故居》，見《留住慈城》，上海遠東出版社，2004 年版，第 19 頁。

〔註 22〕吳義勤、王素霞：《我心彷徨——徐訏傳》，上海三聯書店，2008 年版，第 5～6 頁。

〔註 23〕葛原：《殘月孤星：我和我的父親徐訏》，上海文化出版社，2003 年版，第 5 頁。

〔註 24〕參看吳義勤、王素霞：《我心彷徨——徐訏傳》，上海三聯書店，2008 年版，第 6～8 頁。

〔註 25〕徐訏：《〈責罰〉的背景——我上學的第一個小學及其他》，見《徐訏文集》（第 11 卷），上海三聯書店，2008 年版，第 358 頁。

〔註 26〕中國科學院心理學研究室編譯：《巴甫洛夫學說與兒童心理學》，中國科學院出版，1954 年版，第 5 頁。

訐在寄宿學校的體驗近乎折磨，根據他自己的回憶，他在寄宿學校跟隨老夫子讀經，隨班上課時遇酷愛體罰的算術老師、不懂英文的英文教員，教育情況十分陳舊粗鄙。學校的衣食住行更是糟糕，用水用燈伙食如廁皆成問題。〔註27〕「我喜歡到學校讀書，可是不願意住宿，」〔註28〕成年後的徐訐曾如此回憶這段寄宿學校生活：

> 你問我為什麼不寫一本自傳。這是沒有理由的。實際上我的一生很平凡。受的學校教育不很平順正常，學校換得很多，後來我對於學校生活感到不喜歡，似乎也沒有一個真正對於我學業思想有直接影響的師友。〔註29〕

這些回憶性文字強烈地表達了徐訐對小學生活乃至學校生活的失望與不滿。在具體的學習生活上，徐訐並沒有體驗到一點來自寄宿學校的人性關愛，這使他過早地感受到了「定型」「生活」的遠離，獲取了最初的「游離」感。在徐訐的另外一則回憶中，他寫道：

> 我進高等小學二年級時候，英文先生姓許，是個教會中學畢業的，他對於教書不但沒興趣，而且不負責任，上課總是無精打采，後來我知道他夜裏常常在學校後面一家人家去賭錢。這件事校長翁老夫子竟一點不知道。
>
> ……
>
> 在同學之中，有一位姓張的，同我很好。不知怎麼，那時候他到城裏去買了一本胡適的《嘗試集》回來（當時嘗試集剛剛出版），被翁老夫子看見了大罵一頓，他認為張君不該把有用的錢買這無用的書。
>
> ……
>
> 現在想起來，覺得這個姓張的同學，一定有某種氣質是常人所不及的，只是教育並沒有把它帶領到正常的有用的路徑，以致走到畸形的路徑而毀滅了自己的。

〔註27〕 參看徐訐：《〈責罰〉的背景——我上學的第一個小學及其他》，見《徐訐文集》（第11卷），上海三聯書店，2008年版，第358～359頁。

〔註28〕 徐訐：《孤獨激起了寫作能力》，轉引自陳乃欣等著《徐訐二三事》，爾雅出版社，1980年版，第23頁。

〔註29〕 徐訐：《我小學生活裏的人物》，《徐訐文集》（第11卷），上海三聯書店，2008年版，第245頁。

......

那一段生活，我非常孤獨，但因此我很用功，那些中學功課居
然都跟得上，而且不算壞。但是這陸軍學校的生活，一早依著軍號
起床，上軍操，打拳擊實在不是我年齡所勝任的。〔註30〕

以上幾段徐訏的回憶性文字至少透露出如下幾點內容：徐訏就讀的學校
管理不嚴格；徐訏學校的教師保守遵舊；徐訏學校的教育無法起到引導人性
走入正途的作用；徐訏學校固守規矩，未能顧及到學生的年齡、天性。以上
所有這一切將導致徐訏「非常孤獨」的情感體驗，使其進一步獲取「游離」
感。

而更重要的是，在這樣一個乳臭未乾的年齡，徐訏即脫離了父母，離開
家獨自面對生活中的一切，這實際上造成了精神依賴的割裂。「在還十分需要
父母關愛的幼小年齡，稚嫩的徐訏就倍嘗孤獨的滋味，有家不能歸，這對他
的性格形成有著較大的影響。」〔註31〕在寄宿學校的體驗中，徐訏多次經歷
了試圖回家與被迫不能回家的慘痛體驗，「有幾次我逃學回家，可是每次都被
送回來。」〔註32〕可見在幼年徐訏的心靈深處，回家的渴望與不能回家的打
擊多次影印於頭腦，造成長久的精神印痕。「童年時就孤身一人離家住校，缺
少一般小孩子都能享受到的父母的疼愛和家庭生活的溫暖，使徐訏幼小的心靈
過早地體味到了孤獨和寂寞的滋味，養成了他孤寂內省的個性氣質。」〔註33〕
下文這段回憶，可以說是對這種體驗的集中式表達：

我的家離校不過一里路。從學校遠遠可以望到我家所在的村落
的，我住在學校裏，開始時候，實在想家，每到放學，看同村學生
排隊回家，我真是羨慕。有時候，我真想偷偷溜回家去，但是這是
絕對不許的。記得有一次，我的家著火了，那是黃昏的時候，遠遠
地看見煙，於是看見了火。馬上有人傳來消息，說是著火的正是我
家，我當時非常著急，很想馬上見到母親，但是翁老夫子不許我回

〔註30〕徐訏：《我小學生活裏的人物》，《徐訏文集》（第11卷），上海三聯書店，2008
年版，第242～245頁。

〔註31〕陳同：《文化的疏離與文化的融合——徐訏、劉以鬯論》，歷史學碩士論文，
香港中文大學，2001年6月，第12頁。

〔註32〕徐訏：《孤獨激起了寫作能力》，轉引自陳乃欣等著《徐訏二三事》，爾雅出版
社，1980年版，第23頁。

〔註33〕佟金丹：《論童年經歷對徐訏及其小說創作的影響——紀念徐訏誕辰百年》，
遼東學院學報（社會科學版），2008年4月，第10卷第2期。

家，他認爲我回去並沒有用處。我記得那一天晚上我暗自傷心了許久。〔註34〕

　　表面上，這是徐訏回憶寄宿學校經歷的一段描述性文字，但實際上，這是一段非常重要且意味深長的創傷性表達。「記憶都不是偶然存在的——每個人都會從他的記憶中找出那些他認爲有用的東西進行保存，不管其清晰與否。所以，這些記憶就成了他的『人生故事』。」〔註35〕若干年後，徐訏對這一場景的深刻印象足以證明這種體驗對他的長遠刺激。寄宿學校的體驗，成爲了徐訏根源性的「游離」感受：「我的家」離「我」並不遙遠，「實在想家」但卻「絕對不許」回去，對於可以回家的人，「我真是羨慕」。並且，即便瞭解「家」中的燃眉之急，也竟只能隔岸觀火，毫無介入能力。童年徐訏得知家中著火，「非常著急」，「很想馬上見到母親」，但竟發現自己被定性爲無用之人，「但是翁老夫子不許我回家，他認爲我回去並沒有用處。」無力與無用的評價一旦生成，將對童年期的徐訏造成深刻的精神創傷，這種精神創傷已不是「暗自傷心了許久」能夠平復的。

　　由此可見，寄宿學校體驗成爲了徐訏最元初的「游離」感受。儘管徐訏時常抒寫的是懷鄉之作，但徐訏的「游離」感受，並不是從他離開故鄉之後才開始的，而是從他被迫寄宿且回「家」不得之時，就已開始。在徐訏的詩歌中，童年回憶與故鄉抒寫這一元敘事，之所以能以強大而頑固的力量叢生於徐訏各個階段的詩歌創作中，並非僅是常規式的離鄉者的懷鄉之情，更包含了寄宿學校體驗帶給徐訏的最元初的精神創傷。與其說徐訏在像一般遊子一樣地懷念童年與故鄉，不如說徐訏始終未能釋懷不能回「家」的創傷。可以說，自這個時刻起，「生活定型」的「中心」渴望，已遭遇最初的打擊，徐訏的「游離」者宿命，也現出了元初的脈絡。

三、「向哪裏去？」：「游離」者徐訏

　　由前文論述可知，寄宿學校體驗帶給徐訏深刻的記憶。值得注意的是，如果在經歷了寄宿學校體驗後，徐訏從此獲取了「生活定型」的人生，那麼，寄宿學校體驗將僅是兒童時代的一次創傷，可隨著時間的推移慢慢淡忘。然

〔註34〕　徐訏：《〈責罰〉的背景——我上學的第一個小學及其他》，見《徐訏文集》（第11卷），上海三聯書店，2008年版，第360頁。
〔註35〕　（奧）阿德勒：《自卑與超越》，李青霞譯，瀋陽出版社，2012年版，第49頁。

而，在徐訏往後的人生中，「生活」未能「定型」的人生經歷卻反反覆覆出現。擁有一個「家」、經營一個「家」、被承認於這個「家」，這樣的願望是每個人都會產生的感受，出生、成長、戀愛、結婚、生子，一連串的世俗行爲是人世的常規軌跡，也是獲取世俗社會認同的來源。然而對於日後的徐訏來講，這一切卻並非眞正擁有，戀鄉而只得到鄉愁，妻子外遇，抛妻別女，遠在香港……不能擁有、不能掌控的人生經歷筆筆皆是。

在這樣的人生軌跡下，徐訏兒童時代的寄宿學校體驗，便成爲了「游離」於「生活定型」之外的感受源起，以及整體人生的縮影式寫照。「在人的所有精神世界裏，只有記憶可以透露出人的眞情。記憶就像他的影子，時時提醒著自身的限制和環境的意義。」〔註36〕每當他的人生陷入同樣的境遇時，最初的創傷體驗便會重新浮上心頭，並在一次次的回憶中反覆鞏固。這個時候，寄宿學校體驗以及日後所有的類似體驗，則成爲了一連串的記憶鏈，最終使徐訏成爲了「游離」者。這個「游離」者渴望「生活定型」卻始終「游離」在這一中心之外。

在日後的人生中，「游離」者的焦慮始終存在，而這種焦慮不僅源於當時的人生狀態，更每每與最初的經歷對接。正如《苦待》一詩所寫：

> 我隨風尾遠行，
> 應趕風首回去，
> 因我與家園的新月，
> 約在黃昏時相遇。
> ……
> 雖說征人的壯志未遂，
> 不應爲自己的癡情顧慮，
> 但我不忍家園的新月苦待，
> 她在苦待中就會謝去。

（《苦待》，《鞭痕集》，1945 年 12 月 29 日，夜尾，紐約）

1945 年 12 月 29 日，身在異國紐約的徐訏於夜尾時光中寫下了《苦待》一詩，在這首詩中，詩人的形象是風風火火的，「我隨風尾遠行，／應趕風首回去」，詩人並不留戀故鄉之外的一切風景，而一心只想回歸家園。並非詩人未曾有

〔註36〕 （奧）阿德勒：《自卑與超越》，李青霞譯，瀋陽出版社，2012 年版，第 49 頁。

「壯志」，而是即便「未遂」也要顧慮「癡情」，因爲「不忍家園的新月苦待」，「她在苦待中就會謝去」。〔註 37〕可見在詩人的深心中，等待回歸家園的焦慮，以及擔憂因不及時歸家而造成家園損毀的焦慮依舊是那麼鮮明，這種焦慮同幼年時期目睹家園失火卻無法回去、擔憂家園損毀的焦慮何其相同！

> 你說我如能早睡，
> 你可領我回鄉，
> 故鄉的春色燦爛，
> 滿野綠遍稻秧。
>
> 但等我走進夢裏，
> 竟不見你的行蹤，
> 只聽見你在叫我，
> 說你已走進田疇。
>
> 待我看到家國，
> 田間春稻已長。
> 我不見你的影子，
> 唯聞身邊稻香。
> ……

（《夢內夢外》，《鞭痕集》，1946 年 3 月 11 日，Madison，鄉下）

1946 年，身居美國麥迪遜的徐訏又一次唱起了故鄉之歌，並且又一次涉及到能不能回鄉的問題。因爲詩人失眠，「你」便勸說詩人早睡，條件是「可領我回鄉」。在失眠狀態下，只有異常鼓舞人的條件才會使詩人努力選擇入睡，由此可見，「可領我回鄉」對詩人具備怎樣的吸引力。然而「等我走進夢裏」，「竟不見你的行蹤」，而我「看到家國」之時，卻發現「不見你的影子」，許諾的「故鄉春色燦爛，／滿野綠遍稻秧」早已變做「春稻已長」、「身邊稻香」，顯

〔註37〕這裡隱藏著中國傳統的「達則兼濟天下，窮則獨善其身」、「齊家治國平天下」的思想。《禮記‧‧大學》有云：「古之欲明明德於天下者，先治其國；欲治其國者，先齊其家……家齊而後國治，國治而後天下平。」（（漢）鄭玄注（唐）孔穎達疏，《禮記正義》，北京大學出版社，1999 年版，第 1592 頁。）在徐訏的詩歌中，家園並未有任何變故，在壯志未酬的情況下，好男兒本應志在四方，圖國治天下平，「兼濟天下」，可卻因「癡情顧慮」，由「達」轉「窮」，必須回家。這等回家非榮歸故里，逆慣常之行爲，可見在徐訏心中，「家鄉的新月」之重要無可比擬。

然節氣已過，並不是詩人最期待的景象。這樣的抒寫頗有一些隱喻色彩：在徐訏的內心深處，凡與回鄉有關的心理活動總難以獲取圓滿，不是身邊失去陪伴的人，再次陷入孤獨，就是未能趕上最想回去的時刻，留得人老珠黃、風景大變。在徐訏的內心深處，他始終無法接近「家」的溫暖，感到自己永遠「游離」於「生活定型」的追求之外。

在香港，三十年的客居已近於某種程度上的安定，但徐訏卻始終未能試圖抓取這種安定，除去香港本身難以容人的客觀條件之外，「游離」者自我的抗拒也是造成這種局面的必然原因。徐速曾在回憶徐訏的文章中說：「徐訏的作家氣質很快就暴露了，對於他不大喜歡的人，總是愛理不理，就是勉強擠出來的笑容，也都帶有冷峭孤傲的味道。」〔註 38〕這篇文章對徐訏的評價雖然有失偏頗，在言辭上也有諷刺挖苦之嫌，但作者確也是站在現實立場上清醒地看到徐訏「游離」的境遇：「徐訏的冷漠態度，弄得主人很掃興，但也無可奈何。我在臺下聽得很過癮。說真說，不敷衍，頗有『雖千萬人吾往也』的氣概，這才是大家的本色；但我也立刻想到，在這個弄假搞鬼互相利用的社會裏，這位老兄很難一帆風順了。」〔註 39〕徐訏不隨波逐流的精神甚為可貴，值得後人為之敬仰，然而從其人生整體的「游離」感受來看，以硬姿態衝擊世相的凌厲也是他難以轉圜的內心焦慮所做出的必然外在反射。「在我的一生生活中，住永遠是一個成問題的問題，現在也還是。」〔註 40〕徐訏的這一句自我陳述況味複雜，對於「家」尋求失落殆盡，這說明「生活定型」的渴望已在徐訏這裡形成巨大的焦慮，而始終無法實現。終其一生，徐訏都未能找到「生活定型」的所在，他不停地更換著空間地域，並追問著人生何去何從：

> 向哪裏去，向哪裏去？
>
> ……
>
> 向沙漠，向原野，
>
> 向冬天的溫暖，

〔註 38〕 徐速：《憶念徐訏》，見寒山碧編著《徐訏作品評論集》，香港文學研究出版社有限公司、香港文學評論出版社有限公司，2009 年版，第 310 頁。

〔註 39〕 徐速：《憶念徐訏》，見寒山碧編著《徐訏作品評論集》，香港文學研究出版社有限公司、香港文學評論出版社有限公司，2009 年版，第 310 頁。

〔註 40〕 徐訏：《〈責罰〉的背景——我上學的第一個小學及其他》，見《徐訏文集》（第 11 卷），上海三聯書店，2008 年版，第 361 頁。

向夏天的涼爽，
向安寧的家居，
向自由的流浪。

向無神的地方，
向有愛的地方，
向那渺茫的夢，
寄居著平凡的希望。

（《向哪裏去》，1951 年 1 月 28 日，香港）

這一首《向哪裏去》情緒鮮明地表達出了徐訏「游離」於「生活定型」之外的境遇與意識，終其一生，身體漂泊異鄉各地，心靈亦未曾找到任何寄託之所。在 1951 年的香港，他唱著「向哪裏去，向哪裏去」的疑問，不斷投射著內心經年的「游離」狀態。詩中提到的「向沙漠、向原野」、「向冬天的溫暖」、「向夏天的涼爽」、「向安寧的家居」、「向自由的流浪」其實都是現實生活中的徐訏難以體會到的狀態與感覺，在現實生活中，就連自始至終的「流浪」，都包含有不自由的成分。至於「無神」、「有愛」、「平凡的希望」之類溫存之感，更是徐訏所難以觸碰的情感體驗，因而在《向哪裏去》這樣的詩歌中，才會出現暢想式筆觸。由始至終，「游離」者徐訏都「游離」於「生活定型」這一「中心」，並在不斷的彷徨中一次次加深這種「游離」。

結　語

以上論述可證，終其一生，徐訏都未能放下童年時代回「家」不得的體驗，寄宿學校體驗成為最元初的「游離」感受，也指代了徐訏整體的人生困境。需要著重強調的是，寄宿學校體驗與日後的類似體驗互相影響，在記憶鏈的勾連中形成惡性循環：一次又一次「游離」於「生活定型」之外的體驗無限度地加深最初的焦慮，而最初的焦慮也以強大的覆蓋力始終掌控著整體的人生態度。這造成了雖合乎邏輯但又極為弔詭的人生體驗狀態：即便在複雜的環境中有可能抓住安寧與歸屬，內心深處的傷痕也使自我主動放棄了可能性。也即是說，「游離」者恰因對「生活定型」的敏感與渴望，最終卻愈發「游離」於這一中心，再無獲取「生活定型」的可能，最鮮活的體驗感最終獲取的卻是最缺失體驗的人生。

　　討論徐訏的人生經歷，並與徐訏的詩歌研究相對接，我們找到了徐訏作為「游離」者的複雜精神世界。徐訏作為「游離」者的身存境遇，不僅歸屬於「動亂的中國」，類同於「一群」像徐訏「一樣的人」〔註41〕，更因「游離」的時空持續性，使徐訏具備了典型的作家特質。這樣一個精神世界，徐訏「沒有剪斷，沒有隱藏」〔註42〕地將之交付於詩歌這一創作領域。「通過封鎖線的洋場才子」自然與「游離」者的形象頗有距離，然而，小說創作與詩歌創作恰可體現出作家徐訏的一體兩面：浪漫傳奇與「游離」彷徨，本就是同一本體相生的二元表徵。

作者簡介：

高博涵，1987 年生，女，天津人，文學博士，重慶師範大學初等教育學院講師，研究方向為中國現當代文學。

〔註41〕 徐訏：《道德要求與道德標準》，《個人的覺醒與民主自由》，傳記文學出版社，1979 年版，第 1 頁。
〔註42〕 徐訏：《四十詩綜・後記》，上海夜窗書屋，1948 年版。

從新發現的兩則史料看「吳宓贈書」

黃菊

（西南大學圖書館）

提要：

1956 年，在西南師範學院任教的吳宓先生將其部分個人藏書捐贈給學院圖書館。本文擬從新發現的兩則史料出發，還原「吳宓贈書」的過程，分析贈書緣由。同時，圍繞「贈書」，梳理文獻的構成，分析其文獻價值。在吳宓贈書中，尤爲珍貴的是他在清理贈書時寫下的題跋和注釋。題跋和注釋既包含了對文獻基本信息的解讀，又和吳宓學術觀念、個人經歷緊密相連。無論是贈書行爲本身，還是贈書的文獻價值，都是吳宓研究中不可忽視的部分。

關鍵詞：吳宓贈書　文獻價值　題跋研究

1955 年底，吳宓先生決定將其原存於北京的部分個人藏書運送到重慶北碚，並將藏書中的西文文獻捐贈給了他任教的西南師範學院。這批贈書現收藏於西南大學圖書館。吳宓所贈的西文文獻有著珍貴的價值和意義。從語言形式看，贈書包括英、德、法和拉丁文等多種語言；內容涉及文學、政治、歷史、哲學、傳記等多個方面；不少文獻還具有較高的版本價值。

尤爲珍貴的是，1955～1956 年間，吳宓將書籍捐贈西南師範學院時，對藏書逐一進行了整理，並認眞寫下了題跋和批註。這些題跋和批註有對書的簡介，有吳宓自己的讀書心得，更有書中與之相關的人和事，涉及了吳宓從青年求學到回國任教以及進入新時期後的個人情感和經歷，信息量極爲豐富。

那麼，圍繞「吳宓贈書」，贈書有著怎樣的經過？贈書包含了哪些重要文獻？贈書時的吳宓又是怎樣的一種心態？凡此種種問題，都值得深入挖掘和探討。不過，迄今爲止，就「吳宓贈書」——無論是事件本身，還是文獻、

注釋、題跋的價值和意義，並未得到過系統的梳理和分析。爲此，本文擬從西南大學檔案館新發現的兩則史料出發，結合吳宓日記、書信中有關贈書的記載，梳理「吳宓贈書」始末，呈現贈書的經過，對贈書的構成以及書中的題跋、注解做初步的梳理和解讀。

一

1949 年 4 月 29 日吳宓從武漢飛抵重慶。他此行的目的，原本是成都的東方文教學院，但因當時成渝交通阻滯，不得不止步重慶。到重慶後，吳宓在北碚私立相輝文法學院任教，同時在梁漱溟創辦的私立勉仁文學院講學，並兼職重慶大學外語系。1950 年 4 月，吳宓受聘爲四川省立教育學院外語系專任教授。同年秋，四川省立教育學院與國立女子師範學院合併組建西南師範學院。1952 年，西南師範學院由重慶磁器口遷至北碚，吳宓隨校遷移，自此定居北碚，直到 1977 年 1 月被家人接回陝西涇陽老家。

吳宓在西南師範學院度過了生命中最後的 27 年，先後擔任外語系、歷史系和中文系教授。他的晚年與重慶、與西南師院密不可分。他在西南師院做的重要的決定之一，就是在 1955 年底將存放在前妻陳心一女士處的個人藏書運至重慶北碚，並最終捐贈給西南師院。

吳宓贈書，無論是在西南師範學院還是吳宓自己，都是非常重要的大事。在西南大學檔案館中，有兩則史料和吳宓贈書相關。一則來自《西南師範學院院刊》。1956 年 6 月，西南師範學院在院刊頭版對吳宓贈書一事做了專題報導。報導的題目爲《吳宓教授贈送我院圖書七百餘冊》，現轉錄如下：

> 在向科學進軍的時候，歷史系教授吳宓同志爲了發揮自己藏書的作用，以利於我院的教學和科學研究工作，特由北京運到書籍五大箱，約七百餘冊，全部送給我院圖書館。
>
> 所贈圖書的內容：有希臘、拉丁、英、法、德、意大利、西班牙各國文的字典、文法及讀本；有世界古今各國之文學史、通史、斷代史及部門文學史；有世界古今各國文學名著，其中以希臘、羅馬、英國、法國的文學著作較齊備；有詩文選注讀本以及詩人或小說家全集數部。如，希臘羅馬傳記及神話字典、希臘文學史、高華論、西班牙文學史、亞里士多德全集、安諾德全集、古希臘文學史等稀少難得的英文書。關於但丁的著作有：意大利文全集、英文譯

本全集、英詩譯本全集、參考要籍選編、但丁字典、但丁著作各論等。這些是研究但丁的寶貴材料。

這批書是吳教授在外國留學時苦心搜集的文學書籍，也是他平素極喜愛珍惜的書，其中有許多今已絕版，極為可貴。

在贈送前，吳宓教授還細心地將中這批書進行了整理。在書內的題頁上注明了作者、譯者、編者的姓名、國籍和生卒年月，有的且將該書的內容和影響及對該書之評價做了簡括的敘述和題跋，以便利讀者瞭解該書的梗概。現在圖書館正在對這些書進行編目，準備編一專目，供師生參考。〔註1〕

另一則是西南大學檔案館所藏的一封關於吳宓贈書的感謝信。該信以文件的形式簽發於 1957 年 10 月 26 日，收件人為歷史系和吳宓。信以西南師範學院的名義所寫，圖書館黃彝仲撰文，孫述萬核稿，學院副院長謝立惠簽發。信的內容如下：

雨生先生：

前承贈送我院有關西洋文學方面的外文書籍一批，共計八百六十一冊……惠贈之書籍□□珍貴。足徵　先生關懷我院教學和科學研究工作。除已由圖書館陸續整編完畢，善為度藏共參考閱讀外，特誦申謝。此致

敬禮

西師〔註2〕

第一則史料提及了幾個關鍵信息。首先，贈書來自吳宓的北京藏書。吳宓所藏的西文書籍一直存放於北京，由陳心一女士保管。吳宓對這批個人藏書的去向曾有過不同的計劃。1949 年，吳宓在給其弟吳協曼的信中提到過他的北京藏書。當時吳協曼在臺灣，正為個人何去何從而躊躇。吳宓給吳協曼的建議之一，即離開臺灣回到平津，在北大清華任教，可近名師，飽讀藏書，「宓在北平家中遺留之全部西洋文學書籍，全可與弟，俟時機到時往接收。」〔註3〕後來吳協曼並未回到大陸，此提議也就未能實現。

〔註 1〕西南大學檔案館館藏：《吳宓教授贈送我院圖書七百餘冊》，《西南師範學院院刊》，第 67 期，1956 年 6 月 23 日。

〔註 2〕此信來自西南大學檔案館館藏。

〔註 3〕吳學昭整理、注釋、翻譯：《吳宓書信集》，生活・讀書・新知三聯書店，2011年出版，第 362 頁。

此後，李賦寧成爲吳宓藏書託付的對象。李賦寧是陝西人，其家與吳宓既是同鄉又是世交。李賦寧的父親李協和吳宓相熟，吳宓在南京東南大學任教期間，吳李兩家租住同一棟樓。李賦寧不僅是吳宓在西南聯大的學生，也是吳宓最信賴的人之一。吳宓視李賦寧爲「平生最敬愛之學生、兼世交，親如子侄」〔註4〕，他多次在信中表達了把自己的藏書、日記予以委託的願望。1950 年，吳宓在給李賦寧的信中就提出，其藏書除留給女兒們數冊外，「他日仍以奉贈」。在信中，吳宓很明確將李賦寧作爲了其藏書捐贈的對象。1951 年2 月，吳宓再次致信李賦寧，在信中催促他將書從陳心一處拿走：

> 前宓之全部西洋文學書籍，已贈與弟，今因北京寓宅恒因屋小無地存放，且若章姑母去世（今病危）心一離京他往，京寓取消，亦意中事。故望弟速與心一、學淑接洽，將宓已贈與寧之全部西書（中文書，擬贈金蜜公），即日運至清華弟家中存放。勿捐與任何學校圖書館，勿分贈友人（不可零散），而自己永遠保存……若因書多而在清華需住大宅，加房租以及運費等，宓均願另匯款津貼補助，猶如代宓辦事一樣。至在渝（昔在昆）之書，宓仍保管閱讀，他日亦全贈寧，歸一處保存。〔註5〕

吳宓在信中急切的希望盡快將書轉交李賦寧，同時還表達了處理個人西文藏書的幾點態度：1. 不捐與任何學校圖書館；2. 保持藏書的完整，不能分拆；3. 只要能妥善保管，吳宓願意自己掏錢，承擔書的運費、存放所需的房租費；4. 在昆明、重慶期間所購置的書籍，最終也將全部交於李賦寧。吳宓爲藏書的去處，做了妥善的規劃。

吳協曼和李賦寧，一個是吳宓的弟弟，一個是吳宓視爲子侄的學生，兩個都與吳宓關係親密。因此，在書的去向上，吳宓首先的選擇是親近之人予以相託。贈書與吳協曼和李賦寧的計劃都沒能成爲現實，但這批書的去向是吳宓一直的牽掛。

吳宓贈書的要求，第一是「勿捐與任何學校圖書館」。他選擇吳協曼和李賦寧爲贈書對象，也是表達了不捐贈給學校圖書館意願。這中間的重要原因之一，應是吳宓希望自己的藏書可以保持完整，而不至於星散。但這批藏書

〔註4〕吳學昭整理、注釋、翻譯：《吳宓書信集》，生活·讀書·新知三聯書店，2011
　　　年版，第370 頁。
〔註5〕同上，第371 頁。

最終輾轉西南，捐贈給了西南師範學院圖書館。那麼，吳宓贈書西南師院有
著怎樣一個經過？

在吳宓的日記中，較早提及贈書學校，是在 1955 年的 12 月 26 日。在那天
的日記中，吳宓寫道：「郵局遇方敬教務長，立談久之。敬自任代商院長由學校
運宓書六大箱由京至碚，即以酬宓所捐書、由學校代出全部運費云云。」〔註6〕

時任西南師範學院教務長的方敬最早代表吳宓，向學校領導提出運書、
贈書事宜：即學院承擔運費，將吳宓留京的書運至北碚，吳宓則捐書與學院
以作酬勞。很快，12 月 29 日，吳宓寫信給西南師範學院院長的張永青，希望
學校能代墊運費，將其放在陳心一女士處的書六箱運送來校，「按月扣薪還二
十元」。書到後，「宓決以其大部分捐贈與西南師範學院」〔註7〕。

此時吳宓的計劃是，學校暫時墊付運書的費用，然後從他的工資中逐月
扣還。吳宓也並未打算將全部書籍捐與學校，而僅是將「其大部分」捐贈。
吳宓將此信「函送敬，請酌辦」。吳宓將信函送給方敬，由方敬轉交學校領導。
當天吳宓就得到了學校的答覆。方敬告知吳宓，「王、謝二副院長均深荷宓捐
書與學校之意，正酌議詳細辦法。」〔註8〕至此，吳宓贈書的舉措得到了學院
的肯定和支持。

1956 年 1 月 4 日，吳宓「從學校之意」寫信給陳心一，由時在北京師範
大學進修的歷史系教師李秋媛代表西南師院，取走吳宓書籍六箱，交運輸公
司運至北碚。3 月 23 日，裝有吳宓書籍的五個書箱到校，西南師院總務處派
工人將書箱分批送往吳宓住處，且安排木匠開啓書箱。

3 月 26 日，第一箱書運至吳宓家中。早在前兩天，吳宓已經迫不及待的
在家中做準備，「遷床留空地以待」〔註9〕。由於書箱過重，擔心壓塌地板，
所以五個書箱是分做三次送到吳宓處。從那一刻起，吳宓開始了長達數月的
整書、送書的生活：「上午整書」、「終日整理書籍」、「續整編捐贈之書，至凌
晨 1：00 始寢」、「上下午編整捐書」、「宓上下午及晚，續整書不停」……根

〔註6〕吳宓：《吳宓日記續編》第 2 冊，北京：生活・讀書・新知三聯書店，2006 年
版，第 337 頁。

〔註7〕同上，第 339 頁。

〔註8〕吳宓：《吳宓日記續編》第 2 冊，北京：生活・讀書・新知三聯書店，2006 年
版，第 339、340 頁。

〔註9〕吳宓：《吳宓日記續編》第 2 冊，北京：生活・讀書・新知三聯書店，2006
年版，第 407 頁。

據吳宓日記的記載，從 1956 年 3 月底至 9 月中旬，整理贈送書籍成爲吳宓生活中最重要的內容之一。

那麼，吳宓捐贈給西南師範學院的書籍到底有多少冊？關於這個數字有幾種說法。從上述兩則材料中可知，在西南師範學院院報的報導中，是「圖書七百餘冊」。但報導的時間是 1956 年 7 月，當時吳宓贈書尚未完成，所以這個數字只是一個臨時數字。而感謝信寫於 1957 年 10 月，彼時贈書已經完成，因此信中的 861 冊應爲準確數字。

不過，這個數字和吳宓日記中的記錄仍有出入。1956 年 9 月 14 日的日記中，吳宓寫道：「宓捐送西師之圖書已達 863 冊」〔註10〕。此後，吳宓日記中再沒有關於整書、送書的記錄。因此，可將這則日記記錄視爲吳宓對捐書事件的一個小結。同年 12 月在給好友金月波的信中，吳宓寫到：「西文書共九百冊，值一萬餘元。盡捐贈西南師範學院圖書館。」〔註11〕在信中，西文書的冊數爲 900 冊。1960 年，在給李賦寧的信中，吳宓提及「宓 1956 年捐助本校西文書籍近 1000 冊……」〔註12〕。

那麼，僅在吳宓日記和信件中關於贈書就出現了三個不同的數據，到底哪個數據更準確？筆者認爲，西南師範學院寫給吳宓的感謝信中的數據應更可信。西南師範學院圖書館在 1956 年接收吳宓贈書時，對每一冊書均作了詳細的登記，逐冊記錄下了贈書的著者、書名、出版等詳細信息〔註13〕。這些信息直到八十年代依然保存在圖書館。而在前述第二則史料中的感謝信經過了圖書館館長孫述萬的審核，其中的數據應較爲準確。因此，吳宓捐贈給西南師範學院圖書館的西文書籍爲 861 冊。這一數據也與吳宓 1956 年 9 月 14 日日記中所記數據最爲接近。

二

贈書從一開始就受到西南師範學院的重視。院報的報導和感謝信都表達了學校對吳宓先生贈書以支持教學和科研的感激之意。在具體的接受贈書過

〔註10〕同上，第 511 頁。
〔註11〕吳學昭整理、注釋、翻譯：《吳宓書信集》，生活・讀書・新知三聯書店，2011年版，第 322 頁。
〔註12〕同上，第 378 頁。
〔註13〕黃彝仲：《良師同事益友——緬念爲圖書館事業奮鬥終生的孫述萬教授》，《四川圖書館學報》，1989 年第 5 期。

程中，西南師院圖書館同樣和吳宓保持了良好的溝通，充分尊重了吳宓對贈書管理的意見。1956 年，時任西南師範學院圖書館館長的是孫述萬教授。〔註14〕孫述萬是圖書館學專家，尤其對西文文獻著錄有深入的研究。為妥善保存好這批珍貴的贈書，孫述萬和吳宓多次交流，討論文獻的存放標準。

1956 年 3 月 17 日，書還未到校時，孫述萬就主動找到吳宓，商議接收贈書的辦法，提出贈書「可由館員編目，不煩宓。且書上貼印宓捐贈字樣云云。」〔註15〕此後，孫述萬和吳宓為贈書存放和管理不斷相與往來。3 月 26 日，吳宓收到第一箱書的當天，即「訪圖書館孫述萬館長，商送交贈書辦法，待洽。」3 月 28 日，「午飯時，孫述萬館長來。答訪。」3 月 29 日，吳宓再次去圖書館見孫述萬。此次見面，明確了送交贈書的辦法，「又見派定收書之館員侯文正，交付吳宓藏書圖章，並面交付宓捐贈之書二冊。以後，則由開桂持簿送交，侯文正點收蓋章。」為贈書，吳宓和孫述萬相交流不斷。7 月 17 日，「孫述萬來。」8 月 8 日，吳宓「訪孫述萬館長」。8 月 23 日，吳宓將插圖精印《法國文學史》送交孫述萬館長。9 月 11 日，「上午，無所成。至圖書館訪孫述萬主任，談圖書之存放管理制度。」兩人因贈書而相熟悉，在此後，吳宓常因購書、借書等事宜和孫述萬交流。

吳宓一生愛書，將他的藏書視為過往生命的留存。對於贈書的管理和存放，他有自己的標準。在不少贈書中夾有大小不一卻裁剪整齊的小紙條。紙條上寫著吳宓對書籍存放、編目的建議。如果書籍頁面脫落較多，小紙條上就會寫著「此冊必須裝訂」〔註16〕或「此冊線已脫，必須裝訂」等字樣。對一些重要的書，吳宓還會對裝訂的方式提出建議，如「裝訂時，最好用原板，另加縫」。

吳宓非常看重對文集完整性的保持。有些成套的文集，因時間久遠散落不全，吳宓希望圖書館能夠補齊，如《蔣生戲劇全集》原有上下兩冊，捐贈時缺上冊，吳宓即在書中寫明：「望學校能購補」，並提示「日本丸善書店買最便宜。」對《安諾德全集》就也提出了「不可當作零冊，分散編目。」

〔註14〕 孫述萬，湖北蘄春人，1925 年畢業於武昌文華大學圖書科，歷任湖北省立圖書館館長，廈門大學圖書館主任，國立浙江大學文理學院圖書館主任，國立北平圖書館中文期刊組組長、重慶大學圖書館主任，1952 年起擔任西南師範學院圖書館館長。

〔註15〕 吳宓：《吳宓日記續編》第 2 冊，北京：生活・讀書・新知三聯書店，2006 年版，第 403 頁。

〔註16〕 本文所引用的吳宓題跋、注釋均來自西南大學圖書館館藏吳宓贈書。

但吳宓對書的態度，並非是僅僅為他的書尋求一妥善的保管之所，相反，他希望他的贈書能在教學中讓更多的學生受益。因此，對一些教學中急需的書籍，吳宓希望圖書館能盡快編目，讓學生能早日閱讀。在《特洛耶城》一書中夾的小紙條上，就寫著提示，「世界古代史必用之參考書（望早編目）。」

這類寫著書籍管理中需注意事項的小紙條都是利用紙張的邊角裁剪得來。吳宓在寫這些小紙條時，既用毛筆書寫，有時也用鋼筆，字跡色彩顯示有時為紅色墨水有時為黑色墨水。無論哪類小紙條，文字無不工整有序。怎樣裝訂、如何存放、事無鉅細都一一考慮周全，顯示了吳宓一貫的嚴謹態度和對贈書的良苦用心，以及這批藏書對吳宓的重要意義。

西南師院圖書館充分尊重了吳宓的這些建議，以專業的技術對吳宓贈書予以了較好的保護。對那些遭遇鼠齧，殘缺不全，書頁脫落的贈書，圖書館進行了再次的裝訂。而這些裝訂，無不從書的具體情況出發，對每本書量身重裝。在一些經過重新裝訂的書籍中，尚存留著「裝釘通知條」，上面印有書的裝訂要求。從「裝釘通知條」可看出，僅裝釘的式樣就分「全布殼」、「1／4 布殼」、「紙殼」；書籍切邊的要求則有「不切」、「少切」等等諸如此類的標準。凡裝訂的書籍，均要在封面、書脊上燙印字。至今，這批經過統一裝訂的吳宓贈書仍存放在西南大學圖書館，書為統一裝訂，綠色硬殼封面，書名燙金，書脊上印有「西南師範學院」字樣。西南師院圖書館和吳宓良好的互動，以及他們認真的態度，大概給吳宓留下了很好的印象。這也未嘗不是吳宓最終決定將所有西文圖書捐贈出來的原因之一。

三

自 1956 年迄今，60 多年過去了，經歷了各種運動、破壞以及圖書館的多次搬遷，吳宓贈書已經無法保持原有的狀態，部分已經散落遺失，和贈書時的原貌相比，已經發生了變化。前述第一則史料對吳宓贈書詳盡客觀的報導，則為我們瞭解贈書的基本信息，包括書的種類、來源等提供了參考。

吳宓贈書主要為西洋文學類書籍，涵蓋希臘、拉丁、英、法、德、意大利、西班牙等多國文字。重要的文集有《沃爾特·司各特小說全集》25 冊，《安德諾全集》13 卷，《薩克雷小說》11 冊，十九世紀法國文學批評大家聖伯甫《月曜談》英譯本 7 冊，《英國文學史》4 卷等。贈書中有為數不少「EVERYMAN」

S LIBRYRY」（人人文庫）系列，書籍有統一的開本、封面設計和版型。「人人文庫」推出的均爲經典人文書籍，《白芝浩文學論集》（上下集）、《歐金妮・格朗黛》（《歐也妮・葛朗臺》）、《愛彌兒》等皆屬於「人人文庫」。無論內容、裝幀還是書內插圖，贈書都各具特色。

　　文學史著作是贈書中的一個重要部分，囊括了英國、法國、德意志、西班牙、古希臘、古羅馬、印度、日本等多個國家以及不同歷史時期的文學史著述。以《法國文學史》爲例，同名的著作有四個版本。四本法國文學史作者不同，書寫角度各異：《法國文學史（插圖本）》（Abry，E.& others），吳宓在哈佛大學上法國文學史課時所用的教材，「讀之極熟，恩愛其書。」贈送給西南師院的這本《法國文學史（插圖本）》爲吳宓在巴黎遊學時重新購置。其中一冊《法國文學史》爲哈佛大學教授 C.H.Conrad.Wright 所著。吳宓在哈佛大學留學時，Wright 正開設法國古典文學課程。吳宓雖未聽 Wright 的法國古典文學，但認同 Wright 在該書中所持有的觀念，即：「西洋自古希臘羅馬以後，法蘭西文學實爲最精美而影響最大者，而法國文學最佳最重要之部分，乃是其十七八世紀之古典文學，而非十九至二十世紀之浪漫文學。」至於《法國文學史》（改訂第 11 版，Lanson，Gustinel，P 著）和《法國文學史》（Des Granges，Charles 著）則均爲通行教材，前者「凡法人及外國人之肄習法國文學者，無不人手一編」，後者實用性強，爲法國大學通行的法國文學史著作。

　　古希臘、羅馬相關書籍在贈書中也佔有一定分量。與蘇格拉底、柏拉圖、亞里士多德相關的有：《蘇格拉底自辨篇》，《蘇格拉底行述》，《柏拉圖研究》3 冊，《柏拉圖對話》3 卷，《柏拉圖理想國講釋》，牛津英譯本《亞里士多德全集》11 卷，《亞里士多德政治學》，《亞里士多德倫理學通論》，《亞里士多德哲學簡述》、《亞里士多德詩學》（希臘文原本）等等。其中，《亞里士多德詩學》有希臘文原本和英譯本兩種不同的版本。其他研究亞里士多德和柏拉圖的著作有《柏拉圖理想國研究指導叢書》、《柏拉圖與亞里士多德之政治思想》、《亞里士多德政治學》、《亞里士多德倫理學通論》等等。

　　由藏書可窺見吳宓閱讀的興趣所在。吳宓留學美國時即對蘇格拉底、柏拉圖和亞里士多德很是推崇，對三位思想家的著述頗多研究。他認爲西方學術思想的精華源出自古希臘蘇格拉底、柏拉圖和亞里士多德三位思想家，在他看來「治西學而不讀希臘三哲之書，猶之宗儒學而不讀四書五經，崇佛學

而不閱內典。」〔註 17〕為研讀古希臘作品，吳宓甚至下工夫學習過希臘文。1923 年夏，他委託香港大學副校長沃姆 G.N.Orme 代為選購希臘拉丁文學研究的書籍。後來英國古典文學家李文思敦贈送給了吳宓兩冊書用於希臘文的學習，即贈書中的《美第亞》和亞里斯多芬的詼諧劇《雲》，兩書均為半希臘原本半英文翻譯。吳宓收到書後，1923 年秋開始在南京跟隨聖公會英國傳教士馬伯熙 Rev.B.Mather 先生學習了一段時間的希臘文。

　　贈書中的文集，多為吳宓多方苦心求索而得。《安諾德全集》（Works of Matthew Arnold）就是其中之一。在西方的詩人中，吳宓最追慕的三位詩人為拜倫、安諾德的和羅色蒂。在《安諾德全集》第一卷的扉頁上，吳宓特意寫下，「其書 宓所篤好」。這套他喜愛的書籍來之不易，「極不易得，而第十三卷筆記（讀書筆記）尤難尋見。」吳宓集齊《安諾德全集》也頗花費了一番工夫，第一卷、第二卷和其他卷就並非同一版本。為此，吳宓才會在編目時，向圖書館強調要保證《安諾德全集》的完整性。

　　吳宓贈書中有沃爾特·司各特的小說全集 25 冊。該套全集購於 1919 年，是他在美國哈佛留學時最早購買的書籍之一，「值美金三拾伍元，以其為有名之插畫版本，遂購之。」吳宓購買此套書後，非常護惜，擔心翻閱圖書造成污損，上課時需讀的司各特小說都另購單本。司各特小說全集大概也是吳宓第一次花錢買的全集。據吳宓日記記載，1919 年，吳宓與同在哈佛讀書陳寅恪、俞大維時相往來，陳、俞二人讀書多，購書也很多。陳寅恪勸吳宓多購書，回國以後西文書籍很難得。於是吳宓遂決定「以每月膳宿雜費之餘資，並節省所得者，不多為無益之事，而專用於購書，先購最精要之籍，以次類及。」〔註 18〕正是從那時，吳宓開始有意識的購置西文書籍，日記中時不時可見他和朋友出入書店。尚是留學生的吳宓購書只能節衣縮食，在買司各特小說全集之後，因財力有限，吳宓則「不敢多購全集以求豐備，而變計專購宓切實需用及心愛之書。」

　　不過，我們在對吳宓贈書梳理過程中，有一點值得注意，就是關於「全集」的定義。在贈書中，除了《安諾德全集》，尚有《盧梭全集》。如前所述，《安諾德全集》13 冊並非出自同一版本，係吳宓多處收集而來。儘管如此，《安

〔註 17〕吳宓著，吳學昭整理：《吳宓日記》第 2 冊，北京：生活·讀書·新知三聯書店，1998 年版，第 62 頁。

〔註 18〕吳宓著，吳學昭整理：《吳宓日記》第 2 冊，北京：生活·讀書·新知三聯書店，1998 年版，第 55 頁。

諾德全集》的版本仍大體是一致的。《盧梭全集》八卷則是吳宓「就兩三書店所購之書拼合而成」，因「法國各書店無刊售盧梭全集者」，所以在此意義上，這套《盧梭全集》儘管集齊了當時盧梭的作品集，但並非同一策劃出版的一套「全集」。

根據日記的記載，吳宓贈送給西南師院的全爲西文書。不過這些西文文獻並非全部來自國外，也有少量中國出版的英文書籍，以及由中國學者撰寫的著作。如：馮友蘭的《人生理想之比較研究》（A Comparative Study of Life Ideals）、薛誠之的《單調集》（Monotones）、《英文修辭學》（Essentials of Rhetoric）、《現代英國名家文選》（Selected Modern English Essays）、《英文泰西文學文藝復興時代文選》（WESTERN LITERATURE VOLUME III THE RENAISSANCE）、《英文泰西文學近代文選》（WESTERN LITERATURE VOLUME IV MODERN TIMES）等。《英文泰西文學文藝復興時代文選》（WESTERN LITERATURE VOLUME III THE RENAISSANCE）、《英文泰西文學近代文選》（WESTERN LITERATURE VOLUME IV MODERN TIMES）由商務印書館 1923～1924 年間印行，是商務印書館出版的西方文學文選系列，文中有胡適撰寫的序言。

也有少量書籍並非屬於吳宓北京藏書，而是他後來所有。薛誠之所著的《單調集》由吳宓做序，出版時間在 1948 年。《英文修辭學》（Essentials of Rhetoric）是吳宓題寫的中文書名，出版時間在 1949 年。《現代英國名家文選》由上海龍門聯合書局在 1947 年 8 月初版，該書的作序者是錢鍾書。從出版時間來看，此兩冊書應是吳宓隨身攜帶之書，也被一併贈予了圖書館。

除了書籍，吳宓贈送給西南師院的尚有雜誌，即他自己主編的《學衡》全套和完整的《甲寅週刊》第一卷。吳宓有兩套《學衡》，其中一套裝訂成冊，共計 13 冊，包含了全部 1～79 期；另一套未裝訂，是吳宓平時閱讀所用，裏面有他的校改、注釋、筆記等。經過一番選擇，吳宓將裝訂好的全套《學衡》13 冊交給了圖書館收存。《甲寅週刊》第一卷則是吳宓當面送交孫述萬，8 月 4 日的日記中寫有：「宓歸，以《甲寅週刊》第一卷（全）及 Otto von Leixner（1847～1896）著《德國文學史》一巨冊插圖甚富捐贈圖書館，面交孫述萬館長收。」在這冊《甲寅週刊》第一卷中尚鈐有「學衡雜誌社」的印章。

四

在吳宓贈書中，最值得關注和研究的，莫過於贈書中的評注。幾乎每一本書都有吳宓用毛筆小楷工整寫下的關於書的基本信息、評論和個人感慨。那麼，這些筆記都是什麼時候寫的呢？在關於西南師範學院院報關於吳宓贈書的報導中，提到「在贈送前，吳宓教授還細心地將中這批書進行了整理。在書內的題頁上注明了作者、譯者、編者的姓名、國籍和生卒年月，有的且將該書的內容和影響及對該書之評價做了簡括的敘述和題跋，以便利讀者瞭解該書的梗概。」很顯然，正是在 1956 年 3 月至 9 月，吳宓在整理贈書的過程中，寫下了這些題跋、注解。吳宓對贈書的整理，已經不是尋常意義上的清點。這些文字或長或短，長的上百字，短的不過寥寥數語，看似簡括，事實上不啻是一次分量不小的學術寫作。

吳宓在贈書中所作的評注內容有多種，包括對每一本書的版本、作者、譯名等基本信息的注釋，對書的評價，以及與書有關的人與事等等。

基礎評注包括了對贈書的版本、作者、譯名等注釋。這為後來者的閱讀和研究提供了極大的便利。吳宓將在大部分書名旁標注出了中文譯名。如果書名、任命有不同的翻譯，吳宓還對不同翻譯做說明。如《孟德恩論文集》中寫著「孟德恩」為吳宓譯名，另一譯名係梁宗岱翻譯的《蒙田論文集》。

對外國文學作品在中國的翻譯和流傳，吳宓也做了說明。如席勒的歌劇《威廉・退爾》，「此劇首由胡適譯出，登載於民國四年之大中華雜誌。」吳宓贈書中有法國作家小仲馬的小說《茶花女》，係 1848 年初版版本。吳宓在批註中寫道：「按 此書約 1896 年即有林紓先生（別號冷紅生）之漢譯本，名曰巴黎茶花女遺事，其書影響極大。嚴幾道贈詩所謂『可憐一卷茶花女，攬盡支那蕩子腸』者是也。後另有白話譯本。」短短數言，既寫明了《茶花女》在中國的傳播經過，並借用嚴復詩句論顯示了林譯《巴黎茶花女遺事》對中國讀者的影響。

吳宓對書有著驚人的熟悉，他清楚的記得書的初版、再版時間，也清楚記得作者的出生、治學觀念，以及翻譯者的身份。1956 年，吳宓在西南師範學院，身邊能借助參考的資料寥寥，他完全是憑記憶，將書籍的關鍵信息一一釐清。《彭納得院士之犯罪》一書中，吳宓寫著「法郎士小說（1881 年出版），英譯本 1890 出版」，將此書法語初版時間和英譯本出版時間交代得清清楚楚。關於作者、譯者的身份、國籍，吳宓寫道「作者（法人，猶太種）法郎士（1844

～1924），英譯者（日籍，愛爾蘭人）小泉八雲」，更是將作者法郎士・阿納托爾的國籍、身份、生卒年，以及英譯者小泉八雲愛爾蘭裔日本人的身份做了明確說明。類似的注解在吳宓贈書中隨處可見，足見吳宓對西方文學的博學和熟稔。

通過吳宓書中注解，不難看出他所收藏的文獻與他人生的交集。贈書中有一部分為大學教材，其中既有吳宓讀書時的教材，又有他當教師期間所用的教材。吳宓留學美國，先在弗吉尼亞大學就學一年，後進入哈佛大學。他在為這些書寫作注解時，回顧當年的讀書生活。

《美國大學與未來》一書即為吳宓在弗吉尼亞大學一年級選修《英國文學》的讀本。他在年譜中評論該書「論美國大學過重體育、跳舞及『課外活動』之流弊，實有益於世道人心之書。」〔註19〕在評注中則表示曾對該書「讀而善之」，並認為該書切中美國教育的弊端，「三十餘年後日察之，似其弊亦未能多改也。」

1918 年，吳宓完成了弗吉尼亞大學一學年的課程，轉入哈佛大學求學，並認識了好友梅光迪。哈佛的學習對吳宓一生影響深遠，他對西洋文學的熟稔無不來自這幾年如饑似渴的閱讀。吳宓在哈佛的第一學年，選修的課程有①《盧梭及其影響》；②《近世文學批評》；③《英國小說》；④《英國浪漫詩人研究》；⑤《第一年法文》。將課程記錄和吳宓個人藏書聯繫起來可以看出，他的閱讀範圍和課程密切關聯。這一學年是吳宓學習最勤奮最有收穫的一年，吳宓在課程之外，讀完了白壁德及其好友、美國文學批評家穆爾教授的全部著作。吳宓評價自己留學美國的四年，只有在哈佛大學的第一學年，「為學業有成績，學問有進益之一年。」〔註20〕

贈書中的《插圖本法國文學史》就是吳宓在哈佛大學法國文學史課的教材，「讀之極熟，恩愛其書。」《法國十七世紀文選選注讀本》則是法國文學史課程的參考書，書中有吳宓用鉛筆所書的筆記，筆記為英文或中文。吳宓在評注中回憶「當時為應付考試，輒將文中每段之大意以英文或漢文記於書緣。」

吳宓回國後長期任教於高校，部分教材亦是他任教所用。《翻譯原理論》為 1925 年在清華講授翻譯術課程所用；《現代英美作者論文選》是 1925～1927

〔註19〕吳宓著，吳學昭整理：《吳宓自編年譜》，北京：生活・讀書・新知三聯書店，1995 年版，第 164 頁。
〔註20〕同上，第 182 頁。

年在清華給留美預備部高等科三年級上英文課所用。教學也促使了吳宓對西方文學作品的細讀，約翰‧高爾斯華綏的《貴族》是 1923 年秋在東南大學講授現代小說課程時所用資料，吳宓在《貴族》的評注中提及自己曾因授課對該書「讀注」，書中還有吳宓的讀書記錄。

吳宓最爲人所熟悉的身份之一，即是《學衡》主編。《學衡》1922 年 1 月創刊於東南大學，此後至 1933 年終刊，先後 12 年發行了 79 期。1928 年至 1933 年間，吳宓還擔任天津《大公報》文學副刊編輯。通過贈書中的評注，我們可以清晰的發現藏書和吳宓編輯的刊物之間聯繫。

在編輯《學衡》、《大公報》期間，刊物中的不少篇章來自吳宓個人藏書。《學衡》第三期有景極昌翻譯的《述學：柏拉圖語錄之一：蘇格拉底自辯篇》，第十四期的《希霄德之訓詩》則來自《希臘文學史》第二章。陳汝衡翻譯的《福祿特爾小說集》（今譯伏爾泰）刊登至《學衡》，此後還彙集成書，由商務印書館出版。除了朋友的翻譯，吳宓也是翻譯作品的主力。1928 年春，吳宓自《雜俎集》中翻譯了法國後期象徵主義詩人韋拉里（今譯瓦雷里）的兩篇文章，即《韋拉里論理智之危機》和《韋拉里說詩中韻律之功用》，先登《大公報》，後來分別錄入《學衡》第六十二期和六十三期，將法國後期象徵主義詩學理論做了介紹。《學衡》第七十三期的《薛爾曼評傳》兩篇，七十四期的《班達論智識階級之罪惡》等，也皆由吳宓翻譯。這些翻譯作品，無不在吳宓贈書中可找到原著。如果討論現代文學翻譯和「學衡派」之間的關聯，吳宓個人藏書將是一個很好的切入點。

吳宓仰慕法國文學批評家聖伯甫，贈書中有聖伯甫所著的《月曜談》、《新月曜談》、《文學寫眞集》，聖伯甫的傳記《聖伯甫與十九世紀》等。聖伯甫每週一登載文學批評在當時的報紙或雜誌上，數十年如一日，「積文數百篇，篇篇皆精粹。」吳宓仰慕聖伯甫宏博精深的學識，把對人物的崇敬之心延生到了現實。吳宓自述，擔任天津《大公報》期間，將文學副刊的出版時間定在每週一，就是因仰慕法國文學評論家聖伯甫而來。

評注中的文字也爲我們勾勒出吳宓交友論學的朋友圈。在吳宓藏書中，除了自購書籍，還有一部分來自朋友的贈書。在現有的吳宓藏書中，贈書人有梅光迪、樓光來、張歆海、湯用彤、馮友蘭、薛誠之等。這些贈書的朋友主要分爲兩類，一類是吳宓讀書時的好友，一類是吳宓大學的同事。

　　來自好友的贈書對吳宓個人有著特別的意義。1921 年 8 月吳宓和陳心一女士在上海結婚，好友樓光來、張歆海都以書爲賀禮。當時尚在美國的樓光來寄來布萊士・帕斯卡的《致外省人書》和《思想錄》做爲賀禮。吳宓稱這兩冊書「畢生所最愛讀者也」，並視之爲他和陳心一的「久由心一保管，今年春始運交宓，亦吾兩人終身制紀念也。」

　　贈書最多的好友是梅光迪。《文藝復興時代歐洲文學批評史》、《白芝浩文學論集》（上下冊）、《馬考萊文史論集》（上下冊）、《福錄特爾小說集》、《彭納得院士之犯罪》、《現代英國文學》、《西塞羅演說集》等書皆原屬梅光迪。這些書中都有梅光迪的英文簽名「K.T.May」，《文學評論之原理》中尚有刻寫著「宛陵梅氏」的個人印章。這些書有些來自梅光迪的贈與，有些則是吳宓從梅光迪處所借。《文藝復興時代歐洲文學批評史》是白璧德所授課程的必讀參考書之一，書中有梅光迪的批註。吳宓到哈佛求學，梅光迪遂將此書贈給了吳宓。吳宓稱之爲「飲水思源，未敢忘也。」《福錄特爾小說集》則屬於借書，1923 年吳宓請陳汝衡翻譯福錄特爾小說的部分篇章，並將其登載於《學衡》，於是從梅光迪處借來此書。1924 年梅光迪赴哈佛大學任教，這本書就留在了吳宓處。《文學評論之原理》也屬於類似緣由，是吳宓爲校對錢堃新、景昌極翻譯的中文版本從梅光迪處借去，後來梅光迪就贈送給了吳宓。

　　吳宓留學哈佛時，曾經將常常相與往來的幾位朋友稱之爲「七星」，包括陳寅恪、吳宓、湯用彤、樓光來、顧泰來、張歆海以及俞大維。他們之間彼此分享讀書心得，探討學術問題，這樣的交流，對他們彼此之間後來學術思想的形成和發展無疑都有著或多或少的影響。

　　來自同事的贈書有馮友蘭的《人生理想之比較研究》（A Comparative Study of Life Ideals），薛誠之的《單調集》（Monotones）和《英文修辭學》（Essentials of Rhetoric）。馮友蘭的《人生理想之比較研究》又名《天人損益論》係商務印書館 1924 年出版。該書係馮友蘭贈送，書中有馮友蘭題寫的「雨僧我兄 指教」。吳宓對該書做了認眞的閱讀，不僅書中有筆記，書前還黏存有英文評論一篇，以及他對該書的讀注。《單調集》是薛誠之的英文詩集，吳宓做英文序。該書扉頁有薛誠之的題字：「謹以此冊 呈獻 雨僧夫子 益謝佳序之賜」。這冊薄薄的詩集，出現了好幾位知名教授的名字。除了吳宓做序以外，馮友蘭、郭紹虞、陸侃如分別題寫了該書的中文書名，書中還有西南聯大教授羅伯特・溫德、羅伯特・白英等對該書的評論。這也爲我們瞭解民國時期學者創作、往來提供了非常有意思的參考。

五

　　1956 年，吳宓已經在小城北碚居住了 4 年。從離開西南聯大，經歷了成都、武漢、重慶間的輾轉，生活終於安定了下來。與此同時，距離他熟悉的清華藤影荷聲館，他的朋友和學生，無疑越來越遠。儘管不斷有朋友來信勸他回京，也有機會回到北京，但吳宓都一一婉拒。在新的社會環境下，過去的一切，從空間上和時間中，都令人感到遙遠。然而，在整書過程中，塵封的藏書喚起了吳宓對往昔記憶。吳宓整理第一箱書之時，在日記中寫道，將「最心愛及名貴書」全部贈與學校，「無復留戀。」語氣頗為決絕，似乎不只是將書贈送，言下之意還頗有與過去告別之意。書是過去歲月的見證，處處留有昔日思想、情感的印跡。吳宓整書，舊書重閱，開始「戀戀不捨」。

　　從「無復留戀」到「戀戀不捨」，這其間包含的不僅是吳宓對過去生活的回味，對昔年人與事的懷念，更有吳宓對當時身邊諸事的感慨。吳宓對自然氣候的極為敏感，日記中總有對氣候的記錄。風聲、雨聲，溫度變化都引發吳宓的關注。「徹夜大風，微雨」、「夜大風」、「晚雨，寒」，時時見於 1956 年春夏的日記。在巴山夜雨之中，翻讀昔年藏書，令人平添了無數的感慨。伴隨風聲、雨聲的，是吳宓的沉吟回思，是日記中不時出現的「感慨繫之」、「百感刺心」、「不勝淒悲」、「感念往昔。」所有的感受，勾連起過往與當下過去和當下，書的故事和人的命運，重重疊疊，相互交錯。評注中的文字，既是對文獻文學價值的評價和介紹，同樣是吳宓對往日生活的一次回顧。

　　評注中除了涉及文獻基本信息和評價，吳宓的筆觸也涉及到了個人的經歷與情感。從留學美國，到後來任教國內的大學，以至於抗戰後期至成都燕京大學，再後來武漢大學，以及建國後，各個時期的經歷都可見於評注的字裏行間。

　　吳宓極喜愛薩克雷，早年曾將薩克雷和狄更斯進行比較，認為世人都將兩人並稱，事實上狄更斯不如薩克雷。吳宓評點薩克雷作品堪比《紅樓夢》，「深微婉致，沉著高華」。而狄更斯之書則似《水滸傳》，「縱情尚氣，刻畫過度，至於失真。」吳宓認為，俗人崇拜狄更斯，而智慧之人則推崇薩克雷。〔註21〕回國後，從《學衡》創刊號開始，吳宓即陸續翻譯薩克雷的《鈕康氏家傳》。吳宓認為，英文小說中只有《鈕康氏家傳》能與《石頭記》的宏達精

〔註21〕吳宓著，吳學昭整理：《吳宓日記》第 2 冊，北京：生活・讀書・新知三聯書店，1998 年版，第 58 頁。

到相比，「最肖而差近者」。〔註22〕往事已矣，1956年春，當吳宓再次翻看《薩克雷選集》時，在日記中述：「宓少年愛讀沙克雷氏之書，並慕其為人，且立志追步沙氏而以撰作小說為業。今老矣，一無所成，愧對此諸書也。」青年時的躊躇滿志，在人生晚年回想起來，惟剩下「愧對此諸書也」的歎息。

一本書也可將不同時期的經歷聯繫在一起。在《新拉奧孔》一書中，書的扉頁上，一側寫著對書的內容的簡介，另一側，寫著「嗚呼，此吾師白璧德先生所著書也。其書具在。而同門楊宗翰君於1935秋來成都任國立四川大學文學院長時，特命學校翻印此書與拉丁文法入門，以授學生。印版精美，成都技藝之良，他省所不及也。十年後，宓 至四川大學講學，見校中猶存此二書百餘部，乃敬索取一部，細讀而校之喜可知己。林山腴先生思進 清寂翁詞集中有八聲甘州寄楊伯屏北京所寄，即楊宗翰所居址為東養馬營四號。其人則如神龍見首不見尾者也。」

這段文字觸及了幾個關鍵點，首先即新人文主義的倡導者白璧德，吳宓對白璧德的懷念和敬重伴隨其一生，直到晚年仍不減絲毫。《新拉奧孔》是白璧德所著，吳宓睹物思人，更引發了對老師的思念。其次，文字也勾勒了該書在中國的傳播。即同畢業於哈佛大學，為白璧德學生的楊宗翰，在擔任四川大學文學院長時翻印《新拉奧孔》給學生。此書翻印製作精良，令吳宓對成都留下深刻印象，讚歎「成都技藝之良，他省所不及。」寥寥數語，可知吳宓在成都生活期間，對成都的喜愛，以及他在成都和本地士紳的交往。林思進字山腴，號清寂翁，四川華陽人，曾任四川省圖書館館長，四川大學教授。林思進有《清寂堂集》傳世，和當時四川文人相互唱和甚多。吳宓對其詩詞信手拈來，說明他在四川期間，與四川的文人交遊不少。

藏書既引發對舊日的懷念，也能呈現時代變遷帶來的社會變革。《英國大家散文選集》一書因其內容豐富，曾由西南聯大外文系主任葉公超交付龍門書局翻印，以作為聯大學生課本。1944年吳宓學術休假一年，離開聯大，前往成都燕京大學講學。行前，吳宓攜帶翻印的《英國大家散文選集》一冊。後來，吳宓任教武漢大學外文系，仍選擇將此書作為學生課本。為了再次翻印此書，吳宓將自己所藏的美國原版《英國大家散文選集》交給龍門書局，拆散翻印。作為補償，龍門書局以翻印的書兩冊。1952年三反期間，武漢大學致函西南師範學院，指斥吳宓「貪污」，要求將兩冊翻印書返還。吳宓不得

〔註22〕吳宓：《鈕康氏家傳·譯序》，《學衡》第一期，1922年1月。

不遵照辦理，花了 6200 元（1952 年的貨幣）將翻印書掛號寄給了武漢大學。書的命運也打上時代的烙印，和人生經歷疊加在一起，折射出時代的扭曲和命運的荒謬。

吳宓贈書的 1956 年，在建國後是一個不可多得相對寬鬆的時期，國家對知識分子的政策在那一年有所調整。但對吳宓個體而言，這一年過得並不輕鬆。4 月，他的妻子鄒蘭芳因病去世。8 月，因鄰里不睦，吳宓一度計劃遷居。吳宓贈書更因此蒙上了一層現實的感傷。

鄒蘭芳係吳宓第二任妻子，兩人於 1953 年結婚。兩人的婚姻並未給吳宓帶來幸福和安穩。鄒蘭芳長期纏綿病榻，和吳宓形成了「老健偏逢少病身」〔註 23〕的狀態。吳宓不僅要在日常生活中照拂鄒蘭芳，還要對她的嫂子和侄子提供經濟援助。觀念的不同，生活背景的差異，更讓吳宓和鄒蘭芳之間缺乏精神的交流，難以有理想的對話。

然而，就在吳宓忙於整理捐贈圖書時，鄒蘭芳突然病逝。吳宓不得不放下所有工作，全力處理鄒蘭芳的後事。在《吳宓日記》中，1956 年 4 月 14 日「上午送書」的記錄後，4 月 27 日吳宓方才又開始了贈書整理，但心情卻非常低落，「體乏神昏，敷衍而已。」5 月 1 日至 11 日，吳宓甚至中斷了日記的寫作。此後數月，這批待整理的書籍帶給吳宓很多的感傷。夜深人靜時分，「觸手得某書」，書中文字往往觸動心事，更加深了鄒蘭芳去世帶來的悲涼，以及吳宓對往事的懷念。5 月 13 日，「夜，觸手得小仲馬《茶花女遺事》（小說）法文原本，翻讀茶花女病重及歿逝一段，回憶蘭四月二十四日夜彌留之情景，重增感傷，遂即寢。」5 月 14 日，「晚倦甚，觸手得《福祿特爾小說集》（英譯本）（天眞之人）一篇」，「不勝凄悲。」

對於吳宓而言，所感到凄悲的不僅是鄒蘭芳之死。當身邊同事和學生都為鄒蘭芳之死安慰吳宓時，吳宓在日記中寫道：「豈知宓之悲蘭實自悲耳。」「宓新傷蘭芳之死，反顧自身，益用悲哀，然亦兼得解脫。」吳宓的「自悲」中有對自身際遇的傷懷。1946 年吳宓未跟隨西南聯大返回北平，最後駐足重慶北碚，遠離了自己熟悉的生活環境，也遠離了親人朋友。儘管吳宓一再表示自己在重慶生活很好，「自覺待遇甚優」、「居處生活亦極滿意」。在 1956 年初西師歷史系的一次學習發言中，吳宓表達的請求之一，「希望能在西師任教

〔註23〕吳宓著，吳學昭整理：《孽果一首》，《吳宓詩集》，北京：商務印書館，2017 年版，第 474 頁。

永不調往他處。」但在一生重情的吳宓心中，清華園內的「藤影荷聲館」，那些與他往來多年的朋友，以及他的親人，何曾在他心中有絲毫的忘懷？整理贈書的過程，不時將吳宓拉回到過去。每一本書，都勾起他對過往的懷念，生出今昔之感。正如他在日記中所感歎的那樣，「不啻恒在回味過去之生活，再接昔年之人與事，體驗當時只思想與感情。」〔註24〕

六

贈書，在吳宓心中是非常重要的事情。1956 年末，吳宓給好友金月波的信中講述年內關於自己的幾件大事，第一件即是「贈書」。1956 年 5 月，西南師院開展「先進生產者運動」，吳宓撰寫《我之先進工作經驗》，他在總結「先進工作經驗」時，列舉了兩條，即「（1）編撰補充教材（2）整理捐贈書籍。」在整理贈書期間，吳宓多次在個人交談、組織學習中，向西南師院的領導和同事彙報贈書一事。可以說，吳宓的 1956 年是在整理贈書、題寫批註中度過的，傾注了他主要的時間和精力。當吳宓將書全部整理完成送出以後，生活似乎一下子失去了寄託，一度「彷徨無所成」。他不時到圖書館借閱他所贈之書。1956 年 11 月 14 日，吳宓邀外語系資料室主任陳夢恭一起往圖書館看館藏的西文書籍，「宓所捐及陳君所售者皆在焉。」吳宓還不時的去圖書館借閱他的贈書。部分書籍的借書卡借閱人一欄尚有吳宓的簽名。顯然，吳宓是他的贈書的主要讀者。

1962 年，吳宓談及在北碚的生活時，表示「決願終老此地」〔註25〕，其原因之一即西洋文學書籍捐贈與西南師範學院，可隨時借讀。看書、借書，這批他青年時期的藏書，成為他晚年在精神上的重要慰藉。

早在 1951 年，吳宓就在信中提醒李賦寧，「斷不可棄書。斷不可賣書。寧受人譏罵，亦必大量細心保存書籍。」因為儘管在當時中國舊書，英國文學及西洋文學、哲學、史學舊書籍根本無人問津，但總有一天，「政府與　人民必重視而搜求此類佳書，學者文士，更必珍寶視之。」〔註26〕吳宓以一個學者的睿智，清醒的意識到文獻對學術研究的重要意義，任何時候都不可將

〔註24〕吳宓：《吳宓日記續編》第 2 冊，北京：生活‧讀書‧新知三聯書店，2006 年版，第 511 頁。
〔註25〕吳學昭編：《吳宓書信集》，北京：生活‧讀書‧新知三聯書店，2011 年版，第 382 頁。
〔註26〕同上，第 370 頁。

珍貴文獻視爲廢紙。當吳宓贈書與西南師院的時候，他最著意的，依然是能發揮文獻用途，讓更多的學生受益於這些珍貴的西文典籍。然而，此後的政治運動一個接一個，「潛心學術」已成奢望。

在六十年代給李賦寧的信中，吳宓再次提及了他所贈送的這批書。一是1962年，吳宓表示贈書中有許多重要有用之書，「如北大楊周翰等諸公，編譯外國文學，盡可利用」，「可由北大圖書館向西南師院圖書館借閱」；一是1964年，吳宓因西南師院不能招收英國文學、外國文學研究生，「雖有宓在，又有宓至大部分捐贈之書籍，亦無所用之。」顯然，這些書未能充分發揮用途，甚至連自己所學也無法傳授給學生，無不令吳宓深以爲憾。

當初贈書時的861冊，如今尙有不足600冊保存在西南大學圖書館。回首「吳宓贈書」，無論從贈書行爲本身，還是文獻的價值，值得講述的話題很多。文獻的題跋、批註可視爲吳宓書信、日記的延伸，同樣是吳宓思考、情感的記述。在此意義上，吳宓贈書應該成爲吳宓研究的重要組成部分。而迄今爲止，甚少有學者將吳宓贈書納入到研究的視野，更未能對這批贈書做專題的研究。吳宓曾期待他的書能爲培養西洋文學研究者提供支撐，希望能有更多的人因這些文獻而受益，他的期待如同他的贈書，湮沒無聞。即使在當下，吳宓已經獲得了學術界的關注，《吳宓日記》早就成爲研究者津津樂道的話題之後，對吳宓贈書，贈書中的注釋、題跋卻未曾有過詳盡的梳理和解讀，這不能不說是吳宓研究的遺憾。吳宓仍然是孤獨的，一如他捐贈出來的861冊書。

作者簡介：

黃菊（1976～），女，重慶人，副研究館員，文學博士，現任職於西南大學圖書館。

語言變革視閾中的《隔膜》版本考察

楊潔

（貴州師範大學）

摘要：

　　葉聖陶的短篇小說集《隔膜》具有眾多的版本，在複雜的版本譜系變遷中，新中國成立之後的修改與再版是修改內容最多的一次修改。其中，具體涉及文言的揚棄和方言的規避，以此達到現代漢語的規範使用。通過校對《隔膜》的不同版本，我們發現作者迎合了五十年代的國家意識形態，體現了語言變革的意圖與規約，實現了《隔膜》的全面刷新。

關鍵詞： 版本；《隔膜》；語言策略；漢語規範化

　　新中國建立初期，文學創作、傳播、接受的環境，都發生了很大的變化。以此形成的新中國視野下的文學體制，創建之初便顯示出獨樹一幟的威力。從 50 年代開始，與作家們思想改造運動對應的是去文言、去方言、去歐化的語言清洗，這一過程加速了漢語規範化的進程。隨後而來的文字改革會議、現代漢語規範會議，是語言規範化的典型事例。不論是普通話的明確定義，還是漢語規範化的規範寫作，亦或是對作家舊作的修訂再版，都體現了 50 年代國家意識形態下的文學制度與文學規約。

　　具體到葉聖陶《隔膜》的修改與再版，同樣反映了 50 年代作家思想改造的趨勢與規約。

　　作為葉聖陶的第一部小說選集，《隔膜》中的作品寫於 1919 年至 1921 年。從民國時期到新中國建立，跨越了不同的時代語境。1958 年，葉聖陶對《隔膜》進行校閱、修訂，這顯然是新中國成立後文學對作家舊作所提的要求所致。換言之，葉聖陶舊作的部分內容已不符合新時代的要求，必然要對其進

行修訂、修改,使其符合新中國成立後國家意識形態的規範。而從《隔膜》
的修改、修飾、省略中,我們發現國家意識形態對文學制度的預設與建構。
具體而言,哪些層面適應了 50 年代的文學規範?《隔膜》的版本變遷與 50
年代作家的思想改造是否存在內在聯繫呢?在今天看來,這些問題仍然是值
得學界關注與思考的內容。

一、版本溯源

　　葉聖陶是現代文學史上最早開始創作白話小說的作家之一。早在 20 年
代,葉聖陶發表了第一篇現實主義小說《這也是一個人?》,此篇後被改名爲
《一生》,隨後的兩年,葉聖陶一發而不可收,先後發表《萌芽》《恐怖的夜》
《苦菜》《隔膜》《阿鳳》《寒曉的琴歌》《疑》等二十餘篇小說,分別刊發在
《小說月報》《晨報副刊》《京報・青年之友》。1922 年,由商務印書館以《隔
膜》爲名出版,結集爲他的第一個短篇小說集,收入《一生》《兩封回信》《歡
迎》等二十篇短篇小說。事實上,這是現代文學史上最早的短篇小說集之一。
對於《隔膜》的出版經過,葉聖陶曾說明:「《新潮》出版的時候,顧頡剛兄
要我寫小說,我就寫了幾篇寄去。寫小說並不是那時候才開頭,在五六年以
前我就寫過二十來篇,多數是文言的,有三四篇是白話,從印本撕下來自己
訂成一本,一直沒有想起印什麼單行本,到現在,那本子不知道哪裏去了。
再說給《新潮》寫了小說以後,接著《小說月報》革新了,《時事新報》加增
副刊《文學旬刊》了,還有其他的刊物,編輯者都徵求我的小說,我都應命
寫了。那時我在當小學教師,白天不得空,經常在晚上執筆,下筆沒有現在
滯鈍,大概三四個晚上總可以寫成一篇。寫滿了 20 篇的時候,鄭振鐸兄提議
我,要不要把這 20 篇集起來印個單行本,列在《文學研究會叢書》裏頭。青
年時期的心理,出一本集子哪有不高興的,這就是《隔膜》問世的來由——
《隔膜》是 20 篇中一篇的篇名。」〔註 1〕

　　1935 年,上海良友圖書印刷公司出版《中國新文學大系》,茅盾編選《小
說一集》,選取葉聖陶的五篇小說。1936 年,上海商務印書館收入葉聖陶短篇
小說二十八篇,以《聖陶短篇小說集》爲名出版,其中選取小說集《隔膜》
的《一生》《母》《一個朋友》《一課》四篇短篇小說。1948 年,葉聖陶自己編
選《葉聖陶文集》,收入小說十一篇、散文八篇和童話七篇,由上海開明書店

〔註 1〕一道:《葉聖陶憶〈隔膜〉》,《出版史料》2001 年第 1 期。

出版，此版只收錄《隔膜》中的《一個朋友》。1951 年，北京開明書店印發《葉聖陶選集》，收入二十八篇短篇小說，其中收錄《隔膜》的《一生》《苦菜》《隔膜》《阿鳳》《一課》五篇短篇小說。1954 年，人民文學出版社印行《葉聖陶短篇小說選集》，此版是葉聖陶自選修訂，《一生》《隔膜》《阿鳳》《一課》入選其中，加上其他小說集中的短篇小說，共計收錄二十三篇短篇小說。此版在 1955 年發行三版，直到 1957 年又一次再版。1958 年，應人民文學出版社之託，擬出版作家文集，葉聖陶對 1922 年的《隔膜》進行修改，刪去《春遊》和《不快之感》兩篇和顧頡剛的《序》，其中《低能兒》改爲《阿菊》，其餘全部逐篇修改，收入《葉聖陶文集》第一卷。同年七月，由香港新藝出版社出版《葉聖陶選集》，內收短篇小說二十五篇，選入《隔膜》中的《一生》《苦菜》《隔膜》《阿鳳》《一課》五篇小說。次年，人民文學出版社再次出版葉聖陶的短篇小說，這次匯輯《隔膜》中的《一生》《一個朋友》《苦菜》《隔膜》《阿鳳》《一課》六篇小說，編訂爲《葉聖陶短篇小說選集》。時隔三年，河內文化出版社出版《葉聖陶文集》（1962 年），內收《一生》《一個朋友》《恐怖的夜》《苦菜》《隔膜》《阿鳳》《綠衣》。此後，葉聖陶的短篇小說甚少出版，大多發表的是作者的雜文。〔註 2〕直至 1987 年，江蘇教育出版社《葉聖陶集》，此次是葉聖陶生前最後一次再版其短篇小說，由其子女葉至善、葉至美、葉至誠編選，刪去初版本《隔膜》（1922 年）的《不快之感》《潛隱的愛》兩篇小說，其餘全部出版。〔註 3〕

從《隔膜》的出版情況來看，版本眾多，卷帙浩繁。事實上，林林總總的版本大多只節選了《隔膜》的少數篇目，而 1958 年的《葉聖陶文集》則是幾乎再次出版了《隔膜》的全部篇目，需要注意的是，另一個出版較齊全的是 1988 年的《葉聖陶集》，但是此版是以 1958 年《葉聖陶文集》的再版，因而不具備校釋的條件。另一方面，涉及作家全面改動的亦是 1958 年的人民文學出版社出版的《葉聖陶文集》。對此修改，作者在前言早有交代，「這回編這個第一卷，我把各篇都改了一遍。」〔註 4〕至於其他版本，葉聖陶亦有說明。譬如，1936 年的《聖陶短篇小說集》付印題記中說道：「從八年到去年，每年都作小說，多少不等。雖然已曾彙刊了五本集子（此外沒有收集的只有少數

〔註 2〕 參見商金林：《葉聖陶年譜》，江蘇教育出版社 1986 年版，第 1～597 頁。
〔註 3〕《出版說明》，載《葉聖陶集》第一卷，江蘇教育出版社 1987 年版。
〔註 4〕 葉聖陶：《葉聖陶文集·前記》第一卷，人民文學出版社 1958 年版，第 1 頁。

的幾篇），有時又想到把十五年間的小說淘汰一下，選集比較可觀的多少篇印在一起，作為這期間我的習作成績的總帳。因為忙著雜務，想起了轉身就忘，始終沒有動手。現在經鄭振鐸先生的督促，才動手編選，結果取了二十八篇。」〔註5〕甚至為了抵制盜版現象，也應春明書店的請求，葉聖陶自己動手選編入冊，即是 1948 年的《葉聖陶文集》。〔註6〕建國後，開明書店編輯新文學選集，葉聖陶認為「選集編來編去」，「總是那幾篇自己也不能，滿意的東西」，幸而得到金璨燦然先生代為編選，繼而自己感覺「冷飯又炒了一回。」〔註7〕諸如此類，不勝枚舉。

　　從版本學的角度出發，筆者校對《隔膜》中的短篇小說的歷次版本，發現以上眾多的版本大多只是再版，換言之，初刊本之後作者幾乎沒有進行改動，偶而有個別字詞改動，也處於修訂的目的。而且，作者將重版視為「炒冷飯」，這其中自有作者的謙虛之意，但確實也有不修改之說。而新中國建立之後的《葉聖陶文集》第一次出現了大量修改，就如前記而言，每一篇都有改動。顯然，這使得《葉聖陶文集》具有很大的校釋價值。對於這次修改，作者直接表態，改動在「語言方面」，不在「內容方面」〔註8〕。那麼，我們到底應該怎樣去理解這一次僅僅涉及語言的修改？在筆者看來，一一校對葉聖陶修改時所用的底本，以及修改後的版本，便可詳盡得知這一情況。

　　正是出於這一想法，在以上林林總總的不同版次中，筆者選取作者修改的兩次版次進行校對比較，並且為了闡釋的方便，對於兩個版本分別以簡化形式相稱：其一，是 1922 年由商務印書館出版的《隔膜》初版本（全文以初版本相稱），其二，是 1958 年人民文學出版社出版的《葉聖陶文集》（全文以文集本相稱）。於此，本文的立足點是考察版本變遷中的語言修改與形態，校釋出文本之間的異動與版本之間的變遷，進而探析變遷背後的諸多因素，這具有一定的示範性與代表性，實足可取。

二、版本校釋

　　當筆者以《隔膜》（初版本）複印一份為底本，用紅筆標記它與《葉聖陶文集》（第一卷）中的《隔膜》的差異之處時，在校對的過程中，發現幾乎到

〔註5〕葉聖陶：《聖陶短篇小説集·付印題記》，上海商務印書館 1936 年版，第 1 頁。
〔註6〕參見葉聖陶：《葉聖陶文集·序》，上海開明書店 1948 年版。
〔註7〕參見葉聖陶：《葉聖陶選集·自序》，開明書店 1951 年版，第 12 頁。
〔註8〕參見葉聖陶：《葉聖陶文集·前記》，人民文學出版社 1958 年版，第 1 頁。

處都是紅筆的痕跡。換言之，葉聖陶對於此小說的修改幅度是相當顯著的。這一點，可以考察葉聖陶的相關解釋。葉聖陶在編選《葉聖陶文集》時，他在前記中是這樣說的：「我用的是朱筆，有幾篇改動很多，看上去滿頁朱紅，好像程度極差的學生的課卷」，改動語言的原因是「一點是文言成分太多，又一點是有許多話說得彆扭，不上口，不順耳」和「在應該積極推廣普通話的今天，如果照原樣重印，我覺得很不對」。〔註9〕

如前所述，文集本的修改體現在語言方面。落腳具體的版本校釋中，筆者發現，從初版本到文集本，語言方面的修改有 623 處，標點符號的修改則有 293 處。

至於標點符號方面，一種情況是改動標點符號，如逗號改成句號，句號改成逗號，去掉破折號，感歎號改爲句號的現象較爲常見，另一種情況是去掉一句話中的逗號，或是在一句中增加逗號，使句子表意更爲明朗。特別是，在句尾同時有兩處標點符號的，在文集本中刪除其中一個標點符號，使之符合現代漢語的規範。

另一方面，至於語言的改動，能夠一覽了然看出修改的痕跡，是對於句子的修改，主要涉及四種句型的修正：其一，是刪除多餘的語句。在《苦菜》一文中，對於「我」的心境描寫，刪掉「力的我的發展就是『眞時』，就是思慮和情緒，更何用覺知辨認呢？」又如，《阿鳳》對於阿鳳所受到的和平時一樣的咒罵時，刪除「都和平時一樣了」這一多餘的語句。其二，是改動語句的內容。初版本的《寒曉的琴歌》有這樣一句：「伊想倘若這正是自己現在的情形，這是何等地可怕！」文集本則改爲「伊想倘若自己現在的情形正是這樣，這是何等地可怕！」其三，是調整語句的順序。在《疑》中，「於是就有荒涼枯寂的丘墓，灰敗無光的白骨，這些是自己的結局，歷歷呈現於自己的幻想裏，多麼可怕！」，在文集本中改爲「於是就有荒涼枯寂的丘墓，灰敗無光的白骨，歷歷呈現於自己的幻想裏，這是自己的結局，多麼可怕！」再如，同樣，在這篇小說中，「他們所嘗的滋味便是己此刻所嘗的滋味，雖然己的有病與否還沒證實，所以十分地瞭解他們」被修改成「雖然伊自己有病與否還沒證實，但是他們所嘗的滋味便是自己此刻所嘗的滋味，所以十分地瞭解他們」。除此之外，對於字詞、詞語的修改比比皆是、層出不窮，對文言的清除、方言的棄用是修改的主要內容。

〔註9〕參見葉聖陶：《葉聖陶文集·前記》，人民文學出版社 1958 年版，第 1 頁。

（一）去除文言

葉聖陶早年創作白話小說時，正值白話文初具雛形的時候，而葉聖陶從小受到文言文的薰陶，具有極深的古文根柢，因而，在作品中難免夾雜文言成分。然而，跟隨 20 世紀上半葉語言運動的發展與更迭，葉聖陶對於文言文的態度產生了顛覆式的變化。這一點，我們來看葉聖陶發表的言論。早在「五四」時期，白話文與文言文混雜是常態現象，「我是江蘇人，從下不離鄉井，自幼誦習的又都是些文言書籍，所以初期的白話文和『五四』時候一班作者一樣，文言的字眼和文言的語調雜湊在中間，可以說是『四不像』的東西。」〔註 10〕即使，葉聖陶感到白話與文言混雜是「四不像」的東西，但是彼時他仍然認可文言文的作用，「在語文素養較深的人，文言中攙幾句白話，或者白話中攙幾句文言，雖在作者寫的當時並不曾逐句推敲，但解析起來，一定是足以增進文字的效果的。」〔註 11〕到了新中國成立之後，葉聖陶的態度來了一個一百八十度的大轉變，在「推廣普通話的今天」，如果「照原樣重印」，覺得「很不對」。〔註 12〕可見，葉聖陶修改《隔膜》，很大程度上是來自對文言修改的考量，儘量避免「半白半文」的味道。

首先，過時的文言詞語改爲規範的現代漢語。對那些在現代漢語裏已經不適用的文言詞語，文集本《隔膜》幾乎一律改換。例如：「立得非常恭敬」改爲「站得非常恭敬」，「立」是文言的語法，在現代漢語裏，尤其在口語裏已不適用。所以，作者改變了摻雜文言的習慣，將「立」改爲「站」。這樣的例子數不勝數。如：「箸」改爲「筷子」，「主母」改爲「主婦」，「歸家」改爲「回家」，「決計」改爲「決定」，「原故」改爲「原由」，「必定」改爲「必然」，

「不比」改爲「不像」，「吃乳」改爲「吃奶」，「斷乳」改爲「斷奶」，「乳漿」改爲「乳汁」，「已是」改爲「已經」，「馬甲」改爲「背心」，「事故」改爲「事情」，「累事」改爲「累贅」，「提防」改爲「料到」，「木椿」改爲「木椿」，「搜尋」改爲「找尋」，「鼻官」改爲「鼻管」，「耳官」改爲「耳管」，「目珠」改爲「眼珠」，「這等」改爲「這些」，「這因」改爲「由於」，「窺見」改爲「看見」，「孰知」改爲「誰知」，「宣洩」改爲「宣洩」，「視人」改爲「看

〔註10〕葉聖陶：《雜談我的寫作》，載《文藝寫作經驗談》，天地出版社 1943 年版，第 5 頁。

〔註11〕葉聖陶：《雜談我的寫作》，載《文藝寫作經驗談》，天地出版社 1943 年版，第 11 頁。

〔註12〕參見葉聖陶：《葉聖陶文集·前記》，人民文學出版社 1958 年版，第 1 頁。

人」,「舟人」改爲「船夫」,「何等」改爲「多麼」,「述告」改爲「述說」,「立等」改爲「等著」,「起先」改爲「起初」,「坐於此」改爲「坐在這裡」,「叫了一回」改爲「叫了一會」,「至於半晌」改爲「很久」,「立停了」改爲「停了步」等等。

其次,將文言的數名短語改爲現代漢語的數量名短語。舉兩個例子,「一隻大紅木坑」改爲「一張大紅木坑」(《歡迎》),「一隻可容三人的大紅木椅子」改爲「一把可容三人的大紅木椅子」(《歡迎》)。

再次,文言句式改爲現代語句式。這裡有兩種情況,一方面,是把某些文言的詞序改爲現代語的詞序,如「不同的許多意思」改爲「許多不同的意思」(《隔膜》)。另一方面,是改變文言語句的次序,使之符合現代漢語的使用規範。譬如,「我們開門必要先這麼一旋」改爲「我們開門先要這麼一旋」(《低能兒》),「我妻伊今晚必有信來」改爲「今晚我妻必有信來」(《恐怖的夜》),「不要疲乏了你的腿」改爲「你的腿累了」(《潛隱的夜》)。

此外,還有語法方面的,第一種是語句的修改,句子的點竄往往反映了作家的語言策略。比如,在《恐怖的夜》中,語句的修改尤爲明顯,比如「長細而快的光」改爲「又長又細的光」,「強主他人的命運」改爲「強制他人的命運」、「我方才回憶阿喜傳來的消息」改爲「我這才回憶阿喜傳來的消息」。其餘小說也有此類修改的傾向。「回入他舊的狹窄的世界」改爲「回到他舊的狹窄的世界」(《萌芽》),「那柄耙的重量何以一回一回地增加」改爲「那柄耙的重量爲什麼一回一回地增加」(《苦菜》),「伊並自己都忘了」改爲「伊連自己都忘了」(《阿鳳》)。第二種是增加詞語,使語意更順暢。「機警的人家,早一兩天就行了我們取決的方法」改爲「機警的人家,早一兩天就實行了我們取決的方法」(《恐怖的夜》),「他就告我以下的話」改爲「他就告訴我以下的話」(《苦菜》)。與此對應的是,第三種情況,刪減詞語,使文章簡潔明朗。例如,在《阿鳳》中,「我無意中恰聽見了這句話」這一句改爲「我無意中聽見了這句話」。顯然,清除文言是作者修改舊作的主要意圖。

(二)淨化方言

需要重提的是建國後發生的「方言文學」論爭,捲入的作家很多,涉及的作品亦很多。50 年代,《人民日報》登斯大林的《論馬克思主義在語言學中的問題》,其觀點之一即是方言作爲一種地方語言,不能融合爲民族共同語。

〔註 13〕對於這一觀點，國內的語言學者幾乎是高度認可斯大林的觀點，全盤式地學習斯大林的語言觀，集體闡發方言與民族共同語的關係。最先表態的，是語言學家邢公畹，通過領會斯大林語言學觀念，反思自己過去贊同「方言文學」的論調。這時，他的態度來了一百八十度的反轉，他提出「方言文學」不是「引導我們走向統一」，而是引導著我們「向後看的東西」，引導著我們「走向分裂的東西」。〔註14〕這篇兩千字左右的論文被《文藝報》加以轉引，同時刊發反對邢公畹意見的周立波的文章，這系列的文章一經刊發，即引來方言文學的論爭。

對於這場語言紛爭，葉聖陶也難逃其中。對於方言分歧，葉聖陶則主動提出解決的方法：「一個辦法是學會來的那個人的方言，學會所到的那個地方的方言。另一個辦法是彼此不用方言，使用一種共同的語言來交流思想，在一切活動中調整共同工作。現在提出的漢語規範化就是後一個辦法。以一種語言為標準，共同學會它，共同使用它，那就碰到什麼地方的人都成，到什麼地方去都成，一邊說，一邊聽，心心相通，毫無阻礙。漢語規範化就是要做到這樣」，具體而言，「漢語規範化就是普通話的規範化。給普通話定些標準，共同學會它，共同使用它，收到有利於大事業的效果：這就是漢語規範化這項工作的任務和目的。」〔註 15〕更甚一步，葉聖陶在《人民文學》上發表文章，號召廣大文藝作者要把「使用推廣普通話」，作為「一種嚴肅的政治任務提出來的」，同時要根據普通話的語法「使用普通話的詞」，不要依照方言土語的語法「使用方言土語的詞」。〔註16〕值得一提的是，葉聖陶沒有一味地反對方言文學，他在倡議普通話規範化的同時，也辯證地看待方言文學的價值。他認為，方言土語「也不是絕對不用」，只是限制「在特定的情況下使用」，如果「作品裏某個人物的對話」，用了某地區的方言土語，可以「增加描寫和表現的效果」，亦或是「方言土語的某一個成分的表現力特別強」，普通話裏簡直「沒有跟它相當的」，這時候就「不妨使用」，當然，到底「能不能轉成普通話的成分」，那還得看「群眾的同意不同意」。〔註17〕

〔註13〕斯大林：《論馬克思主義在語言學中的問題》，《人民日報》1950-7-11。

〔註14〕邢公畹：《談「方言文學」——學習斯大林〈論馬克思主義在語言學中的問題〉的報告之一》，《文藝學習》第 3 卷第 1 期。

〔註15〕葉聖陶：《什麼叫漢語規範化》，《人民日報》1955-10-28。

〔註16〕參見葉聖陶：《關於使用語言》，《人民文學》1956 年第 3 期。

〔註17〕參見葉聖陶：《關於使用語言》，《人民文學》1956 年第 3 期。

對於方言文學的語言策略，葉聖陶在《隔膜》（文集本）中體現得淋漓盡致。葉聖陶是江蘇吳縣人，在創作《隔膜》時自然會帶入一些吳語地區的方言。新中國成立後，某些廣泛流行的吳語方言詞彙被吸收進普通話詞彙中，對於此類詞彙，《隔膜》（文集本）仍然保留，不作修改。另外一些吳語方言詞彙，不是吳語區的人就很難領會其中意思，葉聖陶在修訂《隔膜》（文集本）時，都改用成普通話詞語。比如，某些方言詞語改成普通話詞語。「默默地歇了一會」改爲「默默地停了一會」（《潛隱的夜》），「我把來應用」改爲「我拿來應用」（《綠衣》）等等。

再如，在吳語和普通話中，某些聯合式的雙音詞的內部語素次序不同，甚至不少詞存在「AB」和「BA」兩種次序並存的情況。可以說，這種現象是一種累贅。爲了跟隨漢語規範化的要求，葉聖陶在修訂《葉聖陶文集》時精心調整、認眞推敲，把它們調整爲普通話次序。如，「才是你們的榮光，也是我的私願」改爲「才是你們的光榮，也是我的私願」（《歡迎》），「那妙美的愉悅的人心之花宇宙之魂的歌聲也隨之而發」改爲「那美妙的愉悅的人心之花宇宙之魂的歌聲也隨之而發」（《低能兒》）。

又如，某些方言句式調整爲普通話句式。方言句式與普通話句式的差異，主要體現改爲在詞序的不同。這裡舉一個例子，「這怎樣！沒有這回事罷」（《伊和他》），「這怎樣」是方言詞序，對於非吳語區的人未必能夠理解，所以在修改時，葉聖陶把「這怎樣！沒有這回事罷」調整爲「怎麼樣！沒有這回事罷」。

誠然，對於方言，葉聖陶推崇漢語規範化的同時，必然要反對方言土語的使用。但是，不同於全盤否定方言成分的做法，《隔膜》（文集本）對部分在現代漢語中仍然沿用的方言內容予以保留，顯然，這是葉聖陶的語言觀顯著存在。

三、從文言摻雜到漢語規範化

由上述闡述可知，從初版本到文集本，《隔膜》的語言策略發生了極大的變化。今天，我們要探析《隔膜》的版本變遷，自然有必要考察作者的文化心理結構，以此來討論作者的語言觀。那麼，這裡有一個疑問，處於不同時期，作者的語言觀是一層不變的嗎？答案明顯是否定的。那麼，緊隨而來的還有一個問題，怎樣才能深入地探究作者的語言觀呢？對此，曾有學者做了闡發：由於審查機制、意識形態、語言規範、文學規範等等方面的原因，許

多作品出現了諸多版本。這些版本不僅僅是版本的不同，更重要的是內容的改變。這些改變涉及作品思想、藝術價值、版本內容等方面。〔註18〕即爲，研究版本變遷，需要回到歷史語境中。

關於葉聖陶早期的文藝思想，朱自清曾這樣評價：「他是生長在一個古風的城市——蘇州——中的人，後來又在一個鄉鎮——甪直——裏住了四五年，一徑是做著小學教師；最後才到中國工商業中心的上海市，做商務印書館的編輯，直到現在。這二十年來時代的大變動，自然也給他不少的影響：辛亥革命，他在蘇州；五四運動，他在甪直；五卅運動與國民革命，卻是他在上海親見親聞的。這幾行簡短的歷史，暗示著他思想變遷的軌跡，他小說裏所表現的思想變遷的軌跡」。〔註19〕可以看出，葉聖陶的文學創作顯然來源於中國傳統文化，用文言創作自然是起始的文學語言。這一點，葉聖陶自己也曾談及，早在1914年，因受到排擠離職，失業在家，大量充足的時間使他開始從事創作。這一時期，「上海有一種小說雜誌叫《禮拜六》，銷行很廣，我就作了小說去投稿」，「第一篇叫《窮愁》」，「這十幾篇多數用文言，好像只有一兩篇白話。這是我賣稿的開始。」〔註20〕到了1919年，有了轉變，葉聖陶開始創作白話小說。此時正置「五四」運動前夜，葉聖陶應顧頡剛約稿，在《新潮》上發表了第一篇白話小說《這也是一個人？》（後更名爲《一生》），這是作家在新文學道路上邁出的第一步。之後十年期間，葉聖陶陸續發表了約七十篇左右的短篇小說，先後編爲5個集子出版，即爲《隔膜》（1922年）、《火災》（1923年）、《線下》（1925年）、《城中》（1926年）和《未厭集》（1928年）。需要特別提及的是，《隔膜》是繼郁達夫的短篇小說集《沉淪》之後的中國現代文學史上的第二本短篇小說集。所以，《隔膜》一經出版，就受到大眾的歡迎。《隔膜》發表的同年，俞平伯以「佚名」的身份在《文學旬刊》上發表讀後感，他這樣說：「我細讀一遍之後，有幾篇竟感動我很深，使我不禁下淚」。〔註21〕又如，胡愈之以筆名「化魯」評價《隔膜》的成功，「從藝術

〔註18〕 參見金宏宇：《新文學版本研究的角度》，《中國現代文學研究叢刊》2005年第2期。

〔註19〕 朱自清：《葉聖陶的短篇小說》，載《你我》，商務印書館1936年版，第178～179頁。

〔註20〕 葉聖陶：《雜談我的寫作》，載《文藝寫作經驗談》，天地出版社1943年版，第3頁。

〔註21〕 佚名：《隔膜集書後》，《文學旬刊》1922年第35期。

方面看來，我們不能不承認作者是一個短篇小說的能手了。」〔註22〕在筆者看來，這樣一部受到普遍認同的短篇小說集，與其說源於作品主題內容的深入刻畫，毋寧說白話文寫作是其主要原因。《隔膜》的創作時期正處於「五四」新文學發展時期，無疑，它是葉聖陶迎合新文學的趨勢之作。按照常理，既是白話文作品，應是純粹的白話語言。那麼，怎會有文言摻雜的現象？也許，我們可以這樣認為，葉聖陶最早在 1914 年創作文言小說，其後，翻天覆地的「五四」新文學帶來了對文言的全盤否定和對白話的一致推崇，葉聖陶在這場暴風驟雨的洗禮下，開始嘗試運用全新的白話文創作，只是，文言的影響先入為主，致使《隔膜》的初版本出現大量的文言詞語。由此來看，《隔膜》最早呈現出文白摻雜現象就變得合情合理。

那麼，這樣一部作品為何在建國後受到全面修改，這裡必然和作者的語言觀的變化有關係。如果說運用白話文書寫，白話文駁雜文言文，是《隔膜》初版本的語言取向的話，那麼隨著 50 年代漢語規範化運動的倡導，以去文言、去方言、去歐化形式展開的全國範圍的普通話規範化的力推，則成為顯著的存在。事實上，由《人民日報》發表的一系列社論，我們可以管中窺豹地瞭解當時漢語規範化運動的力度。1951 年，《人民日報》發表《正確地使用祖國的語言，為語言的純潔和健康而鬥爭！》，明確指出語言的規範使用，拉開了漢語規範化的序幕：「語言的使用是社會經濟政治文化生活的重要條件，是每人每天所離不了的。學習把語言用得正確，對於我們的思想的精確程度和工作效率的提高，都有極重要的意義。很可惜，我們還有許多同志不注意這個問題，在他們所用的語言中有很多含糊和混亂的地方，這是必須糾正的。」〔註23〕四年之後，《人民日報》繼續發表社論《為促進漢字改革、推廣普通話、實現漢語規範化而努力》，為籌備的現代漢語規範問題學術會議定下基調：「語言的規範必須寄託在有形的東西上。這首先是一切作品，特別重要的是文學作品，因為語言的規範是通過文學作品傳播開來的。作家們和翻譯工作者們重視或不重視語言的規範，影響所及是難以估計的，我們不能不對他們提出特別嚴格的要求。」〔註24〕然而，漢語規範化使用並沒有在理論界達成共識，

〔註22〕 化魯：《隔膜》，《文學旬刊》1922 年第 38 期。
〔註23〕 《正確地使用祖國的語言，為語言的純潔和健康而鬥爭！》，《人民日報》1951-6-6。
〔註24〕 《為促進漢字改革、推廣普通話、實現漢語規範化而努力》，《人民日報》1955-10-26。

大家也產生了很多的爭論。直至，1955 年召開的文字改革會議、現代漢語規範化問題學術會議最終得以確立，「漢語統一的基礎已經存在了，這就是以北京語音爲標準音、以北方話爲基礎方言、以典範的現代白話文著作爲語法規範的普通話。」〔註25〕

進而，現代漢語規範化運動的衍生，落實到文學語言上，是作家們思想改造的具體體現。回首歷史，我們發現從新中國建立初期直至隨後的幾年時間，作家們的思想改造與語言運動的變革是難以分離的，相互糾纏。這無疑造成《隔膜》在新的歷史語境下的版本變遷，其版本的變遷與闡釋充分反映了 50 年代語言思潮與政治文化的嬗變。作家的思想改造行動，自然與毛澤東的指示相關。早在 1942 年延安文藝座談會上，毛澤東就指出，知識分子出身的文藝工作者要想使自己的作品爲群眾所歡迎，就要「與群眾打成一片」，讓「群眾瞭解你」，自己的「思想感情」來一個「變化」，來一番「改造。」。〔註26〕隨後，在 50 年代召開的中國共產黨第七屆第三中全會上，毛澤東繼續號召知識分子開展自我改造運動，有步驟地進行「舊有學校教育事業」和「舊有社會事業」的改革工作，爭取一切愛國的知識分子「爲人民服務」。〔註27〕正是處於這樣的一個背景，在新中國成立後，國家意識形態上的統一體現在思想改造運動上，而 50 年代中期的文字改革運動和漢語規範化運動成爲思想改造的明確指向，促使作家對自己過去的作品進行一番清理。具體而言，「五四」時期成長以來的現代作家，在不同程度上存在文白混雜、不甚規範的問題，與 50 年代所倡導的現代漢語規範使用相去甚遠。

一場至上而下的思想改造運動，從國家領導到文化官員，從出版編輯到作家詩人都難逃此律，身兼多重身份的葉聖陶更是其中參與的翹楚。眾多周知，葉聖陶即是文學家，又是教育家，還是編輯出版家，甚至是社會活動家，四種身份融爲一體，兼於一身。在葉聖陶九十四年的經歷中，他初因文學立名，後以教育家飲譽社會，而一生致力於編輯出版。之於文學和教育，葉聖陶是一個貫穿其兩者之間的理想主義者，他既是教壇上的教育家，又是文壇

〔註25〕羅常培、呂叔湘：《現代漢語規範問題》，載《現代漢語規範問題學術會議文件彙編》，科學出版社 1956 年版，第 5 頁。

〔註26〕參見毛澤東：《毛澤東在延安文藝座談會上的講話》，解放社 1949 年版，第 7 ～8 頁。

〔註27〕參見毛澤東：《爲爭取國家財政經濟狀況的基本好轉而鬥爭》（6 月 6 日在中國共產黨第七屆第三次中央全體會議上的報告），《山西政報》1950 年第 7 期。

上的擁有教育情懷的文學家。葉聖陶以文學工作者的身份做著教育的事業，又以教育工作者的眼光，洞察著教育界的事情。固然，葉聖陶的小說常被稱爲教育小說，在其教育小說中傳達了作者的教育思想，用小說的形式承載了一個關於啓蒙和教育的理想。這使得他的教育小說具有不同於其他作家作品的獨特之處。事實上，在創作小說的同時，葉聖陶對中國教育也在不斷思考和探索。他根據自身的實踐經歷提出諸多頗有見地的教育理論，發表許多涉及教育發展的雜文。可以說，葉聖陶以一己之力爲中國語文教育貢獻了不可磨滅的力量，特別是，建國後，身體力行地倡導現代漢語規範。葉聖陶不但在各種講話中堅決表態告別舊我，同時不遺餘力地修改舊作以此改正過去的文學形象。而且，作爲新中國成立時期的文藝界領導人，葉聖陶接受新中國文藝政策建設使命，爲文字改革、現代漢語規範、民族共同語建構定調定論。這一點，從 50 年代葉聖陶發表在各個刊物上的言論，即可瞭解其推行漢語規範化的力度。具體而言，它們是《文藝寫作必須依靠語言》(《文藝寫作》1954年第 4 期)、《廣播工作跟語言規範化》(《廣播愛好者》1955 年第 1 期)、《文字改革和語言規範化》(《文藝報》1955 年第 14 期)、《什麼叫漢語規範化》(《江蘇教育》1955 年第 23 期)、《關於使用語言》(《人民文學》1956 年 3 月）等等，不遑枚舉。延伸到《隔膜》（文集本）的修改，就顯得有理有據，將其中不合乎現代漢語規範的文言、方言刪除修改。顯然，一直以來，葉聖陶以積極的身份推行新的文學規範，不但在各個言論中告別舊我，更是在舊作再版時展開全面修改。

結　語

從出版情況來看，人民文學出版社將修改之後的《隔膜》納入《葉聖陶文集》出版，此後甚少出版，《隔膜》具有定本的性質，引起諸多學者的關注。事實上，人民文學出版社在 50 年代中期以後出版的作家文集寥寥可數，僅僅只有郭沫若、茅盾、鄭振鐸、葉聖陶等少數作家能夠享受這一殊榮，因鄭振鐸飛機失事無法修改舊作以外，其餘作家都順應思想改造的要求，不同程度地刪改修訂舊作，以一番新的姿態重登文藝舞臺。那麼，問題來了？這種新的歷史語境下的反覆修改，究竟是修改好了還是改錯了呢？是否完全合乎現代漢語規範的要求？在筆者看來，這一次修改是由建構民族共同語所引發的語言變革所帶來的舊作修改，但是其背後國家意識形態的影響是不容忽視

的。正如有的學者所言，50 年代出版的諸多文集，存在良莠不齊的現象，其中許多修改並沒有起到積極的作用，每一次改動都遺留思想的痕跡，正確與錯誤，前進與後退，都夾雜在文本之中。〔註28〕

總而言之，通過校對《隔膜》的不同版本，我們可以管中窺豹地瞭解 50 年代國家意識形態影響下的新的文學規範。因爲處於不同的歷史情態，在語言維度上，從初版本到文集本，《隔膜》體現了從文言摻雜到漢語規範化的不斷變革和衍變。語言的修飾、調整與標點符號的增加、刪除，都形成了 50 年代的版本文化。葉聖陶身體力行倡導漢語規範化的努力，以及修改舊作展現思想改造成果的過程，無疑具有豐富而深刻的時代信息。

作者簡介：

楊潔（1982～），女，貴州省遵義市人，貴州師範大學副教授，博士研究生，研究方向：中國現當代文學。

〔註28〕參見顏同林：《〈虎符〉版本校釋與普通話寫作》，《郭沫若學刊》2015 年第 1 期。

第二編：民國廣東與中國現代文學

《華商報》副刊與 1940 年代
港粵文藝運動

顏同林

（貴州師範大學）

摘要：

以延安爲中心的解放區的文藝政策，隨著《華商報》在港粵地區創辦而得以複製和移植。《華商報》副刊的創辦與編讀活動，參與領導了港粵地區文藝新思潮的興起和發展，呂劍、華嘉等副刊編輯人員，則在共產黨的統一領導下進行文藝活動，爲華南地區文藝方言化、大眾化的文藝思潮做出了獨特而重要的貢獻。集中編發方言化文學作品是《華商報》副刊中一個有特色的環節，構成了港粵文藝運動中的重要現象。

關鍵詞：《華商報》；副刊編輯；港粵文藝運動；方言化寫作

中國共產黨領導的以延安爲中心的解放區政權，在 1942 年 5 月便以毛澤東《在延安文藝座談會上的講話》等一批著述爲標誌，奠定了文藝爲政治服務、文藝爲工農兵服務的方針。《在延安文藝座談會上的講話》一方面在傳播與接受上不斷開疆拓土，由解放區而國統區，影響全國不同政治生態的廣大地域，表現出階段性特徵〔註1〕；另一方面則導致了「文藝的獨立屬性發生了變化」，新的審美範式正在形成，文藝的選材、思想、語言諸多方面都有明顯的轉變，而且這種轉變越到後來越明顯、越典型。——文藝的大眾化、方言化、民間化趨勢日益明朗而穩定，形成了一股時代的文藝新思潮。在這文藝

〔註 1〕參見蔡清富：《在延安文藝座談會上的講話》，《中國現代文學研究叢刊》，1980
　　　年第 1 期；紀桂平、賈玉平：《在延安文藝座談會上的講話》，《河南社會科學》，
　　　1997 年第 2 期。

新潮的激變與湧動中，除了解放區大量作家們在思想傾向上的接受、傳播以及在文藝創作上的踐行等重要環節之外，關鍵點還有中國共產黨領導的文藝、新聞力量所創辦的報刊等陣地。有明確政治傾向的報刊自覺地承擔了引領文藝思潮向何處走的歷史使命，不可否認一個具有堅定不移黨派色彩、黨性立場與黨化文藝的報刊，往往能深入而持久地影響同時代作家並成爲推動某種文藝思潮的絕對力量，其地位與作用不可取代。比如《解放日報》的文藝副刊，伴隨著解放區文藝的發生與演變，深入地左右了解放區文藝的方方面面。〔註2〕

差不多同時，解放區領導文藝的模式也在非解放區得以複製和推進。創辦於武漢後又遷移到陪都重慶的《新華日報》，是中國共產黨當時在國統區的最有力存在，作爲團結全國抗日民族統一戰線力量的最重要機關報，它顯然是共產黨在國統區堅固的前沿堡壘。民族統一戰線力量，自然包括文藝、文化領域，兩大政黨的政治鬥爭、文藝鬥爭，在《新華日報》上有階段性的呈現。抗戰文藝、大後方文藝的左翼力量，合法性地由《新華日報》擔當了主角。創刊於香港、先後停刊又復刊的《華商報》，作爲共產黨以統一戰線形式出版的重要日報，實際上在 1940 年代的港粵地區充當了中共宣傳的喉舌，在港粵文藝領域發出的聲音也是獨特而雄健的。「在戰後香港的文化、宣傳陣地上，中國共產黨顯然比國民黨成功得多。……已經從作者、編者、讀者及其共享空間上構築成了一個左翼文化影響、傳播機制。這一機制在全國反獨裁、爭民主的背景下運行得異常順暢，幾乎主導了本時期的香港文壇。」〔註3〕顯然，傳媒報紙是其中關鍵的一環，特別是《新華日報》在解放戰爭時期被國民黨勒令停刊以來，《華商報》已是共產黨領導的且在非解放區十分重要的大型日報，特別在以香港、廣州爲中心的華南地區，對於宣傳共產黨的路線方針、對海內外統戰工作，以及引領文藝新思潮方面，都起到了不可代替的砥柱中流作用。

一、《華商報》創辦與文藝創作的新陣地

1940 年代初，因爲特殊的政治形勢以及地理位置與環境，英國殖民統治

〔註2〕李軍：《〈解放日報・文藝〉與解放區文藝的轉折》，《中國現代文學研究叢刊》，2010 年第 2 期。

〔註3〕黃萬華：《1945～1949 年的香港文學》，《中國現代文學研究叢刊》，2004 年第 2 期。

之地香港成爲國共衝突與交鋒的新陣地之一。在中共中央南方局的全盤重新考慮下，除了繼續在重慶辦好《新華日報》之外，又著手在香港謀劃並出版日報《華商報》。具體過程是這樣的：1941年1月皖南事變後，根據黨的指示，在廖承志同志的領導下，由桂林、重慶等地撤退到香港的同志以華僑商人名義在香港創辦《華商報》，時間爲1941年4月8日。報紙的方針是明確具體的，即周恩來同志所指示的在「香港建立我們自己的宣傳據點。」「不用共產黨出面辦，不要辦得太紅了，要灰一點。」〔註4〕換言之，即堅持團結、抗戰、進步的方針，少談馬克思主義、階段鬥爭等，中共中央的文件、政策也要適當刊載出來。《華商報》是一份晚報，每日四版。其副刊欄目最先取名《燈塔》，編輯先後有廖沫沙、陸浮、郁風等人，報社分管副刊的是夏衍。據當事人回憶，在香港紮下根來的這份報紙十分重視社論和文藝宣傳，夏衍除主管社論和文藝版外，還要做黨的統戰工作；茅盾居留香港期間也參與進來指導文藝運動，或參加座談，或組織文章，還寫過不少短論。同年5月，爲了加強對戰時香港文化運動的領導，中共中央南方局還成立了「香港文化工作委員會」，由廖承志、夏衍、潘漢年、胡繩、張友漁五人組成，基本隊伍和《華商報》辦報人員是重疊的。「香港文化工作委員會」下分文藝、學術、新聞三組，文藝組由夏衍負責，文藝活動通過公開的座談會形式進行有組織的活動，譬如文藝座談會參與者有夏衍、茅盾、胡風、戈寶權、葉以群、楊剛、袁水拍、黃藥眠、葉靈鳳、戴望舒、徐遲等；戲劇座談會有宋之的、章泯、于伶、蔡楚生、司徒慧敏、鳳子、葛一虹等。〔註5〕文藝座談的活動定期或不定期，差不多每週都有，討論當前的時局和時事政策，對香港文藝運動起到了舉足輕重的指引作用。以《燈塔》副刊來論，取名也有指引方向、標明高度等寓意。在夏衍執筆的《未能免俗的介紹——算是發刊詞》中，其副刊指導思想是眞實、公道，是「文藝化的綜合副刊」，「是讀者大眾的園地」。《華商報》除一週五期的《燈塔》之外，還先後辦了一些短暫的週刊、專頁之類。《燈塔》有言論專欄，如《燈下譚》、《東拉西扯》，走短小精悍的編讀路線，文字方面以雜文居多，主要作者有夏衍、廖沫沙、茅盾等人，胡仲持、曹伯韓、林林也偶而替報紙副刊寫稿。茅盾回憶在大西北、新疆的回憶錄《如是我見我聞》，巴人的《沉渣》、艾蕪的《故鄉》等長篇小說均在《燈塔》連載，吸引了很多

〔註4〕張友漁：《我和〈華商報〉》，《新聞研究資料》，1982年第2期。
〔註5〕梁上苑：《中共在香港》，香港：廣角鏡出版社，1989年，第76頁。

讀者，影響較大。同年 11 月，《燈塔》將大量版面用於祝賀郭沫若五十壽辰和從事文藝活動二十五週年活動，包括轉載周恩來《我要說的話》等文章，是當時一個重要的文藝舉措。可惜好景不長，《華商報》因太平洋戰爭的爆發而停刊，時間是當年 12 月 12 日，在戰火紛飛的年代生存了半年多的時間。

1945 年 8 月日本投降後，中共中央以及南方局在新的時代面前經過全面決策，決定派出章漢夫、胡繩、馮乃超等同志，先後從陪都重慶馬不停蹄趕赴由英國管轄的香港，匯合廣東區委的饒彰楓、連貫等同志，經過艱苦的籌備、運作，最終復刊了《華商報》，時間為 1946 年 1 月 4 日。《華商報》創辦不久，運行良好，又騰出手來創辦了新民主出版社等出版機構，便於出版左翼文化人的著述，鞏固既有的宣傳、輿論陣地。《華商報》副刊欄目為《熱風》，一年半後又改名《茶亭》，編輯先後是呂劍、黃文俞、華嘉、杜埃、吳荻舟等人。夏衍仍然負有指導之責，當時是以共事為原則，沒有明確的分工。《華商報》後於 1949 年 10 月 15 日停刊，歷時三年零十個月左右，副刊則提前一天終止。復刊後的《華商報》副刊《熱風》，借魯迅 1925 年出版的雜文集之書名《熱風》，刊頭題字也是特意選取了魯迅先生手書的字體，移用過來，表達這樣的寓意：「敢說，敢笑，敢怒，敢罵，敢打」，「正視和針對著社會現實，有力地表示其愛恨，愛人民所愛的，恨人民所恨的。」〔註6〕據當事人回憶，在呂劍任副刊主編期間，《熱風》副刊連載了薩空了的《兩年的政治犯生活》、茅盾的《蘇聯遊記》等作品，帶有政論性質，或是遊記體。雜論性質的連載文字還有東方未白的《無所不談》，三流的《心照不宣》，以及少史公的《俯拾即是》等等，接續了共產黨所辦報紙針砭時弊、依託雜感等特點。文藝專欄的輻射面比較廣，主要作者隊伍比較固定。

華嘉以前在桂林《救亡日報》工作時，在夏衍的指導下編過副刊。呂劍主編《熱風》一年半之後離職去解放區工作，華嘉接續呂劍一職掌管副刊，編輯副刊《熱風》約有一年，後改由杜埃負責，同時改《熱風》為《茶亭》；杜埃主編副刊有半年之久，調走後又調華嘉到《華商報》接編《茶亭》，大約也有半年。因此，呂劍、華嘉主編《華商報》副刊時間最長，個性也最為鮮明。期間夏衍程度不一地參與過一些工作，據夏氏回憶「當時分管文藝工作的是邵荃麟和馮乃超。《華商報》副刊《熱風》主編是華嘉，到 1947 年我從新加坡回到香港，華嘉一定要我替《熱風》出主意，寫文章，這樣我就分出

<hr />

〔註6〕呂劍：《香港〈華商報〉副刊瑣憶》，《新文學史料》，2000 年第 2 期。

一點時間，到編輯部參加一點工作。」〔註7〕1949年8月下旬，爲了迎接廣州解放，中共中央決定《華商報》停刊，以原班人馬爲基礎創刊《南方日報》。在這一過渡階段，自當年9月1日起《華商報》便全部取消了文藝專欄，《茶亭》也被停掉，全部納入一個綜合性的《副刊》裏面，這樣一直到《華商報》停辦爲止。

通過以上梳理，我們可以清晰地看出，雖然副刊編輯屢經變更，副刊在中途也曾不斷更名，但一直堅持了下來，成爲《華商報》辦報歷史上的一大亮點。特別是抗戰勝利後復刊的《華商報》，其副刊的定位是通俗性的文藝綜合副刊，以香港普通讀者爲服務對象，既迎合了小市民的趣味，也兼顧了大多數底層百姓的品味，綜合性地呈現出一種新的文藝潮流。它既體現在編輯隊伍的構成、思想、趣味之上，也體現在刊發文藝作品的思想內容與藝術形式之上。這是其一。與《華商報》復刊同時或略後在香港創辦的還有不少類似報刊，譬如，在當時香港報刊界有名的《正報》，便是原東江縱隊《前進報》的楊奇等人主事創辦的。另外，出版週期不一的文藝期刊、文藝作品叢書等也陸續問世，成爲文壇熱鬧的一幕。周鋼鳴主編的《文藝叢刊》，夏衍等主編的《野草》，司馬文森等主編的《文藝生活》，茅盾主編的《小說月刊》是當時的佼佼者。在詩歌方面，曾在重慶寫作方言詩甚勤的沙鷗，新辦了《新詩歌》，原籍廣東的黃寧嬰，主編了《中國詩壇》。這些報刊陸續新創，雖然存在的時間大多不太長久，但是其意義不容忽視。這是其二。以《華商報》、《正報》等爲主，以其他類似政治傾向的文藝報刊爲輔，在編輯人員上互相交叉，時而借用、借勢、引智，還將短暫停經香港的左翼文化名人吸納過來爲報紙副刊出謀劃策，形成了一個共同的陣營；在作者隊伍上也是關注與培養有政治情懷的理想作者，及時推出一批文壇新秀，著力營造了一種新的文藝氣氛。這是其三。

總之，不論是重要黨報黨刊的文藝副刊的創辦，還是純文藝性作品報刊的問世，都合力創造了時代的條件，促成了某種文藝新潮的誕生。1940年代中後期，在南方的港粵地區，因爲政黨對峙、中英關係等原因，竟然成爲戰後的中心地區，在政治、經濟、文化方面有重要地位。正如犁青所言「從1946至1949年的南來作家在香港的第二次大聚會，使香港成爲中國國統區文學的

〔註7〕夏衍：《白頭記者話當年——記香港〈華商報〉》，《新聞研究資料》，1982年第2期。

中心地，也造成香港文學的第二次的興盛時期。」〔註8〕這一說法也印證了港粵新文藝思潮發生的背景與實況。

二、「講話」南移與編輯作者的時代擔當

文藝服務於政治，是共產黨文藝政策的不二之選。具體落實時，主要策略則是以「講話」爲主，由延安向全國不斷散播。「講話」北上、東進、南下，成爲主要的路線圖。對於港粵地區而言，「講話」不斷南下是顯而易見的，也是成功的嘗試。「講話」精神成爲港粵文藝運動的思想指針，是移植的、外來的。這一過程自然離不開《華商報》、《正報》等陣地。共產黨領導和影響的報刊進行了大量的宣傳、散播，在理論與作品兩個方面同時推進，成效顯著。爲了統籌、整合，「講話」精神還由「香港文化工作委員會」專門予以重點推行，以邵荃麟、馮乃超、周而復爲代表的一批中共黨員文化人士，加上郭沫若、茅盾等居留香港的大量左翼文人，全部勁往一處使，爲宣傳貫徹共產黨在港粵的文藝政策建言獻策，終於讓「講話」在港粵文壇落地生根。文藝的目的，文藝的使命，諸如此類嶄新命題，春風化雨般成爲作家思想的新芽。文藝爲工農大眾服務，文藝的方言化、大眾化，也成爲港粵文壇耳熟能詳的話題。

文藝與政治捆綁在一起，兩者之間的關聯由此可見一斑。政治宣傳離不開民眾動員，民眾啓蒙仍有巨大市場，改造文藝，改良文藝則是最有力的途徑之一。正式引發這一話題的是《正報》，它創辦不久便發表了林洛《普及工作的幾點意見》。林洛一文的著力點是文藝的普及，由「講話」的普及與提高這一命題引申而來。文藝普及離不開文藝的本土化，由本土化聯繫到方言文學運動。這在全國來看是一箇舊問題，但是在港粵地區這一特定區域則是新問題。地方文藝、方言文藝，一般與通俗寫作相關，林洛主張以淺近的文字夾雜著提煉過的方言去寫，目的是讓普通民眾接受，成爲文藝的消費者。關鍵的一點也挑出來了，即是用提煉過的方言去寫作，還是用港粵地區的純方言去寫作，林洛是主張前者。緊接著林洛這一議題的是藍玲、孺子牛、琳清、阿尺諸君，不同思想立場的作者各抒己見，把方言寫作的討論鋪展開來。除了《正報》大量刊發此類討論之外，《華商報》、《華僑日報》、《群眾週刊》等先後加入，或附議、或反駁，成爲一時之熱點話題。儘管報刊陣營擴充了，

〔註 8〕犁青：《四十年代後期的香港詩歌》，《新文學史料》，2005 年第 3 期。

作者隊伍也顯著擴大了，但最大的爭議之一用什麼樣的語言寫作的問題。用純粵語寫作，還是用提煉過的粵語來寫作成爲討論的焦點。主張用純粵語寫作的似乎人多勢眾，佔了上風。譬如《華商報》副刊編輯華嘉在這一方面旗幟鮮明，主張純粹採用粵方言並提出「方言文學」口號，全力支持這一口號的有靜聞、林林、樓棲、薛汕等人本地文化人，連暫居香港的郭沫若、茅盾等人舉雙手表示贊同。「爲了普及而寫、爲了工農而寫、完全用方言寫作──爲後來許多論者所認同，成爲論爭中的主流觀點。」〔註9〕華嘉的觀點有代表性，某種意義上也可以說是《華商報》副刊聲音的呈現，顯得理直氣壯。

其次，引起這一爭議的重要資源則是解放區文藝。在解放區文學版圖中，以《小二黑結婚》、《李有才板話》爲代表的趙樹理小說，以《王貴與李香香》爲代表的民歌體新詩，都是奉行群眾口語爲文學語言的典型。比如，對李季用陝北群眾語言寫的《王貴與李香香》，在香港文壇評價甚高，《華商報》曾有這樣的報導：港粵文協研究部主持的「『通俗文藝座談會』第三次會，廿二日假中原劇社舉行，到了二十多人。這次主要爲研究北方李季作的長詩《王貴與李香香》。首由呂劍朗誦《紅旗插到死羊灣》和《自由結婚》兩段，韓北屏朗誦《自由結婚》和《崔二爺又回來了》兩段。繼由周鋼鳴作研究報告，然後展開討論。荃麟、華嘉、黃寧嬰，洪遒、龐嶽、樓棲等十餘人均熱烈發言，對主題、結構、表現方法、語言等均有所檢討。最後由周而復報告北方人民對該詩的評價和愛好，一致贊爲卓越的人民大眾的革命鬥爭的詩歌。而怎樣運用，改造民歌以創造新詩歌，就成了當前詩歌工作者的討論與實踐的課題。」〔註10〕在「三大戰役」以後，《華商報》副刊及時宣傳解放區文學，對解放區文學的大眾化文藝作品，盡可能加以介紹與積極評價，後又開闢新中國文藝的欄目，可謂盡了開路先鋒的作用。在港粵地區，通過共產黨自己的報刊陣地，加強與解放區文藝運動的多重聯繫，可見延安文藝理論的輸出路線和影響力。

以方言化、民間化爲底蘊的港粵文藝運動是理論先行，作品跟進，兩者具有同步性。〔註11〕方言文藝理論方面，保持作家的目光向下看，看到民間、

〔註 9〕 侯桂新：《戰後香港方言文學運動考論》，《山西大同大學學報》（社科版），2014
　　　　年第 3 期。
〔註 10〕 記者：《人民之歌》，香港：《華商報》，1947 年 3 月 24 日。
〔註 11〕 王丹、王確：《論 20 世紀 40 年代華南方言文學運動的有限合理性》，《學術研
　　　　究》，2012 年第 9 期。

底層廣大民眾的語言習得，強調語言的地方性，這一文藝語言觀念相當典型。譬如，1947 年香港文壇舉辦通俗文藝座談會，中華全國文藝協會香港分會也大量開展文藝通俗化活動，以通俗之名將文藝方言化、民間化。香港分會曾經設置「廣東方言文藝研究組」，下面再細分爲廣州話、客家話和潮州話等小組。從 1948 年年末至 1949 年年初，隨著解放戰爭的形勢發展，香港方言文藝的發展也迅猛起來，迎來了方言文藝的又一高峰。「廣東方言文藝研究組」易名爲「方言文學研究會」，陣營不斷擴大，方言文藝活動也有增無減，刊物、報紙上還定期不定期地開設方言文學的欄目。《華商報》在這一過程中，或是主導討論，或是參與活動，或是推出作品，成爲一個重要的灘頭陣地。《華商報》「茶亭」副刊上刊出過一段時間的「方言文學專號」。主持副刊工作的編輯華嘉，及時地出版了《論方言文藝》這本理論與作品兼收的書籍。此書的上篇是理論類，下篇是作品類，兩者對照，可以看出作者的用心之所在。理論類論文收錄有《論普及的方言文藝二三問題》、《關於廣方言文藝運動》、《方言文藝創作實踐的幾個問題》、《關於方言文藝的創作方向》等文獻。此外，徵得馮乃超、荃麟等同意，將兩人執筆的《方言文藝問題論爭總結》作爲附錄也一併收入。下篇的作品類則收了《算死草》等粵語作品。其中，馮乃超、荃麟兩人執筆而作的《方言問題論爭總結》，實際上是港粵文壇方言文藝的權威總結，代表了中共中央領導華南文藝的權威聲音。這一總結的立場是肯定方言文學，「方言文藝的創作運動，是爲了文藝的普及，也是爲了文藝的大眾化」，「今天方言文藝創作運動的基本方向，是『面向農村』，寫農民，爲農民寫，和反映農村的生活與鬥爭，這大概是沒有問題的了。」〔註12〕

　　《華商報》在參與文藝潮流的建構中，重視推出以粵語爲語言底蘊的本土作家，如香港本土作家侶倫的長篇小說《窮巷》，一經《華商報》連載便成了流傳甚廣之作。以方言小說著稱的還有黃谷柳的長篇《蝦球傳》。1947 年年尾，《華商報》副刊連載《蝦球傳》第一部《春風秋雨》，歷時一年多刊載完畢。差不多同時，《華商報》又交叉連載江萍的方言小說《馬騮精與朱八戒》，影響甚大。這幾部小說，從語言角度來看，都是用粵語去寫港粵地區的人事，特別是對話部分，粵語風格最爲典型。方言故事小炒家的《炒家散記》，方言小說班龍的《忙人世界》，也是典型的用粵語寫作的作品。——雖然在理論上

<hr>

〔註12〕華嘉：《方言文藝創作實踐的幾個問題》，《論方言文藝》，香港：人間書屋，1949 年，第 34 頁。

主張純方言寫作的居多，但實際上並沒有完全貫徹下去。粵語複雜、自造字詞較多，寫作起來比較棘手，反而是提煉過的粵語，運用較爲自如。在小說方面，基本套路是夾雜方言適用於對白部分，敘述語言是去方言化的，或是泛方言化的。

至於新詩創作方面，除抗日戰爭勝利後最先去香港且在《華商報》編副刊的呂劍、華嘉之外，一批外省詩人如沙鷗、王亞平、馬凡陀等曾短暫居留香港，因爲他們本身偏向於方言化寫作，參與港粵方言詩運動頗爲積極。〔註13〕另一批人是港粵當地的本土詩人，人數最多，在方言詩歌創作的類別上主要是以客語、潮汕方言以及粵語來寫作。其中標明是粵語詩，或是海豐民歌、陸豐民歌之類的比例最大。據親歷者回憶，此一階段的香港詩壇基本成員是「新詩歌」社和「中國詩壇」社的詩人，「由香港文協的研究組馮乃超和熱心於方言詩創作的符公望領導，組織了『方言詩歌工作組』，有系統的組織了方言詩的創作和活動。黃寧嬰負責廣東方言組，薛汕負責潮州方言組，樓棲負責客家方言組。馮乃超、邵荃麟、鍾敬文等均給予熱心指導。鍾敬文還擔任了『方言文學研究會』會長，開展各項工作。丹木寫了潮州方言詩，樓棲寫了客家方言詩長詩《鴛鴦子》。沙鷗等寫了四川方言詩，犁青寫了廈門方言詩，黃寧嬰寫了廣東方言詩，並經常爲青年粵語方言詩人的作品進行評改。」〔註14〕這一回憶與描述是可信的，大體勾勒了當時的主要創作陣容，而且這一批詩人或多或少與《華商報》副刊有聯繫。比如以潮汕詩人爲例，這支隊伍活躍在潮汕、香港一帶，主要是用潮汕方言進行創作，薛汕、黃雨、丹木、蕭野等人是代表。他們的詩作較爲集中，大多注明是潮州方言詩，1947年中華全國文學界協會成立方言文學創作組，他們便是主力之一，《華商報》副刊爲他們的方言詩作品提供了發表的園地。又比如廣東的符公望，既寫粵語詩，也寫粵語流行歌曲，在《華商報》副刊就發表有《古怪歌》、《黃腫腳》、《亞聾送殯》、《幡杆燈籠》、《抗議》、《中國第二大堤》、《咪上當》、《矮仔落樓梯》等大量粵語詩，是《華商報》當時全力推出的粵語詩人。另外，符公望還寫作了大量粵語歌詞，這批粵語歌曲流行甚廣。除以上詩人在《華商報》發表詩作之外，三流、黃河流、蕭野、白明明、李逢三、司馬玉裳等一大批有名或無名的詩作者，都在《華商報》的副刊園地裏露過面。當然，編輯華嘉、

〔註13〕參見顏同林：《方言與中國現代新詩》，北京：中國社會科學出版社，2008年。
〔註14〕犁青：《從「南來作家」到「香港作家」》，《新文學史料》，1996年第1期。

呂劍等也是知名詩人，推崇這類方言詩歌創作，大量刊發類似語言風格的作品也就是水到渠成的事。

三、方言入詩與文藝的地方色彩

方言化的詩歌作品，與方言化的小說一樣，是《華商報》副刊所推重的。縱觀《華商報》副刊，熱衷於刊載方言化的詩歌，在《華商報》副刊上有階段性、漸進式特徵。第一階段《華商報》的《燈塔》不是很明顯，自從 1946 年初《華商報》在香港復刊以來，零散性的方言類作品則斷續存在。後來在華嘉任副刊主編期間，方言詩歌像方言文藝一樣得到了格外關注。時間上集中於 1947 年下半年以後，差不多以方言文藝運動為主軸。華嘉後來是這樣回憶的：「馬凡陀山歌的討論、關於粗野和通俗的高低之爭，後來發展成為方言地區是否需要方言文藝的論爭。中國文協港粵分會隨後發起了方言文藝運動，出版了《方言文學》週刊和附在幾家大報的《方言文藝》週刊，方言歌也流行起來了。所有這些都在《華商報》副刊上得到廣泛的反映。」〔註15〕

這是當事人符合事實的回憶，如果要細分之，則可以按年份逐一展開。方言詩歌的內容與時代保持某種同步性，一般是社會敏感、流行而底層市民所關注的話題。在 1947 年裏，《華商報》副刊作品主要是寫農民、工人與底層市民較為困苦的生活，有數首關於壯丁、農忙的方言詩。撈唔化的《騎牆派》、白雲《農歌》、符公望的《中國第二大堤》、張革的《鬼叫你窮》等方言詩反映的是民生疾苦；高基的《歎壯丁》、黃河流的《榕樹上》等方言詩是反映壯丁題材。

1948 年則有以下趨勢，一是以山歌、民歌的採錄與改寫為流向，民曼的《客家山歌》三首、老賴的《海豐民歌》、春草的《漁家歎》，或加注解，或標示何地民歌，呈現原生態的民眾生活；二是以方言歌曲的寫作與演唱為核心，如《這年頭》的歌，用浙江土話寫成，歌曲《官謠》，用粵語寫成，配上曲子，易於傳唱；三是關於時政熱點問題，江勁的《過年詩》二首、方麥的《長工行》、黃雨的《咒罵》《貧農淚》、白明明的《走！走到了一九四九》、黃河流的《聽嚇，佢地傾嘅計》、陳皮的《的士工潮》《獻金像》、符公望的《買顆子彈打自己》，採取縮腳詩、金錢板、木魚書方式，反映徵丁、徵糧等老百姓最關心的家事與國事。譬如以金圓券的濫發為題材的詩，直接源自 1948 年

〔註15〕華嘉：《憶記香港〈華商報〉及其副刊》，《新文學史料》，1986 年第 1 期。

下半年南京國民黨政府發行「金圓券」一事，當時政府以金圓券收兌民間黃金、白銀等硬通貨，引起民間怨聲一片。方言詩人胡希明寫了一首詩《聞道》：「聞道金圓券，無端要救窮，依然公仔紙，難換半分銅。騙子翻新樣，濕柴認舊蹤，這真天曉得，垂死擺烏龍」。「公仔、濕柴、擺烏龍」等，都是粵語語彙，大量攙雜在詩中，淋漓盡致地寫出了廣大群眾的不滿和反抗。

　　1949 年期間有以下題材的寫作：第一類是雜詠時事的，如華嘉的《雜詠廣東集團》六首，白焰的《揭破花旗佬嘅陰謀》，符公望的《咪上當》，田橋的《王老四》，丹木的《看緊壞東西》等，都涉及當時敏感的政治時政話題；第二類是關於工潮、戰爭主題的，江芷的《窮人歎》，蕭野的《一對蚊帳鉤》，谷柳的《主人係我地》，卓華的《金光眼遇著磨目石》，羊諸的《下江南》，司馬玉裳的《麼兒啦，你莫消哭啊！》等頗具代表性；第三類是民歌風詩作的繼續，海兵的《今年真正大團圓》，張殊明的《解放軍過長江》，李逢三的《紅旗插上龍津橋》，都是用當地民歌的格式寫出。1949 年《華商報》副刊還集中推出作品與理論並重的方言文學專號。比如 7 月 9 日的專號上，有關於閩南方言文學的討論，計有卓華的《答張岱先生》，吳楚的《對閩南方言用字的意見（請教張殊明先生）》，老賴的《對方言文學專號的意見》，海兵的《漁民十歎》（新鹹水歌），其他民歌若干。這一年度整個副刊，共計推出此類專號八期，以整體性的力量呈現方言入詩的創作實績。方言詩歌作品如此豐富，力作不少，關於方言詩歌理論方面也是可圈可點之處甚多。較有代表性的比如朱自清的《論通俗化》，符公望《消滅廣東文腔盲》，沙鷗《方言詩應該有韻》、《方言詩的朗誦》，華嘉的《我對廣東方言創作組的意見》，姚理的《方言文學的實質：方言文學問題管見之一》、《防止形式主義的偏向：方言文學問題管見之二》、《「新文藝」與方言文學：方言文學問題管見之三》，石余的《我的淺見：關於方言文藝運動》，王亞平《再跨進一步——關於詩、快板、歌詞的寫作》，丹木的《寫乜個？》，杜埃的《方言文藝的實踐》，曉山的《粵曲有沒有健康的前途》，石漁火的《談寫詩》，以及詩評類短論如王玫的《讀〈沸騰的歲月〉》，姚理的《讀〈女工阿蘭〉》，公劉的《讀黃雨的詩——評〈殘夜集〉》，薛汕的《表現了血淚的潮州》，洛黎揚的《談民歌的鑒定·歌謠體創作——從〈憤怒的謠〉談起》，群方的《讀〈旗下高歌〉》，王辛兒的《讀〈鴛鴦子〉》，都可以說是理論性強的論文，或是宏觀立論，或是詩作評論，不斷建構方言入詩的理論大廈。集中於方言詩歌語言的還有丹木的《潮州方言詩和

潮州腔》，BOXAN 的《文學與語文問題》，一行的《方言文學的語言》，吳楚的《對閩南方言用字的意見》，黃陽的《「注腳」在方言詩上的用處》等諸文，直接面對方言文字的記錄、如何書寫等核心問題。

從詩歌體裁、格式到語言，持方言化寫作立場的詩人們大膽借用民間資源，採用民歌形式，在語言上也是儘量本土化、母語化，這是《華商報》副刊全程參與並抱團推動華南方言文藝運動的一個側面，也是報紙副刊汲取「講話」精神之後著力建構地方文藝性的有力表現。下面不妨舉一些例子，看一看當時的具體寫法。

> 太婆睇完大聲講：／「舊時呢個王保長，／迫我交餉催攞糧，／亂拉『掛紅』嘅子孫，／還硬要拆祠堂牆，／而家睇佢變咗乜野樣，／邊個有柴唔想佢一大場？」／／有個睇牛亞狗仔，／指住死屍對佢講：／「而家我地翻身變曬樣，／任你舊時眯樣凶夾狠，／睇嚇有田你耕定我耕，／睇嚇有福你享定我享！」——黃河流《榕樹上》

> 「走！走！走到一九四九！／打倒『蔣光頭』。／打倒獨裁『瘋狗』，／將個班『花旗鬼，』／通通趕走，／送曬佢歸『衰神』到／『亞進處攞豆』」——白明明《走！走到了一九四九》

> 反動軍正衰仔，／冇左江山，／重想做皇帝，／嗨，重想做皇帝。／見左老百姓，／姦淫、搶掠、乜都齊；／指見我地解放軍，／佢就縮頭縮頸，好似一隻大烏龜。／我地嚟嚟嚟，我地嚟嚟嚟，／同寬大政策嘅大鎖匙，／大家呀一齊嚟捉烏龜。——符公望《捉烏龜》

以上三首詩，除第一首是節選之外，其他都是完整的方言詩作或歌詞。三首詩的主題，都是尖銳地面對黑暗現實進行諷刺，國民黨政權的反對本質，無疑是理想的批判對象。這是一個小小的窗口，大體可以反映當時以粵語方言為語言工具的方言詩的面貌。至於「國幣不像國幣，／大家拿來抹屁」（金帆《國幣不像國幣》），「官字兩個口，／喂來喂去喂唔飽，／不如搵碌木塞住佢，／送佢棺材等佢攞豆」（華嘉《官謠》），「利是仔，鬼咁紅，／封完一封又一封。／人地過年我過日，／做左咕哩世世窮」（江勁《利是仔》），「好人沒飯吃，／聊鬼背皮帶，／這個年頭頭真呀真古怪」（《這年頭》），「銀紙仔都冇一張／整個頭髮長過鬼／話名三餐都唔飽／你叫我呢個病點樣抵」（黃河流《聽

嚇，佢地傾嘅計》），「我係精仔一名，／死左老豆出世，／做事決唔上當，／看風將輕來駛」（撈唔化《騎牆派》）……又有哪首不是這樣以泥土氣息與港粵特色著稱呢？港粵方言詩人儘量吸收港粵地區在廣大群眾中流行的民間文學形式，盡可能運用群眾日常生活的口頭用語，寫出了通俗易懂、生動形象的方言詩作，受到了普通店員、學徒、工人，小市民和學生們的歡迎，產生了針貶時弊的良好功效。可見在當時的作品刊發中，方言詩成為詩歌創作的主潮，粵語詩是其中的主茱，粵語語彙、句式、音節等都很明顯。

「歷史不是文本，而文本是對歷史的書寫」，「沒有歷史細節，就沒有歷史學。但細節有重要的關鍵細節，也有不重要的細節。事無鉅細，一覽無餘地糾纏於細節，就不可能有科學的歷史學。」〔註16〕研究馬克思主義哲學的當代著名學者為我們把握歷史與文學書寫的區別時，有這樣的真知灼見。文學的書寫，有傾向地凸現細節，其背後則自然是政治、傳媒的牽引。隔了幾十年後來重估，有研究者梳理這場方言運動之後認為它後來並沒有被重視，成績也並不理想，其中原因之一便是香港報刊的實際讀者主要是知識分子小市民，與華北文藝「面向工農」、「為工農兵」的讀者觀念有較大距離。〔註17〕不過，如果從當時的宣傳、影響來看，其歷史細節並不如此，引起的轟動效應不應被低估；同時方言化的詩歌寫作在香港、廣州為中心的華南文藝圈裏，推出了大量佳作，其思想內蘊也是不可重複的。從目前來看，相關資料的收集、整理與出版也還沒有到位，大量記錄港粵人們生活細節的文字埋沒在歷史的塵埃之中，這是特別可惜和遺憾的。

結　語

「華南方言文學運動是居留在香港的南方文藝工作者受解放區文學的刺激、積極響應『講話』精神，為實現文藝大眾化而進行的一場自覺的文學語言運動。」〔註18〕自然這一「自覺的文學語言運動」，離不開報紙傳媒的呈現與引導。在香港出版的《華商報》副刊，在抗日戰爭期間和國共內戰時期配合著軍事、外交、統戰等方面的需要，強化了文藝服務於政治的現實品格，完成了自己特殊的歷史使命。寓政治宣傳於社會關注、經濟信息之中，也包

〔註16〕陳先達：《論歷史的客觀性》，《貴州師範大學學報》（社科版），2018年第1期。
〔註17〕黃繼持：《戰後香港「方言文學」運動的一些問題》，《文學的傳統與現代》，
　　　香港：華漢文化事業公司，1988年，第158～172頁。
〔註18〕劉進才：《從「文學的國語」到方言創作》，《文學評論》，2006年第4期。

孕在文藝運動之中，其中有《華商報》副刊的一份功勞。特別在國共內戰時期，《華商報》副刊緊緊扣準時代熱點，面向都市中的廣大底層百姓，以當地群眾語言為基礎，走文藝大眾化、方言化道路，產生了獨特而深遠的影響。港粵詩人以粵方言為主，以客家話、潮汕話、四川話、閩南話等為輔進行寫作，在民生與疾苦、專制與反抗之間呼籲吶喊，發出了擲地有聲的聲音。

作者簡介：

顏同林，貴州師範大學文學院教授、博士生導師。貴州貴陽 550001

「風景」的重新發現——以黃遵憲爲例看晚清文人的南洋敘事

（顏敏，惠州學院中文系，廣東惠州，516007）

提要：

19 世紀 40 年代後，放眼看世界的晚清文人逐漸擺脫了「海客談瀛」式的傳統南洋敘事模式，摸索出帶有體驗性和紀實性的話語方式，呈現了新的南洋風景，發現了南洋對現代中國的多重意義。應特別重視的是，晚清文人的南洋敘事難以在「自我／他者」二元對立思維中定位與簡化，而是敞開了近現代以來「中國」異域想像的複雜性與多層次性，其中隱含著現代中國生產差異處理差異的獨特經驗。

關鍵詞：黃遵憲 晚清，文人，南洋，敘事
〔中圖分類號〕I209〔文獻標識碼〕A

按照柄谷行人的觀點，「風景」指的並不一定是名勝古蹟，可以是在特定時空被凸顯的新事物新現象；風景的發現，往往與風景自身無關，而與發現者認知裝置的變化及塑造這一認知裝置的時代語境有關。〔註 1〕在中國語境中，很長的歷史時間裏「南洋」都是中國南面大海的一個泛指，地理疆域並不明朗；晚清以降，南洋與今天所指的東南亞逐漸重疊，具體指向新加坡、馬六甲等海島國家和安南、緬甸等半島國家，其地理邊界及文化定位都處在轉變過程中。也就是說，晚清的南洋是一種被時代語境重新塑造的「風景」。那麼，文學是否和如何介入晚清南洋風景重新發現的過程？

〔註 1〕柄谷行人著，趙京華譯：《日本現代文學的起源》，北京：三聯書店出版社 2003年版，1。

19 世紀 40 年代後，隨著晚清派駐使節、設置領事、士大夫繞經南海出國考察或常駐南洋群島等的出現，晚清文人開始深入當地生活景觀，命名與描述南洋，在晚清西學漸來的時代氛圍下，這些放眼看世界的文人逐漸擺脫傳統海客談瀛的話語模式，開始書寫各自帶有體驗性和紀實性的南洋經驗，形成了初具現代性的南洋觀感。

在晚清的南洋敘事之中，黃遵憲是最具代表性和總結性的作家。首先，黃遵憲的生活經歷和政治實踐中集中凸顯了「中國和南洋」的情感結構。在他從小生活的僑鄉嘉應，「下南洋」既是鄉人謀生求富的美夢，又是鄉人離散苦難的噩夢，「生活世界」的南洋經驗滲透在黃遵憲成長的記憶中。1891 年到 1990 年間黃遵憲作為外交官入駐新加坡，三年的領事生涯，他不但深入瞭解了當地風土人情，又借助其政治資源請開海禁、變革華人社會陋習、推動當地文教活動，對南洋產生過深刻影響。其次，從其詩歌的價值與趨向而言，黃遵憲作為晚清詩界革命的先驅和傑出代表，他的眼界隨外交生涯的遷徙而開闊，對巨變的時局初具現代意識，其詩歌又處在新舊更替的臨界點上，往往被視為考古今之變的重要牀本。同樣，他憑藉個人深厚的文化素養所創作的南洋詩如《新加坡雜詩》、《番客篇》、《寓章園養痾》、《養痾雜詩》、《以蓮菊桃雜供一瓶作歌》不但藝術精湛、影響較大，也集中體現了晚清文人對南洋的重新定位與新鮮感知，這些都為我們借之探究現代中國轉變中的南洋觀提供了便利。因此，本文以黃遵憲為主，兼及其他晚清文人的創作以呈現晚清南洋敘事的特點，看他們以何種話語方式參與晚清對南洋「風景」的重新發現與定位。

一、生活的空間：熱土與樂土

從《山海經》到《東西洋考》、《三寶太監西洋記》、《西遊記》等，無論是文學想像還是史地著作，中國傳統典籍中所呈現的「南洋」多有荒誕傳奇的色彩；就是被認為代表了傳統異域書寫最高峰的尤侗，由於主要借鑒傳說與史料，其撰寫的《明史外國傳》及《外國竹枝詞》中，南洋同樣是模糊不清、亦真亦幻的風景。魏源在《海國圖志》中就批評尤侗空間意識的缺失與混亂，認為他在書寫南洋時海陸不分、大小不分、島陸不分。〔註2〕這一類南洋敘事，可稱之為有關異域的神話話語（奇觀話語）。相比前人，黃遵憲的南

〔註 2〕魏源：《海國圖志‧敘東南洋‧卷 5》，長沙：嶽麓書社 2004 年版，341～342。

洋詩儘管想像豐富、色彩瑰麗，帶有浪漫主義色彩，但他給我們展現的南洋卻遠離了傳說與神話，有著清晰準確的地理定位和現實感受，是一種生活話語。

《新加坡雜詩》第一首詩寫到：「天到珠崖盡，波濤勢欲奔。地猶中國海，人喚九邊門。南北天難限，東西帝並尊。萬山排戟險，嗟爾故雄藩」。〔註3〕在此詩中，詩人用飽含情感的筆調準確表現出了新加坡作爲中西要津之險要地勢，是身臨其境後才有的感受。《養疴雜詩》則通過高山樹杪飛泉、叢林荒野虎跡、山月椰陰馴猿和紅日海波雲浪等自然意象如實再現了檳榔嶼、麻六甲、北蠟等地獨特的地形地貌與自然風光。但黃詩「在地感覺」的形成不只是因地理距離消弭而出現的精微認知，還源於心理距離縮短後產生的對異域空間的內在認同。與尤侗那種以獵奇爲主的冷看遠觀不同，黃的南洋敍事是一種有體溫的敍事，有著興致勃勃的參與感。如《新加坡雜詩》其十爲：「捨影搖紅豆，牆陰覆綠蕉。問山名漆樹，計斛蓄胡椒。黃熟尋香木，青曾探錫苗。豪農衣短後，遍野築團焦。」〔註4〕詩人以「觀察者，探詢者」的視角捕捉著南洋隨處可見的「紅豆、綠蕉、漆樹、胡椒、香木、錫苗、團焦」等衣食住行的符碼，呈現了「我在其中」的南洋生活畫卷。另一首詩則以「品嘗者」的視角寫出了留連（榴蓮）、荔枝、檳榔、椰子等南洋水果的誘惑力，充溢著鮮活的生活感受：「絕好留連地，留連味細嘗。側生饒荔子，偕老祝檳榔。紅熟桃花飯，黃封椰酒漿。都緡都典盡，三日口留香。」〔註5〕在自注中他還以導遊身份向讀者介紹當地諺語：「留連，果最美者。諺云：典都緡，買留連；留連紅，衣箱空」〔註6〕，這說明詩人不但對南洋風土十分熟悉，更有深諳其道、樂在其中的體驗感與享受感。同樣，《番客篇》、《以蓮菊桃雜供一瓶作歌》皆以詩人之現場觀察和親身體驗爲敍述線索，迴蕩著一種浸染其中的不隔感。可見，黃所敍述的南洋不再是靜止凝固的異域遠景，而是人聲沸騰、你我同在的生活熱土；不僅可遊、可望、更是可居之地。作爲生活熱土的南洋

〔註3〕黃遵憲：《新加坡雜詩》見《人境廬詩草·卷7》，錢仲聯箋注，北京：中國青年出版社2000版，447。

〔註4〕黃遵憲：《新加坡雜詩》見《人境廬詩草·卷7》，錢仲聯箋注，北京：中國青年出版社2000版，453。

〔註5〕黃遵憲：《新加坡雜詩》見《人境廬詩草·卷7》，錢仲聯箋注，北京：中國青年出版社2000版，453。

〔註6〕黃遵憲：《新加坡雜詩》見《人境廬詩草·卷7》，錢仲聯箋注，北京：中國青年出版社2000版，453。

形象之出現，集中凸顯了南洋對於晚清中國的生活意義。唐以來的戰亂、饑荒、貧困迫使無數中國人遠下南洋，在那裡重建生存的空間和生活的信念，延至晚清，更有大批的勞工、苦力商人前往謀生，南洋成爲了華人最重要的聚集空間，隨處可見濃縮變形的中國景觀。

南洋的熱帶風光與原始森林的自然景觀在中國古籍中常有記載，晚清稍早的遊記如斌椿《乘槎日記》和《海國勝遊草》、王韜的《漫遊隨錄》和李鍾珏的《新加坡風土記》中也有所記錄，但這些文本中的「自然景觀」不過是點染，並非主體。而黃遵憲部分詩篇卻集中呈現了南洋山水自然之魅力。在《養痾雜詩》及《己亥雜詩》中的若干詩篇中，三年南洋生活被濃縮成一個閒居山野的意象，在詩人對山水奇觀的細描靜賞中，南洋成爲與機心、人事相對立的寧靜和自然，具有超塵脫俗的美。從詩歌寫作風格來看，以《養痾雜詩》爲代表的南洋風景詩多爲近體小詩，與以往的鴻篇巨製相比，少了一些雄放豪氣，多了一層平淡靜穆，處處滲透著陶淵明式的悠然和恬靜。《養痾雜詩》記錄了詩人在華人山莊養病閒居時的所見所感，詩歌多寫幽居野趣，風格淡雅沖和。如：「萬山山頂樹參天，樹杪遙飛百道泉。誰信源頭最高處，我方跂腳枕書睡。」〔註7〕「一溪春水漲瀰瀰，閒曳煙蓑理釣絲。欲覓石頭無坐處，卻隨野鷺立多時。」〔註8〕獨居山巔、枕書閒睡的生活，閒釣春水、與鷺同立的情境，該是怎樣閒淡自然的詩意人生的寫照？《己亥雜詩》是詩人因政治風雲卸職返鄉後的人生總結篇，其涉及南洋之筆墨有：「雲爲四壁水爲家，分付名山該姓佘。瘦菊清蓮豔桃李，一瓶同供四時花」、「上山如畫重纍人，結屋絕無東西鄰。襟間海上一丸月，屐底人間萬斛塵。」〔註9〕在這些詩歌中，山水海月、奇花異景與塵俗人世相對照，記憶中的山水美景與現實中的煩憂坎坷相映照，凸顯出南洋作爲世外桃源的地理感覺。

無獨有偶，在康有爲、丘逢甲等的南洋詩中也有對南洋山水的沉迷與讚美，如康有爲的《大庇閣詩集》和丘逢甲的《檳榔嶼雜詩》等詩篇中，南洋風景亦有仙界瀛洲之美。如丘逢甲寫到：「谷繡林香萬樹花，青崖飛瀑落砠砑。

〔註7〕黃遵憲：《養痾雜詩》見：《人境廬詩草‧卷7》，錢仲聯箋注，北京：中國青年出版社2000版，485。

〔註8〕黃遵憲：《養痾雜詩》見：《人境廬詩草‧卷7》，錢仲聯箋注，北京：中國青年出版社2000版，488。

〔註9〕黃遵憲：《己亥雜詩》見：《人境廬詩草‧卷9》，北京：中國青年出版社2000版，635。

誰知地下潛流出，散作春泉十萬家」（其一）。「走馬交衢碾白沙，椰陰十里綠雲遮。曉風吹出山蜂語，開遍春園豆蔻花。」（其三）〔註10〕山海椰陰，林香飛瀑，在亂離和變動的現實政治中，晚清文人皈依了風景南洋，最終將之定位成溫暖的世外仙境。雖然這類風景詩並未遠離陶淵明式的田園村居想像，「自然」作爲詩人心境意緒的映照之物也沒有眞正獲取獨立的審美意義〔註11〕；但當文學中的南洋不是茹毛飮血的野蠻之邦，也不是放逐與流亡的異度空間，而是充滿自然山水之樂的夢幻空間之時，這一類樂土想像已經與傳統帶有神話色彩的樂土想像〔註12〕有了明顯的距離。

所謂熱土與樂土的想像，體現了有關異域的兩種典型想像，一是現實層面的，一是夢幻層面的。在晚清的語境中，現實層面的異域想像似乎有著更爲明顯和重要的意義，因爲它意味著我們觀察和書寫異域方式出現的重大轉變，隨著地理與心理距離的改變，遙遠而模糊的異域傳說成爲了必須努力去把握的現實和問題。與此同時，夢幻層面的異域想像則因仍殘留著對異域的奇觀心理，隱含靜止扭曲的眼光而難以作爲新質對待。但在我看來，晚清有關南洋的「樂土」想像與「熱土」想像有著統一的現實基礎和內在聯繫。下南洋與闖關東、走西口並稱，是中華民族抗爭、拼搏和逃離痛苦尋求幸福的重要途徑，南洋的繁盛生機也離不開數代華人開山闢嶺、含辛茹苦的耕耘開拓。在移民史和開發史的交織進程中，這片鎔鑄了華人愛與能量的生活熱土便成爲眞實存在的桃花源。

黃遵憲正是從生活視野出發，形成了一種體驗親歷式的南洋話語，與傳統海客談瀛的神話話語形成了強烈的對比。正是在這種敘述模式中，傳統有關南洋的隨意、模糊、荒誕的印象轉變成爲眞實存在的生活熱土與樂土形象。

二、「我思」之疆域：史與情

除了神話話語（奇觀話語）之外，中國歷代史書和方志裏還保留了有關南洋的另一類知識，集中在貿易、戰爭、商品、自然資源、種族特徵等客體知識的領域，這些具有較強的眞實性和客觀性的資料已經成爲今天研究東南

〔註10〕 丘逢甲：《嶺雲海日樓詩鈔》，上海古籍出版社 1982 版，168。
〔註11〕 跟西方 18 世紀反對工業文明而興起的自然主義對自然的崇拜不一樣，晚清對南洋的自然定位仍是作爲心境之物而呈現的，所謂寓情於景也。
〔註12〕 在神話、民間傳說和《西遊記》、《三寶太監西洋記》等小說中都有關於南洋樂土的敘述，大多以荒誕不經的幻想、扭曲變形的意象爲標誌。

亞古代史的學者的重要資源。〔註 13〕然而，傳統的南洋史地話語是一種知識
話語，缺乏書寫者個體感知的積極投射，某種意義可以說是「我們」的敘事，
而非個體的敘事。而晚清的南洋敘事一種滲透了我思我情的主體話語，敘述
者主體意識的位置是凸顯的。在黃遵憲的南洋詩中，便處處可見詩人的情緒
與身影，南洋由此成爲了詩人馳騁思想、反觀自身、啓蒙批判的重要媒介與
疆域。

　　融再現手法於表現手法之中，被認爲是詩歌近代化的標誌之一。〔註 14〕
黃遵憲的南洋詩自可被稱爲是一種歷史敘事，他的南洋詩所具有的注重事
實、視野宏闊、定位準確等特點也體現了歷史敘事的特點。首先，「不隱惡、
不虛美」這一歷代書史者所推崇的原則在黃遵憲的南洋敘事中得到了體現。
如《新加坡雜詩》中，詩人在譴責西方殖民者的強盜行爲的同時，也肯定了
其對將新加坡經濟繁榮作出的巨大貢獻：「國旗揚萬舶，海市幻重臺。寶藏諸
天集，關門四扇開。紅髯定何物，驕子復雄才。」〔註 15〕《番客篇》在讚美
南洋客的勤儉、開拓精神的同時，也不吝筆墨渲染他們不擇手段的發家歷史：
「自從縛馬足，到處設魚網，夥頤典衣庫，值十不一當。一飲生訟獄，誰敢
傾家釀？搜索遍筐篋，推敲到盆盎，自煎罌粟膏，載土從芒碭。雞泊竊更驚，
顛倒多奇想……龍斷兼贗鼎，巧奪等劫掠，積錢千百萬，適足供送葬。」〔註 16〕
這裡傳神刻畫了一類「精於權術、見利忘義、巧奪豪取」的華商形象。其次，
黃遵憲的南洋敘事還具有宏闊的歷史視野，從《番客篇》到《新加坡雜詩》，
他都很少停留在一己之私歎，而是將筆觸延展到古今中外的縱橫視野中去觀
察與書寫，使對象與現象得到準確定位。與晚清斌春等官員觀遊日記中零碎
隨意的南洋印象相比，黃遵憲展現了具有時空縱深感的立體南洋圖景。長達
408 行的五古長詩《番客篇》便是有關南洋番客史的宏大敘事篇，詩歌從南洋

〔註13〕如西方第一部試圖將東南亞放入印度文化影響圈的學者 G・賽代斯在他的著
　　　作《東南亞的印度化國家》之中就大量引用中國史地典籍中的相關記載。見
　　　（法國）G・賽代斯著《東南亞的印度化國家》，蔡華，楊保筠譯，蔡華校，
　　　北京：商務印書館，2008 年。
〔註14〕王楊：《寓「新變」於詩句之中——略論黃遵憲詩歌的藝術特徵》，《重慶科技
　　　學院學報（社會科學版）》，2010 年第 13 期，115。
〔註15〕黃遵憲：《新加坡雜詩》見《人境廬詩草・卷 7》，錢仲聯箋注，北京：中國青
　　　年出版社 2000 版，453。
〔註16〕黃遵憲：《番客篇，見：《人境廬詩草・卷 7》，錢仲聯箋注，北京：中國青年
　　　出版社 2000 版，476。

華僑的婚禮現場回溯了華僑華人的移民創業歷史，從風俗風物的細節到華僑華人的整體文化心態，從個人的一己遭遇延伸到國家民族的興衰，以其纏綿細膩又氣勢磅礴的筆墨勾勒出一幅有關南洋的「清明上河圖」。以至於有人認爲「《番客篇》細緻地描繪了十九世紀末葉新加坡華人社會的生活面相，凡治華族史者，不可不讀。」〔註 17〕因有了史家的比較意識，黃遵憲可能是最早準確捕捉並表現出南洋「中西雜燴、物種、人種、文化多元特點」的中國作家。新馬研究者王潤華認爲現代作家老舍 1930 年代所寫的《小坡的生日》是有關新加坡多元種族與文化的最早預言，但 1890 年到 1900 年間黃遵憲所寫的系列南洋詩中，對此早有了準確而形象的表述。如《以蓮菊桃雜供一瓶作歌》一詩寫到：「如竟筳鼓調箏琶，蕃漢龜茲樂一律。如天雨花花滿身，合仙佛魔同一室。如招海客通商船，黃白黑種同一國。」〔註 18〕

黃遵憲的詩被稱爲詩史，這固然與其詩歌善於對時代風雲作出及時反映和全面描摹有關；但更重要的是詩歌中貫徹了詩人自覺追求的「史家意識」。詩人以古之「小行人」、「外史氏」自居，強調願爲王者「觀風俗、知得失，勤考證」，從《日本國志》、《日本雜事詩》到《逐客篇》、《紀事》，他對異域國事民情的自覺關注與如實再現，都秉著以事爲鑒的現實態度，凸顯了自我意識的位置。而詩歌附注的大量注釋、序言不但將詩的創作背景一一到來，也清晰闡發了詩人創作的自覺意識。此外，由於抒情性的介入，詩歌的敘事本應成爲更能凸顯主體意識的歷史敘事。文論家費倫通過對「抒情性」的界定指出了這一點，他說抒情性是「某人在某個場合爲了某個目的……告訴某個人某件事情是什麼」（而不是敘事性中「發生了某事」）；或者「某人在某個場合爲了某種目的告訴某人他／她對某事的思考」。〔註 19〕也就是說，詩歌的敘事是一種更彰顯敘述者主體位置（主觀態度與個人意識）的敘事方式。從這個意義上來講，黃遵憲以情感爲線索的歷史敘述凸顯和強化了詩人自我意識的位置。黃遵憲早期所提出的「我手寫我口，古豈能拘牽」以及晚年的「詩

〔註 17〕（新加坡）柯木林、林孝勝：《黃遵憲總領事筆下的新加坡》，見：柯木林、林孝勝：《新華歷史與人物研究》，新加坡：南洋學會 1986 版，153～169。

〔註 18〕黃遵憲：《以蓮菊桃雜供一瓶作歌》見：黃遵憲：《人境廬詩草・卷 7》，錢仲聯箋注，北京：中國青年出版社 2000 年版，455。

〔註 19〕轉引自〔美〕布賴恩・麥克黑爾，關於建構詩歌敘事學的設想，尚必武，汪筱玲譯，敘事（中國版），2010，原見：Phelan, James.Experiencing Fiction : Judgments, Progressions, and the Rhetorical Theory of Narrative.Columbus : Ohio State University Press, 2007.227。

之外有事，詩之中有人」中的「我」和「人」在此也不妨理解成爲詩人主體意識的自覺。在黃遵憲的南洋敘事中，其主體意識的體現有以下方面：一是詩人的個人體驗和情感因素對歷史敘述的介入，二是詩人的反省批判意識的出現與強化，三是詩人啓蒙意識的隱約顯現。

如前所敘，黃遵憲筆下的南洋，顯現出不同於他人的獨屬自我時空範圍的獨特風貌，它總是處在主體的情感氛圍和獨特心境之中，是廣泛的現實情景與生動深刻的精神世界的融合，是一種參與者和實踐者的南洋想像。正因爲他善於從個人的體驗感受出發來書寫南洋的歷史與現狀，由此形成了以小觀大、由近及遠的敘事結構，最終呈現出一種「我在其中」的歷史畫卷。這與傳統歷史方志中「冷看遠觀」的理性敘述有了明顯的差異。這樣的敘述模式，既是晚清觀察與體驗異域方式的轉變在文學中的自然呈現，又留下了詩人歷史敘事的個性烙印。

海外的遊歷、視野的開闊，使得黃遵憲對傳統世界認知與書寫方式有了自覺的批判意識。在 1890 年寫就的《日本雜事詩自序》中，他將所在時代的士大夫分爲三大類。一種是「排斥談天、詆爲不經，屏諸六合之外，謂當存而不論，論而不議者」，這類人思想極度狹隘，無視外部世界的存在；另一種是「鼓掌談瀛、虛無縹緲、望之如海上三山，可望而不可及者」，第二類是海客談瀛，對異域的認知失之荒誕隨意。第三類是睜眼看世界後出現的新型知識分子。「中國士夫，聞見狹陋，於外事向不措意。今既聞之矣，既見之矣，猶復緣飾古義，足以自封，且疑且信；逮窮年累月，深稽博考，然後乃曉然於是非得失之宜，長短取捨之要，余滋愧矣！」〔註 20〕在黃看來，就是見聞頗廣的士大夫，也難以擺脫傳統知識的約束，他對以自己爲代表的「讀中國書、遊外國地」的士大夫的局限性也是有所反思的。其南洋詩中不但貫徹了現實理性的觀察方式，更有著對傳統南洋觀的自覺批判。《新加坡雜詩》中寫到：「紆絕陰天所，犁鞬善眩人，偶題木居士，便拜竹王神，飛蟲民頭落，迎貓鬼眼瞋，一經簪筆問，語怪總非眞」〔註 21〕這首詩並不像某些論者所言體現了作者面對南洋居高臨下的姿勢，相反，詩人是以略帶戲謔的語言對一系列荒誕不經的傳統認知作出了否定。同樣以在場經驗糾正古籍中的偏見還有

〔註20〕黃遵憲：《日本雜事詩自序》，見：《人境廬詩草‧附錄》，錢仲聯箋注，北京：中國青年出版社 2000 年版，831。

〔註21〕黃遵憲：《新加坡雜詩》見《人境廬詩草‧卷7》，錢仲聯箋注，北京：中國青年出版社 2000 版，450。

丘逢甲。他在《西貢雜詩》中寫到，「檳榔紅嚼蠣灰腥，粲露瓠犀醉半醒，交趾不逢逢黑齒，大荒薰紅百蟲經。〔註22〕他在自注中解釋到，自己在到達越南之後發現古書中所言之「交趾人趾皆交」的說法是錯誤的，但黑齒的說法卻不是無稽之談，原因是越南人都吃檳榔，所以齒黑如漆也！

　　無論是對南洋民俗的出色書寫還是對華人出番歷史的精彩回溯，黃遵憲的南洋敘事都滲透了如康有爲所言的「上感國變、中傷種族、下哀生民」的一貫情懷。他呈現了一個由苦力、商人等普通百姓構成的南洋空間，同時也以啓蒙者的立場對「生民處境」予以深切的關懷和理性的呼籲。從黃遵憲三年南洋外交生涯來看，他所扮演的角色，不止是一個正直的外交官，更是一個思想啓蒙者。1891 年，黃遵憲到任新加坡一月後，即詳察各島情形，關注僑民疾苦，上書薛福成公使，請求設法改善僑民的處境，又捐鉅資擴辦保良局，保護那些被誘拐到新加坡爲娼的良家婦女，挽救社會頹風。同時，他在任期間對南洋文教事業也作出了巨大貢獻，他延續左秉隆的做法並加以革新，將左任內設立的會賢社改組易名爲圖南社，組織了有規模有規律的本土文學創作活動，從主題的設定意圖到後進學人獎掖提攜，都有文化南洋、醒民醫國的良苦用心。《番客篇》最後發出的「設學保民」的強烈呼吁，正說明了他在南洋的文化啓蒙活動與醒民醫國之目標的內在聯繫。

　　從史地著述的知識對象和荒誕傳奇的神話想像到傾注我思我情的現實空間，晚清文人筆下的南洋，構成了晚清文人反觀自我、凸顯個人主體性的重要媒介，就是在魏源的《海國圖志》這樣的史地著作中，也同樣可以看到論述者鮮明的主體意識，由此，傳統有關異域的集體話語在晚清逐漸顯現出了個人話語的痕跡。

三、失去的封地：志南洋而歎中國

　　南洋曾經是中華帝國的藩屬地，又是抵禦外敵入侵的重要防線，但近代以來，被殖民者蠶食分割的南洋成爲外敵入侵的通道，「華民三百萬，反爲叢驅雀」，作爲先行者的華人移民在南洋反而成爲流離失所者。在這樣的現實情境中，南洋作爲失去的封地，就像一道深深的傷痕，映照往昔的強盛、喚起被凌辱的記憶，進而激發覺醒者強烈的民族意識和國家意識。因此，晚清文人在如實呈現了他們所親歷和感受的個性南洋之時，又「記得綠羅裙，處處

〔註22〕丘逢甲：《嶺雲海日樓詩鈔》，上海古籍出版社 1982 版，164。

憐青草」，字裏行間無不縈繞著感時憂國的情懷，其南洋敘事便衍變成為一種具有現代意義的國族話語。

在黃遵憲的南洋詩中，志南洋與歎「中國」便是一種互釋關係，借他人之酒杯，澆自己的塊壘，志南洋始終以歎「中國」為前提或歸宿。這種思維定勢以一種無意識的方式沉澱於他所有的南洋詩之中，形成具有「母題」傾向的敘事結構。從赴任歐洲途中的南洋隨感到回鄉隱居後的長篇大作，無不貫徹了這一思路。1890 年，前往歐洲的黃遵憲沿路經過南洋各埠，睹地傷國、弔古懷今，一再發出「封地早失、盛國不再」的悲歎：「可憐百萬提封地，不敵彈丸一炮聲。」〔註 23〕「九眞象郡吾南土，秦漢以前既版圖，一自三楊倡議後，珠崖永棄不還珠。」〔註 24〕「班超投筆氣如山，萬里封侯出玉關。今豈無人探虎穴，寶刀難染血痕殷。」〔註 25〕每一首詩中，悲憤之情均溢於言表。回鄉後補作的《錫蘭島臥佛》更是直接書寫了興亡之歎：「及明中葉後，朝貢漸失職……咸歸西道主，盡拔漢赤幟，日夕興亡淚，多於海水滴」〔註 26〕中國之歎的立意在《番客篇》更是得到鮮明而集中的體現。這篇敘事詩從南洋華僑的婚禮現場到華僑華人移民創業歷史的回顧，最後呈現清朝統治下華僑無國無家無鄉的孤立處境。在展開敘述的過程中，詩人由饒有興致的觀宴者、傾聽者變成了呼籲者、悲歎者，感情的濃度不斷提升，最終發出了沉重的吶喊：「誰能招島民，回來就城郭？群攜妻子歸，共唱太平樂。」〔註 27〕而《新加坡雜詩》、《養痾雜詩》雖然是數首短詩組合而成，也自有其組合邏輯。《新加坡雜詩》以南洋風土的描述為主，若從組詩的排序和情感脈絡來看，組詩的前三首和後兩首有共同的情緒氛圍，都在感歎朝貢體系的喪失與國力的衰退、渴盼國家的崛起與強盛，「志南洋而歎中國」的用意也十分明顯。試看第一首和最後一首：「南北天難限，東西帝並尊，萬山排戟險，嗟爾故雄藩。」「遠拓東西極，論功紅十全。如何伸足地，不到盡頭無？寶蓋縫花網，金函

〔註 23〕 黃遵憲：《香港感懷十首》，見：《人境廬詩草‧卷 1》，錢仲聯箋注，北京：中國青年出版社 2000 版，343。

〔註 24〕 黃遵憲：《香港感懷十首》，見：《人境廬詩草‧卷 1》，錢仲聯箋注，北京：中國青年出版社 2000 版，345。

〔註 25〕 黃遵憲：《香港感懷十首》，見：《人境廬詩草‧卷 1》，錢仲聯箋注，北京：中國青年出版社 2000 版，345。

〔註 26〕 黃遵憲：《錫蘭島臥佛》見：《人境廬詩草‧卷 6》，錢仲聯箋注，北京：中國青年出版社 2000 年版，348～349。

〔註 27〕 黃遵憲：《番客篇，見：《人境廬詩草‧卷 7》，錢仲聯箋注，北京：中國青年出版社 2000 版，481。

護葉箋。當時圖職貢，重檢帝堯篇。」〔註28〕就是在以風景山水為主的《養痾雜詩》，我們也能感受到那種逐漸強烈的家國之憂。第1首至5首在呈現安靜閒定的自然環境時愁意是淡而隱秘的，第6至15首在回溯傳統南洋認知的基礎上書寫南洋風土，古今對照之中、憂憤情緒逐漸濃烈，最後兩首詩則念家想國之情顯於言表，呈現激昂深沉的境界：「一聲長嘯海天空，聲浪沉沉如海中，又扶餘聲上天去，天邊嘜唉一歸鴻。」「蕩蕩青天一紙鋪，團團紅日半輪孤。波搖海綠雲翻墨，誰寫須與萬變圖。」〔註29〕可見，黃遵憲對南洋風土的傳神描摹，也被其感傷悲憤的愛國情緒所牽引和覆蓋。

「志南洋而歎中國」的視野是縱橫交織的。如果說清初尤侗等人仍是從中國看南洋，強化的是天朝大國的中原意識，而黃等等晚清文人開始移步換位，在古今對接、中西對峙的整體視野中重新定位南洋，惶惑不安的主體情緒也替代了居高臨下的優越意識，「歎」便成為解讀其南洋敘事的情緒線索所在。

所歎者，首先是傳統朝貢體系崩潰後南洋樂土的喪失。「無可奈何花落去，似曾相識燕歸來」，回望往昔、放眼現實，晚清文人對南洋不再為藩屬地的事實不得不做出確認，南洋成為了需要重新定位的「陌生人」。愈是呈現出南洋的山水自然之美和現實存在之重要，其痛惜和遺憾之情就越加強烈。不過，南洋作為失去的封地，在激蕩起晚清文人強烈的民族情懷與國家意識，生發出慷慨激昂的悲劇體驗的同時，傳統典籍有關南洋的知識和文化魅影仍縈繞在心，他們不免沉浸於對往昔輝煌的緬懷和眷戀之中，有著醒悟後卻不能面對的尷尬心境。因而這一面向過去的異域悲歎，就顯得格外深沉。它雖與感傷詩學傳統有承繼關係，但由於抒發了國家、民族之大悲而非一己境遇的身世之悲，上升為極為宏闊的美學境界。

所歎者，更有面對西方殖民勢力在南洋的侵襲行為，中國所處的被動挨打的局面。在黃遵憲的南洋詩中，西洋便作為強力與霸權意象出現，它正在改變著南洋，也改寫了南洋與中國的傳統關係：「咸歸西道主，盡拔漢赤幟」〔註30〕、「南北天難限，東西帝並尊，萬山排戟險，嗟爾故雄藩」。

〔註28〕黃遵憲：《新加坡雜詩》見《人境廬詩草・卷7》，錢仲聯箋注，北京：中國青年出版社2000版，446～454。

〔註29〕黃遵憲：《養痾雜詩》見：《人境廬詩草・卷7》，錢仲聯箋注，北京：中國青年出版社2000版，489～490。

〔註30〕黃遵憲：《錫蘭島臥佛》見：《人境廬詩草・卷6》，錢仲聯箋注，北京：中國青年出版社2000年版，349。

〔註31〕「本爲南道主，翻拜小諸侯。巧奪盟牛耳，橫行看馬頭」〔註32〕「《益地》圖王母，諸蠻盡向西」、〔註33〕「巢幕紅鷹集，街彈白鷺多」〔註34〕，目睹西方人在南洋的橫行霸道、不可一世的種種現狀，詩歌中無不充滿「西雨已來風滿樓」的憂慮和沉重，甚至可以得其詩「志南洋之所以志西洋也」的結論。的確，晚清以降，南洋的重要性是在中西對峙的大局中得以確定和強化的。正如魏源所論述的那樣，南洋的失去正是中國走向衰敗的象徵，爲了重立中國的大國地位，必須驅除西方殖民者在南洋的威脅與影響。在這種視野中，中央之國與周邊蠻夷的對立，轉換成中國與西歐的對立，南洋則成爲了中國與世界碰撞的前沿地帶和戰場，對重建中西關係乃至改變世界格局具有戰略上的重要意義。實際上，南洋這一空間在晚清的重新劃界與確立，遵循的正是殖民者風卷蠶食之路徑，從鴉片戰爭到中法戰爭，被一點點剝奪侵襲的異域樂土，正好衍變成逐漸清晰的南洋疆域。也正是在視野交錯的南洋異域想像中，世界視域之中的現代中國圖像也逐漸浮出了水面。

「志南洋而歎中國」的書寫思路在康有爲，丘逢甲等晚清文人的文學想像中也是常態。就康有爲而言，維新失敗後流亡南洋的歲月所寫的眾多詩歌中，其睹物傷國的情緒比黃遵憲更爲直接和濃烈，異域山水只能讓他愁思萬里、心繫君國：「天荒地老哀龍戰，去國襄家又歲終」〔註35〕、「星坡北望淚氻氻，杜鵑啼血斷燕雲」〔註36〕、「北京蛇豚亂縱橫，南海風濤日夜驚。衣帶小臣頭萬里，秋來絕島聽潮聲〔註37〕，身在南洋心繫母國，晚清南洋鄉愁詩的出現，正是南洋作爲異域在其文化地理想像中定型的表徵，南洋敘事便衍

〔註31〕黃遵憲：《新加坡雜詩》見《人境盧詩草·卷7》，錢仲聯箋注，北京：中國青年出版社 2000 版，447。

〔註32〕黃遵憲：《新加坡雜詩》見《人境盧詩草·卷7》，錢仲聯箋注，北京：中國青年出版社 2000 版，447。

〔註33〕黃遵憲：《新加坡雜詩》見《人境盧詩草·卷7》，錢仲聯箋注，北京：中國青年出版社 2000 版，448。

〔註34〕黃遵憲：《新加坡雜詩》見《人境盧詩草·卷7》，錢仲聯箋注，北京：中國青年出版社 2000 版，449。

〔註35〕康有爲：《康有爲詩選》，舒蕪、陳邇冬、王利器選注，人民文學出版社 2004 年版，192。

〔註36〕康有爲：《康有爲詩選》，舒蕪、陳邇冬、王利器選注，人民文學出版社 2004 年版，196。

〔註37〕康有爲：《康有爲詩選》，舒蕪、陳邇冬、王利器選注，人民文學出版社 2004 年版，196。

變成晚清文人構建現代「中國」這一「想像共同體」的重要線索。在梁啓超等人的殖民南洋的歷史回敘中，我們也能看到這種南洋敘事與民族偉力神話之間的聯繫。

四、野蠻的東方：舊詞與「新知」

在黃遵憲筆下，晚清南洋從荒誕不經的神話空間轉變成爲生活的熱土與樂土，從史地著述的知識對象成爲傾注我思我情的想像空間，從曾經的藩屬之國成爲文人弔古懷今的傷心之地。這些都映證了晚清對於南洋定位的巨大變換。然而，頗令人尷尬的是，黃遵憲詩歌中有關南洋總體符號依然是「南蠻、南溟、化外、蠻婢、蠻夷長、化外、蠻夷、蠻語」等舊詞，同時，在「興亡之歎」的抒情主線中，他幾乎是以回眸的方式完成了對南洋的現實書寫，因而比之西洋和東洋的敘事，其南洋敘事更倚重典故與史實。同樣，在康有爲、邱菽園和邱逢甲等人的南洋敘事中爲了突出往昔對比，沿用舊詞古語的表述方式也很常見。如何理解黃遵憲等晚清文人南洋敘事中舊詞與新知並存的現象呢？

就黃遵憲而言，對此現象有三種觀點。一種觀點認爲，這一現象說明了黃遵憲深陷舊學之中無法自拔，其思想立場就是傳統的，其詩歌就算偶然出現了新事物也沒有新理致。遵循這一邏輯錢鍾書對其南洋詩名篇予以了全盤否定：「譬如《番客篇》，不過胡稚威《海賈詩》；《以蓮菊桃雜供一瓶作歌》，不過《淮南子淑眞訓》所謂：「槐榆與橘柚，合而爲兄弟；有廟與三危，通而爲一家。」〔註38〕另一種觀點則認爲，黃遵憲對於舊詞及相關的古典資源的沿用，是權宜之計。往往是因爲他急於表達見解，尚沒能找到合適的詞語便大量借用古典資源。〔註39〕也就是說，黃遵憲借用這些舊詞不過是才氣不足的表現，主要是技巧問題，未必與世界觀有聯繫，當然也就不能說是中原意識的體現。而黃遵憲本人的觀點又有所不同，在其《人境廬詩草自序》中有言：「其取材也，自群經三史，逮於周秦諸子之書、許、鄭諸家之注，凡事名物名切於今者，皆採取而假借之。其述事也，舉今日之官書會典方言俗諺，以及古人未有之物，未辟之境，耳目所歷，皆筆而書之。」〔註40〕在他看來，

〔註38〕 錢仲書等人有關黃遵憲詩歌的相關評敘，見：《人境廬詩草·附錄》，北京：中國青年出版社 2000 年版，1003。
〔註39〕 鄭子瑜：《關於黃遵憲詩的箋注及其佚詩》，見：鄭子瑜：《詩論與詩紀》，香港中華書局，1978 年版，9～10。
〔註40〕 見黃遵憲：《人境廬詩草·自序》，北京：中國青年出版社 2000 版，20。

運用舊詞古語的基本原則是「古詞今用」，只有適用於當前語境與情景的才借用，此舉並不是擬古，而在創新。而當前的南洋本土主義者則將這些舊詞古語當成是中原心態、文化偏見的表徵，藉此斷論中華帝國與南洋各國的主次關係。

選擇怎樣的詞語來命名言說異域，當然不是偶然與隨意的，但它不僅僅是個人才情和文化傳統、知識背景的因素所決定的，而是由本土與異域的現實關係所制約的，因此，舊詞的運用，儘管仍可與古籍中的知識與觀念相互參照，卻必須放入已經變動的世界格局中去看，必須深入分析晚清語境中這些舊詞所指的變化，而不能停留在文學表述本身。

晚清中國對西方人的命名經歷了一次轉變，鴉片戰爭前後，英國殖民者強迫清朝政府清除公文報章中的「夷」等指代英國人的類似字樣，某些著作也逐漸放棄使用這一稱謂，如徐繼畬從 1844 年到 1848 年在編撰修正《瀛寰志略》版本的過程最終完全袪除了「夷」字的存在〔4〕。到 1858 年的《天津條約》則明文規定清政府必須廢止用「夷」來命名英國。然而，在當時的清朝官員看來，「夷」未必是貶義的，不過是對外國人的一個概稱。英國人則將「夷」理解成爲「野蠻」（BARBARIAN），認定這詞飽含著輕視與侮辱，雙方在詞語理解上的歧義以清政府的屈服告終。劉禾在《帝國的話語政治》一書中認爲這一話語衝突的過程與結果意味著晚清中國對西方話語邏輯的屈從與認可。〔註41〕也就是說，我們對於「夷」的理解開始遵循西方擬定的思路，據此反觀的傳統中外關係史可能被簡化爲中原中心主義對化外蠻夷的歧視和偏見歷史。那麼，時至 19 世紀 8、90 年代，對現實格外敏感的新派詩人筆下頻繁出現的「南蠻」其所指又是什麼呢？與文明與野蠻的現時話語邏輯之間有著怎樣的聯繫呢？

晚清的「南蠻」首先指向的當然是一個眞實存在的地理空間，但並不僅僅指由遙遠神秘的原始森林所造成的空間感覺，而是指涉到具有蕪雜性的殖民地的文化與社會空間。這個由土著、華人，西方殖民者等構成的混雜空間裏，誰可以作爲「蠻」的所指呢？是當地土著還是西方殖民者呢？從黃遵憲的詩歌中，似乎可以看到他對上述兩者的雙重否定。如「裸國原狼種，初生賴豕嘘。吪吪通鳥語，嬝嬝學蟲書。吉貝張官傘，千蘭當佛廬。人奴甘十等，只願飽朱儒。」〔註42〕「化外成都會，遷流或百年。土音曉鳩舌，火色雜鳶肩。馬糞猶餘臭，

〔註41〕劉禾：《帝國的話語政治》，楊立華等譯，北京：三聯書店 2009 版，98～104。
〔註42〕黃遵憲：《新加坡雜詩》見《人境廬詩草·卷7》，錢仲聯箋注，北京：中國青年出版社 2000 版，449。

牛醫亦值錢。奴星翻上座，《舌氏》鼎半成仙。」〔註43〕上述詩中，他將西方的語言文字稱為鳥語蟲書，對番化的土生華人又不無揶揄嘲諷，充滿著華人文化失真的雙重憂慮。不過，對於黃遵憲來說，於西方雖有因其殖民強盜行徑而衍生的不滿情緒，但其科技與制度文明卻是值得學習仿傚的對象。文化層面上的「蠻、荒」更多指向的是當地土著文化，《養痾雜詩》中便有顯現這種文化優越感的詩：「波光淡白月黃昏，何物婆娑石上蹲？欲廢平生《無鬼論》，回頭卻是黑崑崙。」〔註44〕《無鬼》論源自干寶的《搜神記》，黑崑崙典出《舊唐書・南蠻傳》中對於南洋土人的描述，借用古典資源，黃遵憲含蓄地道出了自己對當地土著的定位——「黑鬼」，隱含了文明與野蠻的思維邏輯。

　　然而，在西方文明的衝擊下，對東方文明內部他者的批判中就隱含了重新確認自我位置的衝動。就算晚清文人將南洋土著視為野蠻，其內涵仍不可能是靜止與單一的。在此，康有為與梁啟超的兩人不同的南洋野蠻觀可作為參照系來洞察其中的變動性與複雜性。在康有為的視野中，南洋、中國和西方在文明的程度上是中國和西方為高端，低端是南洋。「蓋刻像之美惡，足驗國度之文野。吾常遊爪哇博物館，蓋木石像凡千萬，皆醜怪不可迫視焉。殆及西印度、南美及非洲，刻像亦然。宜其日以殺人奪貨為事也。吾國數千年神像，即已妙麗。生與其心者，作於其事。吾國文明已久，故垂裳端冕，正與希臘同風，特精妙不如之耳。」〔註45〕康有為的南洋野蠻是與西方、中國對比而呈現的結果。1918 年前，梁啟超曾在太平洋視野中定位南洋，在他看來，與美國等西方文明社會相比，太平洋沿岸諸都會（包括中國）歸屬於幼稚社會：「從內地來者，至香港、上海，眼界輒一變，內地陋矣，不足道矣。渡海至太平洋沿岸，眼界又一變，香港、上海陋矣，不足道矣。渡海至太平洋沿岸，眼界又一變，日本陋矣，不足道矣。更橫大陸至美國東方，眼界又一變，太平洋沿岸諸都會陋也，不足道矣。此殆凡遊歷者所同知也。〔註46〕梁啟超眼中的中國與南洋在西方文明參照之下都曾處於劣勢。黃遵憲對南洋的認知遠比康梁來得豐富和深刻，但作為放眼看世界的同一代人，其南洋野

〔註43〕黃遵憲：《新加坡雜詩》見《人境廬詩草・卷 7》，錢仲聯箋注，北京：中國青年出版社 2000 版，451。
〔註44〕黃遵憲：《養痾雜詩》見：《人境廬詩草・卷 7》，錢仲聯箋注，北京：中國青年出版社 2000 版 487。
〔註45〕康有為：《歐洲十一國遊記二種》，長沙：嶽麓書社 1985 年版，136。
〔註46〕梁啟超：《新大陸遊記及其他》，長沙：嶽麓書社 1985 版，459。

蠻觀念的生成也有西方文明這一參照系。只不過他對傳統文化的態度比較模糊，遠不如康梁那般堅決。他既不像康有為那樣固執地捍衛儒家文明，也沒有梁啟超那樣最終走向國民性批判的立場。但正是這種含混性，使得黃遵憲的南蠻意象中隱藏著的自我影像如此惶惑不安、難以定位。

晚清至民國，在中國與南洋、西方輾轉互看的世界歷史進程中，正如夷被洋替代一樣，蠻也逐漸被洋替代，南洋作為逐漸定型的地理與文化空間最終實現名與實的統一〔5〕，但在依然強勢的帝國文化之下，「野蠻的東方」這樣的「世界話語」是否消失仍需具體情況具體分析。

結　語

從久遠的航海貿易到晚清的流寓移居，在距離的改變和世界格局的變換中，晚清文人作為新的結構成分進入了中國的南洋想像歷史之中，催生了新的南洋敘事，呈現了新的異域風景以及正在形成的新的話語模式。首先，它遠離了荒誕不經的傳說與神話，成為一片真實存在的生活空間，凸顯了其對晚清中國的生活意義，初步顯現了南洋敘事的生活話語模式。其次，南洋從史地著述的知識對象成為了馳騁我思我情的現實空間，形成了具有主體意識的個性話語方式。第三，它不再是中國的藩屬地，而是作為已經失去的封地，激發起強烈的民族意識和國家意識，成為建構現代中國想像的重要線索，初步凸顯了南洋敘事中的國族話語模式。第四，它作為野蠻的東方影像，在西方文明主導的殖民時代，映照出了晚清中國尷尬的自我意識與定位，顯現了有關南洋的東方式話語的淵源。上述從生民、個體、國家、世界等不同層面出發而呈現的南洋形象與南洋話語，彼此既有相互關聯之處，也有相互牴牾之嫌，對這種複雜性的還原並非研究者思路混亂的體現，相反，它體現了研究者對歷史現場的尊重。在我看來，晚清的南洋敘事，本來就難以在「自我／他者或殖民者／被殖民者二元對立」的闡釋視野中透徹理解，只有在更為多元立體的視角—日常生活的、主體意識的、國族意識的及世界意識——之中加以梳理，才能呈現出其獨特性。

更進一步的結論是，晚清文人南洋想像的這種多層次性與複雜性，或許正是近代中國重新融入世界時試圖建構的獨特立場及其摸索的獨特經驗的表徵，值得研究者高度重視。當前中國的南洋研究者在總結本國有關東南亞地區的文化實踐和想像時，必須擺脫所謂傳統朝貢體系的思維局限，實事求是

地呈現近代以來中國以「第三種立場」和東南亞交往的多元歷史，而不是和
南洋本土主義以及東方學學者一樣，建構所謂近代中國殖民東南亞的「歷史」
〔註47〕，只有這樣，我們的南洋研究才可以成為一種文化交流的有利媒介——
減輕東南亞較小國家通常對中國這樣一個較大鄰國所固有的恐懼心理。〔註48〕

　　當然，對於異域空間的書寫從來就不是純屬客觀的，其深層動機都是觀
照自我，反過來晚清南洋敘事的複雜性也提醒研究者應不拘泥於中西二元視
野，而應在更多元的參照體系中清理有關「現代中國」的敘事線索與邏輯。

Rediscovered the landscape: a research on Nanyang's narrative of intellectual
in the late Qing dynasty through Huang Zunxian's poems

（Yan Min , Chinese literature department of Huizhou university, Huizhou，
516007）

〔Abstract〕the intellectual who had obtained cosmopolitan sight gave up the
traditional discourse of Nanyang that like 「visitor overseas talk tall story 」and
began to wrote their personal and real experience of Nanyang after 1940』s .and
described the new landscape of Nanyang and found its mulriple value of modern
China. Most important thing is the Nanyang narrative of intellectual in the late
Qing dynasty would not benefit to descript with the radical dualistic mind which
we use to study the relation between Chinese and western，　Instead they opened
the complexity and diversity of forgein image of modern China . from it we could
find the special experience to make and deal with the difference of modern China.

〔Key words〕Huang Zunxian, the late Qing dynasty, intellectual, Nanyang，
narrative.

作者簡介：
顏敏，女，惠州學院中文系教授，中國社會科學院文學研究所博士後，主要研究
方向為跨文化與海外華文詩學。

〔註47〕如新加坡學者王潤華認為，現代中國在東南亞是進行著文化的殖民，這種立
　　　　場甚至影響了很多新生代的中國文學學者的立場。
〔註48〕王賡武先生在他的文章《新加坡和中國關於東南亞研究的兩種不同觀點》（《南
　　　　洋問題研究》 2004/02）中就強烈呼籲這樣的一種研究立場。但在我看來，近
　　　　代以來中國與南洋的關係歷史本來就不同於殖民者/被殖民者二元對立的歷
　　　　史，南洋對於現代中國而言是一個非常獨特的空間。